TESS GERRITSEN und GARY BRAVER
Die Studentin

Tess Gerritsen
und Gary Braver

Die Studentin

Kriminalroman

Deutsch von Andreas Jäger

blanvalet

Die Originalausgabe erschien 2021 unter dem Titel
»Choose Me« bei Thomas & Mercer, Seattle.

Penguin Random House Verlagsgruppe FSC® N001967

1. Auflage
Taschenbuchausgabe 2022 by Blanvalet, einem Unternehmen
der Penguin Random House Verlagsgruppe GmbH,
Neumarkter Str. 28, 81673 München
Copyright der Originalausgabe © 2021
by Tess Gerritsen and Gary Braver
Published by Arrangement with
TESS GERRITSEN INC. and Gary Braver
Dieses Werk wurde im Auftrag der Jane Rotrosen Agency LLC
vermittelt durch die Literarische Agentur
Thomas Schlück GmbH, 30161 Hannover.
Copyright der deutschsprachigen Ausgabe © 2021
by Limes in der Penguin Random House Verlagsgruppe GmbH,
Neumarkter Straße 28, 81673 München
Redaktion: Gerhard Seidl
Umschlaggestaltung: © www.buerosued.de
Umschlagmotiv: © Stephen Mulcahey/Arcangel;
Nevill Mountford-Hoare/Plainpicture; www.buerosued.de
JA · Herstellung: DiMo
Satz: Uhl+Massopust, Aalen
Druck und Bindung: GGP Media GmbH, Pößneck
Printed in Germany
ISBN 978-3-7341-1127-3

www.blanvalet.de

Für Kathleen und Jacob

DANACH

1

Frankie

Es gibt Dutzende Arten, sich das Leben zu nehmen, und in ihren zweiunddreißig Dienstjahren beim Boston PD sind sie Detective Frances »Frankie« Loomis wahrscheinlich alle schon begegnet. Da war die sechsfache Mutter, die sich, als ihr das Chaos des Alltags über den Kopf wuchs, im Bad einschloss, sich die Pulsadern aufschnitt und in einer Wanne mit warmem Wasser friedlich in die Bewusstlosigkeit hinüberdämmerte. Da war der bankrotte Geschäftsmann, der seinen 500-Dollar-Straußenledergürtel an einem Türgriff befestigte, sich die Schlinge um den Hals legte und sich einfach hinsetzte, um sich von seinem eigenen Gewicht schmerzlos ins Jenseits befördern zu lassen. Da war die Schauspielerin, die ihre besten Jahre hinter sich hatte und an den schwindenden Aussichten auf neue Rollen verzweifelte, weshalb sie eine Handvoll Hydromorphon-Tabletten schluckte, ein rosa Seidennachthemd anzog und sich auf ihrem Bett drapierte, sanft dahinschlummernd wie Dornröschen. Diese Menschen wählten diskrete, unspektakuläre Todesarten und waren so rücksichtsvoll, den Lebenden nur ein Minimum an unangenehmen Aufräumarbeiten zu hinterlassen.

Anders als diese junge Frau.

Sie ist bereits im Leichensack in die Rechtsmedizin gebracht worden, und bald wird der Regen ihr Blut vom Gehsteig abgewaschen haben, aber noch kann Frankie es in wässrigen Bahnen zum Rinnstein fließen sehen. Im flackernden Blaulicht der Streifenwagen glänzen diese blutigen Schlieren schwarz wie Öl. Es ist jetzt 5.45 Uhr, eine Stunde vor Sonnenaufgang, und sie fragt sich, wie lange die junge Frau schon hier gelegen hat, bevor der aufmerksame Lyft-Fahrer, der auf dem Heimweg hier vorbeikam, nachdem er um 3.15 Uhr einen Fahrgast abgesetzt hatte, den Körper entdeckte und begriff, dass es nicht nur ein Bündel Kleider war, das auf dem Gehsteig herumlag.

Frankie richtet sich aus der Hocke auf und späht durch den Regen zum Balkon der Wohnung hinauf. Ein Sturz aus dem vierten Stock in die Tiefe, das ist allemal ausreichend, um die Verletzungen zu erklären: die ausgeschlagenen Zähne, das eingedrückte Gesicht. Grausige Details, die der jungen Frau wohl nicht in den Sinn kamen, als sie über die Brüstung kletterte und zum tödlichen Sprung auf das Pflaster ansetzte. Frankie ist Mutter von achtzehnjährigen Zwillingstöchtern, deshalb weiß sie aus eigener Erfahrung, wie katastrophal impulsiv junge Leute sein können. Wenn diese junge Frau doch nur lange genug innegehalten hätte, um die Alternativen zum Selbstmord zu erwägen. Wenn sie doch nur überlegt hätte, was mit einem menschlichen Körper passiert, wenn er aus großer Höhe auf Beton landet, und was ein solcher Aufprall mit einem hübschen Gesicht und makellosen Zähnen anrichtet.

»Ich denke, wir sind hier fertig. Lass uns nach Hause fahren«, sagt ihr Partner, MacClellan. Er hält einen rosa

Regenschirm in der Hand, der offensichtlich seiner Frau gehört, und zittert unter der triefenden Stoffhaube mit Paisleymuster. »Meine Schuhe sind klatschnass.«

»Hat irgendjemand ihr Handy gefunden?«, fragt sie.

»Nein.«

»Gehen wir noch mal rauf und sehen in ihrer Wohnung nach.«

»Muss das sein?«

»Ihr Handy muss doch irgendwo in der Nähe sein.«

»Vielleicht hatte sie keins.«

»Ich bitte dich, Mac. Den jungen Leuten in ihrem Alter ist das Handy doch quasi an der Hand angewachsen.«

»Vielleicht hat sie es verloren. Oder irgendein Arschloch ist zufällig vorbeigekommen, nachdem sie gesprungen ist, und hat es einfach eingesteckt.«

Frankie blickt auf den verblassenden Kranz aus Blut hinunter, der die Stelle markiert, wo der Kopf der jungen Frau aufgeschlagen ist. Anders als ein menschlicher Körper kann ein Mobiltelefon in einer Hartschale einen Fall aus dem vierten Stock durchaus unbeschadet überstehen. Vielleicht hat Mac ja recht. Vielleicht ist ein Passant vorbeigekommen – jemand, dessen erster Gedanke nicht war, Hilfe zu leisten oder die Polizei zu rufen, sondern die Wertsachen des Opfers an sich zu nehmen. Es sollte sie nicht überraschen – in drei Jahrzehnten Polizeidienst ist Frankies Glaube an das Gute im Menschen mit unschöner Regelmäßigkeit erschüttert worden.

Sie deutet auf eine Überwachungskamera an einem Gebäude auf der anderen Straßenseite. »Falls sich jemand mit ihrem Handy davongemacht hat, müsste die Kamera dort es erfasst haben.«

»Ja, kann sein«, brummt Mac und niest – offenbar ist ihm in seinem Elend so ziemlich alles egal. »Ich nehme mir das Video später gleich vor.«

»Gehen wir noch mal rauf. Vielleicht haben wir ja etwas übersehen.«

»Ich seh nur noch mein Bett, das sehnsüchtig auf mich wartet«, jammert Mac, doch er fügt sich in sein Schicksal und folgt ihr um die Ecke des Wohnblocks zum Eingang.

Der Aufzug ist so betagt wie das Haus selbst und zudem quälend langsam. Während er im Schneckentempo zum vierten Stock hinaufruckelt, stehen Frankie und Mac schweigend da, zu erschöpft und niedergeschlagen, um auch nur ein Wort zu sprechen. Das kalte Wetter hat Macs Rosazea verstärkt, und im grellen Licht des Aufzugs leuchten seine Nase und seine Wangen knallrot. Sie weiß, dass er bei dem Thema empfindlich ist, und so vermeidet sie es, ihn anzusehen, blickt nur starr geradeaus und zählt die Stockwerke, bis die Tür sich endlich quietschend öffnet. Ein Streifenpolizist hält an der Tür von Wohnung 510 Wache, ein todlangweiliger Job um diese frühe Stunde. Er winkt den beiden Detectives matt zu. Noch ein Kollege, der lieber zu Hause im warmen Bett wäre.

In der Wohnung der Toten durchsucht Frankie noch einmal das Wohnzimmer – diesmal jedoch gründlicher und mit dem geübten Auge einer Mutter. Sie hat Erfahrung darin, die verräterischen Hinweise auf die kleinen Sünden ihrer Töchter zu entdecken: die nassen Stiefel im Schrank, nachdem sie sich an einem regnerischen Abend aus dem Haus geschlichen haben. Der unverkennbare Geruch nach Marihuana, der in einem Kaschmirpulli hängt. Der rätselhafte sprunghafte Anstieg der Kilometerzahl auf dem

Tacho ihres Subaru. Die Zwillinge beklagen sich, dass sie mehr von einer Gefängniswärterin als von einer Polizistin hätte, aber das ist vermutlich der Grund, weshalb die Mädchen ihre turbulenten Teenagerjahre bislang unbeschadet überstanden haben. Frankie hat immer geglaubt, wenn es ihr gelänge, sie beide am Leben zu halten, bis sie erwachsen sind, hätte sie ihren Job als Mutter erledigt, aber wem wollte sie da etwas vormachen? Der Job einer Mutter ist nie erledigt. Selbst wenn sie uralt werden sollte, werden ihre Töchter ihr noch den Nachtschlaf rauben, auch wenn sie schon auf die siebzig zugehen.

Frankie hat ihren Rundgang schnell abgeschlossen. Es ist eine kleine Wohnung, spartanisch ausgestattet mit Möbeln, die allesamt gebraucht aussehen. Das Sofa hat eindeutig schon mehr als nur ein paar Besitzer gehabt, und der Holzfußboden ist zerschrammt und zerkratzt von den Generationen von Studentinnen und Studenten, die Möbel herein- und hinausgeschleppt haben. Auf dem Schreibtisch stehen ein leeres Weinglas und ein Laptop, den Frankie schon eingeschaltet hat, nur um festzustellen, dass er passwortgesichert ist. Daneben liegt der Ausdruck eines Referats für ein Seminar an der Commonwealth University: »Furien und Megären: Gewalt und die verschmähte Frau.«

Geschrieben von der jungen Frau, die hier gewohnt hat. Und die jetzt auf dem Weg in ein Kühlfach in der Rechtsmedizin ist.

Frankie und Mac haben bereits die Handtasche der Toten durchsucht, und in ihrer Brieftasche haben sie einen Studentenausweis von der Commonwealth gefunden, einen in Maine ausgestellten Führerschein sowie achtzehn Dollar in bar. Sie wissen, dass die Tote zweiundzwanzig Jahre alt ist und aus Hobart, Maine, stammt. Sie ist eins achtundsechzig groß, wiegt fünfundfünfzig Kilo und hat braunes Haar und braune Augen.

Frankie geht in die Küche, wo sie vorhin schon eine Einzelportion Käsemakkaroni Marke »Marie Callender's« in der Mikrowelle gefunden haben – lauwarm, aber ungeöffnet. Frankie findet es seltsam, dass die junge Frau eine Mahlzeit aufgewärmt hat, die sie dann gar nicht gegessen hat. Was ist in der Zwischenzeit passiert, was sie veranlasste, ihr Essen stehen zu lassen, auf den Balkon hinauszutreten und in den Tod zu springen? Eine schlimme Nachricht? Ein erschütternder Telefonanruf? Auf der Arbeitsfläche liegt ein Fachbuch, dessen Einband das Gesicht einer Frau zeigt. Ihre Haare stehen in Flammen, ihr Mund ist zu einem wütenden Schrei aufgerissen.

Medea: Die Frau hinter dem Mythos.

Frankie weiß, dass sie mit dem Mythos von Medea vertraut sein sollte, aber ihre Collegezeit liegt Jahrzehnte zurück, und sie erinnert sich nur noch, dass es irgendetwas mit Rache zu tun hat. Zwischen den Seiten des Buches findet sie einen Brief. Es ist die Zulassung zum Graduiertenprogramm für den kommenden Herbst, verschickt vom English Department der Commonwealth University.

Noch ein weiteres Detail, das Frankie stutzig macht.

Sie geht zurück zur Balkontür, die jetzt geschlossen ist. Als der Hausverwalter sie in die Wohnung ließ, stand diese Tür weit offen, und der Wind hatte Regen und Graupel hereingeweht. Noch jetzt sieht man die feuchten Stellen auf dem Holzboden glitzern. Sie öffnet die Tür, tritt hinaus und bleibt unter dem Schutz des oberen Balkonvorsprungs stehen. Unten parken zwei Streifenwagen des Boston PD;

das hypnotisierende Flackern ihres Blaulichts spiegelt sich in den Fenstern der Häuser auf der anderen Straßenseite. In einer Stunde wird es hell, dann werden die Streifenwagen verschwunden sein, und der Regen wird den Gehsteig reingewaschen haben. Keiner der Passanten wird ahnen, dass er über die Stelle hinwegschreitet, an der erst wenige Stunden zuvor das Leben einer jungen Frau verloschen ist.

Mac tritt zu ihr auf den Balkon. »Sie war offenbar ein hübsches Mädchen. Wirklich schade um sie«, sagt er und seufzt.

»Es wäre auch schade um sie, wenn sie hässlich gewesen wäre, Mac.«

»Ja, du hast ja recht.«

»Und sie war gerade an der Graduate School angenommen worden. Das Zulassungsschreiben liegt auf der Arbeitsplatte in der Küche.«

»O Mann, echt? Was geht in den Köpfen von diesen jungen Leuten eigentlich vor?«

Frankie blickt hinaus in den silbrig glitzernden Regenvorhang. »Die Frage stelle ich mir unentwegt.«

»Deine Töchter sind wenigstens vernünftig. Die würden so was niemals machen.«

Nein, das kann Frankie sich nicht vorstellen. Selbstmord ist eine Art von Kapitulation, und ihre Zwillinge sind Kämpferinnen, willensstark und rebellisch. Sie späht auf die Straße hinunter. »Mein Gott, das geht ganz schön tief runter.«

»Ich schau lieber gar nicht hin.«

»Sie muss verzweifelt gewesen sein.«

»Dann hast du also auch keinen Zweifel, dass es Selbstmord war?«

Frankie starrt auf die Straße, während sie überlegt, was es eigentlich genau ist, was sie so stört. Warum ihr Instinkt ihr zuflüstert: *Du hast etwas übersehen. Wende dich noch nicht ab.*

»Ihr Handy«, sagt sie. »Wo ist es?«

Es klopft an der Tür. Sie drehen sich beide um, als der Streifenpolizist den Kopf zur Wohnungstür hereinsteckt. »Detective Loomis? Ich hätte hier eine Nachbarin – möchten Sie mit ihr sprechen?«

Auf dem Flur steht eine junge Frau mit asiatischen Zügen, die ihnen erklärt, dass sie gleich nebenan wohnt. Sie ist mit Bademantel und Flip-Flops bekleidet – offenbar ist sie gerade erst aufgestanden. Immer wieder geht ihr Blick zu der geschlossenen Wohnungstür der Toten, als ob sich dahinter irgendein unaussprechliches Grauen verbergen würde.

Frankie zückt ihren Notizblock. »Und Sie heißen?«

»Helen Ng. Das schreibt sich N-g. Ich studiere an der Commonwealth, genau wie sie.«

»Kannten Sie Ihre Nachbarin gut?«

»Nur flüchtig. Ich bin erst vor fünf Monaten hier eingezogen.« Sie hält inne und blickt auf die geschlossene Tür. »Mein Gott, ich kann es gar nicht glauben.«

»Dass sie sich das Leben nehmen würde?«

»Dass es direkt *nebenan* passiert ist. Wenn meine Eltern das hören, drehen sie bestimmt durch. Sie werden sagen, dass ich wieder zu ihnen ziehen soll.«

»Wo wohnen Ihre Eltern?«

»Nicht weit von hier, in Quincy. Sie wollten, dass ich Geld spare und zur Uni pendle, aber das ist doch keine richtige College-Erfahrung. Es ist nicht dasselbe, wie eine eigene Wohnung zu haben und…«

»Erzählen Sie uns etwas über Ihre Nachbarin«, unterbricht Frankie sie.

Helen denkt kurz nach und zuckt dann ratlos mit den Schultern. »Ich weiß, dass sie im vierten Jahr ist – war. Kommt aus irgendeinem kleinen Ort oben in Maine. Sie war meistens nicht sehr gesprächig.«

»Haben Sie gestern Abend irgendetwas Ungewöhnliches gehört?«

»Nein. Aber ich bin erkältet, deswegen habe ich zwei Benadryl genommen. Ich bin erst vorhin aufgewacht, als ich den Polizeifunk auf dem Flur gehört habe.« Helens Blick geht wieder zur Wohnungstür. »Hat sie einen Abschiedsbrief oder so hinterlassen? Hat sie gesagt, warum sie es getan hat?«

»Wissen *Sie* einen Grund?«

»Na ja, vor ein paar Wochen hat sie schon ziemlich deprimiert gewirkt, nach der Trennung von ihrem Freund. Aber ich dachte, sie wäre darüber hinweg.«

»Wer war ihr Freund?«

»Er heißt Liam. Ich habe ihn ein paarmal hier gesehen, als sie noch zusammen waren.«

»Wissen Sie seinen Nachnamen?«

»Ich erinnere mich nicht, aber ich weiß, dass er aus ihrem Heimatort stammt. Er studiert auch an der Commonwealth.« Helen hält einen Moment inne. »Haben Sie ihre Mutter angerufen? Weiß sie es schon?«

Frankie und Mac wechseln einen Blick. Das ist ein Anruf, den keiner von beiden machen möchte, und Frankie weiß genau, wie Mac sich vor der Aufgabe drücken wird. *Du bist eine Frau, du bist besser mit solchen Dingen*, das ist seine übliche Ausrede. Mac hat keine Kinder, deshalb

kann er sich im Gegensatz zu Frankie nicht wirklich vorstellen, was für ein entsetzlicher Schlag eine solche Nachricht ist. Er kann sich auch nicht vorstellen, wie schwer
ihr solche Anrufe fallen.

Mac hat sich die Angaben ebenfalls notiert, und jetzt
blickt er von seinem Notizbuch auf. »Also, dieser Ex-Freund
heißt Liam, er ist aus Maine, und er studiert an der Commonwealth?«

»Richtig. Im vierten Jahr.«

»Dürfte nicht allzu schwierig sein, ihn zu finden.« Er
klappt sein Notizbuch zu. »Damit ist die Sache wohl erledigt«, meint Mac, und Frankie weiß, was der Blick bedeutet, den er ihr zuwirft. *Ihr Freund hat sie verlassen. Sie
war deprimiert. Was brauchen wir mehr?*

Nachdem sie den Ort der Tragödie verlassen haben, muss
Frankie eigentlich dringend nach Hause. Sie braucht eine
Dusche, sie braucht ihr Frühstück, und sie will ihren Zwil-
lingen Hallo sagen – falls sie überhaupt schon wach sind.
Und dennoch kann sie nicht umhin, auf der Heimfahrt
nach Allston einen Umweg zu machen. Es ist nur ein paar
Häuserblocks abseits ihrer Strecke, und an den meisten
Tagen kann sie der Versuchung widerstehen, das Haus
noch einmal zu sehen. Doch an diesem Morgen scheint ihr
Subaru aus eigenem Antrieb von der normalen Route ab-
zuweichen, und wieder einmal ertappt sie sich dabei, wie
sie gegenüber dem Backsteinbau in Packard's Corner am
Straßenrand parkt und zu der Wohnung im vierten Stock
hinaufstarrt, wo die Frau immer noch wohnt.

Frankie kennt den Namen der Frau, sie weiß, wo sie
arbeitet und wie viele Strafmandate für Falschparken sie

schon kassiert hat. Diese Fakten sollten für sie nicht mehr von Bedeutung sein, aber sie sind es dennoch. Sie hat diese Details keinem Menschen anvertraut – nicht ihren Kollegen im Morddezernat, nicht einmal ihren eigenen Töchtern. Nein, dieses Wissen behält sie für sich, weil allein die Tatsache, dass sie von der Existenz dieser Frau weiß, einfach zu demütigend ist.

Deshalb sitzt Frankie an diesem regnerischen Aprilmorgen allein in ihrem Auto und beobachtet eine Wohnung, ohne dass sie irgendeinen legitimen Grund dafür hätte, einzig und allein, um sich selbst zu quälen. Alle nehmen an, dass sie die Tragödie verwunden hat und wieder nach vorne schaut. Ihre Töchter haben die Highschool mit Bestnoten abgeschlossen und genießen jetzt ihr Gap Year in vollen Zügen. Ihre Kollegen haben aufgehört, ihren Blicken auszuweichen oder sie mitleidig anzusehen. Dieses Mitleid war das Allerschlimmste – von allen im Boston PD, bis hin zu den Streifenbeamten, nur noch bedauert zu werden. Nein, in ihrem Leben ist wieder Normalität eingekehrt – oder zumindest ein Anschein davon.

Und doch parkt sie jetzt wieder einmal vor dem Haus in Packard's Corner.

Eine Frau tritt aus dem Gebäude, und Frankie ist schlagartig hellwach. Sie sieht zu, wie die Frau die Straße überquert und an Frankies Auto vorbeigeht, offensichtlich ohne zu ahnen, dass sie beobachtet wird. Frankie jedoch nimmt sie umso genauer wahr. Die Frau hat blondes Haar und hat sich gegen die Kälte in schwarze Leggings und eine weiße Daunenjacke gehüllt, die eng genug anliegt, um eine Wespentaille und schmale Hüften erkennen zu lassen. Frankie hatte früher auch so eine Figur, damals, vor der Geburt der

Zwillinge. Bevor die Jahre, die Schreibtischarbeit und die vielen eilig hinuntergeschlungenen Mahlzeiten ihre Hüften in die Breite gehen und ihre Oberschenkel anschwellen ließen.

Im Rückspiegel beobachtet Frankie, wie die Frau zur Stadtbahn-Haltestelle geht. Sie überlegt, ob sie aussteigen und ihr folgen soll. Überlegt, sich der Frau vorzustellen und ihr vorzuschlagen, dass sie sich einmal in aller Ruhe unterhalten könnten, von Frau zu Frau, vielleicht in dem Café an der Straßenecke. Doch sie bringt es nicht fertig auszusteigen. In Frankies langer Laufbahn als Polizistin hat sie Türen eingetreten, Mörder zur Strecke gebracht und zweimal in die Mündung einer Pistole geblickt, und doch bringt sie es nicht fertig, Ms. Lorraine Conover gegenüberzutreten, einer sechsundvierzigjährigen, nicht vorbestraften Verkäuferin bei Macy's.

Die Frau biegt um die Ecke und verschwindet aus Frankies Blickfeld.

Frankie sinkt in ihren Sitz zurück. Sie ist noch nicht bereit, den Motor wieder anzulassen, nicht bereit, sich den Schrecken zu stellen, die dieser Tag noch bringen mag.

Eine tote junge Frau ist schlimm genug.

DAVOR

DREI MONATE ZUVOR

2

Taryn

Niemand wusste, dass sie hier war. Niemand würde es je erfahren.

Um halb zehn Uhr morgens dürften alle Mieter im zweiten Stock das Gebäude verlassen haben. Die Abernathys in Wohnung 2A, die immer so aufreizend nett zu Taryn waren, müssten schon an ihren Arbeitsplätzen sein – er in der Revisionsabteilung der City of Boston, sie im Büro für Stadtteilentwicklung. Die beiden Ingenieurstudenten, die in 2B wohnten, hockten jetzt bestimmt irgendwo auf dem Campus vor ihren Laptops. Die Blondinen in 2C hatten wohl ihren üblichen Wochenendkater auskuriert und waren zu ihren Vorlesungen an der Commonwealth gestakst.

In 2D dürfte auch niemand sein. Liam war inzwischen auf dem Weg zu seinem WiWi-Seminar am anderen Ende des Campus, eine Viertelstunde zu Fuß von hier. Nach WiWi hatte er Deutsch III, danach würde er zu Mittag essen, wahrscheinlich sein übliches belegtes Baguette mit extra Jalapeños in der Student Union, und anschließend hatte er eine Politikvorlesung. Taryn kannte seinen Stundenplan auswendig, genau wie sie auch jeden Quadratzentimeter seiner Wohnung kannte.

Sie drehte den Schlüssel um, drückte leise die Tür auf und betrat Nummer 2D. Die Wohnung war größer und so viel schöner als ihre eigene Bruchbude, die nach Schimmel und alten Rohrleitungen stank. Wenn sie hier tief einatmete, war *er* es, den sie roch. Der samtige Dampf, der noch von seiner morgendlichen Dusche in der Luft hing. Die Zitrusnoten seines Rasierwassers. Der Hefeduft des Vollkorntoasts, den er immer zum Frühstück aß. All die Gerüche, die sie so vermisste.

Wohin sie auch blickte, alles brachte glückliche Erinnerungen zurück. Da war das Sofa, auf dem sie sich ganze Samstagnachmittage lang billige Horrorfilme reingezogen hatten, ihr Kopf an seine Schulter geschmiegt, sein Arm um sie gelegt. Da war das Bücherregal, wo ihr Foto einen Ehrenplatz eingenommen hatte. Auf diesem Foto, aufgenommen in dem Sommer, als sie beide ihren Highschool-Abschluss gemacht hatten, standen sie Arm in Arm auf dem Bald Rock Mountain, und sein vom Wind zerzaustes Haar leuchtete golden im Sonnenschein. Liam und Taryn, für immer und ewig. Wo war dieses Foto jetzt? Wo hatte er es versteckt?

Sie ging in die Küche und erinnerte sich an ihre Sonntagsfrühstücke mit Pancakes und Mimosas, Letztere gemixt mit billigem Sekt, weil echter Champagner zu teuer war. Auf der Arbeitsplatte lag die Post von gestern, die Umschläge bereits aufgeschlitzt. Sie las den Brief, den ihm seine Mutter geschickt hatte, zusammen mit einem Ausschnitt aus ihrem Lokalblatt. Dr. Howard Reilly, Liams Vater, war von der Stadt als »Bürger des Jahres« ausgezeichnet worden. Wow! Sie ging den Rest seiner Post durch – eine Mietrechnung, ein paar Pizza-Gutscheine und ein Kreditkartenantrag. Ganz unten lag eine dicke Broschüre von der Stanford Law School. Warum interessierte er sich für Stanford? Sie wusste, dass er sich an juristischen Hochschulen bewarb, aber nicht ein einziges Mal hatte er davon gesprochen, nach Kalifornien zu gehen. Sie waren sich einig gewesen, dass sie nach ihrem Abschluss in Boston bleiben würden. Das war ihr Pakt. So hatten sie es von Anfang an geplant.

Es war nur eine Broschüre. Es hatte nichts zu bedeuten.

Sie öffnete den Kühlschrank und ließ den Blick über die alten Bekannten schweifen: Sriracha-Soße, Hellmann's Mayonnaise und Yoo-hoo-Schokodrink. Aber zwischen diesen vertrauten Produkten lauerte ein fremder Eindringling: ein Becher Magerjoghurt. Der sollte da nicht sein. In all den Jahren, die sie Liam schon kannte, hatte sie ihn nicht ein einziges Mal Joghurt essen sehen. Er verabscheute Joghurt. Der Anblick dieser Anomalie war so verstörend, dass sie sich fragte, ob sie sich vielleicht in der Wohnung geirrt und den falschen Kühlschrank geöffnet hatte. Ob sie sich in ein Paralleluniversum verirrt hatte, wo ein falscher Liam lebte, ein Liam, der Joghurt aß und einen Umzug nach Kalifornien plante.

Verunsichert ging sie ins Schlafzimmer, wo an den Wochenenden ihre abgelegten Kleider nachts wie eng umschlungene Liebende am Boden gelegen hatten, sein Hemd über ihre Bluse geworfen. Auch hier war irgendetwas nicht ganz richtig. Sein Bett war gemacht, die Ecken des Lakens sauber eingesteckt, wie im Hotel. Wann hatte er das gelernt? Wann hatte er je sein eigenes Bett gemacht? Sie hatte es immer für ihn gemacht.

Sie öffnete seinen Kleiderschrank und sah seine Hemden dort hängen, manche noch in den Plastikhüllen von der Reinigung. Sie hob einen Ärmel an und drückte ihr Gesicht an die kühle Baumwolle, und sie erinnerte sich an die vielen Male, die sie ihren Kopf an seine Schulter gelehnt hatte. Aber diese frisch gewaschenen Hemden rochen nur nach Seife und Stärke. Anonyme Gerüche.

Sie schloss die Schranktür und ging ins Bad.

Im Zahnputzbecher, wo ihre Zahnbürste immer gesteckt hatte, war jetzt nur noch seine, allein und einsam, ohne ihre Partnerin. Sie hob den Deckel seines Wäschekorbs an, wühlte in der Schmutzwäsche und zog ein T-Shirt heraus. Sie vergrub ihr Gesicht darin, und der Duft berauschte sie. Er hatte so viele T-Shirts, da würde er dieses eine bestimmt nicht vermissen. Sie stopfte es in ihren Rucksack – sie würde es als ihre geheime Liam-Droge behalten, und es würde ihr helfen, die Zeit zu überbrücken, bis diese Farce von wegen »ihrer Beziehung eine Pause gönnen« vorbei war. Sicherlich würde ihre Trennung nicht mehr lange dauern. Sie waren schon so lange zusammen, dass sie zu einem einzigen Organismus zusammengewachsen waren. Sie waren ein Fleisch, ihre Leben auf ewig miteinander verbunden. Er brauchte nur etwas Zeit, um zu erkennen, wie sehr sie ihm fehlte.

Sie trat hinaus auf den Flur und zog lautlos die Tür hinter sich zu. Bis auf das T-Shirt, das sie gestohlen hatte, hatte sie alles in seiner Wohnung so hinterlassen, wie sie es vorgefunden hatte. Er würde nicht merken, dass sie hier gewesen war; er merkte es ja nie.

Draußen pfiff ein eisiger Wind zwischen den Häusern hindurch, und sie zog die Kapuze ihrer Jacke hoch, wickelte sich den Schal fester um den Hals. Sie war schon viel zu lange hier; wenn sie sich nicht beeilte, würde sie zu spät zum Seminar kommen. Aber dennoch blieb sie noch einmal auf dem Gehweg stehen, um einen letzten Blick auf seine Wohnung zu werfen.

Und da sah sie das Gesicht am Fenster, das auf sie herabblickte. Es war eine der Blondinen aus 2C. Warum war sie nicht schon in der Uni, wo sie hingehörte? Während Taryn Liams Wohnung durchstöbert hatte, war diese Frau noch zu Hause gewesen. Sie starrten einander an, und Taryn fragte sich, ob die andere Frau gehört hatte, wie sie nebenan umhergegangen war. Würde sie Liam von dem Besuch erzählen?

Taryns Herz pochte, als sie davonging. Vielleicht hatte die Blondine sie ja nicht gehört. Und selbst wenn, hätte sie doch keinen Grund, es Liam gegenüber zu erwähnen. Taryn hatte immer die Wochenenden hier bei ihm verbracht, sie war schon Dutzende Male in diesem Haus gewesen.

Nein, es gab keinen Grund zur Panik. Keinen Grund zu der Befürchtung, dass er es je erfahren würde.

Sie beschleunigte ihre Schritte. Wenn sie sich beeilte, könnte sie es immer noch pünktlich zum Seminar schaffen.

3

Jack

Ihr Name war Taryn Moore, und sie schlich sich am ersten Tag des Semesters in Professor Jack Dorians Leben, als sie den Seminarraum betrat, bekleidet mit einem silberfarbenen Blouson und glänzend schwarzen Leggings. Die Veranstaltung hatte schon vor zehn Minuten begonnen, und sie murmelte eine Entschuldigung, als sie sich an den anderen Studenten vorbeischob, die sich in dem kleinen Raum drängten, und den letzten freien Platz am Tisch einnahm. Jack konnte nicht umhin zu bemerken, wie verführerisch sie aussah, als sie auf ihren Stuhl glitt, ihre Figur geschmeidig wie die einer Tänzerin, mit rötlichen Strähnchen in ihren vom Wind zerzausten braunen Haaren. Sie setzte sich neben einen pummeligen Typen mit einer Red-Sox-Mütze, stellte ihr Notebook auf den Tisch und fixierte Jack mit einem so offenen Blick, dass er für einen kurzen Moment beinahe vergaß, was er sagen wollte.

Sie waren fünfzehn in diesem Kurs, mehr passten auch kaum in den kleinen Seminarraum des English Departments. Bei einer so überschaubaren Gruppe hatte Jack sich schon nach kurzer Zeit alle ihre Namen merken können.

»Und Sie sind…?«, fragte er mit einem Blick auf die

Teilnehmerliste seines Seminars »Liebende unterm bösen Stern«. Es war zugegebenermaßen ein etwas reißeri-
scher Titel für den Kurs, den er konzipiert hatte, in dem
das Thema zum Scheitern verurteilter Liebe von der An-
tike bis in die Gegenwart behandelt werden sollte. Gab
es einen besseren Weg, abgestumpfte Collegestudenten im vierten Jahr dazu zu bringen, die *Aeneis*, *Tristan
und Isolde*, *Medea* oder *Romeo und Julia* zu lesen, als
das Ganze zu einem sexy Paket aus Liebe, Lust und tragi-
schem Ende zu verschnüren? Welche unglücklichen Umstände haben zum Tod der Liebenden geführt? Welche religiösen, politischen und gesellschaftlichen Kräfte standen
ihrem Glück im Weg?

»Taryn Moore«, antwortete sie.

»Willkommen, Taryn«, sagte er und hakte den Namen
auf der Liste ab. Er fand die Stelle in seinem Konzept, wo
er unterbrochen worden war, und fuhr in seinem Vortrag fort, doch er war immer noch abgelenkt von der Frau
am anderen Ende des Tisches. Vielleicht vermied er es
deshalb, sie anzusehen. Schon an diesem allerersten Tag
musste irgendein Instinkt ihm gesagt haben, dass er auf
der Hut sein musste.

Das Semester war vier Wochen alt, als sich sein Instinkt
als zutreffend erwies.

Sie sprachen über den Briefwechsel von Abaelard und
Héloïse aus dem zwölften Jahrhundert. Abaelard war der
ältere der beiden, ein berühmter Philosoph und Theologe
an der Domschule von Notre-Dame. Héloïse war seine
kluge und begabte Schülerin. Trotz einer Vielzahl sozia-
ler und religiöser Tabus, die ihrer Verbindung entgegen-
standen, wurden Abaelard und Héloïse ein Liebespaar. Als

sie von Abaelard schwanger wurde, zog sie sich entehrt in ein Kloster zurück. Ihr Onkel jedoch vollzog eine brutale Strafe an dem unglücklichen Abaelard: Er ließ ihn von seinen Helfershelfern kastrieren. Abaelard trat daraufhin als Mönch in eine Abtei ein. Obwohl für immer getrennt, hielten die Liebenden ihre Romanze durch die Briefe lebendig, die sie einander schrieben, ein Dokument des Herzeleids zweier unglücklich Liebender, denen es versagt war, einander je wieder zu berühren.

»Ihre Briefe offenbaren faszinierende Details des Klosterlebens im Mittelalter«, erklärte Jack den Studenten. »Doch es ist ihre tragische Liebesgeschichte, die diese Briefe so bewegend und zeitlos macht. Die Tragödie bestimmte ihr Leben, und ihr Leiden im Namen der Liebe machte sie zu Helden. Aber sehen Sie sein und ihr Opfer als gleichwertig? Wer von den beiden Liebenden erscheint Ihnen heldenhafter?«

Beth, ihre Miene ernst wie immer, hob die Hand. »Ich finde, was an Héloïse besonders beeindruckend ist, angesichts der Normen, die damals für Frauen galten, ist ihre fortgesetzte Auflehnung.« Sie sah auf ihren Text hinunter. »Sie schreibt aus dem Kloster, während die anderen ›mit Gott vermählt sind, bin ich mit einem Mann vermählt‹, und ›ich bin allein Abaelards Sklavin‹. Daraus spricht eine willensstarke Frau, die den Tabus ihrer Zeit trotzte. Ich würde sagen, dass *sie* die wahre Heldin ist.«

Er nickte. »Und sie hat ihre Liebe zu ihm nie aufgegeben.«

»Sie sagt, dass sie Abaelard sogar in die Flammen der Hölle folgen würde. Das ist wahre Hingabe.«

Jason meldete sich zu Wort: »Ich kann meine Freundin

nicht mal dazu bringen, zu einem Spiel der Bruins mitzu-kommen.«

Der ganze Kurs brach in Gelächter aus. Jack war erfreut zu sehen, wie alle sich an der lebhaften Diskussion betei-ligten, ganz anders als an den frustrierenden Tagen, wenn er allein das Reden übernehmen musste und seine Studen-ten ihn nur gelangweilt mit glasigen Augen anstarrten, wie Karpfen in einem Teich.

Jason fuhr fort: »Mir hat auch gefallen, wie Héloïse schreibt, dass sie während der Messe sexuelle Fantasien hatte. Also, damit kann ich mich voll identifizieren! In griechischen Kirchen dauert die heilige Liturgie volle zwei Stunden. In der Zeit könnte ich es mit einem Dutzend Mä-dels treiben. Im Kopf jedenfalls.«

Wieder Gelächter. In diesem Moment fing Taryn Jacks Blick auf. Sie hatte eifrig mitgeschrieben, und jetzt hob sie die Hand.

»Ja, Taryn?«, sagte er.

»Ich habe ein Problem mit dieser Geschichte. Und auch mit den anderen auf Ihrer Lektüreliste«, sagte sie.

»Oh?«

»Es scheint da ein durchgängiges Thema zu geben in den Geschichten, die Sie uns bisher vorgestellt haben. Und das ist, dass die Männer ausnahmslos die Frauen verraten, die sie zu lieben behaupten. Héloïse gibt alles auf für die Liebe. Und doch feiern die meisten Kommentatoren Abaelard als den wahren Helden.«

Er hörte die Leidenschaft aus ihren Worten heraus, und mit einem Nicken forderte er sie auf fortzufahren.

»Abaelard stellt sich sogar selbst als eine Art roman-tischer Held dar, weil er solche Leiden zu erdulden hat, aber ich sehe das völlig anders. Ja, es ist furchtbar, dass er kastriert wurde. Aber während Héloïse die Flamme ihrer Liebe am Leben gehalten hat, schwört Abaelard letztlich all seinen sexuellen Gefühlen für sie ab. Er entscheidet sich aus freien Stücken für die Frömmigkeit und gegen die Liebe, während sie ihre Leidenschaft für ihn *niemals* preisgibt.«

»Sehr gut argumentiert«, lobte er sie, und er meinte es ernst. Taryn hatte offensichtlich über das Gelesene nachgedacht, und sie war tiefer in die Materie eingedrungen als die anderen Studenten, von denen viele nur das Allernötigste taten, um ihren Schein zu bekommen. Bei so viel intellektueller Begeisterung und Verständnis für den Gegenstand machte das Unterrichten einfach Freude. Studentinnen und Studenten wie sie waren der Grund, warum er diese Arbeit machte. Er wünschte, es gäbe mehr von ihrer Sorte. »Sie haben recht – sie hält an ihrer Leidenschaft fest, während er sich dafür entscheidet, in die Fußstapfen der Heiligen zu treten und auf sinnliche Freuden zu verzichten.«

»Das klingt natürlich sehr edel«, fuhr sie fort, »aber man muss sich mal vor Augen führen, was Héloïse alles aufgegeben hat. Ihre Freiheit, ihre Jugend. Ihr eigenes Kind. Wie verzweifelt muss sie gewesen sein, als sie schrieb: ›Ich war nur deine Hure.‹ Es ist, als sei ihr klar geworden, dass er sie fallen gelassen hat und sie im Kloster verrotten lässt.«

»Ach, nun hör aber mal auf!« Jessica schnaubte verächtlich. »Sie landet im Kloster wegen der ganzen sozialen und religiösen Zwänge. *Er* hat sie nicht dorthin geschickt.«

Caitlin, ihre Mitbewohnerin, die neben ihr saß, nickte mechanisch. Jack wusste nicht, was der Grund war, aber die beiden gifteten ständig gegen Taryn, wechselten Blicke und verdrehten die Augen, wann immer sie eine kluge Bemerkung machte. Eifersucht vielleicht?

»Das stimmt nicht«, entgegnete Taryn. Sie schlug die entsprechende Seite in ihrem Buch auf. »Héloïse schreibt: ›Es war dein Befehl allein, der mich in dieses Kloster schickte.‹ Sie hat es für *ihn* getan. Sie hat alles für ihn getan. Das ist für jeden offensichtlich, der den Text tatsächlich gelesen hat.«

Jessica lief rot an. »Ich habe die Briefe gelesen!«

»Ich habe auch nie etwas anderes behauptet.«

»Aber du hast es mir unterstellt!«

»Nun ja, die Briefe sind ja auch eine ziemlich komplexe Lektüre. Vielleicht ist dir der Punkt entgangen.«

Jessica wandte sich Caitlin zu und flüsterte: »Was für ein Miststück.«

»Jessica?«, sagte Jack. »Habe ich Sie richtig verstanden?«

Sie sah ihm direkt in die Augen und erwiderte mit einem unschuldigen Lächeln: »Ich habe nichts gesagt.« Aber die anderen hatten sie offenbar auch gehört, so betreten, wie sie alle dreinblickten.

»In diesem Raum ist kein Platz für persönliche Attacken. Ist das klar?«, sagte er.

Statt einer Antwort starrte Jessica nur stumm vor sich hin.

»Jessica?«

»Jaja, schon recht.«

Es wurde Zeit, diesem Geplänkel ein Ende zu bereiten. Er wandte sich Taryn zu. »Sie sagten, Abaelard habe Héloïse verraten. Möchten Sie das etwas genauer ausführen?«

»Sie hat alles für ihn aufgegeben. Sie braucht seinen Trost, die Versicherung, dass er sie liebt. Und was tut er? Er sagt ihr, sie soll das Kreuz umarmen. Ich glaube, da kommt raus, was für ein herzloser Egoist er ist, wenn er behauptet, er hätte mehr gelitten als sie.«

»Na ja, immerhin haben sie ihm die Eier abgeschnitten«, meinte Jason.

Das Gelächter war eine willkommene Abwechslung nach der ganzen Anspannung, aber ihm fiel auf, dass Jessica nicht mitlachte. Sie und Caitlin hatten die Köpfe zusammengesteckt und tuschelten.

Er wollte noch andere Stimmen hören, weshalb er Cody Atwood ansah, der wie üblich neben Taryn saß. Er war ein schüchterner Junge, der sich immer unter seiner Baseballkappe zu verstecken schien, die er manchmal so tief ins Gesicht zog, dass man seine Augen nicht sehen konnte. »Was meinen Sie, Cody?«, fragte Jack.

»Ich, äh … Ich finde, Taryn hat recht.«

»Das findet er immer«, sagte Jessica. Sie wandte sich zu Caitlin um und zischelte: »Loser.«

Jack beschloss, es durchgehen zu lassen, da niemand sonst die Beleidigung gehört zu haben schien.

»Ich sehe das genau wie Taryn, dass Abaelard ein ziemlicher Egoist ist«, sagte Cody. »Er ist ihr Lehrer, und er ist doppelt so alt wie sie. Das macht ihn noch unsympathischer, dass er seine Schülerin ausnutzt.«

»Und das ist die gleiche Dynamik, die wir auch in späteren literarischen Werken sehen. Denken Sie an Philip Roths *Das sterbende Tier* und an Jonathan Franzens *Die Korrekturen*. Und ich bin sicher, dass viele von Ihnen *Gone Girl* gelesen haben. In all diesen Geschichten geht es darum, wie sich ein älterer Lehrer in eine Schülerin oder Studentin verlieben kann.«

»Genau wie in *Scharf auf meinen Prof*«, warf Jason ein.

»Was?«

»Ach, das ist bloß so eine billige Teenie-Klamotte.«

Jack lächelte. »Komisch, muss ich wohl verpasst haben.«

»Also ist das das eigentliche Thema dieses Seminars, Professor?«, fragte Jessica. »Lehrer, die es mit ihren sexy Schülerinnen treiben?«

Er starrte sie einen Moment lang an, als ihm bewusst wurde, dass sie sich auf gefährlichem Terrain bewegten. »Ich wollte nur darauf hinweisen, dass es ein Thema ist, das in der Literatur immer wieder aufgegriffen wird. Diese Geschichten illustrieren, wie und warum eine Situation, die eigentlich von der Gesellschaft tabuisiert ist, dennoch eintreten kann. Sie zeigen uns, dass jeder, und sei er moralisch noch so integer, in eine desaströse sexuelle Affäre hineingezogen werden kann.«

Jessica lächelte, ihre Augen blitzten. »*Jeder*, Professor?«

»Wir reden hier über Literatur, Jessica.«

»Also wirklich, was ist denn schon dabei, wenn ein Lehrer sich in eine Studentin verliebt, die es auch will?«, meinte Jason. »Ist ja nicht so, als ob das irgendwo in den Zehn Geboten steht. *Du sollst es nicht mit heißen Studentinnen treiben.*«

»Aber es *gibt* ein Gebot gegen Ehebruch«, wandte Beth ein.

»Abaelard war nicht verheiratet«, sagte Taryn. »Aber wieso halten wir uns eigentlich mit diesem Punkt auf? Wir kommen vom Thema ab.«

»Das finde ich auch«, sagte Jack und sah auf die Uhr. Erleichtert stellte er fest, dass die Stunde beinahe zu Ende war. »Okay, ich habe eine kleine Ankündigung zu machen, und ich glaube, das wird Ihnen gefallen. In zwei Wochen eröffnet im Museum of Fine Arts eine Sonderausstellung mit Illustrationen, die von Héloïse und Abaelard inspiriert wurden. Ich habe mit dem Museum vereinbart, dass unser Seminar eine private Führung bekommt. An dem Tag treffen wir uns also nicht hier, sondern machen eine Exkursion zum MFA. Notieren Sie sich den Termin, aber ich schicke auch noch mal eine Rundmail zur Erinnerung. Aber nächste Woche treffen wir uns wie gewohnt hier. Und bis dahin sollten Sie die *Aeneis* gelesen haben!«

Während die Studenten den Seminarraum verließen, sammelte er seine Unterlagen ein und legte sie in seinen Aktenkoffer. Er merkte nicht, dass Taryn neben ihm stand, bis sie ihn ansprach.

»Ich freue mich jetzt schon auf die Exkursion, Professor Dorian«, sagte sie. »Ich habe ein paar der Bilder auf der Website des Museums gesehen, und es scheint eine wunderbare Ausstellung zu sein. Danke, dass Sie das für uns organisiert haben.«

»Das ist doch selbstverständlich. Übrigens, Ihre Arbeit über Medea letzte Woche hat mir sehr gut gefallen. Es ist das Beste, was ich in diesem Semester gelesen habe. Ich muss sagen, das ist ein Niveau, das ich normalerweise nur von Doktoranden erwarten würde.«

Sie strahlte übers ganze Gesicht. »Wirklich? Ist das Ihr Ernst?«

»Ja. Es ist ausgesprochen durchdacht und auch sehr gut geschrieben.«

Spontan ergriff sie seinen Arm, als ob er ein guter Freund wäre. »Danke. Sie sind der Beste.«

Er nickte und zog seinen Arm leicht zurück, worauf sie ihn losließ.

Plötzlich bemerkte er, dass Jessica von der Tür aus zusah, und der Blick, den sie ihm zuwarf, gefiel ihm gar nicht. Genauso wenig wie die eindeutig sexuelle Geste, die sie Caitlin zeigte, als Taryn hinausging – sie schob einen Finger in ihre Faust und zog ihn wieder heraus. Caitlin kicherte, dann verschwanden sie beide.

Jessicas Hausarbeit war allenfalls von durchschnittlicher Qualität, und es hatte ihm großen Genuss bereitet, eine fette Drei minus darauf zu kritzeln.

Er klappte den Aktenkoffer mit einem lauten Knall zu. Jessicas obszöne Geste hatte ihn mehr verstört, als er zugeben mochte. Erst nachdem der Seminarraum sich ganz geleert hatte, zog er endlich seine Jacke an und trat allein hinaus in den kalten Januarwind.

4

Jack

Maggie kam wie üblich zu spät. Sie wirkte gehetzt, als sie kurz nach halb sieben mit windzerzausten Haaren das Restaurant betrat, doch sie strahlte übers ganze Gesicht, als sie auf ihren Tisch zueilte, ihren Vater mit einer herzlichen Umarmung begrüßte und Jack anschließend einen flüchtigen Kuss gab.

»Na, wie geht's unserer begnadeten Ärztin?«, fragte Charlie, ihr Vater.

Maggie zog sich die Jacke aus, hängte sie über die Stuhllehne und ließ sich kraftlos auf das Polster sinken. »Erschöpft. Ich glaube, ich habe mich den ganzen Nachmittag nicht ein einziges Mal hingesetzt. Es ist dieses fiese Virus, das gerade umgeht. Alle wollen, dass ich ihnen Antibiotika verschreibe, und ich muss es ihnen mühsam ausreden.« Sie winkte die Kellnerin herbei, um einen Chardonnay zu bestellen, dann ergriff sie Charlies Hand. »Und wie geht's meinem lieben Geburtstagskind?«

»Jetzt, wo du hier bist, komme ich allmählich in Feierstimmung.«

»Wir warten schon vierzig Minuten«, sagte Jack, wobei er sich bemühte, nicht verärgert zu klingen. Er hatte Charlie auf dem Weg zum Restaurant abgeholt und ständig auf die Uhr gesehen, während sie hier gesessen und Small Talk gemacht hatten. Er war schon beim zweiten Glas Wein.

»Jack, sie hat doch die beste Entschuldigung der Welt«, meinte Charlie. »All die kranken Leute, die sie brauchen.«

»Danke, Dad.« Maggie warf ihrem Mann einen »Da-hast-du's«-Blick zu.

»Und du kannst froh sein, dass du sie hast, mein Junge«, fügte Charlie hinzu. »Wenn du je krank wirst, hast du deine eigene Leibärztin im Haus.«

»Ja, ich kann wirklich froh sein«, gestand Jack ein und nahm einen Schluck Pinot noir, um seine Verärgerung hinunterzuspülen. »Wenigstens schaffen wir es heute Abend mal, zusammen zu essen.«

»Das ist das Stichwort«, sagte Charlie und rieb sich die Hände. »Lasset das große Fressen beginnen! Da freu ich mich schon das ganze Jahr drauf. Wenn es einen Gott gibt, dann hat er kein Problem mit Cholesterin.«

Jedes Jahr feierten sie zu dritt Charlies Geburtstag mit einem – wie sie es scherzhaft nannten – »großen Fressen«, bei dem all die Köstlichkeiten auf den Tisch kamen, die ihm sein Arzt verboten hatte. Dino's Steer House war ein altmodisches Steakrestaurant, das schon seit einem halben Jahrhundert existierte und sich dem Trend zur Haute Cuisine, dem andere Lokale in der Stadt gefolgt waren, standhaft verweigerte. Hier servierte man immer noch Steaks, Burger und im wahrsten Sinne des Wortes umwerfende Beilagen wie »Porky Sticks« – ein Berg Pommes frites, übergossen mit einer fetten Käsesoße und garniert mit Speckwürfeln und Sauerrahm.

»Herzlichen Glückwunsch zum Geburtstag, Pops«, sagte

Maggie und stieß mit ihrem Weinglas an sein Bier. »Und schau mal, was ich für dich habe.« Aus ihrer Aktentasche zog sie ein in rotes Glanzpapier eingeschlagenes und mit einer großen goldenen Schleife versehenes Päckchen.

»Ach, Schätzchen, du sollst mir doch nichts schenken«, sagte er, doch seine Augen glänzten, als er das Päckchen entgegennahm. Er bemühte sich, es auszupacken, ohne das Papier zu ruinieren, indem er das Klebeband sorgfältig mit seinem Steakmesser durchtrennte.

»Die machen hier um halb zehn zu«, sagte Jack zu Charlie.

Charlie kicherte vergnügt, während er das Papier mit einer schwungvollen Bewegung wegriss. Strahlend betrachtete er die Schachtel mit einem Sortiment gerösteter Nüsse aus handwerklicher Herstellung von Fastachi. Charlie liebte Nüsse. Er beugte sich vor und umarmte Maggie. »Du bist die Allerbeste, Kindchen. Und mein Arzt sagt, dass Nüsse ganz prima für mein Herz sind.« Er zwinkerte Jack zu. »Aber du kriegst keine. Die gehören alle mir!«

Maggies Handy signalisierte den Eingang einer Textnachricht. Jack seufzte. Maggie war Allgemeinärztin am Mount Auburn Hospital in Cambridge, und sie schafften es grundsätzlich nicht, in Ruhe zu Ende zu essen, ohne dass dieses verdammte Telefon klingelte oder summte. Falls sie überhaupt rechtzeitig zum Essen zu Hause war.

Die Kellnerin kam, um ihre Bestellungen aufzunehmen, und noch während Maggie ihren Jumbo-Rumpsteak-Cheeseburger bestellte, scrollte sie schon durch ihre Nachrichten.

»Und für Sie, Sir?«, fragte die Bedienung Jack.

»Wenn du Lachs bestellst«, sagte Charlie, »machst du deiner armenischen Herkunft Schande.«

Jack bestellte das Schaschlik.

Die Bedienung wandte sich Charlie zu. »Und was nehmen Sie?«

»Mein Arzt hat mich auf diese verfluchte Fünfmal-weniger-Diät gesetzt.« Und er zählte es an den Fingern ab. »Weniger Fett, weniger Salz, weniger Zucker, weniger Fleisch, weniger Geschmack. Also bringen Sie mir eine ganze Kuh, medium rare, mit Mozzarella-Sticks und ausgelassenem Schweinespeck zum Tunken.«

Die Frau kicherte. »Ich fürchte, ganze Kühe sind aus.«

»Wie wär's dann mit gegrillten Spareribs und Porky Sticks? Ach ja, und gebratener Mozzarella als Vorspeise. Ich hab nämlich heute Geburtstag.«

»Tatsächlich? Na, dann herzlichen Glückwunsch!«

»Möchten Sie raten, wie alt ich bin?«

Die Frau zog die Stirn in Falten. Sie wollte ihn auf keinen Fall beleidigen. »Fünfundfünfzig, würde ich schätzen.«

»Ganz falsch. Ich bin siebenunddreißig.«

Die Augenbrauen der Kellnerin schnellten in die Höhe. »Siebenunddreißig?«

»Celsius. Wenn Sie mal so alt sind wie ich, schalten Sie aufs metrische System um.« Er zwinkerte verschmitzt, während die Frau, immer noch lachend, davonging.

Charlies Miene war meist schwer zu deuten – eine starre, ausdruckslose Maske, hinter der alle Emotionen, die in ihm brodeln mochten, verborgen blieben. Es war ein Gesicht, wie geschaffen für Vernehmungen. Bis zu seiner Pensionierung vor sieben Jahren war Charlie Detective beim Cambridge PD gewesen. Jack stellte sich oft vor, wie die Verbrecher sich unter dem stechenden Blick dieser glanzlosen blauen Augen wanden, Augen in einem Gesicht, das nichts verriet – ein undurchschaubares, emotionsloses

Osterinsel-Antlitz, das selbst einen Heiligen dazu bringen konnte, einen Mord zu gestehen.

Aber heute Abend grinste Charlie die ganze Zeit wie ein Honigkuchenpferd, und seine Augen blitzten munter, während er und Maggie ihre üblichen Vater-Tochter-Neckereien austauschten. Wenn Jack sie so beobachtete, vermisste er die Abende, als er und Maggie noch so entspannt und liebevoll miteinander herumgealbert hatten. Die Abende, als sie sich noch nicht total erschöpft vom Krankenhaus nach Hause geschleppt hatte, zu ausgebrannt für Gespräche mit ihm. Es schien noch gar nicht so lange her zu sein, dass Maggie und Jack sich regelmäßig gegen halb sieben zum Abendessen hingesetzt hatten, das entweder von beiden gemeinsam zubereitet wurde oder von demjenigen, der zuerst nach Hause kam. Manchmal gingen sie auch einfach schön essen, und an warmen Abenden fuhren sie ab und zu zum Revere Beach hinaus, um im Kelly's Hummerbrötchen zu essen. Und heute? Mit Ausnahme von besonderen Abenden wie diesem bestellten sie das Essen beim Lieferservice, oder sie aßen getrennt, sie im Krankenhaus und Jack im Subway in ihrer Straße.

Maggies Handy summte abermals. Sie warf einen Blick aufs Display, dann leitete sie den Anruf auf die Mailbox um.

»Vielleicht könntest du das Ding ausschalten, während wir essen«, meinte Jack, bemüht, sich seine Verärgerung nicht anmerken zu lassen. Mit einem Seufzer steckte sie das Handy in ihre Handtasche.

»Happy Birthday!«, sagte die Kellnerin, als sie ihnen das Essen servierte.

»Sie wissen ja gar nicht, wie happy Sie mich machen!«, sagte Charlie und betrachtete mit sichtlichem Wohlgefallen seine mit glitzernder Aprikosenmarinade überzogenen Spareribs und die große Schüssel Pommes mit geschmolzenem Käse und Speckwürfeln.

Maggie beäugte den einschüchternden, käsetriefenden Burger auf ihrem Teller. »So ein Monstrum habe ich seit deinem letzten Geburtstag nicht mehr gegessen, Dad.«

Charlie grinste und steckte sich die Serviette in den Hemdkragen. »Ich weiß, das ist angeblich gar nicht gut für mich. Also solltest du vielleicht lieber einen Krankenwagen rufen, der dann mit laufendem Motor vor dem Eingang wartet. Und wenn ich einen Herzstillstand kriege, will ich, dass diese süße kleine Kellnerin mich beatmet.« Er griff nach dem Steakmesser, dann hielt er plötzlich inne und verzog das Gesicht.

»Alles okay, Dad?«, fragte Maggie.

»Ja, bis auf diesen Dolch in meinem Rücken.«

»Wie meinst du das?«

»Es fühlt sich an, als ob mir jemand eine Klinge zwischen die Schulterblätter rammt. Ich hasse es, wenn das passiert.«

Maggie stellte ihr Glas ab. »Wie lange hast du diese Schmerzen schon?«

»Ein paar Wochen.« Er machte eine wegwerfende Handbewegung. »Sie kommen und gehen. Nervt einfach nur, das ist alles.«

»Vielleicht hast du dir im Fitnessstudio eine Zerrung zugezogen«, meinte Jack. Charlie trainierte regelmäßig im Gold's in Arlington Heights, und er war immer schon topfit gewesen. Jede Woche radelte er hundert Kilometer oder mehr, wann immer das Wetter es zuließ. Mit seinen siebzig Jahren hatte er immer noch Oberarme wie ein Preisboxer.

»Warst du deswegen mal bei deinem Hausarzt?«

»Er meinte, es sei nur eine Muskelzerrung.«

»Hat er dir etwas verschrieben?«

»Nur Paracetamol. Vielleicht sollte ich mal zum Chiropraktiker gehen.«

»Nur ja nicht!«, rief Maggie. »Du weißt doch, was ich von Chiropraktikern halte. In deinem Alter hast du wahrscheinlich die eine oder andere degenerierte Bandscheibe. Da willst du ganz bestimmt nicht, dass jemand an deiner Wirbelsäule rumzerrt. Du solltest ein MRT machen lassen.«

»Und was kann man da sehen?«

»Ob vielleicht eine verschobene Bandscheibe auf einen Nerv drückt.«

»Hmm. Ich hab mir schon gedacht, dass es einfach vom Alter kommt.«

»Ich rufe mal deinen Arzt an und frag ihn, ob er dir wenigstens einen Termin zum Röntgen geben kann.«

Charlie schlug sich auf die Brust. »Oh, oh! Greisenalarm! Wo ist diese Kellnerin? Ich brauche sofort eine Mund-zu-Mund-Beatmung!«

Maggie seufzte. »Guter Versuch, Dad.«

Obwohl ihr Handy in ihrer Handtasche steckte, konnten sie es alle läuten hören. Sie konnte nicht anders – sie zog es heraus, warf einen Blick auf die Nummer des Anrufers und stand sofort auf.

»Tut mir leid, aber da muss ich drangehen.« Sie hielt das Handy ans Ohr und ging zum Ausgang.

»Ihre Patienten sollten wirklich dankbar sein«, meinte Charlie. »Ich glaube, mein Arzt kennt mich nicht mal beim Namen. Für ihn bin ich nur irgendein siebzigjähriger weißer Mann.«

»Hmm.«

Charlie tunkte einen Mozzarella-Stick in die Soße und biss ab. »Na, du scheinst ja nicht gerade in Feierlaune zu sein. Was hast du denn, Jack?«

»Ich hab doch gar nichts gesagt.«

»Aber ich kann dich denken hören. Ist bei euch beiden alles in Ordnung?«

»Wie meinst du das?«

Charlie sah ihn mit diesem Pokerface an, das einen in den Wahnsinn treiben konnte. »Jack, ich habe mein ganzes Berufsleben damit verbracht, mit Leuten zu reden, die etwas zu verbergen versuchen.«

Charlie war wie ein Seismograf – so sensibel, dass er selbst das leiseste tektonische Beben wahrnahm, und sein Blick war so durchdringend, dass Jack fast zu spüren glaubte, wie er sich in sein Gehirn bohrte. »Es ist ihr Job, weiter nichts.«

»Was ist mit ihrem Job?«

»Die Arbeit lässt einfach keinen Platz für irgendwas anderes.«

»Sie engagiert sich für ihre Patienten. Sie hat eine gut gehende Praxis. Natürlich hält sie das auf Trab.«

»Das weiß ich, und ich bin stolz auf sie. Aber in letzter Zeit kommt es mir vor, als wären wir nur wie Schiffe, die in der Nacht aneinander vorbeifahren.«

»Das liegt in der Natur der Sache«, sagte Charlie. »So ist das halt, wenn man mit jemandem verheiratet ist, der in seinem Beruf aufgeht. Alle Ärzte sollten so sein wie sie.«

Wie konnte Jack ihm da widersprechen? Bei ihrer Hochzeit hatten seine Freunde ihm gratuliert, weil er eine Frau an Land gezogen hatte, die nicht nur blendend aussah, sondern auch als Ärztin fette Honorare einstreichen würde. Sie ahnten wohl nicht, welche unmenschlichen Arbeitszeiten der Job verlangte. Es kam kaum noch vor, dass sie sich zusammen etwas im Fernsehen anschauten.

»Vielleicht könnte sie ein bisschen reduzieren?«

»Ich wünschte, das könnte sie. Aber wenn ein Patient einen braucht...« Jack brach ab, ohne den Satz zu vollenden: *dann muss der Ehemann eben hintanstehen.*

Er las kein Mitgefühl in Charlies Miene, und das war auch kaum verwunderlich. Maggie war Charlies perfektes, hochbegabtes kleines Mädchen; Jack war der Typ, der sie ihm weggenommen hatte – ein Typ, der seine Tage damit verbrachte, ein Seminar mit dem Titel »Liebende unterm bösen Stern« zu leiten.

Maggie kam an den Tisch zurück und setzte sich. »Entschuldigt bitte die Unterbrechung.«

»Alles in Ordnung?«, fragte Charlie.

»Ich habe eine schwerkranke Patientin. Sie ist erst dreiundvierzig und hat drei kleine Kinder. Und sie wird sterben.«

»Mein Gott«, murmelte Charlie.

»Eierstockkrebs ist wirklich hundsgemein.« Maggie holte tief Luft. »Es war ein langer Tag. Tut mir leid, dass ich deinem Geburtstag so einen Dämpfer verpasse.«

»Maggie, nichts, was du tust oder sagst, kann mir diesen Tag verderben. Möchtest du darüber reden?«

»Lieber nicht. Ich würde lieber über etwas Schönes reden.«

»Du bist genau wie deine Mutter, weißt du das? Nie ein Wort der Klage, bis zum Tag ihres Todes. Ich finde, du wirst ihr immer ähnlicher.«

Jack sah zu, wie Vater und Tochter sich über den Tisch die Hände reichten, eine Verbindung, die geschmiedet worden war, lange bevor er Maggie gekannt hatte. Er nahm ihnen ihr enges Verhältnis nicht übel, aber er beneidete sie darum. Und er wünschte sich nicht zum ersten Mal, dass er eines Tages eine so enge Verbundenheit mit seinem eigenen Kind erleben durfte.

Falls sie je Kinder bekämen.

Als sie später an diesem Abend das Restaurant verließen, schneite es leicht. Jack setzte Charlie an seinem Haus ab, und als er zu Hause ankam, war der Schnee in Eisregen übergegangen. Er fand Maggie am Küchentisch sitzend, sie sah abgespannt aus und wirkte viel älter als ihre achtunddreißig Jahre.

»Es tut mir leid wegen deiner Patientin«, sagte er und schlang die Arme um sie. Er wollte sie nur trösten, doch er spürte sogleich, wie sie sich anspannte.

Sie löste sich von ihm. »Bitte, Jack«, flüsterte sie. »Nicht jetzt.«

»Es ist doch nur eine Umarmung. Ich war überhaupt nicht auf Sex aus.«

»Tut mir leid. Ich merke einfach nicht mehr den Unterschied.«

»Und wäre es denn so furchtbar, wenn ich mit meiner Frau schlafen wollte? Es ist so lange her, dass wir zuletzt ...«

»Ich bin müde.« Sie war schon auf dem Weg nach draußen.

»Maggie, liegt es an mir?«, rief er ihr nach. »Ich kann die Wahrheit verkraften, also sag's mir einfach. Ist es irgendetwas, was ich getan oder nicht getan habe?« Er hielt inne – er scheute vor der Frage zurück, doch er musste die Antwort wissen. »Gibt es einen anderen?«

»Was? O Gott, Jack, nein. Es ist nichts dergleichen. Ich will jetzt nur noch duschen und dann schlafen gehen.« Sie verließ die Küche und stieg die Treppe zu ihrem gemeinsamen Schlafzimmer hinauf.

Jack ging ins Wohnzimmer und schaltete das Licht aus. Eine Weile saß er nur da und lauschte dem Eisregen, der ans Fenster trommelte. Er erinnerte sich an ihren Hochzeitstag und die Schwüre, die sie einander geleistet hatten. Ein Jahr darauf hatte sie ihr Medizinstudium abgeschlossen und einen anderen Eid geschworen: für ihre Patienten da zu sein. Welcher war der wichtigere?

Er war sich nicht mehr sicher.

Als er in dieser Nacht neben seiner friedlich schlummernden Frau lag, wünschte er sich, er könnte auch einschlafen. Er dachte an die Packung Tavor in seiner Nachttischschublade und war versucht, eine oder zwei Tabletten zu nehmen, um die Nacht überstehen zu können. Aber er hatte zu viel Wein zum Essen getrunken, und das letzte Mal, als er Tavor und Alkohol gemischt hatte, war er im Pyjama mit dem Auto durch die Gegend gefahren und am nächsten Morgen ohne Erinnerung an die Eskapade aufgewacht.

Er schloss die Augen, doch sosehr er sich nach Vergessen sehnte, der Schlaf wollte sich einfach nicht einstellen. Und so lag er wach, atmete Maggies Duft nach Seife und Aprikosenshampoo ein und erinnerte sich daran, wie es früher zwischen ihnen gewesen war. *Ich vermisse dich,* dachte er.

Ich vermisse uns.

5

Taryn

Je länger sie ihn ansieht, desto heftiger lodert das Feuer...
Sie hängt mit ihren Blicken, ja mit ihrem ganzen Herzen
an ihm...

Und das war der Anfang vom Ende für Königin Dido, diese tragische Gestalt, deren fataler Fehler es war, einem schiffbrüchigen Krieger das Leben zu retten. Taryn bedauerte es schon, dieses höchst ärgerliche Buch jemals aufgeschlagen zu haben, aber Vergils *Aeneis* war nun einmal die Lektüre für die nächste Sitzung des Seminars »Liebende unterm bösen Stern«. Professor Dorian hatte sie schon gewarnt, dass auch diese Romanze tragisch endete, sodass sie auf einen unglücklichen Ausgang vorbereitet gewesen war. Sie hatte gewusst, dass entweder Aeneas oder Königin Dido oder beide ein allzu frühes Ende finden würden.

Womit sie nicht gerechnet hatte, war, dass es sie so stinkwütend machen würde.

Das ganze Wochenende hatte sie über Königin Dido und ihren Geliebten, den trojanischen Prinzen Aeneas, nachgedacht, der tapfer gekämpft hatte, um seine Stadt gegen die griechischen Angreifer zu verteidigen. Nach der Niederlage war Aeneas gezwungen, das brennende Troja zu verlassen, und er stach mit seinen Mannen gen Italien in See. Doch die Götter waren ihnen nicht freundlich gesinnt. Ihre Flotte geriet in einen Sturm, und sein Schiff ging unter. Aeneas und seine Gefährten wurden halb tot in Karthago an Land gespült, wo die schöne Witwe Dido als Königin herrschte.

Hätte Dido doch nur sofort Aeneas' Hinrichtung befohlen. Oder ihn gnadenlos ins Meer zurückgeworfen und ertrinken lassen. Dann hätte sie zufrieden alt werden können, geliebt von ihren Untertanen. Sie hätte mit einem Mann glücklich werden können, der ihre Liebe wirklich verdient hatte. Aber nein, Dido war zu weichherzig und vertraute diesen Fremden aus Troja zu sehr. Sie gab ihnen zu essen, bot ihnen Schutz und ein Dach über dem Kopf. Und – der Gipfel der Unbesonnenheit – sie schenkte Aeneas ihr Herz. Ihre Würde missachtend, opferte sie ihren Ruf als keusche Königin und Witwe, alles für die Liebe eines treulosen Fremden.

Eines Fremden, der sie verriet und sitzen ließ.

Aeneas stach in See, getrieben vom Streben nach Ruhm, und ließ seine untröstliche Geliebte zurück. Die unglückliche Dido bestieg den Scheiterhaufen, den sie selbst zu errichten befohlen hatte, und dort zog sie ein Schwert aus trojanischem Stahl aus der Scheide. Den Tod herbeisehnend, stieß sie sich die Klinge ins eigene Herz.

... und sogleich wich alle Wärme, und das Leben ging auf in die Winde.

Von seinem Schiff aus konnte Aeneas den fernen Feuerschein von Didos Scheiterhaufen sehen, der in lodernden Flammen stand. Zweifellos wusste er, was dieses Feuer bedeutete. Er wusste, dass die Flammen in diesem Moment den Körper der Frau verzehrten, die ihn liebte, der Frau, die alles für ihn geopfert hatte. Erfüllte es ihn mit Trauer? Wendete er sein Schiff, von schlechtem Gewissen getrieben? Nein, er segelte ungerührt weiter, um sein vermeintliches Schicksal zu erfüllen und Ruhm zu erlangen.

Taryn hätte das Buch am liebsten in Fetzen gerissen und ins Klo gespült. Oder in der Küche einen kleinen Scheiterhaufen errichtet und zugesehen, wie die Seiten brannten, genau wie die arme Dido gebrannt hatte. Aber sie würden die Geschichte morgen im Seminar besprechen, also steckte sie das Buch in ihren Rucksack. Oh, sie würde im Seminar eine Menge über Aeneas zu sagen haben. Über sogenannte Helden, die die Frauen verrieten, die ihnen ihre Liebe schenkten.

In dieser Nacht träumte sie von Feuer. Von einer Frau, die inmitten der Flammen stand, ihr Haar lichterloh brennend, ihr Mund zu einem Schrei weit aufgerissen. In Todesqualen streckte die Frau die Arme aus, und Taryn wollte sie retten, wollte sie vom Scheiterhaufen ziehen und die Flammen löschen, doch sie war wie gelähmt. Sie konnte nur hilflos zusehen, wie die Frau verbrannte, wie ihr Fleisch verkohlte und zu Asche zerfiel.

Die ferne Sirene eines Rettungswagens riss sie aus dem Schlaf. Eine Weile lag sie nur mit pochendem Herzen da und versuchte, den Albtraum abzuschütteln. Nach und nach registrierte sie die Verkehrsgeräusche und das helle Tageslicht, das durch ihr Fenster fiel. Dann sah sie auf den Wecker und sprang eilig aus dem Bett.

Sie kam zu spät zu Professor Dorians Seminar, aber Cody hatte versprochen, ihr einen Platz frei zu halten. Tatsächlich sah sie ihn auf seinem Stammplatz am hinteren Ende des Tischs sitzen, in schlaffer Haltung, seine Red-Sox-Base-ballkappe tief in die Stirn gezogen. Als sie sich leise in den Raum schlich und die Tür hinter ihr mit einem Klacken ins Schloss fiel, drehten sich ein paar Köpfe zu ihr um. Professor Dorian hielt in seinem Vortrag inne, und sie spürte, wie sein Blick ihr folgte, als sie um den Tisch herum zu Codys Platz ging. Die eingetretene Stille ließ das Scharren von Codys Stuhl umso lauter wirken, das Rascheln seiner Daunenjacke, als er sie von dem leeren Stuhl neben sich zog.

»Wo warst du?«, flüsterte Cody, als sie sich setzte. »Ich dachte schon, du kommst gar nicht mehr.«

»Ich habe verschlafen. Was hab ich verpasst?«

»Nur so allgemeiner Überblickskram. Ich hab mitgeschrieben. Ich geb dir nachher eine Kopie.«

»Danke, Cody. Du bist der Beste.« Und das meinte sie ernst. Was würde sie tun ohne Cody, der immer bereit war, seine Mitschriften und seinen Imbiss mit ihr zu teilen? Sie sollte wirklich netter zu ihm sein.

Professor Dorian sah sie immer noch an, aber er wirkte nicht verärgert. Es war eher, als ob sie irgendeine exotische Kreatur wäre, die sich aus dem Wald in sein Seminar verirrt hatte, und er nicht wüsste, was er von ihr halten sollte. Dann, als sei ihm plötzlich eingefallen, wo er war, nahm er seinen Vortrag wieder auf und drehte sich zur Tafel um, an der schon vier Namenspaare angeschrieben standen.

Tristan und Isolde

Jason und Medea

Abaelard und Héloïse

Romeo und Julia

»Bisher haben wir in diesem Kurs über vier unglückliche Liebespaare gesprochen«, sagte Professor Dorian.

Er drehte sich wieder zu ihnen um, und einen Moment lang glaubte Taryn, er sehe sie direkt an. »Letzte Woche waren es Abaelard und Héloïse. Jetzt wollen wir uns einem anderen Paar zuwenden, dessen Geschichte tragisch endet. Und wie bei Jason und Medea geht es auch in der Geschichte von Aeneas und Dido um Verrat.« Er schrieb die Namen des Liebespaars an die Tafel. »Inzwischen sollten Sie alle die *Aeneis* gelesen haben.« Er ließ den Blick über die Runde schweifen und sah einige nicken, andere nur unverbindlich mit den Schultern zucken. »Okay, gut. Wer möchte etwas dazu sagen?«

Die Antwort war das übliche Schweigen. Niemand wollte je den Anfang machen.

»Ich fand es richtig cool, dass Aeneas der Typ ist, der Rom gegründet hat«, sagte Jessica schließlich. »Ich dachte immer, es wäre von zwei Typen gegründet worden, die als Babys von einer Wölfin gesäugt wurden. Dass es eigentlich Aeneas war, war mir neu.«

»Jedenfalls in Vergils Version«, sagte Professor Dorian. »Bei ihm heißt es, Aeneas sei ein trojanischer Prinz gewesen, der seine Stadt gegen die Griechen verteidigte. Nach dem Fall Trojas flieht er nach Italien und wird der erste römische Held. Nachdem Sie nun die *Aeneis* gelesen haben, sind Sie auch alle der Meinung, dass er ein Held ist?« Dorian sah seine Studenten an. »Niemand?«

»Klar ist er ein Held«, sagte Jason. »Die Trojaner fanden das jedenfalls.«

»Was ist mit seiner Beziehung zu Königin Dido? Mit der Tatsache, dass er sie verlässt und sie daraufhin Selbstmord begeht? Beeinflusst das Ihr Urteil über ihn?«

»Warum sollte es?«, meinte Luke. »Dido hätte sich ja

nicht umbringen müssen. Das war einzig und allein ihre Entscheidung.«

»Und Aeneas hatte ja auch Wichtigeres zu tun«, sagte Jason. »Er musste ein Königreich aufbauen. Seine Männer brauchten einen Anführer. Und außerdem war Karthago gar nicht seine Heimat. Er war dem Land keine Loyalität schuldig.«

Mit wachsender Verärgerung hörte Taryn sich an, wie ihre Kommilitonen den Verrat an Dido rechtfertigten. Bis sie irgendwann nicht länger an sich halten konnte.

»Er ist kein Held!«, platzte es aus ihr heraus. »Er ist ein narzisstisches Arschloch, genau wie Abaelard. Es interessiert mich nicht, ob er später Rom gegründet hat. Er hat Dido verlassen, und das macht ihn zum Verräter.«

Betroffenes Schweigen.

Dann ließ Jessica ein höhnisches Lachen vernehmen. Sie versäumte nie eine Gelegenheit, Taryn vor dem ganzen Kurs anzugreifen, und sie hatte ein Talent, den wunden Punkt ihrer Widersacherin zu treffen. »Sind wir wieder bei deinem alten Lieblingsthema, Taryn? Das Gleiche hast du schon über Jason und Abaelard gesagt. Du bist besessen von Männern, die Frauen verraten.«

»Genau das hat Aeneas getan«, betonte Taryn. »Er hat sie verraten.«

»Warum reitest du so auf dem Thema herum? Hat irgendein Typ das mit dir gemacht?«

Cody legte Taryn eine Hand auf den Arm, wie um zu sagen: *Lass gut sein. Sie will dich nur provozieren.* Er hatte natürlich recht. Sie hatte in ihrem Leben schon viele Mädchen wie Jessica kennengelernt – privilegierte Mädchen, denen alles auf dem Silbertablett serviert wurde. Mädchen, die noch nie einen Secondhandladen betreten hatten, weil sie ihre Markenklamotten grundsätzlich neu kauften. Mädchen, die ihre Freundinnen in die Eisdiele mitnahmen, in der Taryn jeden Sommer jobbte, nur damit sie feixend herumstehen konnten, während sie sie bediente.

O ja, Taryn kannte die Jessicas dieser Welt, aber diese kannten Taryn nicht.

Codys Finger schlossen sich um ihren Arm. Sie holte tief Luft und lehnte sich mit zusammengebissenen Zähnen auf ihrem Stuhl zurück.

»Ich meine, es ist doch wahr, oder nicht?«, sagte Jessica und blickte in die Runde. »Das ist Taryns *Ding*. Frauen, die von Männern verraten werden.«

»Lassen Sie uns fortfahren«, sagte Professor Dorian.

»Vielleicht ist es etwas Persönliches für sie«, sagte Jessica. »Weil sie ganz offensichtlich nicht aufhören kann, über Männer zu reden, die ...«

»Ich sagte, *lassen Sie uns fortfahren.*«

Jessica schmollte. »Ich habe doch nur eine Beobachtung gemacht.«

»Lassen Sie Taryn da raus. Sie hat ein Recht auf ihre Meinung, und ich bin froh, dass sie sie geäußert hat. Und jetzt lassen Sie uns wieder über die *Aeneis* sprechen.«

Während er die Diskussion in eine andere Richtung steuerte, konzentrierte Taryn sich auf den Mann, der ihr zur Seite gesprungen war. Sie wusste so gut wie nichts über ihn. Sie wusste nichts über seine Verhältnisse und sein Privatleben, sie wusste nicht einmal, wofür das »R.« in Jack R. Dorian stand. Zum ersten Mal fiel ihr auf, wie müde er heute aussah, vielleicht sogar ein wenig deprimiert, als ob diese Zänkereien unter den Kursteilnehmern ihn zermürbt hätten. Er war verheiratet, das verriet ihr der Ring an seinem Finger. Hatte er heute Morgen Streit mit seiner Frau gehabt oder mit seinen Kindern? Sie hatte das Gefühl, dass er einer von den Guten war – kein Mann wie Aeneas oder Abaelard oder Jason, sondern einer, der zu der Frau stand, die er liebte.

So, wie er heute zu ihr gestanden hatte. Sie sollte ihm dafür danken.

Als die Stunde um war und die anderen Studenten den Raum verließen, blieb Taryn zurück und sah zu, wie er seine Papiere zusammenraffte. »Professor Dorian?«

Er blickte auf, überrascht zu sehen, dass sie noch da war. »Was kann ich für Sie tun, Taryn?«

»Sie haben es schon getan. Ich wollte Ihnen nur danken für das, was Sie gesagt haben. Bei dieser Geschichte mit Jessica.«

Er seufzte. »Diese Bemerkungen waren ja auch ganz schön feindselig.«

»Ja. Ich weiß auch nicht, was ich Schlimmes getan habe, dass sie mich so auf dem Kieker hat, aber ich scheine sie schon zu verärgern, wenn ich nur atme. Jedenfalls, vielen Dank.« Sie wandte sich zum Gehen.

»Oh, fast hätte ich es vergessen.« Er blätterte einen Stoß Papiere durch und zog die Hausarbeit heraus, die sie letzte Woche über Jason und Medea geschrieben hatte. »Die habe ich zu Beginn der Stunde ausgeteilt. Bevor Sie gekommen sind.«

Sie starrte die große rote 1+ in der oberen Ecke an. »Wow! Im Ernst?«

»Die Note ist hochverdient. Ich kann sehen, dass Sie sehr viel Empfindung in das gelegt haben, was Sie schreiben.«

»Weil ich es wirklich so empfunden habe.«

»Viele Menschen haben Empfindungen, aber nicht alle können diese Empfindungen so in Worte fassen wie Sie. Nach dem, was Sie heute in der Diskussion gesagt haben, bin ich schon gespannt auf Ihr Referat über die *Aeneis*.«

Sie blickte zu ihm auf, und zum ersten Mal bemerkte sie, dass er grüne Augen hatte, genau wie Liam. Er war nicht so groß wie Liam, nicht so breitschultrig, aber seine Augen waren freundlicher. Einen Moment lang sahen sie sich nur an, während beide krampfhaft nach Worten suchten, sie aber nicht fanden.

Abrupt wandte er den Blick ab und klappte seinen Aktenkoffer zu. »Wir sehen uns dann nächste Woche im Museum.«

6

Taryn

»Ich fass es nicht – er hat dir eine Eins *plus* gegeben?«, sagte Cody, als sie über den Innenhof des Campus gingen. »Ich habe mir bei dieser Arbeit den Arsch aufgerissen, und ich hab nur eine Zwei plus gekriegt.«

»Vielleicht hast du das Thema nicht intensiv genug empfunden.«

»Unglückliche Liebe?« Cody starrte geradeaus. »Oh, das kann ich sehr gut nachempfinden«, murmelte er.

Sie strahlte immer noch, war immer noch wie berauscht. Professor Dorians Lob war wie Doping, und sie konnte es kaum erwarten, ihren Triumph mit anderen zu teilen. Sie nahm ihr Handy heraus, um ihre Mutter anzurufen, obwohl Brenda nach ihrer Nachtschicht im Pflegeheim wahrscheinlich gerade erst aus den Federn gekrochen war. Da erst sah sie, dass ihre Mutter eine E-Mail geschickt hatte. Sie las die Betreffzeile und blieb wie angewurzelt in der Mitte des Innenhofs stehen.

Zeit, dass du nach Hause kommst?

Taryn öffnete die Mail. Sie war mehrere Absätze lang. Während Cody sie beobachtete und andere Studenten um sie herumströmten wie ein Schwarm Fische um eine

Steinsäule, las sie mehrmals, was ihre Mutter geschrieben hatte. Nein, das konnte ihre Mum unmöglich ernst meinen.

»Taryn?«, sagte Cody.

Sie wählte Brendas Nummer, doch der Anruf ging direkt auf die Mailbox. Was zu erwarten war – wenn ihre Mutter nach ihrer Schicht ins Bett ging, schaltete sie ihr Telefon immer stumm.

»Was ist los?«, fragte Cody, als sie auflegte.

Taryn sah ihn an. »Meine Mom sagt, wenn ich mich für ein Graduiertenprogramm bewerben will, dann muss es in Maine sein.«

»Wieso?«

»Das Geld. Es geht immer nur ums Geld.«

»Wäre das denn so eine Katastrophe, wenn du nach Maine zurückgehen müsstest?«

»Das weißt du doch! Liam und ich haben das doch alles schon geklärt. Wir bleiben in Boston. So haben wir es geplant.«

»Vielleicht haben sich seine Pläne geändert.«

»Lass das!«, fuhr sie ihn an.

Erschrocken über den bösen Blick, den sie ihm zuwarf, verstummte er. Nach einer Weile sah er zum Uhrturm hinauf und sagte schüchtern: »Ähm, wir kommen zu spät zum Kurs ...«

»Geh du nur. Wir sehen uns später.«

»Was ist mit diesen Essay-Fragen? Ich dachte, wir wollten sie zusammen bearbeiten.«

»Ja, klar doch. Heute Abend. Komm einfach zu mir.«

Seine Miene hellte sich auf. »Ich bringe Pizza mit.«

»Okay«, murmelte sie, doch sie sah ihn nicht an, sondern starrte wieder auf ihr Handy. Sie nahm es nicht einmal wahr, als er davonging.

Ihre Mutter hörte sich erschöpft an, als sie sich endlich am Telefon meldete. Es war vier Uhr nachmittags, was für eine Pflegehelferin, die im Seaside Nursing Home Nachtdienst machte, in aller Herrgottsfrühe war, doch Taryn konnte nicht länger warten, sie musste jetzt mit ihr sprechen.

»Du scheinst nicht zu verstehen, wie wichtig das ist«, sagte Taryn. »Ich kann nicht nach Maine zurückgehen.«

»Und was willst du machen, wenn du mit dem College fertig bist?«

»Das weiß ich noch nicht. Ich überlege, ein Promotionsstudium draufzusetzen. Meine Noten sind gut genug, und ich bin sicher, dass ich hier in ein Programm reinkommen würde.«

»Es gibt auch sehr gute Universitäten in Maine.«

»Aber ich kann nicht weg von Boston«, sagte sie. Was sie dachte, war: *Ich kann nicht weg von Liam.*

»Nicht alles, was wir im Leben wollen, ist möglich, Taryn. Ich habe mich immer bemüht, das Geld für deine Studiengebühren aufzubringen, aber einem Bettler kann man nichts aus der Tasche ziehen. Es war schon schwer genug für mich, diese zweite Hypothek zu bedienen. Jetzt habe ich nichts mehr, was ich beleihen könnte, und dabei arbeite ich schon Doppelschichten. Du musst vernünftig sein.«

»Wir reden hier von meiner *Zukunft!*«

»Genau davon rede ich auch. Von den ganzen Krediten, die du irgendwann zurückzahlen musst, und wofür? Nur damit du damit angeben kannst, dass du an einer Elite-Uni in Boston studiert hast? Was ist, wenn ich aufhöre zu arbeiten? Ich habe nicht einen Cent für mich selbst gespart.«

Brenda seufzte. »Ich kann das nicht mehr für dich machen, Schatz. Ich bin erschöpft. Seit dein Vater weg ist, besteht mein Leben nur noch aus Arbeit.«

»Es wird nicht immer so sein. Ich hab dir versprochen, dass ich für dich sorgen werde.«

»Warum kommst du dann nicht nach Hause? Komm jetzt gleich zurück und wohne bei mir. Hier kannst du auch alles studieren, was du willst. Vielleicht kannst du einen Teilzeitjob annehmen, damit du was zu den Kosten beisteuern kannst.«

»Ich kann nicht nach Maine zurückgehen. Ich muss…«

»…bei Liam sein. Das ist es, hab ich recht? Es geht nur darum, bei *ihm* zu sein. In derselben Stadt, am selben College wie er.«

»Ein Abschluss von einer guten Universität macht einen Unterschied.«

»Tja, *seine* Familie kann sich das leisten. Ich habe nun mal nicht so viel Geld.«

»Aber irgendwann werden wir es haben.«

Wieder ein Seufzer, noch tiefer diesmal. »Warum tust du dir das an, Taryn?«

»Was?«

»Deine ganze Zukunft auf einen Mann setzen? Dafür bist du doch viel zu klug. Hast du denn gar nichts gelernt, als dein Vater uns verlassen hat? Wir können uns auf die Kerle nicht verlassen. Wir können uns auf niemanden verlassen außer auf uns selbst. Je eher du aufwachst und…«

»Ich will nicht darüber reden.«

»Was ist los, Schatz? Du hast doch irgendwas, das höre ich an deiner Stimme.«

»Ich will bloß nicht nach Maine zurückgehen.«

»Hast du Stress mit Liam?«

»Wieso glaubst du das? Du hast gar keinen Grund dazu.«

»Er ist nicht der einzige Mann auf der Welt, Taryn. Es tut dir nicht gut, die ganze Zeit nur nach ihm zu schmachten, wo es doch so viele andere…«

»Ich muss Schluss machen«, fiel Taryn ihr ins Wort. »Es klingelt an der Tür.«

Sie legte auf. Das Telefonat hatte sie tief aufgewühlt. Sie musste unbedingt mit Liam reden, aber sie hatte ihm schon dreimal auf die Mailbox gesprochen, und er hatte immer noch nicht zurückgerufen. Draußen begann es zu schneien, aber sie hielt es keine Sekunde länger in ihrer engen, kleinen Wohnung aus. Sie musste raus an die frische Luft, um einen klaren Kopf zu bekommen.

Sie dachte nicht darüber nach, wohin sie ging, ihre Füße trugen sie automatisch dorthin, folgten dem Weg, den sie schon so oft eingeschlagen hatte.

Es war dunkel, als sie an Liams Wohnblock ankam. Sie blieb auf dem Gehsteig stehen und blickte zu seiner Wohnung hinauf. Bei seinen Nachbarn brannte Licht, aber seine Fenster waren dunkel. Sie wusste, dass seine letzte Veranstaltung an diesem Tag schon vor Stunden zu Ende gegangen war – wo war er also? Sie konnte es nicht riskieren, seine Wohnung zu betreten, weil er jeden Moment nach Hause kommen und sie ertappen könnte, doch sie war so ausgehungert nach seinem Anblick, dass sie nicht weggehen konnte. Noch nicht.

Gleich gegenüber war eine Saftbar. Sie trat ein, bestellte ein Glas Açaí-Beere und wählte einen Fensterplatz. Durch den leichten Vorhang aus Schneeflocken behielt sie das Gebäude im Auge. Es war jetzt Abendessenszeit, und sie dachte an all die Abende, die sie zusammen in seiner Wohnung verbracht hatten. Meist hatten sie sich irgendetwas Leckeres kommen lassen – Pad Thai vom Siam House oder Burger und Pommes vom Five Guys. Sie hatten an seinem Couchtisch gesessen und beim Essen ferngesehen, und danach waren sie aus ihren Kleidern geschlüpft. Und in sein Bett.

Du fehlst mir. Fehle ich dir auch?

Die Versuchung, ihn anzurufen, war so mächtig, dass sie ihr nicht widerstehen konnte. Wieder einmal ging der Anruf direkt auf die Mailbox. Er musste natürlich viel lernen, denn er war entschlossen, Jura zu studieren, und sicherlich bereitete er sich gerade auf die Zulassungsprüfung vor. Deswegen hatte er sein Handy ausgeschaltet.

Sie bestellte ein zweites Glas Açaí-Beerensaft und nahm nur ab und zu einen kleinen Schluck, um den Moment möglichst lange hinauszuschieben, wo man sie bitten würde zu gehen. Liam lernte wahrscheinlich in der Bibliothek – vielleicht sollte sie auch dorthin gehen. Sie würde sich an einen Tisch im ersten Stock in der Nähe der Toiletten setzen, und sie würde ihre ganzen Bücher ausbreiten und an dem Referat für Professor Dorians Seminar arbeiten. Liam konnte sie nicht übersehen, wenn er an ihrem Tisch vorbei zur Toilette ging. Er wäre beeindruckt zu sehen, wie fleißig und engagiert sie studierte. Zu sehen, dass sie so viel mehr war als nur das arme Mädchen aus der Nachbarschaft, das er seit der Middle School kannte. Nein, sie war zu Größerem bestimmt, sie war in jeder Hinsicht die perfekte Partnerin für ihn.

Ihr Handy klingelte. *Liam.* Ihre Hände zitterten, als sie den Anruf annahm. »Hallo?«

»Ich dachte, wir wollten heute Abend bei dir arbeiten. Ich hab geklingelt, aber du machst nicht auf.«

Enttäuscht sackte sie auf ihrem Stuhl zusammen. Es war bloß Cody. »O Gott, das hab ich völlig vergessen.«

»Also, ich steh jetzt jedenfalls vor deinem Gebäude, und ich hab die Pizza dabei. Wo steckst du denn?«

»Ich kann mich heute nicht mit dir treffen. Können wir es auf einen anderen Tag verschieben?«

»Aber wir wollten doch diese Essay-Fragen für Dorians Seminar zusammen durchgehen. Ich hab meine ganzen Bücher und Skripten und alles dabei.«

»Du, ich hab jetzt echt keinen Kopf dafür. Ich ruf dich morgen an, ja?«

Das Schweigen am anderen Ende war bleischwer vor Enttäuschung. Vor ihrem inneren Auge sah sie seine massige Gestalt vor ihrem Gebäude stehen, in seine voluminöse Daunenjacke gehüllt, die Baseballkappe mit Schnee bestäubt. Wie lange stand er schon da in der bitteren Kälte und wartete auf sie?

»Es tut mir leid, Cody. Es tut mir wirklich leid.«

»Ja.« Er seufzte. »Okay.«

»Wir telefonieren morgen, ja?«

»Klar doch, Taryn«, sagte er und legte auf.

Sie blickte über die Straße hinweg auf Liams Fenster. Es war immer noch dunkel. *Nur noch ein bisschen*, dachte sie. *Ich bleibe nur noch ein bisschen hier sitzen.*

DANACH

7

Frankie

Der Freund heißt Liam Reilly, und er wirkt ganz wie der ideale Schwiegersohn, von dem jede Mutter einer Tochter träumt. Er ist blond, gut gebaut und adrett gekleidet in Chinos und Oxfordhemd. Als Frankie mit Mac seine Wohnung betritt, fragt er höflich, ob sie einen Kaffee möchten. Die wenigsten jungen Leute haben heutzutage noch Respekt vor Polizisten, und noch weniger wären so zuvorkommend, ihnen Kaffee anzubieten. Als die drei in Liams Wohnzimmer Platz nehmen, bemerkt Frankie einen Stoß Broschüren von juristischen Fakultäten auf dem Couchtisch – ein weiteres Detail, das sie beeindruckt. Er ist so ganz anders als die ungepflegten Musiker, die ihre Töchter in letzter Zeit ins Haus geschleppt haben – Jungs, deren einziger Ehrgeiz darin besteht, den nächsten Gig zu landen. Jungs, die sich scheuen, Frankie in die Augen zu schauen, weil sie wissen, dass sie Polizistin ist. Warum können ihre Zwillinge nicht zur Abwechslung mal einen wie Liam mit nach Hause bringen? Er ist Arztsohn, höflich und eloquent, und er erklärt, dass er schon an zwei juristischen Fakultäten angenommen worden ist. Er hat keine Vorstrafen, nicht einmal ein unbezahltes Strafmandat, und er wirkt ehrlich schockiert über den Tod seiner Ex-Freundin.

»Sie hatten keine Ahnung, dass Taryn suizidgefährdet war?«, fragt Frankie ihn.

Liam schüttelt den Kopf. »Ich weiß, dass sie ziemlich fertig war, als ich mit ihr Schluss gemacht habe. Und ja, sie hat sich manchmal ein bisschen gestört aufgeführt. Aber sich *umbringen?* Das klingt so ganz und gar nicht nach Taryn.«

»Was meinen Sie mit ›ein bisschen gestört‹?«, fragt Mac.

»Sie hat mich gestalkt.« Er sieht Macs hochgezogene Augenbraue. »Ja, wirklich. Es fing damit an, dass sie mich zu allen möglichen und unmöglichen Zeiten anrief und ansimste. Dann ist sie dazu übergegangen, sich in meine Wohnung zu schleichen, wenn ich nicht zu Hause war.«

»Haben Sie sie dabei ertappt?«

»Nein, aber eines der Mädchen von nebenan hat sie eines Morgens das Haus verlassen sehen. Taryn hat mir nie den Schlüssel zurückgegeben, also konnte sie jederzeit rein. Und dann habe ich auf einmal gemerkt, dass mir Sachen fehlten.«

»Was für Sachen?«

»Belanglose Kleinigkeiten wie meine T-Shirts. Zuerst dachte ich, ich hätte sie verlegt, aber dann wurde mir klar, dass sie es sein musste, die meine Sachen klaute. Das war schon ziemlich krass. Aber dann wurde es noch schlimmer.«

»Sie erwähnten, dass sie Sie angerufen und Ihnen Textnachrichten geschickt hat«, sagt Frankie.

»Ich musste sie schließlich blocken. Aber dann hat sie einfach das Handy eines Kommilitonen benutzt, um mich anzurufen.«

»Dann *hatte* sie also ein Handy.«

Liam sieht sie verwundert an, als ob die Frage absurd wäre. »Ja, sicher.«

»Wir haben nämlich kein Handy bei ihr gefunden.«

»Sie hatte ganz bestimmt eines. Sie hat sich dauernd beklagt, dass ihre Mom ihr nur ein Android kaufen konnte.«

»Falls wir dieses Handy finden, könnten Sie es entsperren?«

»Ja, wenn sie ihre PIN nicht geändert hat.«

»Was ist ihre PIN?«

»Es ist… ähm…« Liam wendet den Blick ab. »Unser Jahrestag. Der Tag, an dem wir uns zum ersten Mal geküsst haben. Sie war da ganz sentimental, und sie hat mich immer damit genervt, dass ich ihn mit ihr feiern sollte, auch noch nachdem wir…« Er verstummt.

»Sie sagten, sie hätte Ihnen weiter Textnachrichten geschickt«, sagt Frankie. »Können wir die mal sehen?«

Er zögert. Zweifellos überlegt er, ob irgendetwas auf seinem Handy ist, was er einer Polizistin nicht zeigen sollte. Widerstrebend zieht er sein iPhone aus der Tasche, entsperrt es und reicht es Frankie.

Sie scrollt durch die Liste der Chats, bis sie die Nachrichten von Taryn Moore gefunden hat. Sie sind zwei Monate alt.

Wo bist du?
Warum bist du nicht gekommen? Ich hab über 2 Stunden gewartet.
Warum gehst du mir aus dem Weg?
Ruf mich BITTE an. Es ist wichtig!!!!!!!

Die wachsende Verzweiflung der jungen Frau spricht aus diesen Nachrichten, doch Liam hat keine einzige beantwortet. Schweigen ist der Ausweg des Feiglings, und für den hat Liam sich entschieden. Indem er nicht reagierte, ließ er die Hilfeschreie des Mädchens ungehört verhallen.

»Ich nehme an, Sie haben mit ihrer Mutter gesprochen«, sagt Liam. »Ich hoffe, es geht ihr gut.«

»Es war ein schwieriges Gespräch.« Tatsächlich war es herzzerreißend, auch wenn Frankie die Todesnachricht nicht selbst überbracht hat. Diese undankbare Aufgabe ist einem Polizeibeamten in Hobart, Maine, zugefallen, der an Mrs. Moores Tür geklopft und sie persönlich informiert hat. Als Frankie ein paar Stunden später anrief, klang Taryns Mutter erschöpft vom vielen Weinen, ihre Stimme kaum mehr als ein Flüstern.

»Brenda ist immer nett zu mir gewesen«, sagt Liam. »Irgendwie tat sie mir leid.«

»Wieso?«

»Ihr Mann ist mit einer anderen Frau durchgebrannt, als Taryn zehn war. Ich glaube, sie hat es nie verwunden, dass ihr Dad die Familie verlassen hat.«

»Vielleicht ist sie deswegen ausgerastet, als Sie sie verlassen haben.«

Der Hinweis auf die Parallele ist ihm sichtlich unangenehm. »Wir waren ja schließlich nicht verlobt oder so. Es war bloß so eine Highschool-Beziehung. Außer dass wir in derselben Stadt aufgewachsen sind, hatten wir nicht viel gemeinsam. Ich will Jura studieren, aber Taryn hatte eigentlich keine richtigen Pläne. Außer vielleicht zu heiraten.«

Frankie sieht noch einmal auf Liams iPhone. »Das sind die letzten Nachrichten, die sie Ihnen geschickt hat?«

»Ja.«

»Sie stammen vom Februar. Seitdem ist nichts mehr gekommen?«

»Nein. Es hat schlagartig aufgehört nach der Szene in diesem Restaurant. Ich saß mit meiner neuen Freundin Libby beim Essen. Irgendwie hatte Taryn rausgefunden, dass wir dort waren, und sie platzte einfach so ins Lokal und fing an, mich vor allen Leuten anzuschreien. Ich musste sie rauszerren und ihr ein für alle Mal klarmachen, dass es aus war zwischen uns. Und da hat sie es wohl endlich kapiert. Danach kam nichts mehr von ihr. Ich nahm an, dass sie drüber weg war und vielleicht einen neuen Freund hatte.«

»Ihre Mutter hat aber nichts von einem neuen Freund erwähnt.«

Liam zuckt mit den Schultern. »Brenda hätte das nicht unbedingt gewusst. Taryn hat ihr nicht alles gesagt.«

Frankie denkt an die Geheimnisse, die ihre eigenen Töchter ihr vorenthalten haben: Die Antibabypillen, die sie in Gabbys Unterwäscheschublade gefunden hat. Den Jungen, der sich heimlich in Sibyls Zimmer geschlichen hatte, bis zu dem Abend, als Frankie ihn ertappte und ihre Dienstpistole zog. Ja, Mädchen waren gut darin, Geheimnisse vor ihren Müttern zu haben.

»*Gab* es einen anderen Freund?«, fragt Mac.

»Ich weiß von keinem«, antwortet Liam.

»Haben Sie sie je mit einem anderen Mann gesehen?«

»Nur mit diesem einen Typen, der mit ihr studiert hat. Der ist auf Schritt und Tritt hinter ihr hergedackelt. Den Namen weiß ich nicht.«

»Glauben Sie, dass sie etwas mit ihm hatte?«

»Sie meinen, eine *Beziehung*?« Er lacht. »Niemals.«

»Warum nicht?«

»Wenn Sie ihn sehen würden, wüssten Sie, warum. Der Typ ist fett wie ein Blauwal. Sie hat sich wahrscheinlich nur aus Mitleid mit ihm abgegeben. Einen anderen Grund kann ich mir nicht vorstellen.«

»Freundschaft vielleicht? Eine schillernde Persönlichkeit?«

»Ja, klar.« Liam schnaubt verächtlich, weil er sich nicht vorstellen kann, dass so ein Fettsack ihn ersetzt. Er hat das blinde Selbstbewusstsein von jemandem, der verdammt genau weiß, dass er gut aussieht, und der nie an seinem Selbstwert zweifeln musste. Frankie kommt zu dem Schluss, dass sie diesen Jungen doch nicht leiden kann.

»Was glauben Sie, warum sie sich umgebracht hat, Liam?«

Er schüttelt den Kopf. »Wie gesagt, wir hatten keinen Kontakt mehr. Ich habe keine Ahnung.«

»Sie war Ihre Freundin. Sie waren seit der Highschool zusammen. Sie müssen doch irgendeine Vorstellung haben, warum sie es getan hat.«

Er denkt kurz darüber nach, aber nur einen Moment. Als ob die Frage nicht wichtig genug wäre, um sich darüber den Kopf zu zerbrechen. »Nein, wirklich, keine Ahnung.« Er sieht auf seine Apple Watch. »Ich bin in zwanzig Minuten verabredet. Sind wir hier fertig?«

»Was für ein Arschloch«, sagt Frankie, als sie und Mac in der Kantine des Boston PD beim Mittagessen sitzen.

»Hat man oft bei diesen Schönlingen«, meint Mac. »Ich hab ein paar Typen wie ihn gekannt, als ich in dem Alter war. Arrogante Schnösel. Halten sich für was Besonderes, bloß weil sie in der genetischen Lotterie gewonnen haben. Ich wünschte, ich hätte ein paar von diesen Genen abgekriegt.«

»Was stimmt denn nicht mit deinen Genen?«

»Du meinst, abgesehen von der Tatsache, dass ich Diabetes, Haarausfall und Rosazea habe?«

»Ich glaube nicht, dass Rosazea genetisch bedingt ist, Mac.«

»Nicht? Also, irgendwie habe ich sie aber von meiner Mom geerbt.« Er hebt sein Schinken-Käse-Sandwich zum Mund und beißt kräftig hinein. Bei seinem Übergewicht und seinem Bluthochdruck sollte er lieber etwas anderes als Schinken und Käse essen, aber dieses Sandwich sieht schon verdammt verlockend aus, verglichen mit Frankies Caesar Salad. Frankie mag eigentlich gar keinen Salat, aber heute Morgen hat sie auf der Damentoilette einen Blick auf ihr Spiegelbild erhascht, und es hat ihr bestätigt, was ihr immer enger werdender Hosenbund ihr schon länger sagt. Also muss es Salat und wieder Salat sein – so lange, bis ihre Hosen nicht mehr kneifen. Bis sie nicht mehr jedes Mal das Gesicht verzieht, wenn sie in den Spiegel schaut.

»Sag mal, hast du heute Abend schon was vor?«, fragt er.

»Ein bisschen fernsehen und dann ab ins Bett, denke ich.« Resigniert spießt sie ein Blatt Romanasalat auf und kaut es ohne Begeisterung. »Wieso fragst du?«

»Falls du nichts Besonderes vorhast – da wäre dieser Cousin von Patty…«

»Ach ja?«

»Er ist zweiundsechzig, hat einen guten Job, wohnt im eigenen Haus. Und er ist nicht vorbestraft.«

»Ah, ein richtiger Hauptgewinn.«

»Patty meint, er würde dir bestimmt gefallen.«

»Ich bin nicht auf der Suche, Mac.«

»Aber denkst du nie darüber nach, noch mal zu heiraten?«

»Nein.«

»Wirklich nicht? Jemanden zu haben, der abends zu Hause auf dich wartet? Jemand, mit dem du alt werden kannst?«

»Okay. Ja.« Frankie legt ihre Gabel hin. »Ich denke schon darüber nach. Aber es ist nicht so, als ob mir die Romeos in Scharen die Tür einrennen.«

»Dieser Cousin ist wirklich nett, und Patty will unbedingt, dass ihr zwei euch kennenlernt. Wir können es ganz zwanglos angehen, bloß ein lockeres Double-Date bei Bier und Burgern. Wenn du kalte Füße kriegst, gibst du mir einfach ein Zeichen, dann kannst du dich abseilen.«

Frankie nimmt ihre Gabel und stochert lustlos in ihrem Salat herum. »Weiß ihr Cousin, dass ich bei der Polizei bin?«

»Ja. Das hat sie ihm gesagt.«

»Und er ist immer noch daran interessiert, mich kennenzulernen? Die meisten ergreifen da gleich die Flucht.«

»Patty sagt, er mag starke Frauen.«

»Auch mit Waffe?«

»Solange du nicht damit rumwedelst. Sei einfach du selbst, charmant wie immer. Es wird bestimmt prima laufen.«

»Ich weiß nicht, Mac. Nach dem letzten Blind Date…«

»Weißt du, warum das schiefgelaufen ist? Weil du es von deinen Töchtern hast arrangieren lassen. Wie kann man nur seine Mutter mit einem Barkeeper verkuppeln wollen?«

»Na ja, er war schon ein heißer Typ. Und er hat einen sauguten Martini gemixt.«

»Du solltest immer mit dem Hintergrundcheck *anfangen*.« Er verbeugt sich leicht. »Und ja, dafür darfst du dich bei mir bedanken. Bei Pattys Cousin weißt du jedenfalls von Anfang an, dass er okay ist.«

Okay. Seit wann ist *okay* das Beste, was sie sich von einem Mann erwarten darf? Wann hatte sie aufgehört, nach dem aufregenden Hormonrausch und dem wilden Herzklopfen zu suchen, und angefangen, sich mit dem lediglich Akzeptablen zu begnügen?

»Wie heißt denn dieser Cousin?«

»Tom.«

»Und weiter?«

»Blankenship. Er ist Witwer mit zwei erwachsenen Kindern. Und wie gesagt, ich habe ihn überprüft. Nichts, nicht mal ein Strafmandat.«

»Klingt nach erstklassigem Dating-Material.«

Es ist doch nur ein Abend bei Bier und Burgern in einem Pub in der Brighton Avenue – warum steht sie also immer noch vor ihrem Kleiderschrank und überlegt hin und her, was sie anziehen soll? Sie hat seit Monaten kein Date mehr gehabt, nicht mehr seit dem heißen, aber leider diebischen Barkeeper. Sie hat große Zweifel, dass dieser Abend besser laufen wird, aber da ist immer diese kleine Chance, dieses gemeine Fünkchen Hoffnung, dass dieser Mann der Richtige sein könnte, und sie will es nicht vermasseln. Und so durchwühlt sie nun ihre Garderobe auf der Suche nach dem passenden Outfit.

Nicht das blaue Kleid, das ihr inzwischen zwei Nummern zu klein ist. Sie reißt es vom Bügel und wirft es auf den größer werdenden Haufen, der für die Kleidersammlung bestimmt ist. Ihr grünes Kleid hat Flecken in den Achseln, also auch ab damit in die Kleidersammlung. In ihrer Verzweiflung über ihre armselige Garderobe zieht sie schließlich ihren altbewährten schwarzen Hosenanzug heraus. Der passt sowieso besser zu ihr. Sie ist nun mal ein Hosenanzug-Typ.

Endlich ausgehfertig, spaziert sie ins Wohnzimmer, um ihren Mantel aus dem Garderobenschrank zu holen.

Ihre Tochter Gabby blickt von ihrer Zeitschrift auf und zieht ein Gesicht. »Oh, Mom. Willst du heute Abend *wirklich* so gehen?«

»Was stimmt denn damit nicht?«

»Das ist ein Date, kein Gerichtstermin. Warum ziehst du kein Kleid an? Irgendein sexy Teil?«

»Draußen ist es knapp über null Grad kalt.«

»Wenn du sexy sein willst, musst du Opfer bringen.«

»Wer sagt das?«

»Das steht in diesem Artikel.« Gabby dreht die Zeitschrift um und zeigt ihrer Mutter ein Foto eines Models mit taufrischem Teint, das ein rotes Leder-Minikleid trägt.

Frankie beäugt finster die fünfzehn Zentimeter hohen Absätze. »Nee, lass mal.«

»Ach komm schon, Mom, gib dir halt ein bisschen Mühe. Sibyl und ich finden, dass du in Stilettos echt scharf aussehen würdest. Du kannst meine haben.«

»Erstens: Töchter sollten die Wörter *scharf* und *Mom* nicht in ein und demselben Satz benutzen, außer wenn es ums Essen geht. Und zweitens: Es ist mir wirklich egal, ob ich scharf aussehe.«

»Ist es nicht.«

»Okay, vielleicht hast du recht.« Frankie schlüpft in ihren Mantel. »Aber nicht für einen Kerl, den ich noch nie gesehen habe.«

»Moment mal. Hat *Mac* dieses Blind Date arrangiert?«

»Ja.«

Gabby stöhnt und wendet sich wieder ihrer Illustrierten zu. »Dann kannst du ruhig so gehen, wie du bist.«

»Wünsch mir Glück. Es könnte spät werden.«

Gabby blättert die Seite um. »Das bezweifle ich.«

»...und dann – da waren unsere Kinder noch auf der Highschool –, hat sie Kurse an der Kochschule belegt und mit dreiundvierzig die Prüfung abgelegt. Hat eine ganz neue Karriere gestartet, als sie ihre eigene Cateringfirma gegründet hat. Mensch, haben wir da immer gut gegessen, die Kinder und ich! Sie hatte bald massenhaft Kunden oben auf dem Beacon Hill, die sie für ihre Weihnachtsfeiern gebucht haben, für Silvester, für Bar-Mizwas...«

Frankie sieht auf die Uhr, nimmt noch einen Schluck Bier und überlegt, wie sie sich taktvoll verabschieden und nach Hause gehen kann. Was kann der Mann denn noch alles erzählen über seine heiligmäßige Gattin Theresa, die nunmehr siebzehn Monate tot ist? Nicht anderthalb Jahre, sondern genau siebzehn Monate – über seinen Status als Witwer wird genauso akribisch Buch geführt, wie es Eltern beim Alter ihrer kleinen Kinder tun. So frisch ist sein Verlust immer noch für ihn.

Als Frankie ihr Date am Tisch mit Mac und Patty zum ersten Mal erblickte, hatte sie große Hoffnungen für den Abend. Tom ist eine gepflegte Erscheinung, glatt rasiert und mit einigermaßen vollem Haar. Als sie sich die Hand gaben, griff er kräftig zu, und er sah ihr in die Augen, während er lächelte. Sie bestellten Getränke und Chickenwings für alle. Sie erzählte ihm, dass sie Zwillingstöchter hat. Er erzählte ihr, dass er auch Töchter hat. Und dann fing er an, von seiner Frau zu erzählen.

Das ist jetzt zwei Runden Bier her.

Patty verkündet strahlend: »Ich muss mal eben für kleine Mädchen.« Beim Aufstehen knufft sie ihren Mann in den Arm.

»Hm? Ach ja, ich geh uns noch eine Runde Bier bestellen«, sagt Mac und erhebt sich folgsam von seinem Stuhl.

Frankie weiß genau, warum die beiden sie mit Tom dem Nichtvorbestraften allein lassen. Patty betrachtet alle ihre unverheirateten Bekannten als persönliche Herausforderung, und Frankie ist bislang ihr kniffligstes Projekt.

Eine Weile schweigen sich Frankie und Tom verlegen an, während sie beide auf den geplünderten Teller mit den Resten der Chickenwings starren.

»Es tut mir leid«, sagt er und seufzt. »Anscheinend ist der Funke nicht so recht übergesprungen.«

Das ist wahr, aber Frankie will nett sein. »Ich kann sehen, dass das alles noch zu früh für dich ist, Tom. Es braucht Zeit, bis die Wunden verheilt sind. Bis es so weit ist, solltest du nicht versuchen, dich zu irgendetwas zu zwingen.«

»Da hast du ja so recht. Das hier ist mein erstes Date seit …« Er bricht ab. »Aber Patty liegt mir seit Monaten in den Ohren, dass ich mich wieder umschauen soll.«

»Ja, sie ist eine richtige Naturgewalt.«

Er lacht. »Allerdings, das stimmt!«

»Aber du bist noch nicht bereit.«

»Bist du es?«

»Bei mir ist es nicht mehr so frisch.«

Er sieht sie an. »Es tut mir leid. Jetzt habe ich den ganzen Abend über Theresa geredet, dabei hätte ich dich doch nach deinem Mann fragen sollen. Woran ist er eigentlich gestorben?«

»Hat Patty dir das nicht erzählt?«

»Sie hat mir nur gesagt, dass es ein paar Jahre her ist.«

Sie ist dankbar für Pattys Diskretion. Es ist schlimm genug, dass so viele von Frankies Kollegen die Wahrheit kennen. »Er hatte einen Herzinfarkt. Es kam vollkommen unerwartet.« In mehr als einer Hinsicht. »Es ist vor drei Jahren passiert, ich hatte also Zeit, mich damit abzufinden.«

»Aber können wir uns je wirklich damit abfinden?«

Sie denkt über die Frage nach, denkt an die Monate nach dem Tod ihres Mannes Joe, als sie nachts wach lag, gequält von Fragen, auf die es keine Antworten gab. Gequält von Trauer, vermischt mit Wut. Nein, sie wird sich nie wirklich damit abfinden, denn heute stellt sie alles infrage, woran sie einmal geglaubt hat, alles, was zuvor selbstverständlich für sie war.

»Die Wahrheit ist, dass ich immer noch nicht über seinen Tod hinweg bin«, gibt sie zu.

»Das ist irgendwie tröstlich zu wissen, dass ich nicht der Einzige bin, der sich schwertut.«

Sie lächelt. »Du warst bestimmt ein wirklich guter Ehemann.«

»Ich hätte ein besserer sein können.«

»Erinnere dich daran, solltest du jemals wieder heiraten. Aber fürs Erste, denke ich, solltest du einfach nur gut auf dich achtgeben.« Sie greift nach ihrer Handtasche. »Es war schön, dich kennenzulernen, Tom«, sagt sie, und sie meint es ernst, auch wenn es zwischen ihnen nicht gefunkt hat und wohl auch nie funken wird. »Es ist schon spät, und ich sollte jetzt nach Hause gehen.«

»Ich weiß, das war nicht gerade das tollste Date aller Zeiten, aber darf ich dich irgendwann mal anrufen? *Wenn ich so weit bin?*«

»Vielleicht. Ich lass es dich wissen.«

Doch während sie zu ihrer Wohnung zurückgeht, weiß Frankie bereits, dass sie sich nicht wiedersehen werden. Manchmal gibt es eben keine zweite Chance, das große Glück zu finden. Manchmal muss es genügen, einfach mit seinem Leben zufrieden zu sein. Die Luft ist so kalt, dass sie das Gefühl hat, Nadeln einzuatmen, doch das erinnert sie daran, dass sie lebendig ist.

Anders als ihr Mann. Anders als Taryn Moore. Anders als all die anderen verlorenen Seelen, die ihren Weg gekreuzt haben.

Sie atmet noch einmal tief durch, dankbar für das brennende Gefühl in der Lunge, und setzt ihren Heimweg fort.

DAVOR

8

Taryn

Sie sollte Cody wirklich eine bessere Freundin sein. Er war der Einzige, der zuverlässig erreichbar war, wenn sie einen Gefallen brauchte; der Einzige, der alle ihre Launen ertrug. Sie beide waren die schwarzen Schafe der Herde, und seit sie sich letztes Jahr kennengelernt hatten, als er sich im Kurs »Abendländische Literaturgeschichte« neben sie gesetzt hatte, hatten sie viel Zeit miteinander verbracht, wenn auch nur, weil schwarze Schafe ihresgleichen stets erkennen. Sie *sollte* also wirklich netter zu ihm sein, aber manchmal nervte es sie, dass er ihr nie von der Seite wich und ihr ständig helfen wollte. Dass er immer tiefer in ihr Leben einzudringen versuchte. Sie war nicht blind – sie wusste, warum er ihr im Kurs einen Platz frei hielt, warum er seine Notizen mit ihr teilte und ihr Schokoriegel zusteckte, wenn sie hungrig war. Sie würde ihn nie so gernhaben, wie er sich *wünschte*, dass sie ihn gernhatte – wie denn auch, wo sie doch so vieles an ihm unattraktiv fand? Es war nicht nur sein watschelnder Gang, es waren nicht nur die Krümel, die immer an seinem Pullover klebten. Nein, es war seine schiere Bedürftigkeit, die ihr auf die Nerven ging, auch wenn sie verstand, wo sie herrührte.

Wie sie selbst war er einer von denen, die nirgends dazu-
gehörten, einer von denen, die sich immer unbedingt beweisen mussten.

Sie sah ihn über den Bibliothekstisch hinweg an, an dem
sie beide arbeiteten. Seit einer geschlagenen Stunde saß er
da vornübergebeugt auf seinem Stuhl und mühte sich mit
der Hausarbeit ab, die in zwei Tagen fällig war, doch bis
jetzt hatte er auf seinem Laptop vielleicht gerade mal zwei
Sätze getippt. Wie üblich trug er seine rote Baseballkappe
mit dem speckigen Schirm, und er hatte sie so tief in die
Stirn gezogen, dass sie seine Augen nicht sehen konnte.

»Warum nimmst du das Ding eigentlich nie ab?«, fragte
sie ihn.

»Hm?«

»Deine Kappe. Ich hab dich noch nie ohne sie gesehen.«

»Ich bin halt ein Red-Sox-Fan.«

»Na ja, du solltest sie wenigstens mal waschen.«

Er nahm sie ab, wobei ein mützenförmiger Abdruck in
seinen babyfeinen blonden Haaren zurückblieb, und sah
lächelnd auf den Schirm hinunter. »Die hat mein Dad mir
gekauft, als er mich zu einem Red-Sox-Spiel mitgenommen hat. An dem Tag haben sie gegen die Yankees verloren, aber es war trotzdem ein tolles Erlebnis, dort auf der
Tribüne zu stehen und Hotdogs und Eis zu essen. Einfach
was mit meinem Dad zu machen.« Cody strich zärtlich
mit dem Finger über den Fettfleck auf dem Schirm, wie
Aladin, der seine Wunderlampe reibt, damit der Geist erscheint. »Es war der letzte Tag, den wir zusammen verbracht haben. Bevor… Du weißt schon.«

»Wo wohnt er jetzt?«

»Irgendwo in Arizona. An Weihnachten hab ich eine

Karte von ihm bekommen. Er hat geschrieben, ich könnte ihn vielleicht irgendwann mal besuchen. Dann würde er mit mir zelten gehen.«

Nein, das wird er nicht tun, dachte sie. Denn Väter, die ihre Familien verlassen, halten nie die Versprechen, die sie machen. Sie wollen keine Besuche. Sie wollen nicht an die Kinder erinnert werden, die sie im Stich gelassen haben. Sie wollen vergessen, dass es sie je gegeben hat.

Cody seufzte und stülpte sich die Red-Sox-Kappe wieder auf den Kopf. »Siehst du deinen Dad ab und zu?«

»Nie. Seit Jahren nicht mehr. Ich bin ihm egal und er mir auch.«

»Natürlich ist er dir nicht egal. Er ist dein Dad.«

»Er ist mir aber egal.« Sie packte ihre Bücher und Unterlagen in ihren Rucksack und stand auf. »Und dasselbe rate ich auch dir.«

»Taryn, warte.«

Als er sie einholte, hatte sie schon das Gebäude verlassen und ging so schnell über den Innenhof, dass er ins Keuchen geriet, wenn er nur mit ihr Schritt halten wollte.

»Es tut mir leid, dass ich deinen Dad erwähnt habe«, sagte er.

»Ich will nicht über ihn reden. Niemals.«

»Aber vielleicht *musst* du über ihn reden. Ich weiß ja, dass er euch verlassen hat, aber das hat meiner mit uns auch getan. Es ist einfach etwas, womit wir leben müssen. Es tut weh, aber es macht uns auch stärker.«

»Nein, das tut es nicht. Weißt du, was es mit uns macht? Es macht uns kaputt. Es macht uns zu Ausschussware.«

Sie blieb in der Mitte des Innenhofs stehen und drehte sich zu ihm um. Er zuckte zurück, als ob sie ihn schlagen wollte. Als ob er sich vor ihr fürchtete, was er in gewisser Weise wahrscheinlich tat. Er hatte Angst, sie zu verlieren, Angst, seine einzige gute Freundin am College wütend zu machen.

»Wenn jemand sagt, dass er dich liebt, dann sollte das heißen: für immer«, sagte sie. »Es sollte etwas sein, worauf du dich verlassen kannst, etwas, worauf du dein Leben verwetten kannst. Aber mein Dad hielt es nicht für nötig, bei uns zu bleiben. Er hat die Menschen verlassen, die er lieben sollte. Ich hoffe, dass er in der Hölle schmort.«

Cody starrte sie an, erschrocken über ihren Wutausbruch. »So etwas würde ich dir nie antun, Taryn«, sagte er leise.

Sie ließ den angehaltenen Atem mit einem Seufzer entweichen, und ihre Wut verflog. »Ich weiß.«

Cody berührte ihren Arm, ganz zaghaft, als ob er sich an ihr verbrennen könnte. Als sie ihm nicht auswich, legte er ihr einen Arm um die Schulter. Er wollte sie sicher nur trösten, aber er sollte sich nicht einbilden, es könnte je irgendetwas zwischen ihnen sein – nicht in der Weise, wie er es sich erhoffte.

Sie löste sich von ihm. »Ich habe genug gearbeitet für heute. Ich geh jetzt nach Hause.«

»Ich begleite dich.«

»Nein, ist nicht nötig. Wir sehen uns morgen.«

»Taryn«, rief er so flehend, dass sie es einfach nicht übers Herz brachte zu gehen. Sie drehte sich um und sah ihn allein unter der Laterne stehen. Sein massiger Körper warf einen gewaltigen Schatten. »Liam ist es nicht wert«, sagte er. »Du kannst etwas Besseres haben. Etwas viel Besseres.«

»Wieso redest du von ihm?«

»Weil es doch in Wirklichkeit darum geht, nicht wahr? Es geht nicht darum, dass dein Dad dich verlassen hat. Sondern darum, dass Liam dich ignoriert. Dass er nichts mehr mit dir zu tun haben will. Du brauchst ihn doch gar nicht.«

»Du versteht das nicht.«

»Ich verstehe mehr, als du glaubst. Ich verstehe, dass er dich nicht verdient hat. Was ich nicht verstehe, ist, warum du ihn nicht laufen lässt, wo es doch andere gibt, die viel besser für dich wären. Die mit dir zusammen sein *wollen*.«

Sie konnte seine Augen im Schatten seiner Baseball-kappe nicht sehen, aber sie konnte die Sehnsucht in seiner Stimme hören.

»Ich weiß, du warst eine Ewigkeit mit ihm zusammen, aber das heißt nicht, dass es auch in Zukunft so bleiben wird.«

»So haben wir es geplant. Deshalb bin ich an diesem College. Weil wir einander versprochen haben, dass wir zusammenhalten, egal was kommt.«

»Und wieso ist er dann nicht hier? Wieso geht er nicht ran, wenn du ihn anrufst?«

»Weil er lernen muss. Oder eine Veranstaltung hat.«

»Er hat jetzt keine Veranstaltung.«

Sie zog ihr Handy aus der Tasche und wählte Liams Nummer. Der Anruf ging direkt auf die Mailbox. Sie starrte auf das Display, und ihr kam ein Gedanke, den sie am liebsten gleich wieder verdrängt hätte.

»Gib mir dein Handy«, sagte sie zu Cody.

»Stimmt was nicht mit deinem?«

»Gib's mir einfach.«

Er reichte ihr das Handy und sah zu, wie sie Liam anrief. Es läutete dreimal, dann hörte sie ihn sagen: »Hallo?«

»Ich versuch schon den ganzen Tag, dich anzurufen. Du rufst nie zurück.«

Es war lange still am anderen Ende. Zu lange. »Ich kann jetzt nicht reden, Taryn. Ich bin gerade sehr beschäftigt.«

»Beschäftigt womit? Ich muss dich sehen.«

»Was ist das für eine Nummer, von der du anrufst?«

»Es ist das Handy von einem Freund. Ich hab dich nicht erreichen können, und da dachte ich, du hast mich vielleicht aus Versehen geblockt.«

»Hör zu, ich muss jetzt Schluss machen.«

»Rufst du mich an? Ruf mich nachher an, egal, wie spät es ist.«

»Ja, sicher.«

Die Verbindung brach ab. Sie starrte das Handy an – sie konnte nicht fassen, dass er das Gespräch so abrupt beendet hatte.

»Und, was hat er gesagt?«

Cody hatte sie die ganze Zeit beobachtet, und dieser wissende Blick gefiel ihr gar nicht. Sie drückte ihm das Handy in die Hand. »Das geht dich nichts an.«

9

Jack

»Ich glaube nach wie vor, dass meine Rückenschmerzen nur von einer Muskelzerrung kommen«, sagte Charlie, als Jack ihn zu seinem Termin im Krankenhaus fuhr. »Ich weiß nicht, ob diese Röntgenaufnahmen überhaupt nötig sind. Und es wäre wirklich nicht nötig gewesen, dass du mich hinbringst, Junge.«

»Kein Problem. Heute ist mein freier Tag.«

»An einem Freitag, wie? Das sind ja luxuriöse Arbeitszeiten.«

»Hat eben auch seine Vorteile, wenn man Unidozent ist.« Jack sah seinen Schwiegervater an, dessen Gesichtszüge sich plötzlich verkrampften. »Hast du Schmerzen?«

»Ein bisschen.« Charlie winkte ab. »Nichts, was sich mit Paracetamol nicht beheben ließe. In meinem Alter zwickt und kneift es doch immer irgendwo. Warte nur, bis du mal siebzig bist, dann wirst du merken, wie schwer es ist, morgens überhaupt aus dem Bett zu kommen. Maggie sagt, ich brauche vielleicht nur Physiotherapie und ein paar Massagen. Ich hoffe nur, dass sie mir nicht auch noch einen Yogakurs oder so was Albernes aufs Auge drücken will.«

»Yoga ist gesund.«

Charlie schnaubte verächtlich. »Kannst du dir mich in so einem knallengen Outfit vorstellen, wie ich den herabschauenden Dackel mache, oder wie immer das heißt?« Er sah Jack an. »Wenn es mir wieder besser geht, können wir diesen Sommer vielleicht eine Fahrradtour irgendwo im Westen machen.« Er griff in seine Jackentasche und entfaltete einen Hochglanz-Reiseprospekt. »Schau dir das mal an. Bei Backroads bieten sie eine Tour im Bryce Canyon an. Das würde ich gerne mal mit euch zusammen machen, solange ich noch kann. Immerhin bin ich jetzt hochoffiziell Mitglied im Siebziger-Club.«

»Ja, aber du bist ein jung gebliebener Siebziger.«

»In meiner Zeit beim Cambridge PD habe ich immer viel zu wenig Urlaub genommen. Ich hab zu viel kostbare Zeit mit dem gottverdammten Abschaum dieser Erde verbracht. Arschlöcher, die kein Mensch vermisst, wenn ihnen jemand eine Kugel durch den Kopf jagt. Ich hätte stattdessen viel mehr Ausflüge mit Annie machen sollen. Und ihr diese Alaska-Kreuzfahrt gönnen, die sie sich immer gewünscht hat. Das tut mir heute noch verdammt leid. Aber jetzt muss ich sehen, dass ich das Versäumte nachhole.« Charlie sah Jack an. »Also frag mal Maggie, ob sie sich im Juni freinehmen kann. So zehn Tage vielleicht.«

»Mach ich, Charlie.«

»Und der Urlaub geht auf mich. Alles inklusive.«

»Wirklich? Wieso das?«

»Weil ich noch was von meiner Knete haben will, solange ich lebe. Ihr sollt euer Erbe doch nicht für Charlie-Gedenk-Dachrinnen verschleudern.«

»Das ist sehr großzügig von dir. Aber wir brauchen trotzdem neue Dachrinnen.«

»Also, du bearbeitest sie, dass sie sich im Juni ein paar Tage freinimmt.« Wieder sah er Jack an. »Ein gemeinsamer Urlaub würde euch beiden guttun.«

»Gebrauchen können wir ihn bestimmt. Wir müssen beide dringend mal ausspannen.«

»Nicht nur das.«

»Was denn noch?«

Er zwinkerte verschmitzt. »Ich hoffe immer noch, irgendwann ein Enkelkind zu sehen.«

»Das hoffe ich auch, Charlie.«

»Und wann, denkst du, wird das sein? Solange ich noch jung genug bin, mit ihm Baseball zu spielen, hoffe ich doch.«

Das Thema Kinder war so schmerzlich, dass Jack stumm blieb. Er fuhr einfach weiter und wünschte, er könnte es sich ersparen, auch nur über die Frage nachzudenken.

»Sie hat die letzte Fehlgeburt immer noch nicht ganz verwunden, oder?«, fragte Charlie.

»Es hat sie ziemlich hart getroffen. Uns beide.«

»Das ist jetzt ein Jahr her, Jack.«

»Deswegen schmerzt es kein bisschen weniger.«

»Ich weiß, ich weiß. Aber ihr seid beide noch jung. Ihr habt noch reichlich Zeit, Kinder zu kriegen. Meine Annie war zweiundvierzig, als sie endlich Maggie bekam. Das größte Geschenk, das Gott mir machen konnte. Du wirst wissen, was ich meine, wenn du erst dein eigenes im Arm hältst.«

»Ich arbeite dran«, konnte Jack nur erwidern.

»Dann denkt über den Bryce Canyon nach, ja? Ihr beide

in einem romantischen Hotel. Das wäre der ideale Ort, um einen Anfang zu machen.«

Und Jack dachte darüber nach. Als er an diesem Nachmittag im Dunkin'-Café in der Garrison Hall saß und Essays korrigierte, lenkte ihn dieser Bryce-Canyon-Prospekt immer wieder ab. Er legte den Stoß Hausarbeiten beiseite und betrachtete stattdessen die verlockenden Landschaftsaufnahmen und die sonnengebräunten Gesichter. Eine Woche zusammen an so einem wunderschönen Ort war genau das, was sie beide brauchten. Vielleicht hatte Charlie ja recht: Vielleicht wurde es Zeit, dass sie wieder versuchten, ein Kind zu bekommen.

»Professor Dorian?«

Bei der lauten Gesprächskulisse im Café hätte er ihre Begrüßung beinahe überhört. Erst als sie sie wiederholte, blickte er endlich auf und sah Taryn an seinem Tisch stehen, ihren Rucksack über der Schulter. Sie strich sich eine Haarsträhne aus dem Gesicht, eine Geste, die eher nervös als lässig wirkte.

»Ich weiß, Sie haben heute Ihren freien Tag, aber in Ihrem Büro sagte man mir, dass ich Sie hier finden könnte«, sagte sie. »Hätten Sie ein paar Minuten Zeit?«

Er schob den Prospekt in seinen Aktenkoffer und deutete auf den Stuhl gegenüber. »Aber sicher. Setzen Sie sich doch.«

Sie hängte ihren Parka über die Stuhllehne und nahm Platz. Obwohl sie sich regelmäßig im Seminar sahen und schon gelegentlich zwischen Tür und Angel ein paar Worte gewechselt hatten, war dies das erste Mal, dass er ihr direkt gegenübersaß und sie aus der Nähe betrachten konnte.

Rehbraune Augen leuchteten aus einem offenen, intelligenten Gesicht. Sie trug kein Make-up, was sie zugleich unschuldig und verletzlich wirken ließ. Eine haarfeine Narbe oberhalb ihrer vollen Lippen ließ ihn rätseln, wie sie sich die Verletzung zugezogen haben könnte – war sie als Kind mit dem Fahrrad gestürzt? Oder vom Baum gefallen?

Sie nahm ihren Laptop aus dem Rucksack und stellte ihn auf den Tisch. »Mir ist jetzt ein Thema für meine Abschlussarbeit eingefallen, und da wollte ich Ihre Meinung dazu hören«, kam sie ohne Umschweife zur Sache. »Ich habe mir überlegt, dass ich über Dido und Aeneas schreiben möchte, weil es die Geschichte der beiden ist, auf die ich immer wieder zurückkomme. Oder vielmehr Didos Geschichte.«

»Ja, in den Diskussionen im Seminar war es schon offensichtlich, dass Sie sich Dido irgendwie verbunden fühlen. Auf welchen Aspekt wollten Sie sich konzentrieren?«

»Es ist klar, dass sie beide leidenschaftliche Charaktere sind, aber ihre Leidenschaften stehen im Konflikt miteinander. Für ihn stehen seine öffentlichen Pflichten im Vordergrund, und er lässt Dido im Stich, um seine Bestimmung zu erfüllen. Sie geht völlig in ihrer Liebe zu ihm auf, und sie bringt das größte denkbare Opfer für diese Liebe.«

»Öffentliche Verpflichtung kontra privates Begehren. Pflicht kontra Liebe.«

»Genau. Das wäre eigentlich auch ein guter Titel – *Pflicht kontra Liebe.*« Sie tippte etwas in ihren Laptop. »Ich habe gelesen, was andere Literaturwissenschaftler über die *Aeneis* geschrieben haben, und ich finde es furchtbar, dass so viele von ihnen in Dido die stereotype Frau sehen – irrational, emotional, sogar mitleiderregend. Sie glauben, dass ihre Weiblichkeit Aeneas' männliche Ideale von Macht, Tugend und Ordnung bedroht.«

»Und Sie sehen das anders.«

»Vollkommen anders. Und ich vermute, dass Vergil mir zustimmen würde. Er schildert sie als komplexe Frau, als stolze und mächtige Königin, bis zu dem Moment, als Aeneas sie verrät. Und dann nimmt sie ihr Schicksal selbst in die Hand. Sie ordnet sogar die Errichtung ihres eigenen Scheiterhaufens an.«

»Sie denken, dass Vergils Sympathie eher Dido gilt?«

»Ja. Sie wurde verführt und verlassen. Es zeigt sich auch deutlich in der Verschiedenheit ihrer Reden. Die von Dido sind voller Emotion. Bei Aeneas geht es nur um Autorität und Schicksal. Ihm fehlt genau die Leidenschaftlichkeit, die Dido so menschlich, so echt macht. Vergil zeigt uns, dass *sie* die wahre Heldin ist.«

»Interessanter Ansatz. Wenn Sie das mit Ihrem Medea-Referat verbinden, könnten Sie das Ganze sogar irgendwann zu einer Dissertation ausbauen. Falls Sie vorhaben zu promovieren.«

Bei dieser Aussicht bekam sie leuchtende Augen. »Wow. An eine Dissertation hatte ich dabei noch gar nicht gedacht, aber ja! Eine Arbeit darüber, wie Frauen den Preis dafür bezahlen, wenn Männer sich von deren Leidenschaften bedroht fühlen. Wir sehen dieses Thema bei Abaelard und Héloïse. Wir sehen es bei Hemingway. Immer wenn das Bedürfnis einer Frau nach Liebe für ihren Geliebten zu mächtig wird.« Ihre Miene verdüsterte sich. »Wir sehen es auch im wirklichen Leben.«

Ehe er sich bremsen konnte, sagte er: »Klingt, als ob Sie aus eigener Erfahrung sprechen.«

Sie nickte, und ihre Augen füllten sich plötzlich mit Tränen. Sie wandte sich ab und versuchte, sich zu sammeln.

Er wusste nicht, welches einschneidende Erlebnis sie bewogen hatte, sich diesem Thema zu widmen, doch er erinnerte sich an Jessicas Bemerkung, dass Taryn von Männern, die Frauen verrieten, besessen zu sein schien. »Manchmal kann Schreiben eine heilsame Erfahrung sein. Es kann Sie befähigen, besser mit Kränkungen und Zweifeln umzugehen.«

Sie nickte wieder und wischte sich die Augen, was sie noch verletzlicher wirken ließ und in ihm den Wunsch weckte, sie zu trösten. Doch er beherrschte sich. »Es klingt nach einem guten Thema. Ich bin beeindruckt, wie gründlich Sie über diese Dinge nachgedacht haben«, sagte er. »Sind Ihre Eltern Akademiker?«

Sie zuckte verlegen mit den Schultern. »Wohl kaum. Meine Eltern haben sich scheiden lassen, als ich zehn Jahre alt war. Und meine Mutter arbeitet als Pflegehelferin. Wir wohnen in einer Kleinstadt namens Hobart, oben in Maine.«

»Hobart? Das kenne ich. Ich war vor Jahren mal mit meiner Frau dort zum Rafting.« Damals, als er und Maggie noch Urlaubsreisen gemacht hatten.

»Dann wissen Sie ja, dass es ein total abgelegenes Kaff ist. Bloß eine kleine Fabrikstadt.«

»Aber eine, die offenbar eine angehende Literaturwissenschaftlerin hervorgebracht hat.«

Sie lächelte. »Das wäre ich gerne. Es gibt so vieles, was ich gerne wäre.«

»Welche Seminare haben Sie im Fachbereich Englisch noch belegt?«

»›Literatur des achtzehnten Jahrhunderts‹ bei Professor McGuire.«

Er hoffte sehr, dass seine Miene nichts verriet. Ray Mc-Guires Büro war direkt neben dem von Jack. Zu Beginn des Semesters hatte er sich bei Jack beklagt, dass der diesjährige Schwung von neuen Studentinnen ausgesprochen unattraktiv sei. »Aber achte mal auf ein Mädchen namens Taryn Moore. Sie ist der Stoff, aus dem die feuchten Träume sind.«

Jetzt begriff er, was Ray gemeint hatte.

Taryn stand auf und zog ihre Jacke an. »Ich werde mich jetzt gleich in die Arbeit an diesem Essay stürzen. Danke.«

»Und wenn Sie über ein Promotionsstudium nachdenken, sagen Sie mir Bescheid. Ich schreibe Ihnen gerne eine Empfehlung.«

Zusammen verließen sie das Gebäude. Der Wind zerzauste ihr Haar, und mit den roten und goldenen Akzenten, die das Sonnenlicht darin aufleuchten ließ, erinnerte sie an eine präraffaelitische Sirene.

»Wir sehen uns im Seminar«, sagte sie und winkte ihm kurz zu.

Eine ganze Weile noch stand Jack auf dem Gehsteig, und während er ihr nachsah, kam er sich vor wie ein billiges Klischee. Hier stand er, nur ein weiterer verheirateter Collegeprofessor, der seine Studentin begehrte. Wie armselig. Wie erbärmlich.

Nein, er war nicht einfach irgendein Professor. Er war der jüngste ordentliche Professor im English Department, er liebte seine Arbeit und war vergangenes Jahr mit einem Preis für herausragende Leistungen in der Lehre geehrt worden. Zudem genoss er das Privileg, in Boston zu lehren, der akademischsten Stadt der Vereinigten Staaten, die unter Collegedozenten im ganzen Land höchst begehrt war. Die Colleges von Ost-Massachusetts wurden bei jeder Stellenausschreibung mit Bewerbungen geradezu überflutet. Zudem hatte Jack eine feste Stelle – ein begehrtes Privileg, gab es doch wenige andere Branchen, die ihren Angestellten Verträge auf Lebenszeit anboten. Und verlieren konnte man den Job nur, wenn man bei etwas Illegalem oder einer Riesendummheit erwischt wurde.

Zum Beispiel, wenn man etwas mit seiner Studentin anfing.

Er zog sein Handy aus der Tasche und schrieb Maggie eine Nachricht. Es war ihm gelungen, zwei Karten für das heutige Konzert des Boston Symphony Orchestra zu ergattern, und er fragte sie, ob sie sich vorher zum Essen treffen könnten.

Fünf Minuten später antwortete sie: *Keine Zeit für Essen. Wir sehen uns beim Konzert. Treffpunkt 19.00 Uhr am Eingang!*

Obwohl sie nicht zusammen essen würden, würde er wenigstens einen Abend mit seiner Frau verbringen. Ein Konzertbesuch war genau das, was sie beide jetzt brauchten.

An diesem kalten Februarabend warteten nur wenige Menschen vor dem Eingang der Symphony Hall an der Massachusetts Avenue. Heute stand Schumanns Cellokonzert auf dem Programm, eines von Maggies Lieblingswerken, weshalb sie sich schon seit Wochen auf dieses Konzert freute. Fast so sehr, wie Jack sich auf einen romantischen Abend mit seiner Frau freute.

Er stand am Bordstein und hielt Ausschau nach ihr, doch um 19.15 Uhr war Maggie immer noch nicht aufgetaucht.

Um 19.20 Uhr sah er Ray und Judy McGuire den Gehweg vom Parkhaus heraufhasten.

»Versuchst du, eine Eintrittskarte zu schnorren?«, fragte Ray.

»Sollte ich vielleicht, bei meinem Gehalt.«

Ray lachte und schüttelte Jack die Hand. »Wo hast du denn dein hübsches Mädel gelassen?«

Jack sah auf seine Uhr. »Sie müsste jeden Moment hier sein.«

»Wunderbar. Wir sehen uns in der Pause.« Die beiden stiegen die Stufen hinauf und verschwanden im Gebäude.

Zehn weitere Minuten verstrichen. Jacks Gesicht war taub vor Kälte, doch er blieb am Bordstein stehen und hüpfte auf und ab, um sich warm zu halten, während er die Karten in seiner Manteltasche befingerte. Inzwischen machte er sich ernsthaft Sorgen. Hatte sie einen Unfall gehabt? Er rief sie auf dem Handy an, bekam aber nur ihre Mailbox dran.

Er hinterließ eine Nachricht. »Ist alles in Ordnung? Wo bist du?«

Um 19.45 läutete endlich sein Handy. *Maggie. Gott sei Dank.*

»Jack, es tut mir so leid! Ich habe hier einen Notfall, und ich kann einfach nicht weg.«

»Kann denn niemand für dich einspringen?«

»Nein. Nicht bei dieser Patientin.« Im Hintergrund konnte Jack das ominöse Piepsen eines Apparats hören, der Alarm schlug. »Ich muss Schluss machen. Wir sehen uns zu Hause.« Sie legte auf.

Ungläubig stand er da, zitternd vor Kälte und innerlich leer vor Enttäuschung. Er überlegte, es einfach sein zu lassen und nach Hause zu fahren, aber das würde bedeuten, die teure Eintrittskarte verfallen zu lassen. Er betrat das Gebäude in dem Moment, als das Blinken der Lichter signalisierte, dass die Aufführung gleich beginnen würde. Als er der Platzanweiserin durch den Mittelgang folgte, war ihm unangenehm bewusst, dass er der einzige Zuschauer war, der seinen Platz noch nicht eingenommen hatte. Die Frau zeigte ihm seine Reihe – sie war voll besetzt bis auf die auffällige Lücke von zwei Plätzen. Jack setzte sich und legte seinen Mantel auf den leeren Sitz neben sich. Die Frau zu seiner Rechten warf ihm einen Blick zu – sie fragte sich wohl, warum sein Sitznachbar ein Mantel war.

Als das Licht im Zuschauerraum erlosch, bemerkte er, dass das Paar zu seiner Linken sich an den Händen fasste. Andere vor ihm flüsterten sich noch rasch etwas zu, und eine Frau lehnte sich zu ihrem Partner hinüber und küsste ihn auf die Wange.

Wie sehr er sich wünschte, dass Maggie hier wäre. Er wollte ihre Hand halten, ihr ins Ohr flüstern, ihre Wange küssen. Stattdessen war sie am anderen Ende der Stadt, über eine Patientin gebeugt, die sie brauchte. *Aber ich brauche dich auch. Und du fehlst mir.*

Das Publikum applaudierte, als der Dirigent die Bühne betrat. Doch Jack konnte sich nicht auf die Musik konzentrieren. Er nahm die Aufführung kaum wahr und registrierte erst, dass das Schumann-Konzert vorbei war, als erneut Beifall aufbrandete.

Er schnappte sich seinen Mantel, drängte sich an den

anderen Zuschauern vorbei zum Mittelgang und eilte zum Ausgang.

Es war fast elf, als er in ihre Einfahrt einbog und neben Maggies Lexus in der Garage parkte. Das Haus war dunkel bis auf ein schwaches Licht in der Küche. Sie ist bestimmt schon im Bett, dachte er und war überrascht, sie mit einem Glas Wein am Küchentresen anzutreffen. Sie wirkte erschöpft, ihr Gesicht war aschfahl, ihre Augen tief eingesunken.

»Du siehst furchtbar aus«, sagte er. »Was ist passiert?«

Sie trank einen Schluck Wein. »Einer der Assistenzärzte ist krank geworden, also musste ich einspringen. Der Patientin geht es gut, aber ich konnte wirklich nicht weg. Wie war denn das Konzert?«

»Es wäre besser gewesen, wenn du dabei gewesen wärst.«

»Tut mir leid.« Sie trank noch einen Schluck Wein. »Möchtest du kuscheln?«

Ihr Codewort für Sex. »Du meinst jetzt?«

»Ja, jetzt.«

Er drückte ihre Hand, und zusammen gingen sie hinauf ins Schlafzimmer.

Als Jack hinterher neben seiner schlafenden Frau lag, fragte er sich, ob es von nun an immer so sein würde. Ob Sex etwas war, was sie machten, anstatt sich mit den wirklichen Problemen in ihrer Beziehung zu befassen.

Er starrte in die Dunkelheit hinauf und lauschte auf das leise Geräusch ihres Atems. Und ein Bild stieg vor seinem inneren Auge auf. Das Bild einer Frau mit rehbraunen Augen und windzerzausten Haaren, die im Sonnenschein golden schimmerten.

10

Taryn

Liam musste sie verpfiffen haben. Ihr fiel kein anderer Grund dafür ein, dass sie in Zimmer 125 in der Dickinson Hall bestellt worden war, wo auf dem Schild an der Tür stand: BÜRO FÜR GLEICHSTELLUNG UND COMPLIANCE – DR. ELIZABETH SACCO, TITLE-IX-KOORDINATORIN.

In der E-Mail, die Dr. Sacco ihr gestern geschickt hatte, stand nicht, warum sie Taryn sprechen musste, aber natürlich ging es um Liam. Jemand von seinem Flur, vermutlich eine der Blondinen, musste ihm erzählt haben, dass sie sich in seine Wohnung geschlichen hatte, als er nicht zu Hause war. Oder er hatte ihre ständigen Anrufe und Textnachrichten satt und hatte sich deswegen über sie beschwert. Es hätte nicht so weit kommen müssen. Sie mussten sich doch nur einmal zusammensetzen und über alles reden. Dann würde sie ihn an all ihre gemeinsamen Jahre erinnern, an all das Schöne, das sie zusammen erlebt hatten, all die Dinge, die sie so untrennbar miteinander verbanden. Sie würden sich um den Hals fallen, und alles wäre wieder wie früher zwischen ihnen. Das Ganze war nur ein Missverständnis, das würde sie Dr. Sacco sagen.

Taryn klopfte an die Tür und hörte: »Herein.«

Die Frau, die hinter dem Schreibtisch saß, begrüßte sie mit neutraler Miene, und es machte Taryn nervös, dass sie so wenig in diesem Gesicht lesen konnte. Dr. Sacco war in den Vierzigern, mit strenger blonder Kurzhaarfrisur und einem marineblauen Blazer, der gut in eine Bank oder den Sitzungssaal eines Konzerns gepasst hätte.

»Taryn Moore, nicht wahr?«, sagte Dr. Sacco in nüchternem, geschäftsmäßigem Ton.

»Ja, Ma'am.«

»Nehmen Sie Platz.« Sie deutete auf den Stuhl gegenüber ihrem Schreibtisch, und Taryn setzte sich. Auf dem Schreibtisch lagen ein halbes Dutzend Aktenmappen. Taryn überflog verstohlen die Etiketten auf der Suche nach Liams Namen, doch Dr. Sacco raffte die Mappen so schnell zusammen, dass Taryn sie nicht richtig sehen konnte, bevor sie im Ausgangskorb landeten.

»Danke, dass Sie heute gekommen sind, Taryn.«

»Ich weiß gar nicht, warum ich hier bin. In Ihrer E-Mail stand nichts davon.«

»Weil wir diese Angelegenheit vertraulich behandeln müssen. Ich bin Koordinatorin für die Einhaltung der Title-IX-Gesetzgebung. Ist Ihnen bekannt, womit sich meine Abteilung befasst?«

»Mehr oder weniger. Ich habe es gegoogelt, bevor ich herkam.«

»Title IX verbietet jede Diskriminierung aufgrund des Geschlechts, und meine Abteilung setzt diese Standards durch. Wann immer es eine Beschwerde wegen Sexismus oder sexueller Belästigung gibt, die Studierende oder Angehörige des Lehrkörpers betrifft, ist es meine Pflicht, dem nachzugehen. Wenn ich zu dem Schluss komme, dass die

Beschwerde begründet ist, ergreifen wir disziplinarische Maßnahmen, die von verpflichtender psychologischer Beratung bis zu sofortiger Entlassung reichen können. Besonders schwerwiegende Fälle übergeben wir an die Strafverfolgungsbehörden.«

Entlassung. Würde sie vom College verwiesen werden? Sie dachte an die ganzen Studiendarlehen, die sie aufgenommen hatte, an all die Doppelschichten, die sie jeden Sommer gearbeitet hatte, um die Studiengebühren aufzubringen. Und sie dachte an ihre Mutter, die sich Tag für Tag in den frühen Morgenstunden nach Hause schleppte, nachdem sie die ganze Nacht im Pflegeheim Bettpfannen gewechselt hatte, nur damit ihre Tochter an der Commonwealth studieren konnte. Es musste die Commonwealth sein, weil sie bei *ihm* sein musste. *Würdest du mir das wirklich antun, Liam?*

»Wir nehmen jede Beschwerde ernst«, sagte Dr. Sacco. »Ich muss hören, was beide Seiten zu sagen haben, und ich dokumentiere alles. Ich werde Sie also nach unserem Gespräch bitten, eine Erklärung zu unterschreiben.«

Taryns Hände zitterten. Sie hielt sie unter dem Schreibtisch, damit Dr. Sacco sie nicht sehen konnte und nicht merkte, wie viel Angst sie vor einem drohenden Ausschluss hatte. Sie hatte sich nur ein halbes Dutzend Mal in Liams Wohnung geschlichen – na gut, vielleicht war es auch ein Dutzend Mal –, aber sie hatte nie irgendetwas von Wert mitgenommen. Sie hatte nur Sachen genommen, die er niemals vermissen würde, Sachen, die nur für sie wichtig waren. Oder ging es hier um die ganzen Anrufe und Textnachrichten? Sie dachte an die Zeiten zurück, als sie *möglicherweise* zu weit gegangen war, an all die Dinge, die sie *wahrscheinlich* nicht hätte tun sollen, wie etwa, seine Mails zu lesen, seinen Kopfkissenbezug zu stehlen oder ihm auf dem Campus auf Schritt und Tritt zu folgen. Alles Lappalien, eigentlich.

»…habe ich bislang mit zwei anderen Studierenden gesprochen, aber ich werde auch noch die übrigen Teilnehmerinnen und Teilnehmer des Seminars befragen, um zu klären, ob sie ähnliche Probleme mit ihm erlebt haben.«

Taryn blinzelte, als sie plötzlich registrierte, was Dr. Sacco da sagte. Wovon redete sie? Sie hatte etwas nicht mitbekommen. »Des Seminars? Welches Seminar?«

»›Liebende unterm bösen Stern‹.«

Taryn schüttelte den Kopf. »Tut mir leid, ich habe keine Ahnung, worum es hier geht.«

»Professor Jack Dorian. Was sind Ihre Erfahrungen mit ihm?«

Die angehaltene Luft wich mit einem Schlag aus ihrer Lunge, und einen Moment lang konnte sie nur stumm dasitzen, zu erleichtert, um auch nur ein Wort hervorzubringen. Es ging also gar nicht um Liam. Es ging um etwas ganz anderes.

Dr. Sacco runzelte die Stirn, als Taryn immer noch schwieg. »Haben Sie irgendetwas über ihn zu sagen?«

»Warum fragen Sie nach Professor Dorian?«

»Weil eine seiner Studentinnen sich über ihn beschwert hat.«

»Wer?«

»Ich kann Ihnen den Namen nicht sagen, aber sie ist in Ihrem Neun-Uhr-fünfzehn-Seminar. Sie haben die Interaktion, um die es geht, wahrscheinlich miterlebt.«

»Was hat sie gesagt, was passiert ist?«

»Sie sagte, Professor Dorian habe sexistische und herabwürdigende Bemerkungen gemacht. Diese Bemerkungen seien speziell gegen sie gerichtet gewesen, aber andere Frauen im Seminar hätten sich über seine Worte genauso sehr aufgeregt.«

»An so etwas kann ich mich nicht erinnern.«

»Vielleicht haben Sie an diesem Tag gefehlt.«

»Ich habe keine einzige Sitzung bei ihm versäumt. Er ist mein Lieblingsdozent.«

»Er hat also nichts gesagt, was Sie als anstößig empfunden hätten?«

»Nein.« Taryn hielt inne. »Was würde mit ihm passieren, *wenn* er etwas Derartiges gesagt hätte?«

»Das würde davon abhängen, wie anstößig die Bemerkungen waren. Eine simple Verwarnung könnte ausreichen. Aber in einem schwerwiegenderen Fall würde ich ein Disziplinarverfahren empfehlen.«

»Könnte er auch seinen Job verlieren?«

Dr. Sacco zögerte. Sie nahm einen Stift und rollte ihn zwischen den Fingern. »Bei sehr schwerwiegenden Verstößen, ja. Es ist schon vorgekommen. Heutzutage sind die Hochschulen sehr bemüht, die Bedürfnisse der Studierenden angemessen zu berücksichtigen. In der Vergangenheit hat man über solches Fehlverhalten vielleicht hinweggesehen, aber das geht heute nicht mehr. Wir nehmen jede Beschwerde ernst.«

»Wer hat diese Beschwerde eingereicht?«

»Wie gesagt, ich kann Ihnen keine Namen nennen.«

»War es Jessica?«

Dr. Sacco presste die Lippen zu einem dünnen Strich zusammen. Das war die ganze Bestätigung, die Taryn brauchte.

»Sie *war* es also.« Taryn schnaubte. »Na, das wundert mich gar nicht.«

»Wieso sagen Sie das?«

»Sie hat sich im Kurs unmöglich aufgeführt, und er hat sie deswegen vor allen Leuten zur Rede gestellt. Und er hat ihr für ihre Hausarbeit eine Drei minus gegeben. So was macht man nicht mit einer wie Jessica. Das hat Konsequenzen.«

»Die Studentin sagte mir, Professor Dorian habe sexuell verunglimpfende Bemerkungen gemacht, von denen sie sich persönlich angegriffen fühlte. Haben Sie selbst ein derartiges Verhalten beobachten können?«

»Nein. Niemals.«

»Sie behauptet, er habe gesagt – ich zitiere aus ihrem Beschwerdeschreiben –, ›er könne es verstehen, wenn ein Lehrer eine Affäre mit seiner Schülerin hätte‹. Sie blickte zu Taryn auf. »Hat er das gesagt?«

Taryn zögerte. »Nun ja, es kann sein, dass er so etwas Ähnliches gesagt hat. Aber es war im Kontext des Themas, über das wir diskutierten. Es bezog sich auf die Figuren in den Werken auf unserer Leseliste.« Sie schüttelte angewidert den Kopf. »Wissen Sie was? Diese Beschwerde ist völliger Quatsch. *Ich* bin der Grund, weshalb Jessica ihm eins auswischen will.«

Dr. Sacco runzelte verwirrt die Stirn. »Sie?«

»Jessica und ich sind im Seminar aneinandergeraten. Es wurde ziemlich hässlich, und Professor Dorian ist eingeschritten, um mich zu verteidigen. Sie war sauer, und deshalb geht sie jetzt auf ihn los.«

»Ich verstehe.«

Aber verstand sie wirklich? Taryn dachte an die verschworene Clique von Studentinnen, von denen Jessica ständig umringt war; Mädchen, die ständig um sie herumscharwenzelten wie unterwürfige Hofdamen. Würde eine von denen es wagen, ihr zu widersprechen, oder würden sie alle Jessicas Version der Wahrheit bekräftigen? Sie war vielleicht die Einzige im Seminar, die bereit war, Dorian zu verteidigen, und es erschien ihr plötzlich unabdingbar, dass sie es tat. Er hatte sich für sie eingesetzt, und nun würde sie sich für ihn einsetzen.

»Professor Dorian würde niemals eine Studentin belästigen. Ich weiß nicht, was Jessica sich dabei gedacht hat, aber sie hat Ihnen ganz sicher nicht die Wahrheit gesagt. Und ich werde eine Erklärung unterschreiben.«

»Zu seiner Verteidigung?«

»Allerdings. Ich habe noch nie einen Dozenten kennengelernt, der eine solche Leidenschaft für seinen Stoff hat. Wenn er über Romeo und Julia oder Aeneas und Dido spricht, *spürt* man deren Schmerz. Er ist einer der besten Dozenten, den Sie an dieser Universität haben. Wenn Sie ihn wegen der Behauptungen von irgendeiner verzogenen Zicke entlassen, dann sind Sie ein Beispiel für all das, was bei der MeToo-Bewegung schiefläuft.«

Dr. Sacco war sichtlich verblüfft über ihre Heftigkeit, und im ersten Moment fiel ihr keine Erwiderung ein. Sie starrte Taryn an und klopfte dabei mit ihrem Stift auf den Schreibtisch wie ein zittriges Metronom. »Nun«, sagte sie schließlich, »Sie haben mir zweifellos einen alternativen Standpunkt geliefert. Ich werde das berücksichtigen.«

»Möchten Sie, dass ich eine Erklärung unterschreibe?«

»Was Sie mir gerade gesagt haben, ist ausreichend. Aber sollten noch weitere Beschwerden über Professor Dorian bei mir eingehen, dann müsste ich noch einmal mit Ihnen sprechen.«

Taryn war schon auf dem Weg nach draußen, als sie noch einmal stehen blieb und sich umdrehte. »Werden Sie ihm sagen, was ich zu dieser Sache gesagt habe?«

»Nein. Dieses Gespräch war vertraulich.«

Dann würde er also nie erfahren, dass sie es war, die ihn verteidigt hatte. Das würde ihr eigenes kleines Geheimnis bleiben.

Fürs Erste.

11

Jack

Im Lauf des Wochenendes schickte Charlie Maggie und Jack noch einen weiteren Prospekt von der Fahrradtour im Bryce Canyon, zu der er sie unbedingt überreden wollte. Er enthielt verlockende Fotos von Touristen, die in Formation durch die Canyons radelten oder sich beim Essen zuprosteten. Das Altersspektrum reichte von Millennials bis zu Leuten in Charlies Alter. Quer über die Seite hatte er geschrieben: *Wir könnten auch auf diesen Fotos sein!* Mit seinen siebzig Jahren war Charlie in blendender Form, er radelte und trainierte regelmäßig im Fitnessstudio. »Mensch, warum machen wir das nicht?«, sagte er am Telefon. »Wenn ihr dabei seid, mach ich's sofort fest. *Carpe diem*, sag ich, solange wir noch *diem* zum *Carpen* haben.«

An diesem Dienstag begann Charlies *dies* sich jedoch einzutrüben. Wegen seiner Rückenschmerzen konnte er nicht schwer heben, also schaute Jack bei ihm vorbei und füllte ihm das Brennholzlager für seinen Ofen auf.

»Der Arzt hat mich heute Morgen angerufen«, sagte Charlie, während Jack noch ein Scheit auf den Stapel warf. Er bemühte sich, beiläufig zu klingen. »Er will noch mehr Untersuchungen mit mir machen.«

Jack klopfte sich das Sägemehl von den Händen. »Was für Untersuchungen?«

»Erst mal will er mich in die Röhre schieben.«

»Ein MRT – wieso?«

»Er meinte, die Röntgenaufnahme hätte ein paar Anomalien in meiner Wirbelsäule gezeigt. Aber er wollte mir nicht sagen, was das zu bedeuten hat.«

Jack spürte einen eisigen Stich im Herzen. »Weiß Maggie es schon?«

»Ich bin mir nicht sicher, ob ich sie damit behelligen will. Sie hat so schon genug am Hals.«

»Es könnten einfach nur Narben von deinem Sturz mit dem Fahrrad vor ein paar Jahren sein. Damals hast du dir doch die Wirbelsäule angeknackst.«

»Keine Ahnung. Der Termin ist am Donnerstag.«

Jack hatte kaum je einen Gedanken daran verschwendet, dass Charlie nicht ewig da sein würde. In den fünfzehn Jahren, die er ihn kannte, war Charlie immer ein Ausbund an Gesundheit gewesen, und dass er irgendwann sterben würde, war eine abstrakte Vorstellung, ein Ereignis, das in einer nebulösen Zukunft angesiedelt war. Als Jack zum Campus zurückfuhr, weigerte er sich, über die Möglichkeit auch nur nachzudenken, dass Charlie ernsthaft krank war. Und er wollte auch nicht darüber nachdenken, was für ein furchtbarer Schlag es für Maggie wäre.

Sein Handy signalisierte den Eingang einer E-Mail.

Während er an einer Ampel wartete, warf er einen Blick auf die Nachricht von einer Frau namens Elizabeth Sacco. Der Name sagte ihm nichts, doch er sah, dass sie eine Universitäts-E-Mail-Adresse hatte. Er öffnete die Nachricht und las sie mit wachsender Beunruhigung.

Sehr geehrter Professor Dorian,

in meiner Funktion an der Commonwealth Univer-
sity bin ich dafür verantwortlich, allen Berichten
über sexuelle Diskriminierung einschließlich sexu-
eller Belästigung und Missbrauch nachzugehen. Mei-
ner Abteilung wurde kürzlich eine Anzeige zur Kennt-
nis gebracht, in der behauptet wird, dass Sie gegen
die Title-IX-Regeln der Universität verstoßen hätten.

Zusammenfassung des Vorfalls: Es wird behauptet,
dass Sie in der Veranstaltung Englisch 3440 – »Lie-
bende unterm bösen Stern« im Rahmen einer Diskus-
sion über diverse literarische Texte, in denen männ-
liche Lehrer Affären mit ihren Schülerinnen haben,
unangemessene Bemerkungen gemacht hätten.

Die Universität nimmt diese Anschuldigungen
ernst, weshalb ich um die Vereinbarung eines Ter-
mins bitte, um die Angelegenheit zu besprechen.

Ich weise Sie darauf hin, dass Sie gerne einen Be-
rater oder einen Rechtsbeistand zu diesem Gespräch
mitbringen können. Außerdem wäre ich Ihnen sehr
dankbar, wenn Sie mit niemandem über diese Ange-
legenheit sprechen würden, um die Integrität der Er-
mittlung nicht zu beeinträchtigen.

Ich erwarte Ihre baldige Antwort.

Sobald er wieder in seinem Büro war, sah er auf der Website der Universität nach, und da war sie: Dr. Elizabeth
Sacco, Abteilung für Title-IX-Ermittlungen. Er erinnerte
sich nur vage, dass die Universität überhaupt eine solche
Stelle hatte, die sich mit Klagen wegen sexueller Belästigung befasste.

Diese Anschuldigungen waren lachhaft. Noch nie war er bezichtigt worden, sich irgendwie unangemessen verhalten oder geäußert zu haben. Einige Minuten lang saß er nur da und versuchte, sich zu sammeln, ehe er die Mail beantwortete. Wenn er die Vorwürfe empört zurückwies, könnte er Dr. Sacco gegen sich aufbringen. Wenn er sie einfach als unsinnig abtat, wäre sie vielleicht beleidigt, weil er die Angelegenheit nicht ernst genug nahm.

Er zwang sich zu einer neutralen Antwort und schrieb ihr, dass er sich am nächsten Tag mit ihr treffen könne, wann immer es ihr passe.

Den Rest des Tages lastete ein undefinierbares Schuldgefühl auf ihm. Er fragte sich, ob er nicht tatsächlich irgendetwas Schreckliches getan hatte. Seine Fantasie spielte die schlimmsten Szenarien durch und ließ ihn befürchten, dass die Beschwerde eine Lawine ins Rollen bringen und ein Eigenleben entwickeln könnte. Was, wenn Sacco beschloss, die Partei der Studentin – er nahm an, dass es eine Frau war – zu ergreifen? Was, wenn sie ihn zum Opferlamm auf dem Altar der Political Correctness machten? Welche Ironie – war er doch immer ein stolzer Verfechter der Rechte von Frauen gewesen. Und jetzt würde man ihn vielleicht mit Leuten wie Harvey Weinstein in einen Sack stecken. Aber vielleicht überreagierte er ja auch. Vielleicht war das Ganze ein Missverständnis, und Elizabeth Sacco machte einfach nur ihren Job, indem sie unbegründeten Gerüchten auf den Grund ging.

Doch am nächsten Morgen, als er vor der Tür mit der Aufschrift BÜRO FÜR GLEICHSTELLUNG UND COMPLIANCE stand, kam er sich vor wie Josef K. in Kafkas *Pro-*

zess, der eines Morgens wegen eines ihm unbekannten Verbrechens verhaftet und am Ende hingerichtet wird.

Er öffnete die Tür, und die Sekretärin begrüßte ihn mit einem kühlen Lächeln. »Professor Dorian?«

»Ja.«

»Dr. Sacco erwartet Sie. Hier entlang bitte.«

...*zum Richtblock.*

Er hatte eine Art Megäre erwartet, doch die Frau, die ihn begrüßte, wirkte eigentlich ganz nett. Sie war Anfang vierzig und trug einen nüchternen grauen Hosenanzug. Mit ihrem kurzen Haar und der eulenhaften Brille erinnerte sie ihn an eine Pfarrerin.

Er nahm auf dem Stuhl ihr gegenüber Platz und unterdrückte den Impuls, gleich loszupoltern: *Warum zum Teufel bin ich hier?* Das hier war die Dienststelle, die sich mit Klagen wegen sexueller Diskriminierung, Belästigung und Missbrauch befasste. Letztes Jahr hatte sie den Fall der Vergewaltigung einer Studentin durch einen betrunkenen Eishockeyspieler untersucht. Die Vorwürfe gegen ihn erschienen im Vergleich dazu absurd, und er fragte sich, ob es nur die Rache einer Studentin war, der er eine schlechte Note gegeben hatte.

Sie tauschten ein paar höfliche Floskeln über den jüngsten Schneesturm und die Unbilden des Wetters in Neuengland aus. Sacco erzählte ihm, dass sie aus Südflorida stammte und bis vor ein paar Jahren Schnee nur aus Filmen gekannt hatte. Dann signalisierte sie mit einer ausgedehnten Pause, dass das Vorgeplänkel vorbei war.

»Mir ist bewusst, wie beunruhigend das für Sie sein muss«, sagte sie.

»›Beunruhigend‹ ist gar kein Ausdruck. Ich dachte im

ersten Moment, Ihre E-Mail wäre irgendein schlechter Scherz, weil ich noch nie mit derartigen Anschuldigungen konfrontiert war. Das passt einfach nicht zu mir.«

»Ich bemühe mich lediglich, die Fakten zu klären, und ich hoffe, die Angelegenheit in einer für alle Beteiligten zufriedenstellenden Weise zum Abschluss bringen zu können. Wie ich in meiner Mail schrieb, hat eine Person aus Ihrem Seminar ›Liebende unterm bösen Stern‹ sich über gewisse Bemerkungen beschwert, die Sie angeblich gemacht haben.«

»Was für Bemerkungen?«

»Die Person fühlte sich unangenehm berührt, als Sie in billigender Weise über Lehrer sprachen, die Affären mit ihren Schülerinnen haben. Ist das eine zutreffende Darstellung dessen, was Sie im Seminar gesagt haben?«

»Ganz und gar nicht! Meine Bemerkungen bezogen sich ausschließlich auf Gestalten in fiktionalen Werken. Ich glaube, ich habe als Beispiele *Das sterbende Tier* und *Gone Girl* genannt. Kennen Sie die Bücher?«

»Ich habe die Verfilmung von *Gone Girl* gesehen.«

»Dann wissen Sie vielleicht noch, dass die von Ben Affleck gespielte Figur etwas mit einer ihrer Studentinnen anfängt.«

»Ja, daran erinnere ich mich.«

»Und kennen Sie auch den Briefwechsel von Abaelard und Héloïse?«

»Das ist ein Liebespaar aus dem Mittelalter, wenn ich mich recht entsinne.«

»Er war Lehrer, sie seine junge Schülerin. Ich habe lediglich darauf hingewiesen, dass Héloïse und Abaelard moderne Autoren dazu inspiriert haben könnten, Affären zwischen Lehrern und Schülerinnen in unserer Zeit zum Gegenstand ihrer Werke zu machen.«

Sie nickte. »Ich habe auch Englisch studiert. Ich verstehe, worauf Sie hinauswollten.«

Das war ermutigend. »Die Männerfiguren in diesen Romanen sind alle charakterlich schwach und verletzlich. Sie sind unglücklich verheiratet, oder sie sind einsam, und sie sehnen sich nach Intimität und Nähe. So kommt es zu den Affären. Ich habe ein solches Verhalten nicht befürwortet, und es ist albern, mir so etwas zu unterstellen. Ich meine, welcher Dozent würde denn so etwas tun?«

»Ja, ich verstehe. Aber Sie können doch nachvollziehen, dass wir im Licht der aktuellen Ereignisse jedem Hinweis auf sexuelles Fehlverhalten besonders gründlich nachgehen müssen.«

»Natürlich. Ich bin sehr dafür, Männer, die Frauen belästigen und missbrauchen, streng zu bestrafen. Aber ich kann mir nicht vorstellen, dass irgendjemand im Seminar sich von einer Diskussion über fiktionale Lehrer, die fiktionale Affären mit fiktionalen Studentinnen haben, bedroht gefühlt haben soll.«

Sie sah auf ihre Notizen. »Die Person, die die Beschwerde eingereicht hat, gibt auch an, Sie hätten gesagt, dass Sie verstehen könnten, wie so etwas passieren kann. Warum ein Professor eine Affäre mit einer Studentin anfangen würde.« Sie blickte zu ihm auf.

Er spürte, wie ihm die Zornesröte ins Gesicht stieg. »Das habe ich nicht gesagt. Es war vielmehr...«

»Professor Dorian.« Sie hob eine Hand. »Ich habe auch noch andere Seminarteilnehmer befragt, und eine davon hat den Vorfall exakt so geschildert, wie Sie es getan haben.

Sie hat sehr nachdrücklich erklärt, dass Sie nur über die Figuren in einem Buch gesprochen hätten und über nichts anderes.«

Sie. War es Taryn Moore, die ihn verteidigt hatte? Es konnte nicht anders sein.

»Ich gehe also davon aus, dass es sich bei dieser Beschwerde nur um ein Missverständnis handelte.«

Er stieß einen Seufzer der Erleichterung aus. »Dann... war's das also?«

»Ja. Aber wenn ich Ihnen für die Zukunft einen Rat geben darf: Sie sollten sich überlegen, ob Sie Ihre Veranstaltungshinweise nicht künftig mit Triggerwarnungen versehen wollen. Andere Dozenten tun das bereits und weisen die Studierenden darauf hin, dass bestimmte Seminarinhalte wegen der Darstellung von Gewalt, sexuellem Missbrauch, Rassismus und dergleichen verletzend wirken könnten.«

»Ich weiß, dass manche Kollegen das tun, aber ich habe ein Problem mit Triggerwarnungen.«

»Wieso?«

»Weil man solche unangenehmen Empfindungen in einem Universitätsstudium nun einmal nicht ausklammern kann – es geht darum, sich auch den verstörenden Aspekten im Spektrum menschlicher Erfahrungen auszusetzen. Wir reden hier von jungen Erwachsenen, die in den Nachrichten tagtäglich mit weit Schlimmerem konfrontiert werden. Ich bin nicht bereit, sie wie kleine Kinder zu behandeln.«

»Ich will Ihnen ganz gewiss nicht vorschreiben, wie Sie Ihre Studierenden zu unterrichten haben. Aber denken Sie einfach darüber nach.«

Er stand auf und wollte gehen.

»Eine Sache noch«, sagte sie. »Die Universität verbietet strikt jegliche Vergeltungsmaßnahmen gegen Personen, die in eine Title-IX-Ermittlung involviert waren.«

»Das würde ich auch dann nicht tun, wenn ich wüsste, wer sich über mich beschwert hat.« Aber er wusste es – oder hatte jedenfalls einen sehr starken Verdacht. Vor seinem inneren Auge konnte er Jessica sehen, wie sie mit ihrer Zimmergenossin Caitlin die Köpfe zusammensteckte und verschwörerisch tuschelte, wann immer sie mit etwas, was er gesagt hatte, nicht einverstanden war. Und er erinnerte sich an die Drei minus, die er auf Jessicas Arbeit gekritzelt hatte – eine Note, gegen die sie vehement protestiert hatte.

Aber er würde keine Vergeltung üben. Er würde einfach zur nächsten Seminarsitzung erscheinen und weitermachen, als ob nichts vorgefallen wäre. Er gab Elizabeth Sacco die Hand und dankte ihr für die Einstellung des Verfahrens. Als er das Büro verließ, fühlte er sich gleich zwanzig Kilo leichter.

Und er dachte: *Danke, Taryn.*

12

Jack

»Worüber hat die Studentin sich beschwert?«, fragte Maggie, als sie ins Krankenhaus fuhren, um sich dort mit Charlie zu treffen. Sie sahen beide diesem Termin mit Bangen entgegen, und um die Stille auszufüllen, hatte er seinen Termin bei der Title-IX-Koordinatorin erwähnt.

»Wir hatten die Briefe von Héloïse und Abaelard besprochen. Du weißt schon, dieses Liebespaar aus dem zwölften Jahrhundert«, sagte er, als ob das alles erklären würde. Was es natürlich nicht tat.

»Héloïse und Abaelard? Gibt es da nicht eine Ausstellung im MFA? Ich habe ein Werbebanner dafür auf einem Bus gesehen.«

»Genau. Die Ausstellung wird nächste Woche eröffnet.«

»Und was haben Héloïse und Abaelard nun mit deinem Title-IX-Problem zu tun?«

Plötzlich wünschte er, er hätte das Thema nie erwähnt. Seit die Beschwerde abgewiesen worden war, fühlte er sich entlastet – nur das Opfer einer rachsüchtigen Studentin. Einerseits hatte er geglaubt, wenn er mit Maggie über die Angelegenheit spräche, würde das alle Zweifel zerstreuen, die sie vielleicht gehegt hatte. Andererseits aber kam es ihm vor, als würde er leichtsinnigerweise ein Verbrechen gestehen, das er nie begangen hatte. »Ich habe den Studenten erklärt, dass die Affäre von Héloïse und Abaelard Autoren von zeitgenössischen Erzählungen wie *Gone Girl* als Modell gedient haben könnte.«

»War Abaelard nicht ihr Lehrer?«

»Ja.«

»Und er war wesentlich älter als sie?«

»Ja. Als Folge der Affäre wurde er kastriert und verbrachte den Rest seiner Tage in einer Abtei. Und Héloïse wurde in einem Kloster weggesperrt.«

»Warum hat die Studentin dich beim Gleichstellungsbüro angezeigt?«

»Es war ein blödes Missverständnis. Und das Verfahren wurde eingestellt.«

»Jack, was war der Vorwurf? Was hast du gesagt, was die Studentin als verletzend empfunden hat?«

»Ich sagte… Ich habe ihnen erklärt, dass es Gründe geben könnte, warum ein Lehrer eine Affäre mit einer Studentin haben könnte.« Aus dem Augenwinkel nahm er wahr, wie sie ihn anstarrte.

»Und stimmt das?«

»Stimmt was?«

»Dass du eine Affäre mit einer Studentin hattest?«

»Herrgott noch mal, Maggie!«, fuhr er sie an. »Wie kannst du nur so was fragen?« Warum verwahrte er sich so heftig gegen die Unterstellung? Etwa, weil er in einem dunklen Winkel seines Bewusstseins schon über die Möglichkeit nachgedacht hatte?

»Es ist nur…« Sie seufzte. »Mein Job ist in letzter Zeit

die Hölle. Es wird immer schwieriger, noch genug Zeit für uns zu finden.«

»Das fehlt mir, weißt du. Das Leben, das wir früher hatten.«

»Denkst du, mir fehlt es nicht?« Sie sah ihn an. »Ich gebe mir Mühe, Jack, das kannst du mir glauben. Aber ich muss so vieles unter einen Hut bringen. Es gibt so viele Menschen, die mich brauchen.«

»Und was passiert, wenn wir je Kinder haben? Wie willst du die in deinem Zeitplan unterbringen?«

Sie versteifte sich und wandte sich ab. Sofort bereute er es, das Thema Kinder angeschnitten zu haben. Er wusste, wie sehr ihre letzte Fehlgeburt sie mitgenommen hatte. Der Geist dieses verlorenen Babys verfolgte sie beide immer noch. »Es tut mir leid«, sagte er.

Sie starrte aus dem Fenster. »Da bist du nicht der Einzige.«

Charlie war der letzte Patient auf Dr. Greshams Liste an diesem Tag, und sie fanden ihn im Wartezimmer, wo er ganz allein saß und eine zerlesene Ausgabe der *National Geographic* auf dem Schoß hielt. Es war erst ein paar Tage her, dass Jack ihn zuletzt gesehen hatte, und er war schockiert, wie viel älter Charlie heute aussah, als ob der Sand immer schneller durch sein Stundenglas rinnen würde. Charlie lächelte, als sie das Zimmer betraten, und warf die Zeitschrift auf den Beistelltisch, wo sie auf einem Stapel anderer alter Magazine landete.

»Ihr habt es geschafft«, sagte er.

»Natürlich haben wir es geschafft, Dad.« Maggie beugte sich herab, um ihren Vater zu umarmen. »Du hättest nicht selbst herfahren müssen. Wir hätten dich doch abholen können.«

»Willst du mir vielleicht schon die Autoschlüssel wegnehmen? Nur über meine Leiche, das sag ich dir.« Er nickte Jack zu. »Danke, dass du mir bei diesem freudigen Anlass Gesellschaft leistest.«

»Ist doch klar, Charlie.«

»Älter werden ist wirklich ein Riesenspaß.« Er verzog das Gesicht, als ob er Schmerzen hätte, und versuchte, eine bequemere Sitzhaltung einzunehmen. »Die Tatsache, dass Dr. Gresham das Ergebnis des MRT persönlich mit mir *besprechen* muss, verrät mir, dass es bestimmt bald noch viel spaßiger wird.«

»Das hat nicht unbedingt etwas zu bedeuten«, sagte Maggie, aber Jack bezweifelte, dass Charlie sich von ihren beruhigenden Worten täuschen ließ. Der aufgesetzte Optimismus in ihrer Stimme war nicht zu überhören.

»Mr. Lucas?« Es war nicht die Schwester, die Charlies Namen rief, sondern Dr. Gresham selbst. Er stand da mit einem Krankenblatt in der Hand, seine Miene streng neutral. Ein schlechtes Omen.

Ächzend hievte sich Charlie von seinem Stuhl hoch, und sie folgten Dr. Gresham über einen kurzen Korridor zu seinem Sprechzimmer. Niemand sprach ein Wort, alle wappneten sich für das, was kommen würde. Maggie und Jack halfen Charlie auf einen Stuhl, dann nahmen sie links und rechts von ihm Platz und sahen Dr. Gresham über dessen Schreibtisch hinweg an. Gresham legte die Hände auf das Krankenblatt und holte tief Luft.

Noch ein schlechtes Omen.

»Ich bin froh, dass Sie mit Ihrem Vater kommen konnten, Maggie«, sagte Gresham. »Sie können ihm nachher noch das eine oder andere erklären, falls das, was ich sage, nicht ganz klar ist.«

»Ich bin kein Idiot«, warf Charlie ein. »Ich habe vierzig Jahre bei der Polizei auf dem Buckel. Sagen Sie mir einfach die Wahrheit.«

Der Arzt nickte entschuldigend. »Natürlich. Ich wollte Ihnen das persönlich sagen, weil ich leider keine guten Nachrichten habe. Das MRT zeigt eine Reihe von osteolytischen Läsionen in Ihrer Brustwirbelsäule. Das erklärt die Schmerzen, die Sie...«

»Osteo... was?«

»Stellen, an denen der Knochen zerstört ist. Es besteht die Gefahr, dass es zu einem Kollaps und einer Kompression von T5 kommt, wenn wir nicht bestrahlen, und das möglichst bald. Was den Primär...«

»Es ist also Krebs.«

Dr. Gresham nickte. »Ja, Sir. Danach sieht es aus.«

Charlie sah Maggie an, der es die Sprache verschlagen hatte. Maggie, die jedes Wort verstand und doch selbst kein einziges hervorbringen konnte.

»Es finden sich auch mehrere Knoten sowohl im linken oberen als auch im rechten mittleren Lungenlappen. Einige davon sind peripher genug für eine transthorakale Nadelbiopsie. Ich vermute ein Adenokarzinom. In diesem Stadium, mit Knochenmetastasen...«

»Wie lange noch?«, fiel ihm Charlie ins Wort.

Maggie griff nach seiner Hand, doch Charlie zog sie weg, wie um zu demonstrieren, dass er noch Herr der Lage war. Er würde nicht den demütigen Patienten spielen, nur weil er nicht verstand, was diese Ärzte sagten.

»Das ist...ähm... schwer zu sagen«, antwortete Dr. Gresham.

»Monate? Jahre?«

»Es ist unmöglich, hier genaue Vorhersagen zu treffen. Aber manche Patienten in Stadium vier können ein Jahr oder länger überleben.«

»Behandlung?«, fragte Charlie. Sein Ton war brüsk und emotionslos, während Maggie aussah, als könnte sie jeden Moment zusammenbrechen.

»In diesem Stadium«, antwortete Gresham, »ist die Behandlung palliativ. Bestrahlung für das geschädigte Knochengewebe. Narkotika nach Bedarf gegen die Schmerzen. Wir werden alles tun, um Ihnen Schmerzfreiheit und ein Maximum an Lebensqualität zu garantieren.«

»Dad«, flüsterte Maggie. Wieder griff sie nach seiner Hand, und diesmal ließ er zu, dass sie sie nahm. »Jack und ich werden die ganze Zeit an deiner Seite sein.«

»Schön«, schnaubte Charlie, »aber ich werde auf meine Weise damit umgehen. Wenn ich schon untergehen muss, dann geh ich mit Pauken und Trompeten unter. Der Krebs kann mich mal!«

Er stemmte sich aus dem Stuhl hoch. Der Zorn ließ ihn den Schmerz vergessen, und plötzlich war er wieder der knallharte alte Charlie, den Jack kannte, der Charlie, der sich in dunklen Gassen unerschrocken Gangstern in den Weg stellte. Als er erhobenen Hauptes aus dem Sprechzimmer stürmte, eilte Maggie ihm nach. Jack hörte, wie die Außentür zugeschlagen wurde.

»Danke, Doc«, sagte er und stand auf. »Tut mir leid, dass er die Nachricht so aufgenommen hat.«

»Niemand nimmt so eine Nachricht besonders gut auf.«

Dr. Gresham schüttelte den Kopf. »Es tut mir leid, dass ich nichts Besseres zu berichten hatte. Die nächsten Monate werden für Sie alle sehr schwer werden. Sagen Sie Ihrer Frau, dass sie mich jederzeit anrufen kann. Sie wird jegliche Unterstützung brauchen, die sie bekommen kann.«

Als Jack das Gebäude verließ, sah er die beiden bei Charlies Auto stehen. Charlie war hochrot im Gesicht und scheuchte Maggie wütend weg.

»Ich kann selber nach Hause fahren!«

»Dad, bitte. Es ist kein Problem. Du musst dir von uns helfen lassen.«

Er schüttelte den Kopf. »Ich brauch keinen Babysitter! Ich fahr jetzt nach Hause und gieß mir einen doppelten Whisky ein.« Mit einem verächtlichen Knurren stieg er in seinen Wagen und schlug die Tür zu.

»Dad.« Maggie klopfte an die Fensterscheibe, als Charlie aus der Parklücke zurücksetzte. »Dad!«

Jack fasste sie am Arm. »Lass ihn.«

»Er kann doch nicht einfach so abhauen. Er braucht…«

»Er braucht jetzt erst einmal seine Würde. Die sollten wir ihm zugestehen.«

Maggie drückte sich die Hand an den Mund und kämpfte gegen die Tränen an. Er nahm sie in den Arm, und sie hielten einander fest, während das Motorgeräusch von Charlies Auto in der Ferne verhallte.

13

Jack

Kurz vor zehn Uhr erreichte Jack das Museum of Fine
Arts. Über dem Haupteingang hing ein riesiges Transpa-
rent, das die neue Ausstellung ankündigte: EWIGE LIEBE –
ABAELARD UND HÉLOÏSE, mit einer Darstellung des
ikonischen Paars in leidenschaftlicher Umarmung. Die
Teilnehmer seines Seminars warteten schon auf der Ein-
gangstreppe, und als er auf sie zuging, fixierten Jessica und
Caitlin ihn mit mürrischen Mienen. Er sah Taryn etwas
abseits stehen, und er hätte ihr gerne dafür gedankt, dass
sie ihn gegen die Title-IX-Vorwürfe verteidigt hatte. Doch
das würde er später unter vier Augen tun müssen, nicht
hier und nicht solange Cody Atwood sich in der Nähe her-
umdrückte, wie er es auch heute tat. Stattdessen begrüßte
Jack Taryn nur mit einem Lächeln und einem Nicken, und
das genügte, um ihr Gesicht zum Leuchten zu bringen.

»Professor Dorian?«, sagte eine junge Frau, die nahe dem
Eingang stand.

»Ja. Sie müssen Jenny Iverson sein«, erwiderte er.

Sie nickte. »Ich bin die stellvertretende Kuratorin und
werde Ihren Kurs durch die neue Ausstellung führen. Also,
herzlich willkommen alle zusammen!«

Während er der Gruppe die Marmortreppe hinauf ins Obergeschoss folgte, nahm er sich fest vor, sich nicht anmerken zu lassen, dass er gegen Jessica irgendeinen Groll hegte, auch wenn er sich sicher war, dass sie hinter der Title-IX-Beschwerde steckte. *Bleib ganz cool, Jack. Immer nur lächeln, wenn die kleinen Miststücke dich angiften.* Sie durchquerten die Raab Gallery und kamen an Maggies Lieblingsgemälde im gesamten Museum vorbei – Renoirs *Tanz in Bougival*. Er blieb stehen, um das tanzende Paar zu bewundern, die Frau mit der roten Haube, den Mann mit dem Strohhut, beide ganz offensichtlich glücklich verliebt. Vor zwölf Jahren hatte er Maggie vor genau diesem Gemälde einen Heiratsantrag gemacht. *Das sollen wir sein – für immer*, hatte er damals zu ihr gesagt.

Wie anders doch ihr Leben heute aussah.

Sie erreichten die Farago Gallery, wo die Wände mit einer atemberaubenden Vielfalt von Ölgemälden, Triptychen und Stichen behängt waren, die alle Héloïse und Abaelard darstellten. In der Mitte des Raums standen Vitrinen mit illuminierten Manuskripten des Briefwechsels der Liebenden aus dem vierzehnten Jahrhundert. An der hinteren Wand hingen Filmplakate und neuere Übersetzungen ihrer Geschichte – Belege dafür, dass ihr tragisches Schicksal zeitlos geworden war.

»Die Eröffnung dieser Ausstellung wurde bewusst auf die Zeit um den Valentinstag terminiert aus Gründen, die offensichtlich sein dürften«, sagte Ms. Iverson. »Das wäre doch mal eine Alternative zum üblichen Valentins-Date mit Essengehen und Kino – ein Besuch in diesem Museum!«

»Das langweiligste Date aller Zeiten«, hörte Jack Jessica hinter sich zischeln. Er beschloss, die Bemerkung zu ignorieren.

»Wie man mir sagte, haben Sie sich bereits mit den Briefen von Abaelard und Héloïse beschäftigt und sind daher mit ihrer Geschichte vertraut – der Geschichte einer Affäre zwischen einem Lehrer und seiner hochtalentierten, wunderschönen Schülerin, der Geschichte eines Konflikts zwischen christlicher Frömmigkeit und sexueller Leidenschaft.«

Er bemerkte, wie Cody ihn von der Seite ansah.

»Auch wenn wir gerne glauben möchten, dass es sich um eine wahre Geschichte handelt, so ist die Echtheit der Briefe doch nie zweifelsfrei bewiesen worden, und einige Forscher sind der Ansicht, dass es sich um eine Fälschung handelt.«

»Was glauben Sie?«, fragte Taryn.

»Es spricht eine solche Leidenschaft aus diesen Briefen, dass ich dazu neige, an ihre Echtheit zu glauben.«

»Es könnten aber auch bloß die erotischen Fantasien von irgendeinem geilen Mönch sein«, sagte Jessica.

Iverson reagierte mit einem dünnen Lächeln. »Vielleicht.«

»Ist es wirklich so wichtig, wer sie geschrieben hat?«, warf Taryn ein. »Es ist eine wunderbare, zeitlose Darstellung einer schicksalhaften Liebesbeziehung. Ich kann mir vorstellen, dass sie die Inspiration für viele andere Geschichten über unglücklich Liebende waren. Vielleicht sogar für *Romeo und Julia.*«

»Ein sehr interessanter Gedanke«, sagte Ms. Iverson.

Als sie weitergingen, hörte Jack Jessica flüstern: »Elende Schleimerin.«

Sie kamen an einem präraffaelitischen Gemälde des Paares vorbei – eine Héloïse mit goldenem Haar, gekleidet in schimmernde Seide, ein Abaelard mit dunklem Lockenschopf. Das Bild daneben zeigte eine völlig andere Version von Abaelard, als mittelalterlicher Gelehrter mit Kukulle. Er erinnerte eher an einen Zauberer als an einen Lehrer, wie er sich über die unschuldige Maid Héloïse beugte und sie küsste.

»Er sieht aus wie Voldemort, der sich an Hermione ranmacht«, meinte Jason und erntete damit ein paar Lacher.

»Vielleicht hat sie es für die Eins plus gemacht«, sagte Jessica.

Jack sah, wie Cody Taryn einen finsteren Blick zuwarf. Was kursierten da für Gerüchte im Seminar? Glaubten sie wirklich, dass zwischen ihm und Taryn etwas lief?

Er sehnte das Ende der Führung herbei, aber stattdessen kamen sie nun zu noch erotischeren Darstellungen des Paares. Sie blieben vor einem Ölgemälde aus dem neunzehnten Jahrhundert stehen, auf dem Abaelard Héloïses Hände an ihrer nackten Brust hielt. Im Hintergrund lauerte ihr Onkel Fulbert bedrohlich in einer dunklen Türöffnung. Doch es war der rosige Schimmer von Héloïses Brust, der Jacks Blick anzog – eine Brust, noch nicht gezeichnet vom Alter oder dem unerbittlichen Einfluss der Schwerkraft. Dabei war ihm nur zu deutlich bewusst, dass Taryn direkt hinter ihm stand, den Blick gleichfalls auf das Gemälde gerichtet. Sie war so nah, dass er den Duft ihres Haars roch und die Berührung ihres Pullovers an seinem Arm spürte.

Abrupt drehte er sich um und ging weiter.

Sie kamen zu einer letzten Gruppe von Bildern, die Abaelards Bestrafung darstellten.

»Wie Sie bereits wissen, da Sie ja die Briefe gelesen haben«, sagte Ms. Iverson, »ließ Héloïses Onkel Fulbert Abaelard als Strafe für seine Affäre mit Héloïse kastrieren. Einige dieser Bilder sind daher recht verstörend.«

Das waren sie allerdings. Ein Schwarz-Weiß-Stich aus dem achtzehnten Jahrhundert zeigte Abaelard, auf einem Himmelbett liegend, mit zwei Männern, die seine Beine festhielten, während Fulbert die Kastration vornahm. Héloïse stand daneben, einen Entsetzensschrei auf den Lippen, und musste mit Gewalt zurückgehalten werden. Auf einer anderen Radierung wurde Abaelard auf einem Lager niedergehalten, sein Kopf mit einer Haube verhüllt, während ein Priester in schwarzer Robe mit einem Messer zwischen seinen Beinen hantierte.

Das letzte Bild, *Der Abschied Abélards von Héloise* von Angelika Kauffmann, zeigte, wie Nonnen die weinende Héloïse von Abaelard wegführten und die Liebenden sich noch einmal an den Händen hielten, bevor sie für immer getrennt wurden.

»Sie kommt ins Kloster. Er kriegt die Eier abgeschnitten«, sagte Cody. »Ich denke, es ist wohl klar, wer da die Arschkarte gezogen hat.«

»Nicht Abaelard«, sagte Taryn. »Er hat bekommen, was er wollte, auch wenn er den Rest seines Lebens als Eunuch in einem Kloster verbringen musste.«

»Danke, dass Sie sich Zeit für mich nehmen«, sagte Taryn eine Stunde später, als sie und Jack an einem Tisch im Restaurant des MFA saßen. »Ich hätte wahrscheinlich in Ihre Sprechstunde kommen sollen.«

»Wir müssen doch beide etwas essen. Warum sollten wir uns dann nicht hier unterhalten?«

»Schon, aber...« Sie blickte sich im Speisesaal um, während ein Ober mit vier Weingläsern auf einem Tablett vorüberschwebte. »Die Cafeteria hätte es doch auch getan.«

»Hier ist das Essen viel besser.« Er schüttelte seine Serviette aus, mit einer Lässigkeit, die er nicht wirklich empfand. Es kam oft vor, dass Dozenten mit ihren Studenten zu Mittag aßen, und doch hatte er Gewissensbisse, weil er hier mit Taryn saß. Hier in diesem Restaurant hatten er und Maggie ihre Verlobung gefeiert, gleich nachdem er ihr vor Renoirs Tänzern den Antrag gemacht hatte.

Der Ober kam, um ihre Getränke zu bringen – Eistee für Taryn, Pinot noir für ihn. Er nahm einen Schluck, um sich zu sammeln.

»Um ehrlich zu sein«, sagte er, »habe ich mir gedacht, dass wir in diesem Restaurant mehr unter uns wären. Denn ich wollte mich bei Ihnen bedanken, weil Sie mich gegen diese Title-Nine-Vorwürfe verteidigt haben.«

»Woher wissen Sie, dass ich es bin, die Sie verteidigt hat?«

»Elizabeth Sacco sagte mir, eine der Studentinnen aus dem Seminar habe sich für mich eingesetzt. Da war mir klar, dass Sie das gewesen sein *mussten*.«

»Es sollte eigentlich vertraulich sein«, sagte sie, und ein Lächeln spielte um ihre Mundwinkel. »Die Beschwerde war sowieso ein Witz. Ich kann nicht glauben, dass sich irgendjemand durch das, was Sie gesagt haben, verletzt gefühlt haben könnte.«

»Ich auch nicht«, sagte Jack.

»Wegen Affären zwischen Lehrern und Schülerinnen?«

»Ich habe über ein Buch gesprochen. Ich habe ein derartiges Verhalten nicht gutgeheißen.«

»Aber könnten Sie sich das vorstellen?«

»Was?«

»Eine Affäre mit einer Studentin zu haben?«

Er spürte, wie sich sein Herz zusammenkrampfte. »Ich bin ein verheirateter Mann. Und die Statuten der Universität verbieten das ausdrücklich. Außerdem bin ich doppelt so alt wie meine Studentinnen.«

»Sie reden ja gerade so, als ob Sie uralt wären.«

»Verglichen mit Ihnen bin ich das auch.«

Sie lächelte. »Aber nicht so alt, dass ich nicht mit Ihnen ausgehen würde.«

Ihre kokette Bemerkung verstörte ihn, doch er ließ sie auf sich beruhen. Er nahm noch einen Schluck Wein. »Aber Statuten hin oder her, es ist einfach etwas, was ich nie tun würde. Weil es falsch ist.«

Sie nickte. »Und das macht Sie anders als die anderen. Sie nehmen die Unterscheidung zwischen Richtig und Falsch ernst. Sie nehmen Loyalität ernst. Es gibt sehr viele Menschen auf der Welt, denen das völlig egal wäre.« Sie nahm ihre Tüte aus dem Museumsshop hoch. »Wollen Sie mal sehen, was ich gekauft habe?«

»Klar.« Er war erleichtert, das Thema wechseln zu können.

Sie zog eine Schachtel heraus, aus der sie die weiße Keramikskulptur einer Frau nahm, die einen Dolch gepackt hielt. Im Sockel der Statuette war der Name *Medea* eingraviert.

»Sie haben nichts gekauft, was mit Abaelard und Héloïse zu tun hat?«

»Nein, weil diese hier viel eher mein Typ Frau ist.«

»Medea?«

Sie las die Beschreibung auf der Schachtel vor. »›Im griechischen Mythos bestrafte Medea ihren treulosen Ehemann, indem sie ihre zwei gemeinsamen Kinder tötete. Verletzt durch Untreue, geblendet von Eifersucht und Zorn, sinnt Medea über das Verbrechen nach, das zu begehen sie im Begriff ist.‹« Sie sah ihn an. »Sie ist eine viel interessantere Gestalt als Héloïse, finden Sie nicht?«

»Warum?«

»Weil Medea nicht passiv ist. Sie ist aktiv. Sie benutzt ihren Zorn, um die Situation in die eigene Hand zu nehmen.«

»Indem sie ihre Kinder ermordet?«

»Ja, es ist furchtbar, was sie tut. Aber sie verbringt nicht den Rest ihres Lebens damit zu jammern: *Ach, ich Ärmste!*«

»Und das finden Sie bewundernswert?«

»Ich finde, es verdient Respekt.« Sie legte die Figur in die Schachtel zurück und steckte sie in ihren Rucksack. »Auch wenn Männer die Vorstellung vielleicht erschreckend finden.«

»Erschreckend?«

»Den Zorn einer Frau.« Sie sah ihn unverwandt an, und ihr durchdringender Blick verunsicherte ihn. »Darüber würde ich gerne schreiben. Die mittelalterliche Literatur betont die weibliche Passivität. Sie lädt den Frauen all diese Gebote und Verbote auf. Wir dürfen nicht unzüchtig, lüstern oder rebellisch sein. Aber die griechische Mythologie feiert unsere Macht. Denken Sie an Medea, an Hera und Aphrodite. Sie lassen sich die Untreue der Männer nicht passiv gefallen. Nein, sie *reagieren* darauf, manchmal mit Gewalt. Und sie ...«

Unvermittelt brach sie ab. Ihr Blick war nicht mehr auf Jack gerichtet, sondern ging über seine Schulter hinweg. Er drehte sich um, um zu sehen, was sie abgelenkt hatte, doch das Einzige, was ihm auffiel, war ein junges Pärchen, das gerade an der Empfangschefin vorbei zum Ausgang ging. Er wandte sich wieder Taryn zu und erschrak, als er sah, wie blass sie geworden war. »Geht es Ihnen gut?«

Sie sprang auf und riss ihre Jacke vom Stuhl. »Ich muss los.«

»Was ist mit Ihrem Essen? Es kommt sicher jeden Moment.«

Sie gab keine Antwort, sondern rannte aus dem Restaurant, als der Ober gerade an ihren Tisch zurückkkam.

»Ihre Lobster Rolls«, sagte er und stellte zwei Teller auf den Tisch.

Jack sah auf den Stuhl, auf dem Taryn gesessen hatte. »Ich glaube, Sie sollten ihre Portion einpacken.«

»Kommt sie denn nicht zurück?«

Er sah zum Ausgang. Taryn war verschwunden. »Ich glaube nicht.«

14

Taryn

Sie waren einen halben Häuserblock vor ihr und ahnten nicht, dass sie ihnen folgte, obwohl sie eigentlich hätten spüren müssen, wie Taryn sie mit ihren grimmigen Blicken durchbohrte. Wer war dieses Mädchen bei Liam? Wie lange lief das schon mit den beiden? Es war offensichtlich, *dass* da etwas lief – das sah man schon daran, wie er ihr den Arm um die Schultern legte, wie sie die Köpfe zueinander neigten. In ihren hochhackigen Stiefeln war sie fast so groß wie er, und der eng geschnallte Gürtel ihrer Daunenjacke betonte ihre Modelfigur mit Wespentaille und schmalen Hüften. Die unglaublich langen Beine steckten in einer engen Bluejeans.

Taryns Magen revoltierte, und plötzlich wurde ihr so schlecht, dass sie sich an einem Laternenpfahl festhalten musste und sich in den Rinnstein übergab. Sie würgte, aber es kam nur säuerlich schmeckende Flüssigkeit. Eine ganze Weile konnte sie nichts tun, als sich an diesen eiskalten Pfosten zu stützen, während die Passanten an ihr vorüberströmten. Niemand fragte, ob sie Hilfe brauchte. Niemand blieb stehen, um ein freundliches Wort an sie zu richten. Mitten auf dem belebten Gehsteig war sie allein, als wäre sie unsichtbar.

Als sie endlich den Kopf hob, waren Liam und die dunkelhaarige Schlampe nirgendwo zu sehen.

Zu Liams Studentenwohnung waren es zu Fuß nur zehn Minuten. Als sie dort ankam und klingelte, öffnete niemand. Sie schloss die Tür zu 2D auf und ging hinein, um auf ihn zu warten.

Als sie seine Wohnung betrat, spürte sie sofort, dass etwas anders war – die Luft roch anders, als ob die Moleküle, die ihren Kopf umschwirrten, statisch aufgeladen wären. Was einmal ihr gehört hatte, war jetzt fremdes Terrain. Eine Usurpatorin hatte sich hier breitgemacht, und Taryn war blind gewesen für das, was nun so offensichtlich erschien. Sie erinnerte sich an die Joghurtbecher, die in seinem Kühlschrank so fehl am Platz wirkten; an den Prospekt von der Stanford Law School in seiner Post; an die Tatsache, dass sein Bett so ordentlich gemacht war. Das war alles *ihr* Werk. Dieses Miststück. Sie hatte es geschafft, sich in Taryns Reich einzuschleichen, und Taryn hatte die ganzen Anzeichen übersehen.

Sie setzte sich auf das Sofa gegenüber dem Bücherregal, in dem das Foto von Liam und ihr gestanden hatte. Stattdessen lag dort nun eine kleine Kristallkugel, die sie noch nie gesehen hatte. Sie schimmerte im winterlichen Licht, das durch das Fenster fiel, und Taryn konnte nicht aufhören, sie anzustarren. Noch ein Gegenstand, der nicht hierhergehörte.

Ihre Hände waren taub von der Kälte. Vom Schock. Sie schob sie unter ihre Jacke und schlang die Arme um sich. Es war ja niemand da, der sie in den Arm nehmen konnte, weil Liam jetzt eine andere umarmte.

Den ganzen Nachmittag wartete sie auf ihn, bis in den

Abend hinein. Sie hörte die Nachbarn im ersten Stock nach Hause kommen: Die Abernathys kehrten von ihren langweiligen Jobs in ihr langweiliges Leben zurück. Die Blondinen kicherten und schnatterten, während sie mit den Schlüsseln rasselten. Und aus der Wohnung gegen-über kam das Klirren von virtuellen Schwertkämpfern in irgendeinem Videospiel, das die nerdigen Ingenieurstuden-ten spielten. Doch hier in Liams Wohnung war alles still.

Sie musste eingeschlafen sein, denn als sie die Augen aufschlug, lag sie auf dem Sofa, und es war dunkel. Im Haus war es still, und die Akkuladung ihres Handys war auf sechs Prozent gefallen. Es war genau 4.45 Uhr, und er war nicht nach Hause gekommen.

Natürlich – er war bei ihr. Übernachtete bei ihr. Schlief mit ihr.

Sie verließ das Gebäude und ging durch die bitterkalte Dunkelheit zu ihrer Wohnung. Sie kam an einem Café vor-bei, das rund um die Uhr geöffnet hatte, und roch frisch ge-backene Croissants, doch sie hatte keinen Appetit, obwohl sie seit gestern nichts mehr gegessen hatte. Es schien ein ganzes Leben her zu sein. Die Zeit, als sie noch geglaubt hatte, Liam gehöre ihr.

Bevor das Miststück ihn ihr weggenommen hatte.

Als sie in ihrer Wohnung ankam, war sie so durchgefro-ren, dass sie ihre Kleider anbehielt und nur die Stiefel aus-zog, bevor sie zitternd unter die Decke kroch. Sie dachte an Liam und *die andere*. Das war das erste Mal, dass er fremdging in all den Jahren, die sie zusammen waren. Es musste am Reiz des Neuen liegen. Die Tussi wirkte anzie-hend auf ihn, weil sie Frischfleisch war und er ihre Fehler noch nicht kannte. Jeder Mensch hatte Geheimnisse, und das Miststück mit Sicherheit auch. Eine Verhaftung wegen Ladendiebstahls? Eine Abtreibung? Ein Freund, den sie betrogen hatte? Wenn sie überhaupt irgendwelche Geheimnisse hatte, würde Taryn sie aufstöbern.

Und sie wusste genau, wer ihr dabei helfen würde.

»Ich will das nicht machen«, sagte Cody.

Sie saßen im Food-Court der Student Union, und wie üblich hatte er sein Tablett mit all den Speisen beladen, die jemand mit seinem Übergewicht besser meiden sollte: drei Stücke Pizza, eine Portion Pommes und eine XXL-Cola. Weit und breit nichts Grünes in Sicht, es sei denn, man zählte die winzigen Paprikastückchen, die im geschmolzenen Mozzarella steckten. Taryn saß ihm gegenüber und hielt sich an einer Tasse Kaffee fest, weil sie zu überdreht war, um etwas herunterzubekommen, und außerdem so frustriert über Codys hartnäckige Weigerung, dass sie am liebsten sein Tablett vom Tisch gewischt hätte, nur um ihn zu zwingen, sie anzusehen.

»Es ist doch nicht viel, was ich von dir verlange.«

»Du verlangst, dass ich irgendeinem Mädchen nachspioniere, das ich gar nicht kenne.«

»Genau deshalb musst du es ja machen.«

»Warum machst du's nicht selber?«

»Weil Liam mich sehen könnte. Aber dich kennt er nicht. Du kannst ihnen überallhin folgen, und es wird nicht auffallen.«

»Jetzt soll ich ihnen auch noch *folgen*?«

»Es ist die einzige Möglichkeit herauszufinden, was sie treiben. Du bist doch derjenige, der die ganzen Jason-Bourne-Filme gesehen hat. Das ist genau das, was Spione tun. Sie tauchen in der Menge unter und machen sich unsichtbar wie Geister. Du wirst mein persönlicher Geheimagent sein.« Sie beugte sich vor und senkte die Stimme zu einem intimen Flüstern. Jetzt sah er ihr endlich in die Augen. Er mochte den Mund voll Pizza haben, doch seine ganze Aufmerksamkeit galt ihr. Sie sah, wie seine Augen bei dem Gedanken an *Cody Atwood, Geheimagent* vor Begeisterung blitzten. Er war kein Jason Bourne, aber einen anderen hatte sie nicht.

»Was soll ich also tun?«

»Herausfinden, wer sie ist. Ihren Namen, wo sie herkommt, ob sie auf dem Campus wohnt oder außerhalb. Ihre Geheimnisse aufdecken.«

»Wie soll ich das machen?«

»Du bist der Spion. Du solltest wissen, was zu tun ist.«

Er schwieg einen Moment und rieb sich mit einer fettigen Hand das Kinn, während er darüber nachgrübelte, wie sein Held Jason Bourne den Auftrag angehen würde. »Ich schätze mal, du willst Fotos«, sagte er. »Ich könnte meine Canon abstauben.«

»Super!«

»Und ich werde mein Teleobjektiv brauchen.«

»Hast du eins?«

»Mein Opa hat mir vor ein paar Jahren sein altes geschenkt. Ich hab's schon länger nicht mehr benutzt, aber ich werde es rauskramen. Also, wie finde ich dieses Mädchen? Du hast mir ja nicht mal sagen können, wie sie heißt. Wo soll ich nach ihr suchen?«

»Fang bei Liam an.«

Er seufzte und sank auf seinen Stuhl zurück. In diesem Moment war ihr klar, dass er abzuspringen drohte, und sie musste sich schnell etwas einfallen lassen, um ihn wieder einzufangen.

Sie legte eine Hand auf seinen Arm. »Du bist der Einzige, auf den ich zählen kann, Cody.«

»Es geht eigentlich gar nicht um dieses Mädchen, oder? Es geht immer noch um Liam.«

»Ich muss wissen, was sie im Schilde führt. Was sie vorhat.«

»Wieso?«

»Weil ich ihr nicht traue. Und ich muss auf meine Freunde achtgeben.«

»Indem du ihn ausspionierst? Und sie?«

»Ich würde das auch für dich tun. Wenn ich glauben würde, dass du dich mit der falschen Person eingelassen hast, würde ich einschreiten, um dich zu beschützen.«

»Das würdest du tun?«

»Das gehört sich so unter Freunden. Dass man aufeinander aufpasst.« Und sie meinte es wirklich ernst. Sie war vielleicht nicht in Cody verliebt oder fand ihn nicht attraktiv, aber sie würde nie zulassen, dass jemand ihm wehtat. Es war eine Frage der Loyalität.

»Was ist, wenn sie mich dabei erwischen, wie ich sie ausspioniere? Ich könnte Schwierigkeiten kriegen.«

»Dafür bist du doch viel zu clever. Ich bin sicher, dass du das richtig gut machst.«

Bei diesen Worten lebte er sichtlich auf, ihr pausbäckiger Jason Bourne mit dem fettverschmierten Kinn. »Meinst du wirklich?«

»Ich weiß es.«

Er straffte den Rücken. Holte tief Luft. »Also, wo finde ich Liam?«

Ihr Name war Elizabeth Whaley, und sie wohnte in einem Apartmentblock zwei Querstraßen vom Campus entfernt.

Codys Geschick als Spion übertraf Taryns Erwartungen – er hatte gerade mal zwei Tage gebraucht, um das herauszufinden. Es war ein Gebäude, an dem Taryn schon oft vorbeigegangen war, ohne zu ahnen, dass dort ihre Feindin wohnte. Das Haus war neu und verfügte über eine Tiefgarage, was bedeutete, dass das Mädchen Geld hatte. Das hatte Liam bestimmt beeindruckt, und seine Eltern würde es noch mehr beeindrucken. Das Mädchen war schlank, elegant und reich.

Aber irgendetwas *musste* an ihr doch faul sein.

Taryn wartete auf der anderen Straßenseite, bis sie einen jungen Mann mit einer Einkaufstüte die Stufen zur Eingangstür hinaufgehen sah. Als er aufschloss, war sie schon hinter ihm und schlüpfte mit ihm hinein. Niemand fühlte sich je bedroht von einer hübschen jungen Frau, schon gar nicht, wenn sie einen so freundlich anlächelte. Der junge Mann erwiderte das Lächeln, als sie beide den Aufzug betraten, der sich rasch mit den Aromen von Frühlingszwiebeln und Koriander aus seinem Einkaufsbeutel füllte. Im zweiten Stock stieg er aus, doch sie fuhr weiter in den dritten.

Hier wohnte *sie*. Die Feindin.

Taryn blieb vor Nummer 405 stehen und lauschte. Sie hörte keine Stimmen, keine Musik, kein Geräusch, das darauf hindeutete, dass jemand in der Wohnung war. Aber sie hatte ohnehin nicht vor, an diese Tür zu klopfen. Stattdessen klopfte sie bei Nummer 407, wo ihr das Geräusch eines Fernsehers verriet, dass jemand zu Hause war.

Eine ungepflegt wirkende Frau in Bluejeans öffnete die

Tür. Ihr blondes Haar war ungekämmt, sie wirkte müde und hatte dunkle Ringe unter den Augen. Irgendwo in der Wohnung fing ein Baby an zu weinen. Die Frau blickte sich kurz um und sah dann wieder ihre Besucherin an.

»Entschuldigen Sie bitte die Störung«, sagte Taryn, »aber sind Sie gut bekannt mit Ihrer Nachbarin? Der von nebenan?«

»Sie meinen Libby?«

Libby. Eine Kurzform von »Elizabeth«. »Ja«, antwortete Taryn.

»Ich treffe sie hin und wieder. Wir grüßen uns im Aufzug. Wieso?«

»Hatten Sie schon mal irgendwelche… ähm… Probleme mit ihr?«

»Sie meinen wegen Lärm und so?«

»Nicht nur.«

Das Baby schrie jetzt. »Entschuldigen Sie mich«, sagte die Frau und lief in ein Schlafzimmer. Als sie zurückkam, hatte sie das zappelnde und quengelnde Baby auf dem Arm. »Gibt es irgendwelche Probleme mit Libby?«

»Es ist ein bisschen… na ja, heikel.«

»Wenn es da etwas gibt, was ich wissen sollte, würde ich es wirklich gerne hören. Ich wohne schließlich Tür an Tür mit ihr, und ich hab ein kleines Kind.«

»Ich kenne Libby aus dem Haus, in dem sie vorher gewohnt hat. Und wir hatten da schon Probleme mit ihr. Ist Ihnen irgendetwas aufgefallen?«

Damit hatte sie die Aufmerksamkeit der Frau. Während das Baby auf ihrem Arm sich wand und wimmerte, dachte die Frau gründlich über die Frage nach und ging dabei zweifellos ihre sämtlichen Begegnungen mit ihrer Nachbarin durch. »Na ja, sie ist schon ein bisschen hochnäsig. Und ich glaube, sie mag Babys nicht besonders. Jedenfalls nicht mein Baby.«

Okay. Red nur weiter.

»Und da war diese Party, die sie letzten Monat geschmissen hat. Da konnte man das Gras im ganzen Flur riechen. Ein paar von den Jungs und Mädchen waren richtig betrunken, und ich weiß, dass die nicht alle volljährig waren. Es ging bis nach Mitternacht – mein Mann und ich haben kein Auge zugetan. Und das Baby auch nicht.«

»Das ist ganz schön rücksichtslos.«

»Das will ich meinen.« Die Frau kam jetzt erst richtig in Fahrt, sie durchkämmte ihr Gedächtnis nach sämtlichen Ärgernissen, ganz gleich wie geringfügig, während sie das Baby auf dem Arm wippte, um es zu beruhigen. »Dann ist da der Junge, den sie immer mit nach Hause bringt. Ich meine, wenn er bei ihr übernachtet, warum macht er's dann nicht gleich offiziell und zieht bei ihr ein? Aber ich schätze mal, dass er sich seine eigene Wohnung leisten kann. Ich hatte jedenfalls nicht so viel Geld, als ich studiert habe.«

Dieser Junge. Redete sie von Liam?

»Ach ja, und da waren diese FedEx-Pakete, die verschwunden sind, unten bei den Briefkästen. Wir haben nie herausgefunden, wer sie genommen hat. Ist das in Ihrem Haus auch passiert? Sind da auch Sachen verschwunden?«

Taryn gab keine Antwort. Sie dachte daran, wie Liam im Bett einer anderen Frau schlief. Einer Frau, die kein Recht auf ihn hatte. Nein, es konnte immer noch ein Irrtum sein. Sie wusste nicht sicher, dass es Liam war.

»Bitte, sagen Sie ihr nicht, dass ich hier war«, sagte Taryn.

»Muss ich mir Sorgen machen? Sollte ich dem Hausverwalter Bescheid sagen?«

»Noch nicht. Erst wenn ich Beweise habe.«

»Okay. Danke, dass Sie mich gewarnt haben.« Die Frau warf einen nervösen Blick in Richtung von Nummer 405. »Ich werde sie im Auge behalten.«

Ich auch.

Auf dem Weg zurück zum Aufzug blieb Taryn noch einmal vor Nummer 405 stehen. Sie dachte daran, wie leicht es wäre, hier zu warten, bis Elizabeth Whaley nach Hause kam. Wie leicht es wäre, ihr in ihre Wohnung zu folgen und ein Messer aus der Küchenschublade zu ziehen. Sie fragte sich, wie fest man zustechen musste, damit die Klinge ins Fleisch eindrang, und wie tief sie eindringen musste, um das Herz zu durchbohren. Sie dachte über all das nach.

Dann verließ sie das Gebäude und ging nach Hause.

Es war Viertel nach sieben am Freitagabend, als ihr Handy mit einem *Ping* den Eingang einer Textnachricht von Cody meldete.

Sie öffnete sie und erfasste zunächst gar nicht die Bedeutung dessen, was sie da sah. Es war ein unscharfes Foto, aufgenommen durch ein Fenster, und der halbe Bildausschnitt wurde von der Schulter eines Mannes im Vordergrund eingenommen. Dann konzentrierte sie sich auf das sitzende Paar im Hintergrund. Die Frau kehrte dem Betrachter den Rücken zu, aber Taryn konnte sehen, dass sie lange dunkle Haare hatte und ein Glas Rotwein in der Hand hielt. Der Mann, der ihr gegenübersaß, hatte sein eigenes Weinglas angehoben, wie um ihr zuzuprosten, und die Kamera fing sein Lachen ein. Es war ein Gesicht, das sie nur zu gut kannte, und es lächelte eine andere Frau an.

Fieberhaft tippte sie eine Antwort an Cody:

Wo ist das?

Er antwortete:

Das Emilio in der Concord Street.

Sie wusste genau, wo das Emilio war. Sie erinnerte sich, wie sie mit Liam vor dem Restaurant gestanden hatte, als sie beide im ersten Semester waren, und wie ihnen das Wasser im Mund zusammengelaufen war, als sie die Speisekarte im Fenster studierten. Sie erinnerte sich daran, wie er zu ihr gesagt hatte: »Eines Tages, wenn wir mal so richtig was zu feiern haben, geh ich mit dir hier essen.«

Was er nie getan hatte. Stattdessen war er mit *ihr* hier, lachte und trank Wein.

Sie schrieb an Cody:

Sind sie noch dort?

Denke schon. Bin erst vor zehn Minuten gegangen.

Ein Tosen erfüllte plötzlich ihren Schädel, und sie presste die Hände an die Schläfen, um das Geräusch auszublenden, doch es war immer noch da. Das Geräusch ihres pochenden Herzens. Ihres brechenden Herzens.

Zu Fuß brauchte sie fünfzehn Minuten zu Emilio's Restaurant, und die ganze Zeit dachte sie darüber nach, wie weit sie wohl gerade mit ihrem Menü waren. Inzwischen waren Brot und Vorspeisen vermutlich abgeräumt, und sie saßen beim Hauptgang. Sie stellte sich vor, wie die Frau Spaghetti auf ihre Gabel drehte, wie Liam sich über sein Zweiundvierzig-Dollar-Kalbsfilet hermachte. Denn das würde er bestellt haben – das teuerste Gericht auf der Karte, und wenn es nur war, um sein Date zu beeindrucken. Sie beschleunigte die Schritte, die Absätze ihrer Stiefel klackerten im entschlossenen Marschtempo auf dem Gehweg. Sie konnte nicht zulassen, dass die zwei das Restaurant verließen, ehe sie sie zur Rede gestellt hatte. Es musste heute Abend passieren, jetzt. Ihre Hände waren zu Fäusten geballt, bereit zum Kampf. Und es *war* ein Kampf – sie dachte an Achilles und Aeneas, an Sparta und Troja. Ein Krieg, der um eine Frau geführt worden war. Aber dieser Krieg würde zwischen Frauen geführt werden.

Als sie das Emilio betrat, war sie außer Atem und schwitzte in ihrer Daunenjacke. Drinnen vernahm sie das Klirren von Geschirr und lebhaftes Stimmengewirr vor dem Hintergrund dezenter Jazzmusik. Hinter dem Tresen dröhnte eine Espressomaschine, die Milch für Cappuccino aufschäumte.

»Was kann ich für Sie tun?«, fragte die Empfangschefin.

Taryn rauschte einfach an ihr vorbei ins Restaurant und entdeckte Liam an einem Tisch am Fenster. Der Stuhl ihm gegenüber war leer, doch über der Lehne hingen eine Damenstrickjacke und eine Handtasche. Sie war auf die Toilette gegangen, und Liam war zu sehr mit seinem Smartphone beschäftigt, um Taryn zu bemerken. Erst als sie direkt vor ihm stand, hob er ruckartig den Kopf und starrte sie ungläubig an.

»Taryn? Was machst du ...«

»Warum bist du mit ihr hier?«

»Ich weiß nicht, wovon du redest.«

»Ich habe euch beide im Museum gesehen. Und jetzt gehst du mit ihr hier essen.«

»Hast du uns nachspioniert?«

»Sag mir nur, warum du mit ihr zusammen bist.«

»Das geht dich nichts an.«

»Das geht mich sehr wohl was an, verdammt!«

»Okay, du musst jetzt bitte gehen. Sofort.« Er sah sich Hilfe suchend um. Die Empfangschefin steuerte schon auf sie zu, ihre High Heels klackerten auf dem Holzfußboden.

»Belästigt diese Frau Sie?«, fragte sie Liam.

»Ja. Vielleicht könnten Sie sie rausbringen.«

»Erst wenn du mir gesagt hast, *warum du mit diesem Weib hier bist*!«, schrie Taryn.

Das ganze Restaurant starrte sie an, doch es war ihr egal. Es war ihr egal, dass ihre Haare völlig zerzaust waren, dass ihr Gesicht gerötet und ihre Lippen von der Kälte rissig waren und dass ihre Stimme zitterte. Das Einzige, worauf es ihr ankam, war, dass Liams Schande jetzt für alle Welt sichtbar war.

»Das *reicht*.« Liam sprang auf und sagte an die anderen Gäste gewandt: »Tut mir wirklich leid, Leute, aber diese Frau ist verrückt.«

»Ich rufe die Polizei«, sagte die Empfangschefin und zog schon ein Handy aus der Tasche.

»Liam, was ist hier los?«, ertönte eine neue Stimme.

Taryn fuhr herum und erblickte die Schlampe, die gerade von der Toilette zurückkam und sie verwirrt musterte. Sie war eine rehäugige Katalogschönheit mit hübschem Puppengesicht.

»Warum gehst du mit meinem Freund aus?«, verlangte Taryn zu wissen.

»Ich bringe sie raus«, sagte Liam zu dem Mädchen. »Bin gleich wieder da.«

»Aber Liam ...«

»Warte einfach hier, okay, Libby?«

Liam zerrte Taryn quer durch das Restaurant und zur Tür hinaus auf den Gehsteig. Ein eisiger Wind wehte, und er war nur in Hemdsärmeln, doch er war so in Rage, dass er die Kälte gar nicht wahrnahm.

»Taryn, du lässt mich jetzt in Ruhe! Hast du mich verstanden?«

»Du hast mich also betrogen.«

»Betrogen? *Dich?*« Sein Lachen war wie ein Schlag ins Gesicht. »Du glaubst wohl wirklich, wir wären noch zusammen? Es ist *aus*. Es ist schon seit Monaten aus, und es läuft nichts mehr zwischen uns, okay? Das hab ich dir gesagt. Ich sag dir das schon seit Weihnachten, aber du führst dich ja auf wie eine Irre mit deinen ständigen Anrufen und E-Mails und Nachrichten. Hast du es jetzt endlich kapiert? Ich bin *fertig* mit dir. Also lass mich verdammt noch mal in Ruhe!«

»Liam«, sagte sie leise. Und dann noch einmal: »Liam.«

»Geh nach Hause.« Er drehte sich wieder zum Restaurant um.

»Du liebst mich. Das hast du mir gesagt. Erinnerst du dich nicht?«

»Die Dinge ändern sich.«

»Aber *das* doch nicht! Liebe vergeht nicht!«

»Wir waren Teenager. Wir wussten es nicht besser.«

»Ich habe es gewusst. Ich habe es immer gewusst. Ich bin einzig und allein wegen dir nach Boston gegangen. Weil du es *wolltest.*«

»Aber jetzt wird es für uns beide Zeit, nach vorne zu schauen. Wir sind nicht mehr dieselben, die wir auf der Highschool waren, Taryn. Ich will Jura studieren, vielleicht in Kalifornien. Ich brauche Luft zum *Atmen.*«

»Lässt *sie* dich denn atmen?«

»Wenigstens erdrückt sie mich nicht. Sie hat ihre eigenen Pläne.«

»Das heißt, sie will dich.«

»Nein, das heißt, dass sie etwas aus ihrem Leben machen will. Sie bewirbt sich fürs Graduiertenprogramm, sie denkt über ihre Karriere nach.«

»Ihr beide geht zusammen nach Kalifornien auf die Grad School?«

»Komm jetzt, Taryn, mach es nicht schwerer, als es sowieso schon ist. Das mit uns hatte doch nie eine Zukunft.«

»Weil ich nicht *ihren* Ehrgeiz habe? Oder liegt es daran, dass ich nur das Mädchen aus der Mill Street bin und du der Arztsohn?«

»Es hat nichts damit zu tun, wo du herkommst. Es geht darum, was du vorhast und wo ich hinwill. Es geht darum, Pläne zu haben.«

»Aber ich hatte doch *dich.*«

Er seufzte. »Ich kann nicht dafür verantwortlich sein, dich glücklich zu machen.«

»Die ganzen Jahre hast du mich in dem Glauben gelassen, dass wir zusammengehören. Du hast mich nur mitgeschleppt, damit du mich weiter benutzen konntest. Damit du was zum Vögeln hattest.« Sie wurde immer lauter, so laut, dass die Gäste im Restaurant sie hören konnten. Durch das Fenster konnte sie sehen, wie sie sie anstarrten. Sollten sie doch. Sie hoffte, dass die Schlampe auch zusah. »Ich war nur deine Hure, stimmt's?«

»Taryn.«

»Nur eine Hure, die man benutzt und dann wegwirft. Du Schwein. Du mieses *Schwein*!« Sie stürzte sich auf ihn.

Er packte ihre Handgelenke. »Du spinnst ja total! Hör auf damit. *Hör auf!*«

Schluchzend rang sie mit ihm, versuchte, ihn zu schlagen, doch er war zu stark. Sie wollte sich aus seiner Umklammerung lösen, und als er sie unvermittelt losließ, verlor sie das Gleichgewicht und landete auf dem Hintern. Sie saß auf dem eiskalten Gehsteig und spürte die entsetzten Blicke der Leute, die sie durch das Restaurantfenster anstarrten. Sie hatten alles mitangesehen. Sie wussten, dass sie diejenige war, die zuerst angegriffen hatte. Es war völlig klar, dass Liam keine Schuld traf.

»Geh nach Hause«, sagte Liam angewidert. »Geh nach Hause, ehe du dich noch mehr blamierst.« Er ging wieder hinein und ließ sie allein und zitternd auf dem Gehsteig sitzen.

Während sie sich langsam aufrappelte, spürte sie immer noch die Blicke, die auf sie gerichtet waren. Sie brachte es nicht fertig, noch einmal durch dieses Fenster zu schauen, ertrug es nicht zu sehen, wie sie sich an ihrer Schmach weideten. Und so ging sie einfach davon, humpelnd und wund von ihrem Sturz auf den Asphalt. So betäubt war sie von der Kälte und dem Schock, dass sie sich wie auf Autopilot bewegte. Und immer wieder gingen ihr dieselben Worte durch den Kopf.

Ich bin nicht gut genug für ihn. Nicht gut genug. Nicht gut genug. Nicht gut genug.

Plötzlich erblickte sie ihr Spiegelbild in einem Schaufenster, und sie blieb stehen, sah ihren gehetzten Blick, ihr windzerzaustes Haar. Sah so der Wahnsinn aus? War dies der Moment, in dem sie sich vor einen Bus werfen oder von einem Hochhaus springen würde?

Sie holte tief Luft. Strich sich die wirren Haare aus dem Gesicht und straffte sich. Liam dachte, sie sei nicht gut genug.

Es wurde Zeit, dass sie ihm das Gegenteil bewies.

DANACH

15

Frankie

Manchmal ist unser Job fast zu leicht, denkt Frankie. Die
Mordwaffe, mit ziemlicher Sicherheit übersät mit den Fin-
gerabdrücken des Täters, steckt bereits in einem versie-
gelten Beweismittelbeutel. Der Ehemann sitzt mit Handschellen gefesselt in einem Streifenwagen vor dem Haus.
Und die Frau, die ihn vor die Tür gesetzt hatte...

Frankie blickt auf die Tote im Bett hinunter. Sie trägt ein
blaues Baumwollnachthemd mit ausgebogtem Saum aus
weißer Spitze und liegt mit angezogenen Beinen auf der rechten Seite, den Kopf auf ein Kissen gebettet, das jetzt mit Fetzen von Kopfhaut und Hirnmasse gespickt ist, in den Stoff
getrieben von der Gewalt des Schusses. Nach der entspann-
ten Körperhaltung der Frau zu urteilen, ist sie nicht aufgewacht, als der Schlüssel im Haustürschloss, das sie noch
nicht ausgewechselt hatte, umgedreht wurde. Sie schlief
weiter, als die Schritte auf dem Flur sich ihrem Schlafzimmer näherten. Und sie schlief immer noch, als die Gestalt
auf ihr Bett zutrat, eine Gestalt, die ihr nach acht stürmi-
schen Ehejahren erschreckend vertraut gewesen wäre.

»Er redet wie ein Wasserfall«, sagt Mac. »Wenn sie doch
nur alle so gesprächig wären.«

Frankie blickt auf, als ihr Partner ins Schlafzimmer tritt. Sein Gesicht ist vom Wind gerötet, seine Rosazea blüht an diesem kalten Morgen schlimmer denn je.

»Dann wären wir beide arbeitslos«, erwidert sie und sieht wieder die Tote an. Theresa Lutovic, zweiunddrei-ßig. Vielleicht war sie einmal hübsch; das ist jetzt schwer zu sagen.

»Sie hat erst letzte Woche eine einstweilige Anordnung erwirkt. Die neuen Schlösser sollten morgen eingebaut werden.«

»Sie hat alles richtig gemacht«, sagt Frankie.

»Außer dass sie den Kerl geheiratet hat.«

»Hatten die Nachbarn noch irgendwas beizusteuern?«, fragt sie.

»Die Nachbarn auf der rechten Seite sind erst aufge-wacht, als sie die Sirenen gehört haben. Der auf der linken hat einen Knall gehört, kann nicht sagen, wie viel Uhr es war, und ist gleich wieder eingeschlafen. Wenn der Mist-kerl es nicht selbst gemeldet hätte, wäre sie vielleicht erst viel später gefunden worden.« Mac schüttelt ange-widert den Kopf. »Keine Reue, nicht die Spur. Er scheint sogar stolz drauf zu sein, dass er es getan hat, das miese Schwein.«

Stolz darauf, sein gottgegebenes Besitzrecht behauptet zu haben, denkt Frankie, als sie vor dem steht, was einmal dieser Besitz gewesen ist. Hatte diese Frau, als sie ihren künftigen Ehemann kennenlernte, auch nur den Hauch einer Ahnung, dass ihr Leben einmal in einem blutgetränk-ten Bett enden würde? Als sie mit ihm ausging, gab es Mo-mente – ein kalter Blick, ein scharfes Wort vielleicht –, in denen das Monster hinter der Maske aufblitzte? Oder hat sie all diese Hinweise ignoriert, weil sie, wie so viele Frauen, auf die Herzchen und Blumen und die Schwüre von ewiger Liebe hereingefallen war?

»Wenigstens gibt es keine Kinder«, sagt Frankie.

»Immerhin etwas«, brummt Mac.

Eddie Lutovic sitzt mit hoch erhobenem Kopf am Tisch im Vernehmungsraum, in kerzengerader Haltung, wie ein Soldat beim Appell. Als Frankie auf dem Stuhl gegenüber Platz nimmt, erwidert er ihren Blick nicht, sondern schaut an ihr vorbei, als ob hinter ihr irgendeine unsichtbare Autorität stünde. Als ob diese gesetzte Frau mit der Zweistärkenbrille und dem marineblauen Hosenanzug unmöglich diese Autorität sein könnte. Frankie lässt ihn noch eine Weile schmoren, während sie ihn in Ruhe studiert. Man könnte ihn durchaus als gut aussehenden Mann bezeichnen – muskulös und durchtrainiert mit seinen sechsunddreißig Jahren, das braune Haar kurz geschoren, mit kristallblauen Augen, deren Blick einen kirre machen kann. Doch, sie kann verstehen, dass sein selbstbewusstes Auftreten auf manche Frauen anziehend, ja vertrauenerweckend wirken könnte. Sie denken wahrscheinlich: *Das ist ein Mann, der für mich sorgen, der mich beschützen kann.*

»Mr. Lutovic«, sagt sie, »falls Sie meinen Namen vergessen haben – ich bin Detective Loomis. Ich muss Ihnen noch ein paar Fragen …«

»Ja, Sie haben mir Ihren Namen heute Morgen schon gesagt«, unterbricht er sie, während er sich weiterhin weigert, sie anzuschauen.

Sie lässt seine unverhohlene Verachtung an sich abgleiten und sagt ruhig: »Um fünf Uhr zehn heute Morgen haben Sie vom Haus Ihrer von Ihnen getrennt lebenden Ehefrau die Notrufnummer gewählt.«

»Das ist mein Haus. Nicht ihres.«

»Es spielt jetzt keine Rolle, wem das Haus gehört – Sie haben jedenfalls den Notruf gewählt, ist das richtig?«

»Ja.«

»Sie haben gemeldet, dass Sie gerade Ihre Frau erschossen hätten.«

Er macht eine wegwerfende Handbewegung. »Warum rede ich eigentlich mit Ihnen? Ich sollte mit Detective MacClellan sprechen.«

»Aber Detective MacClellan sitzt nicht hier, sondern ich.«

»Alles, was ich zu sagen habe, habe ich schon ihm gesagt.«

»Und jetzt werden Sie es mir sagen.«

»Wieso?«

»Weil wir diesen Raum erst verlassen werden, wenn Sie meine Fragen beantwortet haben. Also bringen wir es lieber hinter uns, oder? Warum haben Sie Theresa erschossen?«

Endlich sieht er sie an. »Das würden Sie nicht verstehen.«

»Probieren Sie's aus.«

»Glauben Sie, ich *wollte* sie umbringen?«

»Ich glaube, Sie waren wütend, weil sie Sie verlassen hat.«

Sein Blick könnte Wasser gefrieren lassen. »Ein Mann kann sich nicht alles gefallen lassen. Das ist *mein* Haus, in dem sie gewohnt hat. Man kann einen Mann doch nicht aus seinem eigenen verdammten Haus rausschmeißen!«

»Erzählen Sie mir etwas über die Waffe, die Sie benutzt haben. Die Glock.«

»Was soll damit sein?«

»Sie ist nicht registriert. Und da die einstweilige Verfügung, die Theresa erwirkt hat, Ihnen auch das Tragen einer Waffe verbietet, waren Sie verbotenerweise im Besitz dieser Pistole.«

»Der Zweite Verfassungszusatz erlaubt mir das Tragen einer Waffe.«

»Der Staat Massachusetts sieht das anders.«

»Der Staat Massachusetts kann mich mal.«

»Das beruht sicher auf Gegenseitigkeit«, erwidert sie lächelnd. Als sie einander über den Tisch hinweg anstarren, scheint ihm endlich doch der Ernst der Situation bewusst zu werden. Er atmet tief durch und lässt die Schultern sacken.

»Es hätte nicht so weit kommen müssen«, sagt er.

»Aber es ist so weit gekommen. Warum?«

»Sie wissen ja nicht, wie schwer sie es mir gemacht hat. Es war, als ob sie mich absichtlich auf die Palme bringen wollte. Als ob sie das alles gemacht hat, nur um mich zu provozieren.«

»Was meinen Sie?«

»Die Art, wie sie andere Männer angeguckt hat. Und wenn ich sie dann darauf angesprochen habe, hat sie mich auch noch beschimpft.«

»Sie hat es herausgefordert, meinen Sie?«

Er hört den Abscheu in ihrer Stimme, und er hebt den Kopf, um sie verächtlich anzustarren. »Ich wusste, dass Sie das nicht verstehen würden.«

Aber Frankie versteht es nur zu gut. Sie hat diese Ausrede in unterschiedlichen Versionen schon allzu oft gehört. *Nicht meine Schuld. Das Opfer hat mich provoziert.* Sie könnte ihm die Liste der Anrufe seiner Frau in der Notrufzentrale zeigen. Sie könnte ihm die Dokumentation ihres letzten Besuchs in der Notaufnahme zeigen, mit dem Foto ihres zerschundenen Gesichts, und seine Antwort wäre immer noch dieselbe: *Nicht meine Schuld.*

Es ist nie seine Schuld.

Sie lehnt sich resigniert zurück. Sie ist es leid, immer die gleiche Rolle in diesen Tragödien in drei Akten zu spielen. Frankie ist die Figur, die jedes Mal zu spät die Bühne betritt, im dritten Akt, wenn der Schaden schon angerichtet ist. Wenn das Opfer schon im verschlossenen Leichensack liegt. Hätte sie doch nur früher in dieses Drama eingreifen können, zu einem Zeitpunkt, als es noch nicht zu spät war, die künftige Mrs. Lutovic zu warnen: *Kehren Sie jetzt um, bevor Sie sich in diesen Mann verlieben. Bevor Sie ihm das Jawort geben. Bevor es in Prügelorgien und einstweiligen Anordnungen und Krankenhausaufenthalten endet. Bevor sich der Reißverschluss eines Leichensacks über Ihnen schließt.*

Aber verliebte Frauen lassen sich nur selten durch die Stimme der Erfahrung von ihrer Entscheidung abbringen. Sie denkt an ihre eigenen impulsiven Töchter, an all die Nächte, in denen sie wach liegt und auf das beruhigende Geräusch des Schlüssels im Haustürschloss wartet. Wie viele Stunden Schlaf hat sie schon verloren, wenn sie dalag und die Stunden zählte und nicht darüber nachzudenken versuchte, was alles Schreckliches passieren könnte?

Sie weiß nur zu gut, was passieren kann. Sie hat es heute wieder einmal gesehen, im Schlafzimmer einer toten Frau.

Ein Officer führt Lutovic aus dem Vernehmungsraum, doch Frankie bleibt auf ihrem Stuhl sitzen und protokolliert die Vernehmung. Es ist alles auf Video festgehalten, aber sie ist nun mal altmodisch und vertraut lieber auf die Dauerhaftigkeit von Papier. Was mit Tinte niedergeschrieben ist, kann nicht im Äther verschwinden oder aus Versehen gelöscht werden, und der Akt des Schreibens hilft ihr, das Gespräch in ihrem Gedächtnis zu verankern. Ihr Handy signalisiert den Eingang einer Nachricht, doch sie schreibt weiter und beeilt sich, ihre Eindrücke festzuhalten, bevor sie verblassen. Doch was nie verblassen wird, ist der Abscheu, den sie gegen Eddie Lutovic empfindet. Sie ist so auf ihre Notizen konzentriert, dass sie kaum wahrnimmt, wie Mac den Raum betritt. Erst als sie ihn niesen hört, blickt sie auf.

»Die Rechtsmedizin hat gerade angerufen. Sie wollen wissen, ob wir kommen«, sagt er.

»Was steht denn an?«

»Die Obduktion von Taryn Moore.«

Sie blickt auf ihr wütendes Gekritzel hinunter. Denkt an Eddies anzügliches Grinsen und das vom Blut seiner Frau getränkte Kopfkissen. Sie klappt ihr Notizbuch zu.

»Wir müssen ja nicht hin«, meint Mac. »Es ist bloß ein Selbstmord.«

»Bist du dir da absolut sicher?«

Mac seufzt resigniert. »Ich fahre.«

16

Frankie

Nach Frankies Erfahrung fördern Obduktionen nur selten bedeutsame Überraschungen ans Licht. Bisweilen findet der Rechtsmediziner eine zuvor übersehene Schusswunde oder einen okkulten Tumor oder – wie im Fall eines geistig verwirrten Rentners, der in seiner Nachbarschaft herumgeballert hatte – ein von der frontotemporalen Demenz massiv geschädigtes Gehirn. Aber zumeist kann Frankie Todesursache und Todesart schon aus den Umständen herleiten, noch ehe der Rechtsmediziner den ersten Schnitt führt. Obduktionen sind oftmals reine Formsache, und Frankie ist nicht verpflichtet, ihnen beizuwohnen.

Diese hier hätte sie sich liebend gerne erspart.

Als sie Taryn Moores Leiche auf dem Seziertisch liegen sieht, kann sie sich nur allzu leicht vorstellen, dass es eine ihrer Töchter wäre. Töchter, die sie gestillt und gebadet hat, denen sie die Windeln gewechselt hat; Töchter, die sie von pausbackigen kleinen Mädchen zu schmalhüftigen Teenagern und schließlich zu hübschen jungen Frauen hat heranwachsen sehen. Und hier ist nun die Tochter einer anderen Mutter, einst ebenso hübsch, und der Gedanke an den Verlust, den diese Mutter erlitten hat, ist so schmerz-

lich, dass Frankie am liebsten davonlaufen würde. Stattdessen bindet sie sich mit stoischer Ruhe die Papiermaske
um und tritt zu Mac an den Seziertisch.

»Ich wusste nicht, ob Sie beide kommen würden, also
habe ich schon mal ohne Sie angefangen«, sagt Dr. Fleer,
der Rechtsmediziner. Wenn sie nicht wüsste, dass er ein
geradezu fanatisch gesundheitsbewusster Veganer und
Marathonläufer ist, würde sie annehmen, dass er ernsthaft
krank sei, so spindeldürr ist er. Sein Kopf, aus dem blaue
Augen einen anstarren, hat verstörende Ähnlichkeit mit
einem Totenschädel. »Ich bin gerade dabei, den Thorax zu
öffnen.«

Frankie zwingt sich, den Blick nicht vom Brustkorb der
Toten zu wenden, als Fleer mit der Knochenschere die frei-
gelegten Rippen durchtrennt. Mac, der direkt hinter ihr
steht, niest explosionsartig hinter seiner Papiermaske,
doch es ist das Knacken der brechenden Knochen, das sie
zusammenzucken lässt.

»Hört sich an, als sollten Sie lieber nach Hause gehen,
Detective MacClellan«, sagt Fleer. »Bevor Sie uns noch
mit dem Virus infizieren, das Sie da offenbar ausbrüten.«

»Warum machen Sie sich Sorgen wegen eines kleinen
Virus?«, schnaubt Mac. »Ich dachte, ihr Veganer seid gegen
alles gefeit.«

»Ihnen würde es auch nicht schaden, mal eine Weile
vegan zu leben. Nach ein paar Monaten werden Sie diese
tierischen Fette gar nicht mehr vermissen.«

»Sobald es Broccoli mit Steakgeschmack zu kaufen gibt,
werd ich's mal ausprobieren.«

»Sie haben aber kein Fieber, oder? Muskelschmerzen?«

»Es ist bloß ein Schnupfen. Dieses feuchte Wetter ist

Gift für meine Nebenhöhlen. Und außerdem trage ich doch eine Maske, nicht wahr?«

»Papiermasken sind nicht luftdicht, und Sie haben schon geniest, als Sie reinkamen. Inzwischen haben Sie Ihre Viren schon im ganzen Raum verteilt.«

»Entschuldigen Sie, dass ich atme.«

Fleer durchtrennt die letzte Rippe und hebt den Brustbeinschild heraus, um Herz und Lunge freizulegen. Er späht in die Brusthöhle. »Interessant.«

»Was ist interessant?«, fragt Frankie.

»Die Aorta ist anscheinend unversehrt.«

»Ist das eine Überraschung?«

»Ein Sturz aus dem vierten Stock auf Beton resultiert gewöhnlich in viel ausgedehnteren intrathorakalen Verletzungen, als ich sie hier sehe. Wenn ein Körper mit dieser Geschwindigkeit auf den Boden auftrifft, zerrt das Herz ruckartig an seinen Ligamenten, und das kann zum Platzen der großen Blutgefäße führen, aber ich sehe hier nichts dergleichen. Wahrscheinlich, weil sie erst zweiundzwanzig war. So junge Menschen haben noch viel elastisches Bindegewebe. Das kann so einiges aushalten.«

Frankie betrachtet Taryn Moores feucht glänzendes Herz und denkt an die Traumata, die so mancher junge Mensch eben *nicht* aushalten kann. Ein Vater, der einen verlässt. Ein Freund, der mit einem Schluss macht.

»Dann waren also die Kopfverletzungen die Todesursache?«, fragt Mac.

»Mit ziemlicher Sicherheit.« Fleer blickt sich um und ruft seiner Assistentin, die gerade am anderen Ende des Raums die Instrumentenschale für die nächste Obduktion herrichtet, zu: »Lisa, könntest du mal die Schädelaufnahmen von Taryn Moore raussuchen, damit die beiden sie sich anschauen können?«

»Was sollen wir da sehen?«, fragt Mac.

»Ich zeig's Ihnen. Zu einem Schädelbruch kann es schon kommen, wenn Sie aus einer Höhe von knapp einem Meter auf den Kopf fallen, und hier handelte es sich um einen Sturz aus dem vierten Stock.« Fleer geht zum Computermonitor hinüber, wo Lisa inzwischen die Röntgenaufnahmen des Schädels aufgerufen hat. »Aufgrund dieser anteroposterioren und lateralen Aufnahmen ist davon auszugehen, dass sie auf dem Boden aufschlug, noch einmal zurückprallte und dann ein zweites Mal aufschlug. Der erste Aufprall resultierte in dieser Kompressionsfraktur des Schuppenteils des Schläfenbeins. Der zweite Aufprall führte zum Bruch des Stirnbeins und den Gesichtsverletzungen. Die Reihenfolge ergibt sich aus der Puppe-Regel.«

»Puppe-Regel?«, fragt Mac. »Hat das was mit Dummys zu tun?«

Fleer seufzt. »Die Puppesche Regel ist nach Dr. Georg Puppe benannt, dem Arzt, der das Prinzip als Erster beschrieben hat. Sie besagt einfach nur, dass eine Bruchlinie immer an einer zuvor entstandenen Bruchlinie endet. Und sehen Sie hier auf der Röntgenaufnahme, wie der Knochen eingedrückt ist? Nach dem Ort zu schließen, nahe der Schläfengrube, würde ich sagen, dass es höchstwahrscheinlich zu einem Riss der mittleren Hirnhautarterie kam. Wenn wir den Schädel eröffnen, werden wir mit ziemlicher Sicherheit subarachnoidale Blutungen finden. Aber lassen Sie mich jetzt mit dem Thorax fortfahren.«

Fleer kehrt zum Seziertisch zurück und greift zu einem

Skalpell. Er schneidet das Herz und die Lunge heraus, legt beide Organe in eine Schüssel und wendet sich dann der Bauchhöhle zu. Mit flinken, geübten Bewegungen entfernt er Magen und Darm, Leber und Milz. Frankie wendet sich angewidert ab, als er den Magen aufschneidet und den Inhalt in eine Schüssel leert, wobei der saure Gestank von Verdauungssäften aufsteigt.

»Die letzte Mahlzeit, die sie zu sich genommen hat, war ... Rotwein, vermute ich mal«, sagt er. »Ich sehe keine feste Nahrung.«

»Sie hatte Käsemakkaroni in ihrer Mikrowelle«, sagt Frankie.

»Also, davon hat sie jedenfalls nichts gegessen.« Fleer legt den sezierten Magen zur Seite und wendet seine Aufmerksamkeit der klaffenden Bauchhöhle zu. Die Eingeweide, die er bisher entnommen hat, sind alle frei von Krankheiten; es sind die Organe einer gesunden jungen Frau, die eigentlich alle hätte überleben müssen, die hier um den Tisch herumstehen. Und doch sind sie hier, Fleer, Mac und Frankie – sie leben und atmen noch, während Taryn Moore tot vor ihnen liegt.

»Sobald ich mit dem Becken fertig bin, eröffnen wir den Schädel, und dann können Sie sehen, welche Verwüstungen ein Sturz aus dem vierten Stock ...« Er hält inne, die Hände tief in die Beckenhöhle geschoben. Abrupt wendet er sich zu Lisa um. »Lass doch das Blut bitte auch auf hCG testen. Und ich will den Uterus in Formalin konserviert haben.«

»hCG?« Lisa tritt an den Seziertisch. »Glauben Sie, sie war ...«

»Dr. Siu soll sich mal die Uterusschnitte ansehen.« Er

greift nach einer Spritze. »Und wir müssen von diesem Gewebe DNA-Proben nehmen.«

»DNA? Was ist denn da los?«, will Mac wissen.

Frankie muss nicht erst fragen; ihr ist jetzt schon klar, weshalb die DNA-Analyse nötig ist. Sie blickt auf Taryn Moores freigelegte Beckenhöhle und fragt: »Wie weit war die Schwangerschaft fortgeschritten?«

»Da will ich mich jetzt nicht festlegen. Ich kann Ihnen nur sagen, dass der Uterus ungewöhnlich groß ist, und er fühlt sich weich, beinahe schwammig an. Wir werden ihn in Formalin einlegen und die Schnitte von einem pädiatrischen Pathologen untersuchen lassen.«

»Sie war schwanger?« Mac sieht Frankie an. »Aber ihr Freund hat gesagt, sie hätten sich schon vor Monaten getrennt. Was denkst du – ob das Baby von ihm ist?«

»Wenn nicht, haben wir jetzt ein ganz neues Problem.«

Fleer zieht die Schutzkappe von der Spritze ab. »Die DNA ist die Antwort auf alle Rätsel des Lebens.«

»Jetzt kennen wir also den Grund, warum sie sich umgebracht hat«, sagt Mac. »Sie stellt fest, dass sie schwanger ist. Sie sagt es dem Ex-Freund der sich weigert, sie zu heiraten. Er sagt, das sei nicht sein Problem, sondern ihres. Sie wird so depressiv, dass sie sich kopfüber vom Balkon stürzt. Ja, das passt alles zusammen.«

»Es klingt jedenfalls wie ein plausibles Szenario«, sagt Fleer.

Mac sieht Frankie an. »Sind wir jetzt endlich überzeugt davon, dass es Selbstmord war?«

»Ich weiß nicht«, antwortet sie.

»Es ist das gottverdammte Handy, stimmt's? Das beschäftigt dich immer noch.«

»Was für ein Handy?«, fragt Fleer.

»Das Handy des Mädchens ist spurlos verschwunden.«

»Glauben Sie, es wurde gestohlen?«

»Das wissen wir nicht. Wir warten immer noch darauf, dass ihr Netzwerkbetreiber die Verbindungsdaten rausrückt.«

»Okay«, sagt Mac. »Also nehmen wir einfach mal an, es war kein Selbstmord. Nehmen wir an, jemand hat sie vom Balkon gestoßen. Wie zum Teufel sollen wir das jemals beweisen? Wir haben keine Zeugen. Wir haben keine Hinweise auf einen Einbruch. Wir wissen nur, dass sie mit gebrochenem Schädel tot auf dem Gehsteig gefunden wurde.«

Ein Schädel mit zwei verschiedenen Frakturen. Frankie geht wieder zum Computer, wo Taryn Moores Röntgenaufnahmen immer noch auf dem Monitor zu sehen sind. »Ich habe eine Frage zu diesen zwei verschiedenen Bruchlinien, Dr. Fleer.«

»Was ist damit?«

»Sie sagten, sie ist auf dem Boden aufgeschlagen, zurückgeprallt und dann ein zweites Mal aufgeschlagen.«

»Wie gesagt, meine Annahme beruht auf der Puppeschen Regel. Der Kompressionsbruch des Schläfenbeins kam zuerst. Der zweite Aufprall resultierte in der Fraktur des Stirnbeins.«

»Was ist, wenn sie *nicht* zurückgeprallt ist? Wenn sie nur einmal auf dem Boden aufgeschlagen ist? Ist es möglich, dass die erste Fraktur passiert ist, *bevor* sie vom Balkon fiel?«

Fleers Augen verengen sich. »Sie vermuten zwei separate traumatische Ereignisse.«

»Die Röntgenaufnahmen schließen diese Möglichkeit nicht aus, oder?«

Er ist einen Moment lang still, während er über ihre Frage nachdenkt. »Nein, da haben Sie recht. Aber wenn es sich wirklich so abgespielt hat, wie Sie nahelegen, dann würde das bedeuten...«

»...dass es kein Selbstmord war«, vollendet Frankie den Satz.

17

Frankie

Sie sitzen an Macs Arbeitsplatz, der mit einem Foto seiner Frau Patty geschmückt ist – braun gebrannt und lächelnd im Badeanzug. Mit ihren zweiundfünfzig Jahren ist Patty immer noch ansehnlich und hat sich ihre Bikinifigur bewahrt, und Frankie ärgert sich jedes Mal, wenn sie dieses Foto sieht, weil sie selbst nie das Gefühl hatte, sich im Bikini zeigen zu können. Und auch, weil es nach Angeberei aussieht: *Ich habe eine sexy Frau, und was hast du?* Was auf sie mehr als nur ein bisschen taktlos wirkt, da die Hälfte der Kollegen in ihrer Abteilung geschieden sind oder kurz vor der Scheidung stehen. Andererseits kann sie es dem Mann nicht verdenken, dass er stolz auf seine Frau ist.

Frankie vermeidet es, die superscharfe Patty anzuschauen, obwohl das Foto direkt über dem Computer hängt, und konzentriert sich stattdessen auf das Video, das auf Macs Monitor läuft. Es sind Aufnahmen der Überwachungskamera an dem Gebäude gegenüber von Taryn Moores Wohnung, und wenngleich ihr Balkon zu hoch ist, um von der Kamera erfasst zu werden, müsste auf jeden Fall ihr Sturz auf den Gehsteig darauf zu sehen sein, und auch der Moment, in dem der Lyft-Fahrer die Leiche entdeckte. Frankie graut vor der ersten Szene, diesem allerletzten Sekundenbruchteil zwischen Leben und Tod, und ihre Schultern spannen sich an, als Mac das Video vorspult und der Zeitstempel von Mitternacht über 00.30 Uhr bis 1.00 Uhr weiterrast. In dieser Nacht war von Westen eine Schlechtwetterfront aufgezogen, und der Regen trübt das Bild. Plötzlich ist da der Körper, wie durch einen Zaubertrick erscheint er auf dem Gehsteig, kaum mehr als eine formlose dunkle Masse hinter dem Vorhang aus Regentropfen.

»Geh noch mal zurück«, sagt Frankie.

Mac spult auf 1.10 Uhr zurück. Der Körper ist wieder verschwunden. Sie beugen sich beide vor und verfolgen angespannt das Video, das jetzt in normaler Geschwindigkeit läuft.

»Da ist sie«, sagt Mac. Er spult zurück, Bild für Bild, und hält das Video an.

Frankie starrt die Szene an, die die Kamera um 1.11 Uhr und fünfundzwanzig Sekunden eingefangen hat. Taryns fallender Körper ist nur ein dunkler, verwaschener Fleck, der in der Luft hängt. Sie können keine Einzelheiten ihres Gesichts erkennen, sie wissen nur, dass dies der letzte Sekundenbruchteil war, bevor sie auf dem Beton aufschlug.

»Ich kann ihr Handy nirgendwo sehen«, sagt Frankie.

»Vielleicht ist es irgendwo außerhalb des Bildausschnitts liegen geblieben.«

»Sehen wir mal, ob jemand vorbeikommt und es aufhebt.«

Wieder rückt die Zeitanzeige vor. Um 1.20 Uhr fährt ein Auto durchs Bild, ohne anzuhalten. Um 1.28 Uhr ein zweites. Es regnet immer noch stark, und die Fahrer müssen sich zweifellos voll auf die Straße konzentrieren, um durch die Wasserschlieren auf der Windschutzscheibe etwas zu erkennen. Ein Auto nach dem anderen fährt vorbei, ohne anzuhalten, während Taryn Moores Leiche unbemerkt daliegt und langsam auskühlt. Angesichts des scheußlichen Wetters und der späten Stunde ist es kein Wunder, dass keine Fußgänger zu sehen sind.

Um 3.51 Uhr schiebt sich eine schwarze Limousine in den Bildausschnitt. Dieses Fahrzeug fährt nicht vorbei wie all die anderen. Stattdessen bremst es ab und hält an, wobei es die Sicht auf die Leiche verdeckt. Einige Sekunden lang hält die Limousine mit laufendem Motor am Bordstein, als ob der Fahrer sich nicht entscheiden könnte, ob er dem Regen trotzen und nachsehen oder einfach weiterfahren soll wie alle anderen vor ihm. Endlich geht die Fahrertür auf, und ein Mann steigt aus. Er geht um seinen Wagen herum zum Gehsteig, wo er sich bückt und hinter dem Auto verschwindet. Sekunden später springt er hastig wieder in seinen Wagen.

»Der Notruf ging um drei Uhr zweiundfünfzig ein«, sagt Mac. »Das ist also unser Lyft-Fahrer, pünktlich auf die Minute.«

»Er verhält sich vorbildlich. Ich kann mir nicht vorstellen, dass dieser Mann ihr Handy gestohlen haben soll. Wo ist es also abgeblieben?«

»Du immer mit deinem Handy. Hör mal, da ist nichts zu sehen, was irgendetwas an unserer Schlussfolgerung ändert. Wir wissen jetzt, dass der exakte Todeszeitpunkt ein Uhr elf war. Um drei Uhr einundfünfzig findet der Lyft-Fahrer ihre Leiche und meldet es. Selbstmord steht immer noch ganz oben auf der Liste.«

»Sehen wir uns mal an, was die Haustürkamera zeigt.«

Der Eingang von Taryn Moores Mietshaus liegt um die Ecke von der Stelle, wo sie in den Tod gestürzt ist, und die einzigen verfügbaren Aufnahmen stammen von einer Kamera, die einen Meter oberhalb der Klingelanlage montiert ist. Die Kamera ist alt und die Videoqualität bescheiden, aber sie müsste jeden erfasst haben, der das Gebäude betrat.

Mac startet die Wiedergabe um 21.00 Uhr. Um 21.35 Uhr entdecken sie Taryns Nachbarin Helen Ng, die Haare klatschnass vom Regen. Es ist ein Freitagabend in einem Studentenviertel, und während die Uhr gegen Mitternacht vorrückt, trudeln nach und nach die Mieter ein.

»In dem Haus dürften mindestens achtzig, neunzig Leute wohnen«, sagt Mac. »Wollen wir wirklich versuchen, jedem dieser Gesichter einen Namen zuzuordnen?«

»Lass uns einfach weiter das Video anschauen. Vielleicht haben wir ja Glück, und der schöne Liam taucht noch auf.«

»Das wäre immer noch kein Beweis, dass er sie umgebracht hat.«

»Es wäre der Beweis, dass er uns auf die Frage, wann er sie zuletzt gesehen hat, angelogen hat. Und das wäre doch schon ein Anfang.«

»Aber nur ein Anfang.«

Um 23.00 Uhr taucht ein Paar auf und schüttelt sich den Regen von den Kleidern. Die junge Frau knabbert am Ohrläppchen des Mannes, und als sie hineingehen, befummelt er bereits ihre Brüste.

»Also, da können meine College-Erfahrungen nicht mithalten«, meint Mac.

Um 23.45 Uhr wanken zwei junge Männer auf die Tür zu, offensichtlich betrunken.

Um 0.11 Uhr kommt ein müde aussehender Domino's-Pizzabote aus dem Regen herangeschlurft, eine Thermobox unter dem Arm. Fünf Minuten später verlässt er das Gebäude mit seiner leeren Box.

Um 0.55 Uhr schließlich taucht ein Regenschirm auf. Im Gegensatz zu dem grellbunten Paisleymuster-Modell, mit dem Mac am Leichenfundort erschienen ist, ist dieser hier schwarz und anonym, nicht zu unterscheiden von Millionen anderen Regenschirmen, und die Nylonkuppel verbirgt die Person, die ihn hält. Sie verschwindet im Haus, ohne der Kamera ihr Gesicht gezeigt zu haben.

Frankie beugt sich weiter vor. »Also, das könnte jetzt wichtig sein.«

»Es ist nur jemand mit einem Schirm.«

»Sieh dir die Uhrzeit an, Mac. Es ist gerade mal sechzehn Minuten, bevor Taryn Moores Körper auf dem Gehsteig aufschlägt.«

»Ist vielleicht nur ein weiterer Mieter, der nach Hause kommt.«

»Sehen wir uns an, was als Nächstes passiert.«

Aber in den nächsten dreißig Minuten passiert nicht viel. Die Uhr tickt weiter, aber niemand betritt oder verlässt das Gebäude. Keine Bewegung ist zu sehen, außer wenn dann und wann ein Windstoß einen Schwall Regen gegen die Kamera klatschen lässt. Wie es aussieht, sind alle Bewohner zu Hause und haben sich schlafen gelegt.

Nein. Nicht alle.

Um 1.25 Uhr verlässt jemand das Gebäude. Es ist die Person mit dem Regenschirm. Auch diesmal kann Frankie das Gesicht nicht sehen; sie kann nicht einmal erkennen, ob es ein Mann oder eine Frau ist. Getarnt unter dieser Kuppel aus schwarzem Nylon, geht er oder sie unerkannt an der Kamera vorbei und verschwindet in der Nacht.

»Geh ein Stück zurück«, sagt Frankie. »Zehn Sekunden.«

Mac spult das Video zurück, und die Person mit dem Schirm wird rückwärts ins Haus hineingezogen. Frankie wagt kaum zu atmen, als das Video wieder startet, aber diesmal in Zeitlupe, Bild für Bild. Der Regenschirm schiebt sich ruckelnd ins Blickfeld. Kurz bevor er wieder verschwindet, hält Mac das Video an.

»He«, sagt er, »schau dir das an.« Er deutet auf die schwarze Ausbuchtung, die hinter dem Schirm hervorschaut, ein rundliches Etwas, in dessen glänzender Oberfläche sich ein Lichtstrahl von der Eingangsbeleuchtung spiegelt. »Ich glaube, das ist ein Müllsack.«

Einen Moment lang sind Frankie und Mac still, den Blick auf den Monitor geheftet, wo der Zeitstempel jetzt auf 1.26 Uhr steht. Zu diesem Zeitpunkt lag Taryn Moores zerschmetterte Leiche schon auf dem Gehsteig um die Ecke, ihr Schädel gebrochen, ihr Blut mit dem Regenwasser vermischt.

»Vielleicht gibt es keine Verbindung«, sagt Mac. »Und selbst wenn, dürfte es schwer sein, sie zu beweisen.«

»Dann sollten wir uns besser an die Arbeit machen.«

18

Frankie

Der altersschwache Aufzug des Mietshauses scheint heute noch langsamer zu sein. Unter Quietschen und Ächzen befördert er seine vier Insassen samt ihren Kisten mit forensischer Ausrüstung in den vierten Stock.

»Wenigstens haben wir diesmal einen funktionierenden Lift«, sagt eine der Kriminaltechnikerinnen.

»Letzte Woche mussten Bree und ich die ganzen Kisten eine klapprige Leiter rauftragen, um zum Tatort zu gelangen. Der war nämlich oben auf dem Dach.«

»Tja, meine Damen, heute Abend bin ich ja da, um Ihnen zu helfen.« Sein ritterliches Angebot scheint weder Amber noch Bree zu beeindrucken, die es nur mit dem höflich-herablassenden Lächeln der Millennials quittieren. Bis auf Mac ist es ein rein weibliches Team, das an diesem Abend zu forensischen Untersuchungen anrückt – ein Zeichen für Fortschritte bei der Gleichberechtigung, wie sie sich Frankie nie hätte vorstellen können, als sie vor über dreißig Jahren beim Boston PD anfing. Sie ist hocherfreut, so viele junge Frauen zu sehen, die in den Straßen der Stadt Streife fahren, Plädoyers im Gerichtssaal halten oder tapfer schwere Kameraausrüstungen zu Tatorten schleppen.

Immer wieder hat Frankie ihren Zwillingen erklärt, dass ein Mädchen alles erreichen kann, was sie sich vornimmt, solange sie nur hart arbeitet, sich auf ihre Ziele konzentriert und sich nicht von den Jungs ablenken lässt.

Irgendwann werden sie vielleicht auf sie hören.

Als sie im vierten Stock ankommen, heben Amber und Bree die zwei schwersten Ausrüstungskisten hoch und tragen sie aus dem Aufzug, sodass für Mac nur die leichteste übrig bleibt.

Er seufzt. »Ich komme mir von Tag zu Tag überflüssiger vor.«

»Wir sind dabei, die Weltherrschaft zu übernehmen«, sagt Frankie. »Gewöhn dich dran.«

Im Flur bleiben sie alle stehen, um Latexhandschuhe und Überschuhe anzuziehen, bevor sie Taryn Moores Wohnung betreten. Seit Frankie zuletzt hier war, ist nichts verändert worden, und das Buch über Medea mit dem zornigen Frauengesicht auf dem Cover liegt immer noch auf der Arbeitsplatte in der Küche.

Bree stellt die Kühlbox mit den Chemikalien ab und sieht sich im Wohnzimmer um. »Wir fangen hier an. Aber bevor ich das Luminol anmische, würde ich sagen, wir gehen erst mal mit dem CrimeScope durch.« Sie deutet auf die Kiste, die Mac gerade abgestellt hat. »Die Schutzbrillen sind da drin. Ich würde empfehlen, sie aufzusetzen.«

Während Amber und Bree das Stativ mit der Kamera aufstellen, nimmt Frankie eine Schutzbrille heraus, um ihre Augen vor den schädlichen Wellenlängen des CrimeScope zu schützen, mit dem sie sich einen ersten Überblick verschaffen wollen. Das CrimeScope kann zwar keine Blutspuren sichtbar machen, wohl aber andere Flecken und

Fasern, die es vielleicht verdienen, genauer unter die Lupe genommen zu werden.

Amber zieht die Vorhänge zu, um den Raum vor den Lichtern der Stadt abzuschirmen. »Würden Sie bitte das Licht ausschalten, Detective MacClellan?«

Mac betätigt den Schalter an der Wand.

In der plötzlichen Dunkelheit kann Frankie gerade so die Silhouetten der zwei jungen Frauen ausmachen, die am Fenster stehen. Das blaue Licht des CrimeScope leuchtet auf, und Amber schwenkt den Strahl über den Boden, wo eine unwirklich erscheinende Landschaft voller Haare und Fasern sichtbar wird.

»Sieht aus, als hätte da jemand nicht allzu viel von Hausarbeit gehalten«, bemerkt Amber.

»Was erwarten Sie von einer Collegestudentin?«, meint Mac.

»Hier ist schon länger nicht mehr gesaugt worden. Ich sehe eine Menge Staub und Haare. Hatte sie lange Haare?«

»Schulterlang.«

»Dann sind das wahrscheinlich ihre.«

Das blaue Licht bewegt sich auf den Couchtisch zu und lässt noch weitere unfreiwillige Hinterlassenschaften der verstorbenen Bewohnerin aufscheinen. Lange nachdem Taryns Habseligkeiten abtransportiert worden sind, lange nachdem ihr Leichnam zur letzten Ruhe gebettet worden ist, werden in diesen Räumen immer noch Spuren ihrer Anwesenheit zu finden sein.

Der Lichtstrahl des CrimeScope fährt im Zickzack über einen Teppich und an der Rückseite des Sofas hinauf, wo er abrupt anhält. »Hallo!«, ruft Amber. »Das sieht jetzt interessant aus.«

»Was ist es?«, fragt Frankie.

»Da fluoresziert etwas auf dem Stöff.«

Frankie tritt näher und betrachtet einen leuchtenden Fleck, der in der Dunkelheit frei zu schweben scheint. »Es ist kein Blut?«

»Nein, aber es könnte eine Körperflüssigkeit sein. Wir werden sie auf saure Phosphatase untersuchen und einen DNA-Abstrich machen.«

»Sie denken an Sperma? Die Vaginal- und Rektalabstriche haben keine Hinweise auf sexuelle Aktivitäten kurz vor dem Tod geliefert.«

»Dieser Fleck könnte Wochen oder gar Monate alt sein.«

»Hmmm. Sperma an der Rückseite des Sofas?«, fragt Mac skeptisch.

»Wir reden hier von Collegestudenten, Detective«, erwidert Amber. »Ich könnte Ihnen eine lange Liste von all den ungewöhnlichen Orten geben, an denen wir schon Spermaflecken gefunden haben. Und wenn man sich mal vorstellt, ein Paar hätte es im Stehen gemacht, dann wäre der Fleck ziemlich genau in dieser Höhe auf dem Sofa gelandet.«

Frankie mag es sich lieber nicht vorstellen. Sie will sich überhaupt nicht vorstellen, wie Mädchen im Alter ihrer Töchter Sex haben, egal in welcher Position. »Können wir jetzt mit dem Luminol weitermachen?«, fragt sie. »Ich bin mehr daran interessiert, Blut zu finden.«

»Detective MacClellan, schalten Sie bitte das Licht ein?«

Mac drückt wieder den Schalter. Wo gerade noch der Fleck geleuchtet hat, sieht Frankie nur noch den dunkelgrünen Sofabezug. Was unter dem CrimeScope fluoresziert hat, ist jetzt nicht mehr zu sehen, doch sie weiß, dass es noch da ist und darauf wartet, sein Geheimnis preiszugeben.

Bree öffnet die Kühlbox und entnimmt ihr Flaschen mit Chemikalien, die sie zu Luminol vermischen wird. Da Luminol sehr unbeständig ist, muss es vor Ort angemischt werden. »Sie sollten jetzt Ihre Atemschutzmasken aufsetzen«, sagt Bree, während sie die Komponenten in eine Sprühflasche gießt und diese schüttelt. »Und wenn das Licht ausgeht, bleiben Sie bitte, wo Sie sind, damit ich nicht im Dunkeln gegen Sie renne. Okay, alles bereit?«

Frankie setzt eine Atemschutzmaske auf, und Mac schaltet erneut das Licht aus. Frankie hört ein leises Zischen, als Bree die Substanz im Raum versprüht. Die Chemilumineszenz hat für Frankie immer etwas von schwarzer Magie gehabt, doch sie weiß, dass es nur die chemische Reaktion des Luminols mit dem Eisen im Hämoglobin ist. Lange, nachdem Blut vergossen wurde, selbst wenn es weggewischt oder gar übermalt wurde, bleiben immer noch molekulare Spuren zurück – stumme Zeugen, die nur zum Reden gebracht werden müssen.

Als sich der Luminolnebel am Boden absetzt, kommt die wahre Geschichte von Taryn Moores Tod ans Licht.

»Ach du Schande«, stößt Mac hervor.

Zu ihren Füßen leuchten parallele Linien auf, wie geisterhafte Eisenbahngleise – die Stellen, wo Blut in die Ritzen zwischen den abgewetzten Bodendielen geflossen ist, unerreichbar für jeden Schwamm oder Wischmopp. Was im hellen Lampenlicht unsichtbar war, scheint nun auf wie das gespenstische Echo einer Gewalttat.

Da ist er. Da ist der Beweis.

»Nimmst du das auf, Amber?«, fragt Bree.

»Ich hab alles im Kasten. Sprüh weiter.«

Die Flasche zischt erneut. Noch mehr parallele Linien leuchten zwischen den Bodendielen auf, wie Bahngleise, die sich durch eine schwarze Ebene ziehen.

»Da ist eine Schleifspur«, sagt Bree. »Sieht aus, als wäre das Opfer zum Balkon geschleppt worden.«

»Ich sehe sie«, sagt Frankie. »Verfolgen Sie die Spur zurück, ich will sehen, wo sie anfängt.«

Wieder ein Zischen der Sprayflasche. Plötzlich leuchtet an einer Ecke des Couchtischs ein keilförmiger Fleck auf. Der Boden um die Stelle herum ist mit hellen Punkten gesprenkelt, wie eine Sternenexplosion, die sich an den Rändern im Dunkel verliert.

»Hier«, sagt Bree leise. »An dieser Stelle ist es passiert.«

Mac schaltet das Licht ein, und Frankie starrt auf die Stelle hinunter, wo noch vor wenigen Sekunden die Spritzer wie Sterne geleuchtet haben. Jetzt sieht sie nur noch den Fußboden und einen ganz gewöhnlichen Couchtisch, von dem alle sichtbaren Spuren der Gewalt abgewaschen wurden. Das Luminol hat die Geheimnisse dieser Wohnung ans Licht gebracht, und als Frankie sich jetzt im Zimmer umblickt, kann sie sich vorstellen, wie sich alles abgespielt hat. Sie sieht, wie Taryn Moore ihrem Besucher die Tür öffnet. Vielleicht ahnt die junge Frau noch nichts von der drohenden Gefahr, als sie ihren Mörder einlässt. Vielleicht bietet sie dem Besucher sogar ein Glas Wein oder etwas von den Käsemakkaroni an, die sie zum Erhitzen in die Mikrowelle gestellt hat. Vielleicht sieht sie den Angriff gar nicht kommen.

Aber dann passiert es: Ein Stoß oder ein Schlag, Taryn stürzt und schlägt mit dem Kopf auf der scharfen Ecke des

Couchtischs auf. Beim Auftreffen bricht sie sich den Schädel, Blut spritzt auf den Boden. Jetzt schleift der Täter die bewusstlose Frau zum Balkon. Dort öffnet er die Tür, ein kalter Luftzug weht herein, ein Schwall Regentropfen. Ist Taryn noch am Leben, als er sie über das Geländer hebt, als er sie vom Balkon fallen lässt? Ist sie am Leben, als sie durch die Dunkelheit in die Tiefe stürzt?

Der Mörder macht sich nun daran, die Spuren des Geschehens zu beseitigen. Er wischt das Blut vom Boden und vom Couchtisch ab. Er stopft die blutigen Lappen oder Papiertücher in einen schwarzen Müllsack. Er lässt die Balkontür weit offen stehen und das Licht brennen, trägt den Sack aus dem Gebäude und verschwindet in der Nacht. Er verlässt sich darauf, dass niemand diesen scheinbaren Selbstmord hinterfragen wird, dass niemand sich die Zeit nehmen wird, nach den mikroskopischen Blutspuren zu suchen, die seiner Reinigungsaktion entgangen sind.

Aber der Mörder hat einen Fehler gemacht: Er hat auch das Mobiltelefon des Opfers an sich genommen, wahrscheinlich um es zu vernichten, damit es nicht geortet werden kann. Es ist ein kleines Detail, das der Aufmerksamkeit der Ermittler leicht hätte entgehen können. Schließlich ist es für die Polizei viel einfacher, den Fall für abgeschlossen zu erklären und zu den Akten zu legen. Das ist es, worauf der Mörder setzt: dass die Ermittler zu überarbeitet oder zu gleichgültig sind, um alle Möglichkeiten in Betracht zu ziehen und jedem einzelnen Hinweis nachzugehen.

Aber er kennt mich nicht.

DAVOR

19

Jack

In der Woche darauf kam Taryn nicht zum Seminar, und sie antwortete auch auf keine von Jacks E-Mails. War sie krank? War sie nach Maine zu ihrer Familie gefahren? Nicht einmal Cody Atwood konnte – oder wollte – ihm sagen, was mit ihr los war, und Jack war so besorgt, dass er auf ihre Facebook-Seite ging in der Hoffnung, ein Status-Update zu finden, doch sie hatte seit über einer Woche nichts mehr gepostet.

Am Montag war er so weit, dass er schon im Studenten-sekretariat anrufen wollte, um zu fragen, ob man nicht je-manden zu ihrer Wohnung schicken sollte, um nach dem Rechten zu sehen. Umso erleichterter war er, als er an die-sem Morgen ein Klopfen hörte und gleich darauf Taryn in der offenen Bürotür stehen sah.

»Haben Sie einen Moment Zeit?«, fragte sie.

»Natürlich! Ich freue mich, Sie zu sehen.«

Sie trat ein und machte die Tür hinter sich zu. Er erwog, ob er sie bitten sollte, sie wieder zu öffnen. Nach dieser Sache mit der Beschwerde hielt er es eigentlich für klü-ger, nie wieder bei geschlossener Tür mit einer Studentin oder einem Studenten zu sprechen. Aber er hatte Taryn nicht mehr gesehen, seit sie aus dem Museumsrestaurant geflüchtet war, und nach ihrer verstörten Miene zu urteilen hatte sie dringend Beistand nötig. Er ließ die Tür zu.

»Ich habe mir Sorgen um Sie gemacht«, sagte er, als sie ihm gegenüber Platz nahm. »Niemand konnte mir sagen, warum Sie letzte Woche nicht zum Seminar erschienen sind. Nicht einmal Cody.«

Sie seufzte. »Es war eine schlimme Woche.«

»Waren Sie krank?«

»Nein. Ich brauchte nur etwas Zeit zum Nachdenken. Und ich habe einen Entschluss gefasst.« Sie setzte sich aufrecht hin und straffte die Schultern. »Ich will ins Graduiertenprogramm. Ist es zu spät, um mich hier für ein Promotionsstudium zu bewerben?«

»Eventuell schon, fürchte ich. Aber es ist nicht ganz ausgeschlossen. In besonderen Fällen kann das Komitee eine Ausnahme machen.«

»Und könnte ich Ihrer Meinung nach so ein besonderer Fall sein?«

»In meinem Seminar bringen Sie hervorragende Leistungen. Und Professor McGuire sagte mir, Ihre Arbeit über Mary Wollstonecraft sei herausragend. Er ist Vorsitzender des Auswahlkomitees, das ist also schon mal vielversprechend.« Er hielt inne und versuchte, ihre Miene zu deuten. Zu verstehen, was sie zu dieser plötzlichen Sinnesänderung bewogen hatte. »Warum sind Sie auf einmal an einem Promotionsstudium interessiert, Taryn?«

Ihre Unterlippe zitterte. Sie räusperte sich und bemühte sich, ihre Stimme ruhig zu halten. »Mein Freund und ich haben uns getrennt.«

»Oh, das tut mir leid.«

Ihre Augen füllten sich mit Tränen. Sie räusperte sich

noch einmal, schien um Fassung zu ringen. Er hätte sie so gerne in den Arm genommen, doch stattdessen reichte er ihr eine Schachtel Papiertaschentücher.

»Ich bin nicht gekommen, um Ihnen was vorzujammern, aber Sie sollten auch nicht denken, ich hätte Ihr Seminar geschmissen. Es ist das beste, das ich je besucht habe. Und Sie sind der beste Lehrer, den ich je hatte.« Sie sah, wie er die Stirn runzelte, und fügte hinzu: »Tut mir leid, wenn ich Sie in Verlegenheit bringe. Jedenfalls…« Sie atmete durch. »Jedenfalls war das für mich der Anlass, meine Zukunft noch einmal ganz neu zu überdenken. Das Leben, das mir vorschwebt. Und mir ist klar geworden, dass ich nicht so passiv und machtlos sein möchte wie Héloïse. Ich bin nicht die Loserin, für die Liam mich hält, und ich werde es beweisen.«

»Liam? Ist das Ihr Freund?«

»M-hm.« Sie fuhr sich mit der Hand über die Augen. »Er glaubt, ich bin nicht gut genug für ihn.«

»Also, das ist ja ausgemachter Blödsinn. Ihnen steht eine ganze Welt von Möglichkeiten offen, und Sie brauchen keinen Doktortitel, um zu beweisen, was Sie wert sind. Sie können alles erreichen, was Sie wollen. Wie kommt er nur darauf, dass Sie nicht gut genug wären?«

»Vielleicht weil er Arztsohn ist, und ich bin nur… einfach nur ich.« Sie wischte sich wieder die Augen. »Wir waren die ganze Highschool über zusammen. Ich bin fest davon ausgegangen, dass wir irgendwann heiraten würden. Das hat er jedenfalls immer gesagt. Aber das kann ich jetzt vergessen. Eine wie mich würde er niemals heiraten.« Sie holte tief Luft und richtete sich auf ihrem Stuhl auf. »Ich werde das ändern.«

»Entschuldigen Sie die Frage, aber geht es Ihnen bei der Bewerbung fürs Promotionsstudium um Sie selbst? Oder darum, ihm etwas zu beweisen?«

»Ich weiß nicht. Vielleicht ist es beides. So oder so, es ist etwas, was ich einfach tun muss. Ich will so sein wie Sie.«

»Wie ich?«, fragte er überrascht.

»Ihr Leben scheint so perfekt zu sein. Als ob Sie alles im Griff hätten.«

Er lächelte. »Warten Sie nur ab, bis Sie so alt sind wie ich. Dann werden Sie erkennen, dass niemand je alles im Griff hat.«

»Aber man muss sich doch nur anschauen, was Sie machen. Sie scheinen Ihre Arbeit wirklich zu lieben.«

»Ja, das stimmt. Mit jungen Menschen zu arbeiten, über Bücher zu sprechen, die ich liebe. Die Faszination der Forschungsarbeit. Wenn das die Karriere ist, die Ihnen vorschwebt, dann bin ich überzeugt, dass Sie das nötige Talent haben, um Ihre Pläne zu verwirklichen.«

»Danke«, murmelte sie.

»Und was Ihren Ex-Freund betrifft – wenn irgendjemand ein Loser ist, dann ist er es, weil er sich von Ihnen getrennt hat. Jeder andere Mann würde sich glücklich schätzen, eine so tolle Frau wie …« Er brach ab, als er den leidenschaftlichen Ton seiner eigenen Stimme registrierte. Sie hatte es auch gehört, und sie beugte sich vor, die Augen gebannt auf sein Gesicht gerichtet. Er senkte den Blick auf seinen Schreibtisch. »Nun denn, lassen Sie uns darüber reden, was Sie brauchen, um ins Graduiertenprogramm zu kommen.«

»Und ein Stipendium werde ich auch brauchen.«

»Okay. Aber eins nach dem anderen. Sehen wir erst mal zu, dass wir Sie ins Programm bekommen. Es gibt eine

Checkliste für die Bewerbung, die ich Ihnen mailen kann. Ich schreibe Ihnen einen Empfehlungsbrief, und von Professor McGuire werden Sie sicher auch einen bekommen. Aber selbst mit einem hohen Notendurchschnitt werden Sie sich gegen harte Konkurrenz durchsetzen müssen. Es gibt nur noch wenige freie Stellen im Programm.«

»Aber Sie glauben, dass ich dennoch eine Chance habe?«

»Ich habe Ihre Arbeiten gelesen, Taryn. Ich glaube, Sie wären eine wirkliche Bereicherung für das Programm, und es wäre ein Glücksfall für uns, wenn wir Sie hierbehalten könnten.«

»Ich kann Ihnen gar nicht genug danken.«

Tränen glitzerten auf ihren Wimpern, und er verspürte den unbändigen Wunsch, sich über den Schreibtisch zu beugen und sie zu trocknen. Stattdessen sah er auf seine Uhr. Mit einem Mal hatte er es eilig, das Gespräch zu beenden.

»Sie sind anders als die anderen Dozenten. Sie sind viel menschlicher und verständnisvoller.«

Jack ignorierte das Kompliment; er hatte das Gefühl, sich auf ein Minenfeld zu begeben. »Also, wenn Sie nächste Woche mal vorbeischauen möchten, dann können wir über das Referat reden, das Sie schreiben. Ein überzeugendes Dissertationsthema dürfte sicher Ihre Chancen erhöhen.«

»Ich arbeite schon dran.«

Er begleitete sie zur Tür, wo sie so dicht neben ihm stand, dass er den Duft ihres Shampoos riechen konnte. Er trat einen Schritt zur Seite.

»Kommen Sie jederzeit vorbei, Taryn.«

Sie drückte seinen Arm und verließ das Büro. Als ihre Schritte auf dem Flur verhallten, spürte er immer noch ihre Berührung an seinem Arm.

20

Taryn

Sie können alles erreichen, Sie können alles sein, was Sie sein wollen.

Sie hörte seine Stimme in ihrem Kopf, und seine Worte waren ein Mantra, das sie sich immer wieder vorsagte, als sie in der Bibliothek saß, vor sich den aufgeklappten Laptop, um den sie ihre Bücher ausgebreitet hatte. *Sie können alles erreichen. Sie können alles sein.* Was sie wollte, war, respektiert zu werden. Sie wollte, dass Liam es bereute, sie verlassen zu haben. Sie wollte, dass seine Mutter sich eines Tages schwarzärgerte, weil sie geglaubt hatte, Taryn sei nicht gut genug, um ihren heiß geliebten Sohn zu heiraten. Sie wollte, dass alle Welt erfuhr, wer sie war.

Und mehr als alles andere wollte sie erreichen, dass Professor Dorian stolz auf sie war.

Niemand hatte ihr je so viel Vertrauen entgegengebracht – keiner ihrer anderen Dozenten, nicht einmal ihre eigene Mutter, obwohl Taryn zu ihrer Verteidigung sagen musste, dass Brenda vom Leben so gebeutelt war, dass sie sich einfach keine bessere Zukunft mehr vorstellen konnte. Taryn malte sich aus, wie sie eines Tages mit einem fabrikneuen

BMW vor Brendas Haus vorfahren würde. Sie würde Brenda ein druckfrisches Exemplar ihres eigenen Buches in die Hand drücken, und sie stellte sich vor, wie ihre Mutter Freudentränen vergoss, wenn sie ihr sagte, es sei Zeit, dass sie ihre Sachen packte und aus dieser Dreizimmerbude in das neue Haus umzog, das Taryn ihr gekauft hatte.

Aber zuerst musste sie in dieses Graduiertenprogramm kommen. Und das bedeutete, dass sie diesen Essay fertig schreiben musste.

Aus dem Magazin hatte sie sich die *Ilias*, die *Odyssee* und ein halbes Dutzend Geschichtsbücher über den Trojanischen Krieg ausgeliehen. Durch die *Aeneis* hatte sie Appetit auf mehr Geschichten über Krieger und Helden bekommen, über die Entscheidungen, die sie treffen mussten. *Liebe oder Ruhm?* Das war der Titel, den sie für ihre Arbeit gewählt hatte – ein Thema, das ihr aus all diesen griechischen Mythen und Legenden geradezu entgegenschrie. Während die Frauen über ihre treulosen Liebhaber weinten und klagten – Königin Dido, verlassen von Aeneas; Medea, verlassen von Jason; Ariadne, verlassen von Theseus –, gingen diese Liebhaber ungerührt weiter ihren Weg, auf der Jagd nach Ruhm, ohne einen Gedanken an die Herzen zu verschwenden, die sie gebrochen hatten. Für die Männer war die Entscheidung ihr Schicksal; für die Frauen blieben immer nur Kummer und Leid.

Aber nicht für sie. Sie würde diejenige sein, die ihren Weg machte, ihren Weg zum Ruhm. *Du kannst alles erreichen, alles sein…*

»Bist du immer noch hier?«, fragte Cody. Er war vor über einer Stunde zum Abendessen gegangen, und jetzt war er wieder da. »Es ist schon fast neun. Du solltest schauen, dass du noch was zu essen bekommst, bevor die Cafeteria zumacht.«

»Ich habe keinen Hunger.«

Er ließ sich schwer auf den Stuhl gegenüber von ihr plumpsen und betrachtete stirnrunzelnd die ganzen Bücher, die aufgeschlagen auf dem Tisch lagen. »Wow, es ist dir wirklich ernst mit dem Graduiertenprogramm.«

»Und nichts wird mich aufhalten.« Sie blätterte eine Seite um und erblickte eine Darstellung von Agamemnon, in der Hand das Messer, mit dem er seiner unschuldigen jungen Tochter Iphigenie die Kehle durchschneiden würde – auch er ein von kaltem Ehrgeiz getriebener Mann, der den Ruhm der Liebe vorzog, der lieber sein eigenes Kind opferte, damit die Götter günstige Winde schickten, die seine Schiffe nach Troja brachten. Aber nach seiner Rückkehr aus dem Krieg würde er für diese ungeheuerliche Tat büßen. Seine Gattin Klytämnestra, außer sich vor Kummer über den Tod ihrer Tochter, war entschlossen, Rache zu üben. Taryn stellte sich Klytämnestras finstere Raserei vor, als sie ihren Gatten im Bad überraschte. Das Messer in ihrer Hand. Den Triumph, den sie empfand, als sie ihm die Klinge in die Brust stieß …

»Ich kapier's nicht, Taryn. Warum ist es dir so wichtig, ins Graduiertenprogramm zu kommen?«

»Weil sich alles geändert hat. Ich habe jetzt Pläne. Ich werde promovieren. Ich werde lehren und Bücher schreiben und …«

»Hat das irgendwas mit Liam zu tun?«

»Scheiß auf Liam.« Sie starrte Cody grimmig an. »Er ist nichts. Er ist es nicht wert, dass ich meine Zeit mit ihm vergeude. Ich habe jetzt Besseres vor mit meinem Leben.«

Cody blinzelte, erschrocken über ihren Wutausbruch. »Was ist passiert? Was hat sich geändert?«

Sie saß einen Moment lang schweigend da und klopfte mit ihrem Stift auf den Tisch. Sie dachte an Jack Dorian, daran, wie er sie getröstet hatte, wie er sie gelobt hatte. Und sie erinnerte sich noch an etwas anderes, was er gesagt hatte: dass jeder Mann sich glücklich schätzen würde, eine Frau wie sie zu haben.

»*Er* hat den Unterschied gemacht«, sagte sie leise. »Professor Dorian.«

»Wie das?«

»Er glaubt an mich. Das hat noch niemand sonst getan.«

»Doch, Taryn. Ich. Ich habe immer an dich geglaubt«, sagte er. Aber Cody war nur ein Freund, ein Kumpel, der ihr immer blindlings die Treue halten würde, komme, was wolle. Nein, das einzige Urteil, das ihr wirklich etwas bedeutete, war das von Jack Dorian.

Sie fragte sich, ob er an sie dachte, so, wie sie in diesem Moment an ihn dachte.

»Ich muss jetzt weiter an diesem Projekt arbeiten«, sagte sie zu Cody. »Wir sehen uns morgen.«

Sie wartete, bis er die Bibliothek verlassen hatte, ehe sie sich wieder ihrem Laptop zuwandte und den Namen *Professor Jack Dorian* in die Suchmaschine eingab. Plötzlich gierte sie danach, sein Gesicht zu sehen, gierte danach, mehr über ihn zu erfahren. Sie klickte sein Profil auf der Seite des Fachbereichs an. Auf seinem Foto, das offensichtlich schon seit Jahren nicht mehr aktualisiert worden war, trug er ein Tweedsakko und eine Krawatte, und sein Lächeln war freundlich, aber neutral. Sie dachte daran, wie seine grünen Augen leuchteten, wenn er lachte, und wie das dunkle Haar an seinen Schläfen inzwischen von silbergrauen Strähnen durchzogen war. Sie mochte den Jack Dorian, den sie jetzt kannte. Er war vielleicht älter als auf diesem Foto, und seine Lachfalten waren ein wenig tiefer, aber was zählte, war nicht sein Alter, sondern allein sein Herz und seine Seele.

Und er hatte sie in sein Herz eingelassen.

Sie las sein Profil auf der Fachbereichs-Website und prägte sich die Details ein. BA am Bowdoin College. Promotion in Yale. Drei Jahre als Juniorprofessor an der University of Massachusetts, vier Jahre als außerordentlicher Professor an der Boston University. Seit acht Jahren ordentlicher Professor an der Commonwealth University. Autor von zwei Büchern über Literatur und Gesellschaft und von über zwei Dutzend Artikeln über verschiedenste Themen, von universellen Motiven in antiken Mythen bis hin zu zeitgenössischen Trends in der feministischen Literatur. Sie wollte sie alle lesen, eintauchen in alles, was er je geschrieben hatte, sodass sie ihn beeindrucken könnte, wenn sie sich das nächste Mal sahen. Sie scrollte sich durch die lange Liste seiner Publikationen und hielt dann plötzlich inne, den Blick auf seine persönlichen Angaben geheftet.

Ehefrau: Margaret Dorian.

Sie wusste natürlich, dass er verheiratet war – sie hatte den goldenen Ring an seinem Finger gesehen, aber irgendwie hatte sie dieses eine Detail ausgeblendet. Sie versuchte, es zu verdrängen, aber die Bilder waren schon in ihrem Kopf: Wie Jack nach Hause fuhr. Wie er sein Haus betrat, wo seine Frau darauf wartete, ihn zu umarmen, ihn zu küssen. Oder waren diese Bilder falsch? Sie dachte an den Tag, als er im Seminar so müde und niedergeschlagen gewirkt hatte, als ob in seinem Privatleben etwas schief-gelaufen wäre. Vielleicht wartete seine Frau ja gar nicht darauf, ihn mit einem Kuss zu begrüßen. Vielleicht war sie eine Frau, die ihn ausschimpfte, die ihn schlechtmachte.

Vielleicht sehnte er sich nach einer Frau, die ihn glück-lich machen würde.

Sie suchte im Internet nach *Margaret Dorian, Boston*. Es war kein sehr häufiger Name, was es leicht machte, die richtige Frau zu finden. Die ersten drei Treffer waren alle für »Margaret Dorian, MD«. Auf dem Portal *Rate My Physician* hatte sie die höchstmögliche Bewertung, und ein Kommentar lobte »Dr. Dorians einfühlsamen Umgang mit Patienten«. Im Online-Branchenverzeichnis waren die Kontaktdaten für ihre Praxis im Mount Auburn Hospital in Cambridge aufgeführt.

Sie wechselte auf die Website des Krankenhauses und klickte den Link für »Margaret Dorian, MD« an.

Auf dem Foto trug sie einen weißen Arztkittel und lächelte in die Kamera. Sie hatte braune Augen und schul-terlanges rotes Haar, und obwohl sie immer noch attraktiv war, konnte Taryn die Spuren sehen, die die Jahre in ihrem Gesicht hinterlassen hatten, um die Augen, um den Mund herum. Sie war nicht mehr jung, aber sie war eine fähige Ärztin, und ihre Patienten mochten sie. Taryn dachte an die langen Arbeitszeiten von Ärzten, die Abende, die Wo-chenenden. Fühlte ihr Mann sich vernachlässigt? Musste er zu viele Abende allein verbringen, an denen er sich nach Gesellschaft sehnte?

Sie ging wieder ins Internet, um nach der Adresse der Dorians zu suchen. Sie war nicht schwer zu finden – im Internet gibt es keine Geheimnisse. Google Maps führte sie direkt zu ihrem Viertel in Arlington, und auf Street View konnte sie ihr Haus sehen, einen zweigeschossigen Bau im Kolonialstil mit ordentlich gestutzten Sträuchern im Vorgarten. An dem Tag, als dieses Street-View-Foto entstanden war, hatte das Garagentor offen gestanden, und man konnte die silberfarbene Limousine sehen, die darin parkte. In der Satellitenansicht konnte sie auf dem Grundstück keine Hinweise auf Kinder entdecken – keine Fahrräder, keine Spielsachen, keinen Spielplatz im Garten hinter dem Haus. Sie waren kinderlos, was eine Trennung umso unproblematischer machen würde, sollte er eine Frau kennenlernen, mit der er den Rest seines Lebens lieber verbringen wollte.

Sie kehrte zu dem Foto von Dr. Margaret Dorian zurück. Immer noch hübsch, das schon.

Aber vielleicht sehnte sich Jack nach mehr.

21

Jack

»Wenn du mich fragst: Taryn Moore ist sicher drin«, sagte Ray McGuire. Er kam gerade aus der Sitzung des Auswahlkomitees für das Graduiertenprogramm, und nun stand er in Jacks Bürotür und grinste ihn an. »Ihre Bewerbung ist so stark, dass wir beschlossen haben, nicht auf der Einhaltung der Bewerbungsfrist zu bestehen.«

»Das ist ja fantastisch! Sie wird sich riesig freuen, das zu hören.«

»Die offiziellen Zulassungsschreiben gehen erst in ein paar Wochen raus, aber die Entscheidung war einstimmig. Sie hat einen Notendurchschnitt von knapp über eins Komma null. Und ihre Empfehlungsschreiben lesen sich alle, als ob sie die nächste Gloria Steinem wäre.«

Jack merkte, wie ihn Rays Worte unwillkürlich mit Stolz erfüllten. »Sie ist wirklich Feuer und Flamme für das Programm.«

»Ich hoffe, sie hat sich nicht in Harvard beworben.«

»Nein, nur hier. Das war ihre erste Wahl.«

»Hervorragend. Die Arbeitsprobe, die sie eingereicht hat, war ein Referat über die *Aeneis*, das sie bei dir geschrieben hat. Ich bin nicht so firm in klassischer Philologie, aber für mich ist das schon publikationstauglich. Sie argumentiert sehr elegant, dass Vergil uns im Subtext eigentlich sagt, dass Dido, anstatt Selbstmord zu begehen, mit dem Schwert besser Aeneas durchbohrt hätte.« Er lachte. »Da kann man als Mann schon richtig Angst kriegen.« Er wandte sich zum Gehen, dann hielt er noch einmal inne. »Übrigens, wenn sie in unserem Programm ist, wird das die durchschnittliche Schärfewertung der fachrichtungseigenen Weiblichkeit von den gegenwärtigen minus fünf deutlich anheben. Aber ich nehme mal an, es ist nicht besonders PC, so was zu sagen, was?«

»Du bist ein oberflächliches Sexistenschwein.«

Ray feixte. »Stimmt, und ich bin stolz drauf.«

Tags darauf kam Taryn förmlich in sein Büro getanzt.

»Danke, danke, danke!«, platzte sie los und beugte sich glückstrahlend über seinen Schreibtisch, wobei ihr die Haare über die Schultern fielen.

»Ich nehme an, Sie haben die gute Nachricht vernommen?«, sagte er lächelnd.

»Ja! Professor McGuire hat mich gerade eben auf dem Flur angesprochen, und er sagte, es sei so gut wie sicher, dass es klappt!« Mit einem freudigen Seufzer ließ sie sich auf den Stuhl vor seinem Schreibtisch sinken. So vertraut ging sie inzwischen mit ihm um: Sie hatten so viel Zeit miteinander verbracht, mit Gesprächen über ihre Bewerbung und ihre Doktorarbeit, dass sie keine Einladung mehr brauchte, um sich in seinem Büro wie zu Hause zu fühlen. »Und das habe ich nur *Ihnen* zu verdanken.«

»Taryn, ich bin nicht derjenige, der diese Referate geschrieben hat. Oder sich diese Noten verdient hat.«

»Aber Sie haben mir die Möglichkeiten aufgezeigt. Ihnen verdanke ich es, dass ich an mich glauben kann.«

Ihr Lob machte ihn verlegen. Sie sahen einander eine Weile schweigend an, und er nahm ihr reizend zerzaustes Haar wahr, ihre apart geröteten Wangen. Sie war verlockender, als Héloïse es je hätte sein können, und er kam sich verzaubert vor wie einst Abaelard.

Um sich abzulenken, senkte er den Blick auf seinen Schreibtisch und fand das Tagungsprogramm, das er vor wenigen Wochen erhalten hatte – ein willkommener Anlass für einen Wechsel des Themas.

»Das hier könnte Sie interessieren«, sagte er und reichte ihr den Prospekt.

»Eine Komparatistik-Tagung?«

»Sie findet auf dem Campus der University of Massachusetts in Amherst statt. Ein paar der Referate könnten Sie interessieren. Vielleicht bekommen Sie auch Anregungen für Ihre Dissertation. Es werden einige der besten Wissenschaftler in Ihrem Fachgebiet dort sein.«

Sie studierte die Titel der Teilveranstaltungen, die er markiert hatte. »›Die Erfindung des Mannes‹?«

»Da geht es darum, dass die klassische Literatur letztlich die Geschichte von Männern ist.«

Sie las die Beschreibung. »›Angefangen mit Homer, haben männliche Schriftsteller und Historiker sich stets vorwiegend auf Männer konzentriert, wodurch Frauen im Schatten der Geschichte blieben.‹« Sie sah ihn an. »Es ist ein Vortrag von Maxine Vogel!«

»Der Name sagt Ihnen also etwas?«

»Sie ist eine der bekanntesten feministischen Literaturwissenschaftlerinnen der Welt.«

»Sie hat vor Kurzem einen Artikel veröffentlicht, der große Ähnlichkeit mit Ihrer Interpretation von Héloïse hat.«

»O Mann, da muss ich unbedingt hin. Ist es schon zu spät, um sich anzumelden?«

»Ich denke, Sie werden keine Probleme haben, noch reinzukommen.«

»Ob es wohl eine Busverbindung nach Amherst gibt? Ich habe nämlich kein Auto.«

»Ich fahre auch hin. Ich kann Sie mitnehmen, und vielleicht möchte ja sonst noch jemand teilnehmen. Ich werde es im Seminar bekannt geben – vielleicht können wir ja noch ein paar andere dafür begeistern.«

Sie runzelte die Stirn, als ihr Blick auf die Tagungsgebühren fiel. »Oh, ich müsste auch für ein Hotelzimmer bezahlen.«

»Ich frage mal Ray McGuire, ob er einen Reisekostenzuschuss organisieren kann. Das müsste drin sein, zumal es ja ganz danach aussieht, dass Sie in unser Graduiertenprogramm aufgenommen werden.«

Sie betrachtete den Prospekt und strahlte. »Meine allererste literaturwissenschaftliche Tagung. Das wird fantastisch, das weiß ich jetzt schon.«

Taryn stand an der Ecke des Campus-Innenhofs, wo sie auf ihn zu warten versprochen hatte. Schon aus einem halben Häuserblock Entfernung konnte er ihre schlanke Figur entdecken, bekleidet mit dunkelrosa Leggings und einer schwarzen Jacke, das Haar im Wind flatternd.

Keine anderen Studenten. Nur Taryn.

Das war ein Fehler. Er wusste es natürlich, aber jetzt

konnte er keinen Rückzieher mehr machen – nicht, nachdem er versprochen hatte, sie zu der Tagung mitzunehmen. Nicht, nachdem alles schon geplant und organisiert war.

Er hielt am Bordstein. Sie warf ihre kleine Reisetasche auf den Rücksitz und stieg neben ihm ein.

»Kommt sonst niemand mit?«, fragte er.

»Nein, nur ich.«

»Sie wollten doch noch ein paar Kommilitonen dazu überreden, sich uns anzuschließen. Ich dachte, dass wenigstens Cody mitkommen würde.«

»Ich hab's versucht, aber niemand hatte Interesse.« Sie warf die Haare in den Nacken und lächelte. »Tja, wie's aussieht, sind wir die Einzigen, Professor.«

Nach anderthalb Kilometern bog er am Copley Square von der Avenue auf den Massachusetts Turnpike West ab, ein flaues Gefühl im Magen. Taryn und er allein in einem Auto, auf dem Weg hinaus aus der Stadt, wie ein Liebespaar auf einem Ausflug. Als sie in den Tunnel unter dem Prudential Center einfuhren, fragte er sich: *Was tun wir hier? Was tue ich hier?* Sobald sie im Hotel ankamen, musste er Maggie anrufen. Und wenn auch nur, um sich daran zu erinnern, dass er verheiratet war. Dass er das hier nur aus den richtigen Gründen tat.

Obwohl sie sich so spät angemeldet hatte, waren im Tagungshotel – nur einen kurzen Fußweg vom Campus entfernt, wo die Veranstaltungen stattfanden – noch einige wenige Zimmer frei gewesen. Als sie die Lobby betraten und auf die Rezeption zugingen, merkte er, wie sein Puls sich beschleunigte. Sahen sie aus wie ein Liebespaar? Hatte irgendjemand bemerkt, dass sie im selben Auto gekommen waren? Er blickte sich in der Lobby um, die sich in nichts von den Lobbys zahlloser anderer Tagungshotels unterschied, und war erleichtert, niemanden zu sehen, den er kannte.

»Ihr Schlüssel, Sir«, sagte der Rezeptionist und übergab Jack den Umschlag mit einer Schlüsselkarte für Zimmer 445. »Ich kann Sie beide auf demselben Flur unterbringen«, bot er an.

Ehe Jack antworten konnte, sagte Taryn: »Das wäre nett.«

Der Rezeptionist gab ihr den Schlüssel zu Zimmer 437. Vier Türen von Jacks Zimmer entfernt, aber immer noch bedenklich nahe.

Ich bin ihr Dozent. Sie ist meine Studentin, rief er sich in Erinnerung, als sie oben aus dem Aufzug traten. *Wir sind wegen der Tagung hier, nichts sonst.*

»Sehen wir uns gleich?«, fragte sie, als sie sich seiner Tür näherten.

»Äh, ja.«

»In zwanzig Minuten in der Lobby?«

»Okay.«

Er schloss auf und betrat sein Zimmer, und als die Tür hinter ihm ins Schloss fiel, atmete er erst einmal tief durch. *Okay. Okay, das kriegen wir schon hin*, dachte er.

Zeit, Maggie anzurufen.

Er setzte sich aufs Bett und rief sie auf dem Handy an. Er musste unbedingt ihre Stimme hören, um daran erinnert zu werden, was sie aneinander hatten – all die gemeinsamen Erlebnisse, all die Liebe. Doch der Anruf ging auf die Mailbox, und er hörte nur: »Hier ist Dr. Dorian. Ich kann Ihren Anruf im Moment nicht entgegennehmen.«

Er legte auf und sackte auf dem Bett zusammen. Er

hatte das Mittagessen ausfallen lassen, und er hatte ein hohles Gefühl im Bauch, aber nicht vom Hunger, sondern vor Nervosität. Er stand am Rand eines Abgrunds und versuchte verzweifelt, das Gleichgewicht zu halten und nicht in die Dunkelheit zu stürzen.

Eine halbe Stunde später betraten er und Taryn das Gebäude, in dem schon andere Teilnehmer umherliefen, Kollegen begrüßten und Anschläge und Stundenpläne studierten. Maxine Vogels Vortrag »Die Erfindung des Mannes« sollte in Kürze beginnen, und der Saal füllte sich rasch. Sie ergatterten zwei Plätze an der Seite, und Taryn klappte ihren Laptop auf, um sich Notizen machen zu können.

»Ich werde mal sehen, ob ich Sie nach dem Vortrag mit ihr bekannt machen kann«, sagte er.

»Was soll ich denn sagen?«

»Fragen Sie sie, womit sie sich zurzeit beschäftigt, und dann lassen Sie es einfach auf sich zukommen. Alle Wissenschaftler reden gerne über ihre Arbeit, und ein bisschen Schmeichelei schadet nie.«

»Okay. Okay. Mein Gott, ist das aufregend.« Sie blickte sich unter den Teilnehmern um, die einander zuwinkten und Hände schüttelten – eine Welt der Gelehrten, der sie unbedingt eines Tages angehören wollte. Das Licht im Zuschauerbereich wurde gedimmt, und ihre Aufmerksamkeit richtete sich auf die Leinwand, wo jetzt die erste Folie zu sehen war. Es war ein Holzschnitt einer Frau in einem fließenden Gewand, die sich über einen Webstuhl beugte.

Maxine Vogel betrat das Podium und blieb im gleißenden Licht des Scheinwerfers stehen. »Sicher haben Sie alle die Frau auf diesem Bild schon erkannt. Es ist Penelope«, sagte Dr. Vogel und schwenkte einen Arm zur Leinwand. »Zwanzig lange Jahre hindurch blieb sie stets treu, stets geduldig, und wies alle Freier ab, während sie darauf wartete, dass ihr Gatte Odysseus aus dem Trojanischen Krieg zurückkehrte. Gelehrte und Dichter verweisen auf sie als das Muster der perfekten Ehefrau.« Vogel wandte sich ihrem Publikum zu und schnaubte. »Was für ein Bockmist.«

Und damit hatte sie ihre Zuhörer in der Tasche.

Als Jack zu Taryn hinüberschielte, sah er, dass sie sich vorgebeugt hatte und so gebannt lauschte, dass sie ganz vergessen hatte, sich Notizen zu machen. Zu sehr schien sie gefesselt von Vogels Verteidigung unkonventioneller Heldinnen, von Frauen, deren unbändige Leidenschaften und unbequeme Begierden sie mit den Moralvorstellungen der Gesellschaft in Konflikt brachten. Kein Wunder, dass Maxine Vogel ein Star auf ihrem Gebiet war – er registrierte mit einem Anflug von Neid, wie vollkommen sie ihre Zuhörer in ihren Bann schlug. Und er beneidete auch Taryn um all die Möglichkeiten, die ihr noch offenstanden. Möglichkeiten, die er für sich mit jedem Jahr, das verging, mehr und mehr dahinschwinden sah.

Als Vogels Vortrag beendet war und es im Saal wieder hell wurde, war Taryn schon aufgesprungen und eilte durch den Mittelgang auf Vogel zu. Es war nicht nötig, dass Jack sie einander vorstellte – Taryn war wie eine Lenkrakete, die unbeirrbar auf ihr Ziel zustrebte. Von der anderen Seite des Saals beobachtete er, wie sie Vogel die Hand schüttelte, sah die ältere Frau lächeln und nicken, während die beiden zusammen nach nebenan gingen, wo die Eröffnungs-Cocktailparty auf sie wartete.

Auftrag ausgeführt, dachte er. Taryn kam wunderbar

allein zurecht, und jetzt war der Moment gekommen, wo er sich absetzen musste.

Er ging allein zurück auf sein Zimmer, duschte und legte sich ins Bett. Es ärgerte ihn, dass Maggie nicht zurückgerufen hatte, aber dann sah er die E-Mail, die sie vor einer Stunde geschickt hatte:

Verbringe die Nacht bei Dad. Seine Rückenschmerzen sind schlimmer geworden. Hoffe, die Tagung läuft gut – ruf dich morgen früh an.

Natürlich war sie bei ihrem Vater. Niemand konnte wissen, wie lange Charlie noch zu leben hatte, und sie wollte jede freie Minute, die ihr zur Verfügung stand, mit ihm verbringen.

Er beschloss, sie an diesem Abend nicht mehr anzurufen. Er schaltete die Nachttischlampe aus und hatte gerade den Kopf aufs Kissen gelegt, als sein Handy klingelte. Maggie?

Aber es war Taryns Stimme, die er hörte. »Sind Sie in Ihrem Zimmer?«, fragte sie. »Ich muss Ihnen etwas erzählen!«

»Hat das nicht Zeit bis zum Frühstück? Es ist halb zwölf.«

»Aber das ist so aufregend, dass ich nicht warten kann! Ich bin gleich bei Ihnen!«

Mit einem Seufzer schaltete er das Licht ein und stand auf, um sich anzuziehen. Er hatte gerade seinen Gürtel zugeschnallt, als er ihr Klopfen an der Tür hörte. Er öffnete die Tür, und da stand Taryn auf dem Flur, mit einer Flasche Wein in der Hand.

»Wieso der Wein?«, fragte er.

»Sie werden es nicht glauben: Maxine hat vorgeschlagen, dass wir zusammen ein Paper schreiben! Nur sie und ich!«

Maxine. Nicht Dr. Vogel. »Im Ernst? Wie haben Sie das denn geschafft?«

»Ich habe ihr gesagt, dass Didos Charakter meiner Ansicht nach von männlichen Autoren völlig falsch dargestellt wurde. Ich sagte, das liege daran, dass Dido ihre Ideale von Männlichkeit infrage gestellt hätte. Und sie war *begeistert* von der These.« Taryn lachte triumphierend. »Können Sie sich das vorstellen? Mein Name würde auf dem Paper gleich unter ihrem stehen!«

»Das ist wirklich erstaunlich«, sagte er, ehrlich beeindruckt. »Und ich hoffe, Ihnen ist klar, wie selbstlos das von ihr ist. Die meisten Wissenschaftler von ihrem Rang würden nie auf die Idee kommen...«

»Das müssen wir feiern! Ich habe den Barkeeper gebeten, die Flasche für uns zu entkorken.« Sie schaute sich suchend um und fand zwei Wassergläser, schenkte den Wein ein und drückte Jack ein Glas in die Hand.

Wie konnte er sich weigern? Sie tanzte regelrecht vor Freude, und er musste unwillkürlich lächeln angesichts ihres Triumphs. Sie stießen an und tranken. »Gratuliere, Taryn«, sagte er. »Sie sind auf dem besten Weg!«

Sie nahm noch einen Schluck Wein. »Und das habe ich alles Ihnen zu verdanken.«

»Ich bin doch nicht derjenige, der Maxine Vogel um den Finger gewickelt hat.«

»Wir haben uns auf der Cocktailparty stundenlang unterhalten und Ideen für unser Paper gesammelt. Wir hätten noch ewig weitermachen können, aber die Bar hat irgendwann geschlossen. Zum Glück habe ich mir haufenweise Notizen gemacht.«

»Gut mitgedacht«, sagte er. Von dem einen Schluck Wein schwirrte ihm schon der Kopf. Er hatte kaum zu Abend gegessen, und jetzt büßte er dafür, da der Alkohol ihm direkt in die Blutbahn schoss.

Sie leerte ihr Glas, goss sich ein zweites ein und schenkte ihm nach. »Wir werden per Mail zusammenarbeiten müssen. Das heißt, ich schicke ihr, was ich geschrieben habe, und sie schickt mir Kommentare und Verbesserungsvorschläge. Dann redigieren wir gemeinsam die endgültige Version, und sie reicht das Paper ein. Sie kennt die Herausgeber von allen wichtigen Zeitschriften. Und das alles wäre ohne Sie nicht möglich gewesen, Jack.« Ihre Augen waren wie weite, dunkle Seen. »Ich wäre nicht hier, wenn Sie mich nicht ermutigt hätten.«

Er registrierte plötzlich, dass sie ihn Jack genannt hatte, nicht Professor Dorian. Wann hatte das angefangen? Wann hatte sich diese ungezwungene Vertraulichkeit in ihre Beziehung eingeschlichen? Er wusste, dass er besser nichts mehr trinken sollte, dennoch leerte er sein Glas in einem Zug und stellte es weg.

Sie trat so schnell auf ihn zu, dass ihm keine Zeit blieb zu reagieren. Er spürte ihren Atem an seinen Haaren, als sie flüsterte: »Danke.«

Er stand wie gelähmt da, als sie ihn küsste. Das war kein flüchtiges Dankeschön-Küsschen. Sie presste ihre Lippen auf seine, und für ein Dankeschön blieben sie schon viel zu lange dort. Ihre Zunge schob sich in seinen Mund, und er spürte, wie sein Magen Purzelbäume schlug, wie sein Körper das Kommando übernahm.

Das passiert jetzt nicht wirklich.

»Ich will dich«, flüsterte sie und schob ihre Hand in seine Hose, fühlte, dass er unfreiwillig schon hart geworden war.

Er stöhnte und versuchte, sich von ihr zu lösen.

»Jack, bitte«, bettelte sie. »Nur für diese Nacht. Nur du und ich.«

Das ist so falsch.

Aber es passierte, und er konnte sich nicht dagegen wehren. Konnte dem Hunger nicht widerstehen, der in all den Wochen stetig gewachsen war. Schon küssten sie sich leidenschaftlich, rieben ihre Körper aneinander. Er erinnerte sich nicht, wann und wie ihre Kleider auf dem Boden gelandet waren. Ihr nackter Körper war wie eine Skulptur von berückender Schönheit – straff und athletisch, langgliedrig und fest. Er erinnerte sich nicht, wer wen zum Bett geführt hatte, aber da waren sie plötzlich, und er war auf ihr und stieß zwischen ihren Schenkeln zu, während sie kleine Lustschreie von sich gab.

Und dann war es vorbei, und sie lagen nebeneinander, sagten beide kein Wort.

Sie drehte sich um und küsste ihn, und er spürte die Feuchtigkeit auf ihrem Gesicht, die Hitze ihrer Wangen. Sie nahm seine Hand und küsste ihn auf die Handfläche. »Das war wunderbar«, hauchte sie. »Das war alles, was ich mir erträumt habe.«

Er gab keine Antwort. Er lag nur schweigend neben ihr und dachte, dass er gerade etwas Kostbares verloren hatte. Und er würde es nie wiederbekommen.

22

Taryn

Er lag neben ihr, reglos und still, doch sein Atemrhythmus verriet ihr, dass er wach war. Sie wünschte sich, er würde sie in den Arm nehmen. Sie wünschte sich, er würde ihr all die Dinge sagen, die Liebende einander sagen sollten, nachdem sie einander ihre Körper zu so leidenschaftlichem Genuss hingegeben haben, doch er sagte kein Wort, und sie konnte sich denken, warum.

Er dachte an seine Frau. Daran, dass nichts mehr so war wie zuvor, weil sie gerade miteinander geschlafen hatten.

Sie fasste seine Hand. Er zog sie nicht weg, erwiderte aber auch nicht ihren Griff. Seine Hand lag stocksteif in der ihren, und sie spürte seine Anspannung. Da wusste sie, dass er seiner Frau noch nie zuvor untreu gewesen war, und es machte das, was gerade zwischen ihnen passiert war, umso bedeutsamer. Sie war seine Erste.

»Du fühlst dich schuldig, nicht wahr?«, fragte sie.

»Ja.«

»Warum?«

Er blickte sie an. »Wie sollte ich mich nicht schuldig fühlen? Ich hätte das nie zulassen dürfen. Ich kann nicht glauben, dass ich…«

»Jack.« Zärtlich streichelte sie seine Wange. »Du fühlst dich schuldig, weil du ein guter Mann bist.«

»Ein guter Mann?« Er schüttelte den Kopf. »Ein guter Mann hätte der Versuchung widerstanden.«

»Ist das alles, was ich für dich bin? Eine Versuchung?«

»Nein. Nein, Taryn.« Er berührte ihr Gesicht, umschloss ihre Wange mit seiner Hand. »Das wollte ich damit ganz und gar nicht sagen. Du bist wunderschön und hochintelligent, und du bist alles, was ein Mann sich wünschen könnte. Und du solltest mit jemandem zusammen sein, der besser für dich ist als ich.«

»Aber du bist der, den ich will.«

»Ich bin zwanzig Jahre älter als du.«

»Und zwanzig Jahre klüger als all die Typen in meinem Alter. Die ganzen Jahre war Liam der Einzige, für den ich mich interessiert habe. Ich dachte, er wäre das Beste, was ich haben könnte, das Beste, was ich je finden würde. Jetzt ist mir klar geworden, wie oberflächlich er ist, wie oberflächlich die meisten jungen Männer sind. Du hast mir die Augen geöffnet. Du hast mir gezeigt, was mir die ganze Zeit entgangen ist.«

Er seufzte. »Das war ein Fehler.«

»Für mich? Oder für dich?« Sie konnte den scharfen Unterton in ihrer Stimme nicht verbergen, den Zorn, der unüberhörbar darin mitschwang, und als er die Stirn runzelte, wusste sie, dass sie kurz davor war, ihn zu verlieren. Sogleich lächelte sie und griff nach seiner Hand, drückte sie an ihr Gesicht. »Auch wenn es ein Fehler war – es ist einer, den ich niemals bereuen werde. Nicht, solange ich lebe. Weil ich dich liebe.«

»Taryn…«

»Sag jetzt nichts. Du musst mir nicht sagen, dass du mich liebst. Du musst nicht so tun, als ob ich es bin, die du willst.«

»Mein Gott, du bist der Traum jedes Mannes.«

»Ich will aber nur *dein* Traum sein.«

Sie sahen einander in die Augen, nahmen die Blicke des anderen begierig in sich auf. Sie wusste, dass er von Schuldgefühlen geplagt wurde. Jeder gute Mann in seiner Situation würde sich schuldig fühlen, und deswegen war sie bereit, sich in Geduld zu üben und ihm Zeit zu lassen zu erkennen, wie viel sie ihm bedeutete, wie viel besser sie für ihn war als seine Frau. Sie würde ihn zu ihr heimkehren lassen. Er sollte neben dieser Frau im Bett liegen und an *sie* denken, sich stattdessen nach *ihr* sehnen.

»Ich will keinen anderen Mann als dich. Ich weiß, du denkst, ich bin zu jung für dich, aber ich bin alt genug, um zu wissen, mit wem ich den Rest meines Lebens verbringen will.«

»Es geht nicht nur um dich und mich. Da ist auch noch…«

»Deine Frau.«

Bei diesen zwei Worten wurde seine Hand starr wie die einer Leiche. »Ja«, flüsterte er.

Sie löste sich von ihm, schwang die Beine über die Bettkante und setzte sich auf. »Das verstehe ich. Wirklich. Aber du musst wissen, dass das für mich nicht nur eine einmalige Sache ist. Es ist viel, viel mehr. Ich könnte dich so glücklich machen.«

Er gab keine Antwort. Das Schweigen zog sich hin, und sie fragte sich, ob er Angst hatte, sich selbst die Wahrheit

einzugestehen. Angst, offen zuzugeben, wie sehr er sie begehrte, wie sehr er sie brauchte.

»Ich will nur, dass du darüber nachdenkst, wen du in
deinem Bett und in deinem Leben haben willst«, sagte sie.
»Ich kann warten, Jack. Ich kann so lange warten, wie du
brauchst, um dich zu entscheiden.«

Sie ließ sich Zeit, als sie ihre Bluse zuknöpfte, als sie
den Reißverschluss ihrer Jeans schloss. Er sah schweigend
zu, wie sie sich anzog. Als sie das Zimmer verließ, sagte er
immer noch nichts. Es war besser so. Er sollte es bereuen,
all die Worte nicht gesagt zu haben, die er hätte sagen sollen.

In ihrem eigenen Hotelzimmer schlief Taryn in dieser
Nacht so tief und fest wie seit Wochen nicht mehr.

Als sie am nächsten Morgen zum Frühstück hinunter-
ging, fand sie ihn allein an einem Tisch sitzend, vor sich
einen kaum angerührten Teller Eier mit Schinken. Er sah
fürchterlich aus, seine Augen waren blutunterlaufen, seine
Haut grau. So mitgenommen er aussah, so frisch und aus-
geruht fühlte sie sich – als könnte sie Bäume ausreißen.
Sie rutschte auf die Bank ihm gegenüber, und er sah sie
mit einem so hungrigen Blick an, dass sie sich Mühe geben
musste, nicht zu grinsen.

»Guten Morgen«, sagte sie leise.

Er nickte. »Guten Morgen.«

»Alles, was ich letzte Nacht gesagt habe, stimmt immer
noch.«

Er senkte den Blick auf seine Kaffeetasse. »Reden wir
nicht darüber.«

»Okay.« Sie konnte auch gleichgültig tun. Sie konnte
auch lässig darüber hinweggehen. Er sollte ruhig sehen,
wie abgeklärt sie damit umging.

Die Bedienung kam mit einer Kaffeekanne, und Taryn lächelte sie an. »Zwei Spiegeleier und Kartoffelpuffer, bitte.«

»Kommt sofort.«

Während Taryn auf ihr Frühstück wartete, stocherte Jack lustlos in seinem herum, das inzwischen sicher kalt war. Sie dachte an die lange Fahrt zurück nach Boston, in einem Auto mit diesem schweigsamen Mann, und sie war entschlossen, nicht zuzulassen, dass er sie mit Verzweiflung in Verbindung brachte. Nein, sie musste das Licht in seinem Leben sein, die Frau, von der er nicht nur Sex wollte und bekam, sondern auch Liebe, Lachen und Freude. »Ich kann es kaum erwarten, an meinem Projekt weiterzuarbeiten«, sagte sie. »Diese Tagung war wirklich so inspirierend.«

»Tatsächlich?«

»Sie hat mir eine neue Welt eröffnet, und mir schwirren schon ein Dutzend Ideen für weitere Artikel im Kopf herum.«

Ihr Enthusiasmus entlockte ihm ein Lächeln. »So habe ich mich auch gefühlt, als ich mit dem Promotionsstudium anfing.«

»Als ob man gar nicht lange genug leben könnte, um alle seine Ideen zu Papier zu bringen.«

»Ja.«

»Geht es dir immer noch so?«

Er zuckte müde mit den Schultern, eine resignierte Geste. »Das Leben wird mit der Zeit kompliziert. All die Verpflichtungen und Zwänge.«

Sie beugte sich vor und legte eine Hand auf seine. »Du solltest dir davon nicht die Freude an dem, was du tust, verderben lassen. Ich werde nicht zulassen, dass mir das passiert.«

»Das hoffe ich sehr. Ich hoffe, du bleibst so leidenschaftlich, wie du es jetzt bist. Ich wäre froh, wenn ich mir davon eine Scheibe abschneiden könnte.«

»Das musst du gar nicht, Jack. Du musst nur deine
eigene Leidenschaft wiederentdecken. Und ich kann dir
helfen…«

»Jack Dorian! Wie schön, dich wiederzusehen. Muss
eine Ewigkeit her sein seit unserer letzten gemeinsamen
Tagung.«

Taryn sah auf und erblickte eine Frau mit silbernen
Strähnen in ihrem schwarzen Haar. Sie erkannte sie als
eine der Vortragenden bei der Tagung. Auf ihrem Namens-
schild stand *Dr. Greenwald, Univ. of CT.* Die Frau sah auf
den Tisch hinunter, wo Taryns Finger immer noch Jacks
Hand berührten, und ihr Lächeln wich einem konsternier-
ten Blick.

Taryn zog ihre Hand weg.

Jack wurde blass, brachte es aber immerhin fertig,
Dr. Greenwald mit einem steifen »Hallo, Hannah« zu begrüßen. »Ich glaube, wir haben uns seit – mal überlegen –,
seit Philly nicht mehr gesehen.«

»Stimmt. Es war die Tagung in Philly.« Sie sah Taryn
an, musterte sie so eingehend, als ob sie ihr nächstes Paper
über sie schreiben wollte.

»Das ist Taryn Moore«, sagte Jack. »Ich berate sie bei
ihrer Abschlussarbeit.«

»Dann ist sie also… deine Studentin.«

»Ja, das bin ich«, warf Taryn munter ein. »Professor
Dorian hat mich super beraten, das tut er für alle seine
Studenten.«

»Worüber arbeiten Sie?«, fragte Dr. Greenwald.

»Es geht um das Thema des Liebesverrats in klassischen Epen. Er hat mich anderen Fachkollegen vorgestellt und mich auf die verschiedenen relevanten Quellen hingewiesen.«

»Ah, interessant.«

Aber was fand sie hier wirklich interessant?, fragte sich Taryn. Dass Jacks Gesicht zu einer steinernen Maske erstarrt war? Dass er im gleichen Hotel wie seine halb so alte Studentin übernachtet hatte?

»Die Arbeit würde ich gerne lesen«, sagte Dr. Greenwald. Sie nickte Jack knapp zu. »Ich hoffe, wir sehen uns bald mal wieder bei einer Tagung. Und grüß Maggie von mir.«

Als Dr. Greenwald davonging, studierte Taryn Jacks Miene. Bei der Erwähnung seiner Frau hatte er die Lippen zu einem schmalen Strich zusammengepresst. Er wusste, wie das hier aussah, und sie wusste es auch.

Abrupt stand er auf und warf ein paar Scheine auf den Tisch. »Das sollte für uns beide reichen. Ich muss packen gehen, und das solltest du auch. Ich habe gerade eine Warnmeldung bekommen, dass ein Schneesturm auf uns zukommt, und wir müssen sehen, dass wir losfahren, ehe es auf den Straßen ungemütlich wird.«

»Willst du nicht erst fertig frühstücken?«

»Ich habe keinen Hunger. Wir sehen uns in einer Stunde in der Lobby.«

Sie sah auf die fünfzig Dollar hinunter, die er auf den Tisch gelegt hatte. Es war viel mehr als nötig, und es zeigte nur, wie eilig er es hatte zu entkommen. Die Bedienung brachte ihre Spiegeleier mit Kartoffelpuffern. Im Gegensatz zu Jack hatte es ihr nicht den Appetit verschlagen, und sie vertilgte alles bis auf den letzten Krümel.

Während der Fahrt zurück nach Boston wechselten sie kaum ein Wort. Als sie endlich vor Taryns Haus hielten, stieg er nicht aus, bot nicht an, ihre Tasche zu tragen oder sie bis zu ihrer Wohnungstür zu begleiten. Er blieb einfach nur mit hängenden Schultern hinter dem Steuer sitzen.

»Möchtest du noch auf einen Kaffee mit raufkommen?«, bot sie an.

»Ich muss zurück ins Büro. Hab noch einiges zu erledigen.«

»Na ja, jetzt weißt du jedenfalls, wo du mich finden kannst. Ich bin im vierten Stock, Wohnung 510.« Sie stieg aus. »Du kannst jederzeit vorbeikommen, Tag oder Nacht.« Als sie auf das Haus zuging, wusste sie genau, dass er sie beobachtete, aber sie drehte sich nicht um. Nicht ein einziges Mal.

23

Jack

Er hätte nie gedacht, dass Schuldgefühle so erdrückend sein könnten.

Nachdem er Taryn abgesetzt hatte, schlug er nicht die Richtung zum Campus ein, sondern fuhr gleich nach Hause. Er brauchte Zeit für sich, um sich zu sammeln – und sich vielleicht den einen oder anderen Hochprozentigen zu genehmigen. Maggie war wahrscheinlich noch bei Charlie, also würde er ihr wenigstens noch nicht gleich unter die Augen treten müssen. Es blieben ihm ein paar Stunden, um wieder in die Rolle des glücklich verheirateten Mannes und aufrechten Literaturprofessors zu schlüpfen.

Doch als er in seine Einfahrt einbog, sah er Maggies Lexus in der Garage stehen, und sein Herz krampfte sich zusammen. Warum war sie so früh schon zu Hause? Hatte irgendjemand ihr gemailt, dass er mit einer anderen Frau bei der Tagung gewesen war? Hatte jemand Taryn kurz vor Mitternacht in sein Zimmer schleichen sehen?

Als er ausstieg, signalisierte sein Handy den Eingang einer Textnachricht. Sie war von Taryn.

*Was wir letzte Nacht miteinander erlebt haben, werde
ich niemals vergessen. Ich liebe Dich.*

In Panik löschte er die Nachricht und schaltete das Handy
aus, als ob er damit die letzten vierundzwanzig Stunden
ungeschehen machen könnte. Mehrere Minuten lang
blieb er im Auto sitzen und versuchte, sich zu beruhigen,
doch sein Herz wollte nicht aufhören zu hämmern, und er
fürchtete fast, es könnte ihm aus der Brust springen, wenn
er das Haus betrat. Aber er konnte sich nicht ewig hier in
der Garage verstecken. Noch einmal atmete er tief durch,
wie ein zum Tode Verurteilter vor dem Gang zum Scha-
fott, dann stieg er aus und ging hinüber in die Küche.

Maggie saß am Küchentresen, vor sich eine Tasse Tee.

»Hallo, da bist du ja. Ich bin froh, dass du nicht in den
Schneesturm geraten bist«, sagte sie lächelnd. »Wie war
die Tagung?«

Er zuckte mit den Schultern. »Wie Tagungen halt so
sind.«

»Wie viele Studenten sind mitgekommen?«

»Was?«

»Du hast doch gesagt, du würdest ein paar von deinen
Studenten mitnehmen.«

»Ach so. Ähm, drei.« Wann hatte er gelernt, so spontan
zu lügen?

»Die Glücklichen. Mich hat nie ein Professor zu einer
Tagung eingeladen. So eine wunderbare Gelegenheit, Kontakte zu knüpfen.«

Kontakte knüpfen. »Ja, genau.«

Er war die *Allegorie des Verrats.* Ein Mann, der seine
Frau betrog. Der mühelos Lügen aus dem Ärmel schüt-

telte. Ein Lehrer, der gerade mit seiner Schülerin geschlafen hatte.

»Wir kriegen heute Nacht angeblich zwanzig bis dreißig Zentimeter Neuschnee«, sagte sie. »Also hab ich mir gedacht, wie wär's, wenn wir uns Pizza kommen lassen, ein Feuer im Kamin machen und ein bisschen kuscheln?«

Kuscheln – ihr altes Synonym für »Liebe machen«. Vor etwas mehr als vierundzwanzig Stunden hatte er mit Taryn gekuschelt. »Klingt super.«

Während sie sich umzog, bestellte er Pizza bei Andrea's, machte Feuer im Kamin und öffnete eine Flasche Malbec. Er füllte zwei Bleikristallgläser, und als er sie auf den Couchtisch stellte, quälte ihn die Erinnerung daran, wie Taryn ihnen Wein eingeschenkt hatte. Die Erinnerung an das, was danach passiert war.

Er dimmte das Licht, als könnte er damit seine Scham verbergen. Als Maggie herunterkam, war sie in Pyjama und Bademantel, und ihre Wangen leuchteten rosig. »Es hat schon angefangen zu schneien. Vielleicht sollten wir nächstes Jahr zur Abwechslung irgendwohin fliegen, wo es wärmer ist. Aruba oder Saint John.«

Seine Nerven flatterten. Er konnte nur mit einem mechanischen »Klingt gut« reagieren. Auf Saint John hatten sie ihre Flitterwochen verbracht.

Sie sah ihn stirnrunzelnd an. »Geht es dir gut?«

»Ja, wieso fragst du?«

»Ich weiß nicht, du wirkst so abwesend. Ist etwas passiert?«

»Nein. Ich bin nur ein bisschen erledigt. Die ganze Fahrerei, und immer mit diesem Sturm im Nacken.«

»Und mit den ganzen Studenten um dich herum bist du

wahrscheinlich permanent auf der Bühne«, fügte sie hinzu.

»Na ja, du hast eine gute Tat getan, und sicher haben sie alle davon profitiert.«

»Vielleicht.«

Taryns Stimme tönte in seinem Kopf. *Jack, bitte. Nur für diese Nacht.*

Sie gingen nach oben. Liebten sich bei ausgeschaltetem Licht, sodass sie nicht in seinem Gesicht lesen konnte. Hinterher lagen sie nebeneinander in der Dunkelheit.

»War es gut für dich?«, flüsterte Maggie.

»Natürlich.«

»Manchmal vergesse ich es zu sagen, aber ich liebe dich.«

»Ich liebe dich auch«, sagte er, aber was er dachte, war, dass er die Affäre mit Taryn beenden musste. Er konnte kein Doppelleben führen, und er würde seine Frau nicht noch einmal betrügen.

Während Maggie schlief, wälzte er sich unruhig hin und her und zerbrach sich den Kopf, wie er all die Fehler, die er begangen hatte, wiedergutmachen könnte. In seinem verzweifelten Wunsch, endlich Schlaf zu finden, griff er schließlich nach der Tavor-Packung und schluckte zwei Tabletten. Während er dalag und darauf wartete, dass sie wirkten, dachte er: *Das wird nicht gut enden.*

24

Taryn

Während der einwöchigen Frühjahrsferien hielt sie sich von Jack fern. Die Abende verbrachte sie mit der Arbeit an ihrem Referat über »Liebe oder Ruhm?« und brütete über den Büchern, die sie sich aus der Bibliothek geholt hatte. Sie hatte einen regen E-Mail-Wechsel mit Dr. Maxine Vogel über das Paper, das sie gemeinsam über Königin Dido schreiben wollten. Sie arbeitete fleißig und konzentriert, denn das war alles Teil ihres Plans: ins Graduiertenprogramm kommen. Den Fachbereich beeindrucken. Und vor allem: Jack beeindrucken.

Sie war sich sicher, dass er an sie dachte. Wie konnte es anders sein nach dem, was zwischen ihnen passiert war? Sie stellte sich vor, wie er nachts wach lag und sich statt nach seiner Frau nach ihr verzehrte. Hatte er seiner Frau schon von ihr erzählt? Irgendwann würde er es tun müssen, und wie erleichtert würde er sein, wenn alles einmal heraus war. Um ein neues Leben zu beginnen, muss man alle Brücken hinter sich abbrechen.

Und als sie am Sonntagnachmittag seine Textnachricht bekam, wusste sie, dass er endlich bereit war, sich für sie zu entscheiden.

Um Viertel nach fünf an diesem Nachmittag klingelte es an der Haustür.

Sie drückte den Türöffner, und bis er die Treppen erklommen und an ihrer Wohnungstür geklingelt hatte, hatte sie schon ihre Bluse und die Jeans ausgezogen. Halb nackt öffnete sie die Tür, und er betrat ihre Wohnung.

Es gab keine Begrüßung, jedes Wort war überflüssig. Sie riss sein Hemd auf, öffnete seinen Hosenschlitz und griff nach ihm. Er packte ihre Hände, wie um sie zurückzuhalten, doch sie fühlte, dass er schon hart und bereit für sie war. Sie musste ihn nicht lange bearbeiten, um auch seinen letzten Widerstand zu überwinden. Mit einem Stöhnen stieß er sie aufs Sofa, drehte sie um und nahm sie von hinten. Sie schrie vor Lust, als er wieder und wieder in sie hineinstieß; so dringend brauchte er es, dass er keine Zeit hatte, sanft zu sein. Es war ein wilder, verzweifelter Akt, und es war genau das, was sie wollte, was sie begehrte. Während er glaubte, sie zu nehmen, hielt sie die ganze Macht in der Hand, und als sie kam, war ihr Schrei ein Triumphschrei. Jack gehörte ihr. Er gehörte ihr.

Schwer atmend ließen sie sich aufs Sofa fallen, wo ihre nackten Körper eng umschlungen lagen. Sie schmiegte ihre Wange an seine Brust und lauschte auf seinen Herzschlag, der allmählich ruhiger wurde. Hier war sein Platz, und er wusste es. Nicht bei einer Frau, die ihn nicht länger erregte, sondern bei *ihr*. Deswegen war er gekommen, deswegen hatte er es nicht mehr ausgehalten. Sie hatte nie einen Zweifel gehabt, dass er irgendwann vor ihrer Tür stehen würde.

Sie war halb eingeschlafen, als er vom Sofa aufstand. Erst als er sich setzte, um seine Schuhe zuzubinden, war sie wieder hellwach und sah, dass er schon vollständig angezogen war und sich zum Gehen anschickte.

»Warum gehst du?«, fragte sie.

»Ich muss. Ich treffe mich mit meinem Schwiegervater zum Abendessen.«

»Nur mit deinem Schwiegervater? Oder auch mit deiner Frau?«

Seine schuldbewusste Miene war ihr Antwort genug. Er bückte sich, um ihr über die Wange zu streichen, dann wandte er sich ab.

»Ich liebe dich, Jack.«

Ihre Worte ließen ihn erstarren. Einen Moment lang stand er da, hin- und hergerissen zwischen Bleiben und Gehen. Statt der Worte, die sie zu hören hoffte, der Worte, die ein Geliebter sprechen sollte, herrschte nur Schweigen.

»Taryn«, sagte er schließlich, »du weißt, dass ich dich mag. Aber was zwischen uns passiert ist – das hätte niemals passieren *dürfen*.«

»Warum sagst du das? Ausgerechnet jetzt, wo wir uns gerade geliebt haben?«

»Weil es nicht fair ist dir gegenüber. Du bist so viel jünger als ich, und du hast dein ganzes Leben noch vor dir. Ich wäre wie ein rostiger alter Anker, der dich hemmt.«

»Das ist nicht das, was du wirklich denkst.«

»Doch, das ist es.«

»Nein, du denkst nur an dich selbst. Daran, was unsere Affäre für *dich* bedeutet.«

Mit einem resignierten Seufzer ließ er sich aufs Sofa sinken. »Die Leute merken schon etwas. Sie fangen an zu reden.«

»Na und? Sollen sie doch.«

»Ich könnte meinen Job verlieren. Und das könnte deine Bewerbung fürs Graduiertenprogramm gefährden.«

Das war etwas, was sie überhaupt nicht bedacht hatte – dass Jack Dorian, wenn er unterging, sie mit in die Tiefe reißen könnte. Er war ihr einflussreichster Fürsprecher gewesen. Ohne seine Unterstützung, ohne seine Empfehlungsschreiben, welche Chance hätte sie da noch?

»Dann müssen wir vorsichtig sein«, sagte sie. »Wir müssen … Wir müssen vielleicht noch eine Weile getrennt bleiben.«

Er blickte zu ihr auf, und der erleichterte Ausdruck, den sie in seinen Augen sah, gefiel ihr gar nicht. »Das sehe ich auch so.«

»Aber nur für ein paar Wochen. Nur bis es unbedenklich ist, ja?«

Er stand wieder auf, ohne zu antworten, und ging zur Tür.

»Jack? Du weißt, dass ich auf dich warte. So lange es sein muss.«

Er blickte sich nicht zu ihr um. »Ich rufe dich an.«

DANACH

25

Frankie

Flankiert von Kartons mit den Habseligkeiten ihrer toten Tochter, sieht Brenda Moore so verbraucht und mitgenommen aus wie das Sofa, auf dem sie sitzt. Sie ist erst einundvierzig, und vielleicht war sie einmal so attraktiv wie Taryn, aber das Leben hat es nicht gut gemeint mit dieser Frau. Ihre Haut hat die kränkliche Blässe einer Nachtarbeiterin, und nach der Länge des nachgewachsenen grauen Haaransatzes zu urteilen, ist ihr letzter Besuch beim Friseur schon Monate her. Ihre zerschlissene Jeans und das Flanellhemd – praktische Kleidung für das Ausräumen der Wohnung einer toten Tochter – hängen unförmig um ihre knochige Gestalt, und ihre Hände sind rot und schrundig, sicherlich das Resultat des häufigen Händewaschens, das ihr Job im Pflegeheim erfordert. Alles an ihr hat die Aura der Besiegten, und das ist kein Wunder. Kann das Leben einem Menschen einen vernichtenderen Schlag versetzen als den Tod des eigenen Kindes?

»Die Wohnung muss spätestens nächste Woche ausgeräumt und geputzt sein«, sagt sie mit einem erschöpften Seufzer. »Bis zum fünfzehnten. Sonst muss ich noch einen Monat Miete zahlen.«

»Unter diesen Umständen wird der Vermieter doch sicher eine Ausnahme machen«, meint Frankie.

»Vielleicht. Aber ich kann mich nicht darauf verlassen.« Sie blickt auf den Karton mit den Kleidern ihrer Tochter hinunter und greift hinein, um eine Strickjacke zu streicheln, als ob sie die Berührung des flauschigen, weichen Stoffs als tröstlich empfände. »Ich habe noch nicht mal mit Putzen angefangen. Oder soll ich das lieber nicht machen? Ich meine, ich kenne das aus diesen ganzen Fernsehkrimis, wo die Polizei immer will, dass nichts angerührt wird, bis die Spurensicherung abgeschlossen ist.«

»Nein, wir sind mit der Wohnung fertig. Sie können ruhig alles tun, was getan werden muss.«

»Danke«, murmelt die Frau. Es gibt keinen Grund, ihnen zu danken, aber Brenda wirkt wie eine Frau, die dankbar für jede freundliche Geste ist. »Ich wünschte, ich könnte Ihnen mehr sagen. Aber meine Tochter und ich standen uns nicht mehr so nahe wie früher. Das hat mir sehr wehgetan, wissen Sie? Sie ziehen Ihr Kind groß, Sie lieben es und wollen, dass es ein Teil Ihres Lebens bleibt. Aber wenn es dann groß ist, will es nichts mehr von Ihnen wissen…« Sie packt die Strickjacke ihrer Tochter fester, wringt sie verzweifelt in der Faust.

Frankie kann sich kaum vorstellen, welchen Schmerz diese Frau empfinden muss, welche Qual es für sie sein muss, die Kleider ihres Kindes einzusammeln, sie zusammenzufalten, sie an ihr Gesicht zu drücken. Kleider, von denen sie sich nur schwer wird trennen können, weil sie noch den vertrauten Geruch ihrer Tochter bewahren.

»Wann haben Sie das letzte Mal mit Taryn gesprochen?«, fragt Mac.

»Das ist ein paar Wochen her, glaube ich. Sie hatte mich schon länger nicht mehr angerufen, also musste ich selbst anrufen.«

»Wie oft haben Sie normalerweise telefoniert?«

»Nicht oft genug. Nicht mehr seit diesem Streit im Januar.«

»Worum ging es bei diesem Streit?«

»Ich wollte, dass sie nach Maine zurückkommt, wenn sie mit dem College fertig ist. Ich habe ihr gesagt, wie knapp das Geld ist, und dass ich es mir nicht leisten kann, ihr noch mehr zu schicken. Oh, da ist sie vielleicht ausgetickt. Sie war so wütend, dass sie wochenlang nicht mehr mit mir geredet hat.«

»Konnte sie denn Ihren Standpunkt nicht verstehen?«

»Nein, absolut nicht. Ihr einziger Gedanke war, mit *ihm* zusammen zu sein.«

»Sie meinen ihren Freund, Liam Reilly?«

Brenda seufzt. »Ich wusste, dass das niemals gut gehen würde mit den beiden. Ich habe ihr das seit Jahren gesagt, aber sie hat mir nicht geglaubt.«

»Warum dachten Sie, dass es nicht gut gehen würde?«, fragt Frankie.

Brenda sieht sie an. »Sie sagten doch, Sie hätten schon mit ihm gesprochen.«

»Ja. Wir haben ihn gleich nach Taryns Tod vernommen.«

»Und hatten Sie den Eindruck, dass er jemals ein Mädchen wie meine Tochter heiraten würde?«

Frankie weiß nicht, was sie darauf erwidern soll, und es erstaunt sie, dass eine Mutter eine so schlechte Meinung von ihrem eigenen Kind haben kann. »Taryn war doch eine reizende junge Frau«, sagt sie.

»Ja, sie war hübsch. Das hübscheste Mädchen der ganzen Stadt. Und sie war klug, wirklich sehr klug. Aber für diese Leute ist das nicht gut genug. Das hat seine Mutter mir mehr als deutlich zu verstehen gegeben.«

»Seine Mutter hat Ihnen das gesagt?«

»Es war nicht nötig, dass sie es mir direkt sagte. In unserer Stadt gibt es bestimmte Familien, die einfach grundsätzlich nicht untereinander heiraten. Ihre Kinder gehen vielleicht auf dieselbe Schule, und sie kaufen in den gleichen Läden, aber es gibt Grenzen, die man nicht überschreitet. Das habe ich Taryn gesagt, weil ich nicht wollte, dass sie ihre besten Jahre mit Hoffen und Warten vergeudet. Verlier dein Herz an den Falschen, und du wirst den Rest deines Lebens dafür bezahlen.« Sie senkt den Blick wieder auf die Strickjacke und sagt leise: »Das weiß ich aus eigener Erfahrung.«

»Erzählen Sie uns etwas über ihn«, fordert Mac sie auf.

»Über Liam? Wieso?«

»Soviel wir wissen, waren die beiden schon lange zusammen.«

»Seit der Highschool. Der einzige Grund, warum sie sich an der Commonwealth beworben hat, war, dass *er* hier studieren wollte. Alles, was sie getan hat, hat sie für ihn getan.«

»Ist er Ihrer Tochter gegenüber jemals gewalttätig geworden?«

»Was? Nein.« Brenda ist sichtlich erschrocken über die Frage. »Wenigstens hat sie nie so etwas erwähnt.«

»Hätte sie es Ihnen erzählt? Wenn er ihr etwas angetan hätte?«

Sie blickt zwischen Mac und Frankie hin und her, während sie zu verstehen versucht, warum sie ihr diese Fragen stellen. »Ich bin mir nicht sicher, ob sie es mir erzählt hätte«, antwortet sie schließlich. »Die letzten paar Wochen hat sie gar nicht mehr mit mir geredet. Wenn ich doch nur zu ihr gehalten hätte. Wenn ich sie doch nur unterstützt hätte, ohne Wenn und Aber. Ich hätte noch mehr Geld zusammenkratzen können. Ich hätte ...«

»Es ist nicht Ihre Schuld, Brenda«, sagt Frankie sanft. »Glauben Sie mir, Taryns Tod hatte nichts mit Ihnen zu tun.«

»Hat er etwas mit Liam zu tun?«

»Das versuchen wir gerade herauszufinden. Wussten Sie, dass die beiden sich getrennt hatten?«

Brenda schüttelt den Kopf und seufzt. »Es überrascht mich nicht.«

»Sie hat Ihnen also nichts von der Trennung erzählt?«

Brenda sieht wieder auf die Strickjacke hinunter, die sie die ganze Zeit wie zwanghaft gestreichelt hat. »Offenbar hat sie mir eine ganze Menge nicht erzählt.«

»Liam sagte, sie hätten sich schon vor Monaten getrennt«, sagt Frankie. »Er sagte, Taryn sei sehr betroffen gewesen und habe die Trennung nur schwer akzeptieren können.«

»Und war *er* betroffen?«, entgegnet Brenda scharf. »Hat es ihm irgendwas ausgemacht, dass meine Tochter tot ist?«

»Er schien allerdings erschüttert über die Nachricht.«

»Aber er wird drüber wegkommen. Die Männer kommen immer drüber weg.«

»Mrs. Moore«, schaltet sich Mac wieder ein, »gab es noch jemanden außer Liam im Leben Ihrer Tochter? Einen anderen Freund vielleicht?«

»Nein. Er war der einzige.«

»Sind Sie da sicher?«

Brenda runzelt die Stirn. »Wieso fragen Sie nach anderen Freunden? Wissen Sie irgendetwas, was ich nicht weiß?«

Mac und Frankie wechseln einen Blick – keiner von beiden möchte die Nachricht überbringen.

»Es tut mir leid, Ihnen das sagen zu müssen«, sagt Frankie. »Aber Ihre Tochter war schwanger.«

Brenda bringt kein Wort hervor. Sie drückt die Hand an den Mund, um den Schluchzer zu unterdrücken, aber er bricht dennoch hervor, ein hoher, schriller Klagelaut, der Frankie das Herz zerreißt, weil sie selbst Mutter ist und den Schmerz einer Mutter fühlt. Brenda schlingt die Arme um sich und wiegt den Oberkörper vor und zurück, von stummen Schluchzern geschüttelt. Es ist ein quälender Anblick, und Mac wendet sich betreten ab. Aber nicht Frankie – sie zwingt sich hinzusehen, die Augen nicht vor dem Kummer der Frau zu verschließen. Schweigend und geduldig wartet sie, bis Brendas Schluchzer schließlich verebben.

»Dann haben Sie es nicht gewusst«, sagt Frankie.

»Warum hat sie es mir nicht gesagt? Ich bin ihre Mutter. Ich hätte es wissen *müssen*! Was immer sie gebraucht hätte, ich hätte ihr helfen können. Wir hätten das Baby zusammen großziehen können.« Plötzlich hebt sie den Kopf und sieht Frankie an. »Was hat *er* dazu gesagt?«

»Wir haben Liam noch nicht gefragt. Wir wollten zuerst mit Ihnen sprechen.«

»Ich kann mir genau vorstellen, wie *er* die Nachricht aufnehmen würde. Und seine Eltern? Ihr heiß geliebter Sohn soll ein Mädchen heiraten, nur weil er sie geschwängert hat? Ganz bestimmt nicht, wenn es sich um *meine* Tochter handelt.« Brenda richtet sich auf, der Zorn strafft ihren Rücken. »Deswegen hat sie sich also umgebracht. Weil dieser Junge sie nicht heiraten wollte.«

Frankie antwortet nicht sofort, und ihr Schweigen macht Brenda stutzig.

»Detective Loomis?«

»Es gibt vieles, was wir noch nicht wissen«, sagt Frankie endlich.

Brenda sieht Mac an, dann wieder Frankie. Die Frau ist nicht auf den Kopf gefallen; sie begreift, dass sie ihr etwas Entscheidendes vorenthalten. »Sie haben mich vorhin nach Liam gefragt. Ob er Taryn je etwas angetan hätte. Wieso?«

»Wir ziehen alle Möglichkeiten in Betracht.«

»Hat er ihr etwas angetan? *Hat er das?*«

»Wir wissen es nicht.«

»Aber Sie werden es herausfinden, nicht wahr? Versprechen Sie mir, dass Sie es herausfinden werden.«

Frankie sieht ihr in die Augen und sagt, von Mutter zu Mutter: »Das werde ich. Ich verspreche es Ihnen.«

26

Frankie

Der Goldjunge Liam sieht an diesem Morgen nicht mehr ganz so goldig aus. Erst vor einer Woche hat Frankie in diesem angehenden Rechtsanwalt noch eine gute Partie gesehen, einen Schwiegersohn, wie jede Mutter ihn sich wünschen würde. Jetzt windet er sich auf seinem Stuhl und weicht ihrem Blick aus, womit er beweist, dass er genauso wenig perfekt ist wie irgendeiner der Jungen, die ihre eigenen Töchter heimbringen. Vielleicht noch viel weniger.

»Ich schwöre, ich habe Ihnen die Wahrheit gesagt. Ich *habe* mich im Dezember von Taryn getrennt«, sagt er. »Aber sie wollte es nicht akzeptieren. Ich habe Ihnen mein Handy gezeigt. Sie haben gesehen, dass sie mich dauernd angerufen und mir Textnachrichten geschickt hat. Manchmal ist sie einfach ohne Vorwarnung aufgekreuzt, wo immer ich gerade war. Ich habe mich umgedreht, und da stand sie auf einmal. Sie hat mich regelrecht gestalkt, bis zu der Szene in dem Restaurant, von der ich Ihnen erzählt habe.«

»Sie haben uns gesagt, Sie hätten sich letzten Dezember von ihr getrennt«, sagt Frankie. »Aber wann hatten Sie das letzte Mal Sex mit ihr?«

Diese Frage, gestellt von einer Frau, die so alt ist wie seine Mutter, lässt ihn erröten. Er sieht Mac an, als ob er hofft, dass ihn ein anderer Mann aus dieser misslichen Lage erlösen könnte, doch Mac erwidert den Blick nur mit versteinerter Miene. »Ich erinnere mich nicht«, murmelt Liam. »Wie gesagt, wir haben uns um Weihnachten herum getrennt.«

»Und das letzte Mal, dass Sie Sex hatten?«

»Also ... so um diese Zeit herum. Glaube ich.«

»Sie scheinen sich nicht sicher zu sein.«

»Warum ist das wichtig?«

»Glauben Sie mir, es *ist* wichtig. Und wir wollen die Wahrheit hören, Liam. Sie sind ein intelligenter junger Mann, und Sie wollen Jura studieren. Sie wissen also, was passiert, wenn Sie einen Polizeibeamten anlügen.«

Endlich scheint er den Ernst der Situation zu erfassen. Als er antwortet, ist seine Stimme so leise, dass er kaum zu verstehen ist. »Kann sein, dass es ... im Januar war.«

»Wann im Januar?«

»Gleich nachdem wir aus den Weihnachtsferien zurück waren.«

»Also zu einer Zeit, als Sie schon mit Ihrer neuen Freundin zusammen waren, nicht wahr? Libby, so heißt sie doch?«

Sein Blick geht zum Bücherregal, wo ein gerahmtes Foto einer umwerfenden Brünetten steht, die für die Kamera verführerisch die Lippen spitzt. Rasch wendet er sich wieder ab, als ob er sich dafür schämte, das Bild auch nur anzuschauen. »Ich wollte ja gar nicht mit ihr schlafen«, sagt er.

»Was denn ... Hat Taryn Sie gezwungen?«

»Sie tat mir leid.«

»Dann war es also ein Mitleidsfick«, sagt Mac.

»Irgendwie schon, ja. Sie ist eines Abends aus heiterem Himmel hier aufgetaucht. Wir waren da schon getrennt, und ich hatte wirklich nicht vor, mit ihr zu schlafen.«

»Weil Sie schon etwas mit Libby angefangen hatten.«

Er lässt den Kopf sinken und starrt seine Schuhe an. Teure Sportschuhe, eine Marke, die zu einem Arztsohn passt. »Sie wissen ja nicht, wie Taryn war. Sie hat nicht lockergelassen. Ich konnte ihr noch so oft sagen, dass es aus ist zwischen uns, sie hat mir einfach nicht geglaubt. Sie hat nicht aufgehört, mich mit Nachrichten zu bombardieren und mich zu belästigen. Das ging wochenlang so.«

»Wusste sie, dass Sie eine neue Beziehung hatten?«, fragt Frankie.

»Anfangs nicht. Ich habe ihr nichts von Libby erzählt, weil ich wusste, dass sie ausrasten würde. Sie dachte wahrscheinlich, sie könnte mich immer noch zurückgewinnen, und deswegen ist sie an diesem Tag zu mir gekommen.« Jetzt endlich hebt er den Blick und sieht Frankie an. »Sie ist reingekommen und hat einfach ihre Bluse ausgezogen. Hat sich nackt ausgezogen und mir den Gürtel aufgeschnallt. Ich wollte es nicht, aber sie war so *bedürftig*.«

Seine Botschaft ist eindeutig: *Ich bin hier das Opfer.* Offensichtlich glaubt er das selbst ... dass Taryn *ihn* überwältigt hat. Dass er zu willensschwach war, um sich ihren Avancen zu widersetzen. Schwäche kann die verschiedensten Formen annehmen, und Frankie kann diese Schwäche jetzt im Gesicht des jungen Mannes sehen.

»Wann haben Sie erfahren, dass Taryn schwanger war?«, fragt Mac.

Liams Kopf schnellt hoch. »Was?«

»Wann hat sie es Ihnen gesagt?«

»Sie war *schwanger*?«

»Soll das heißen, Sie haben es nicht gewusst?«

»Nein! Ich hatte keine Ahnung!« Er sieht abwechselnd Frankie und Mac an. »Ist das Ihr Ernst?«

»Sagen Sie uns noch einmal, wann Sie das letzte Mal Sex mit Taryn hatten«, fordert Frankie ihn auf. »Und denken Sie dran: Es ist nie eine gute Idee, die Polizei zu belügen. Wenn das Ergebnis aus der Pathologie kommt, werden wir ohnehin die Wahrheit erfahren.«

»Ich lüge nicht!«

»Sie haben uns schon einmal angelogen, als es darum ging, wann Sie zuletzt Sex mit ihr hatten.«

»Weil es einen schlechten *Eindruck* machte. Ich war mit Libby zusammen, und…«

»Und eine schwangere Ex-Freundin wäre ein ziemliches Problem für Sie gewesen, nicht wahr?«, sagt Mac. »Ich kann mir vorstellen, dass Ihre heiße neue Freundin davon nicht begeistert gewesen wäre. Im Gegenteil – Libby wäre wahrscheinlich so sauer gewesen, dass sie Ihnen auf der Stelle den Laufpass gegeben hätte.«

»Ich habe es nicht gewusst«, murmelt Liam. »Ich schwöre es.«

»Und es wäre doch verdammt ärgerlich, wenn Sie in Ihrem Alter auf einmal Vater würden. Sie sind erst zweiundzwanzig, nicht wahr? Wie können Sie ein Jurastudium finanzieren, wenn Sie Unterhalt für ein Kind zahlen müssen? Das würde Ihre ganzen wunderbaren Karrierepläne über den Haufen werfen.«

Liam schweigt, schockiert über das Albtraumszenario, das Mac an die Wand malt.

»Haben Sie ihr angeboten, für eine Abtreibung zu bezahlen? So würden andere junge Männer wahrscheinlich damit umgehen – junge Männer, die ernsthaft an ihrer Zukunft interessiert sind. Haben Sie sie deswegen am Freitagabend in ihrer Wohnung aufgesucht? Um sie zu überreden, das Kind wegmachen zu lassen?«

»Nein, das ist nicht wahr!«

»Ich schätze mal, sie hat Nein gesagt. Sie wollte es wahrscheinlich behalten.«

»Ich wusste nichts von einem Baby!«

»Sie war im Begriff, Ihr Leben zu ruinieren, Liam, ganz zu schweigen von Ihrer neuen Beziehung. Bye-bye, Libby. Bye-bye, Stanford Law School«, fährt Mac unerbittlich fort. »Taryn stand zwischen Ihnen und Ihrer Zukunft. Sie wollte einfach nicht verschwinden. Sie hat sich mit Zähnen und Klauen an Ihnen festgeklammert, weil Sie für sie das große Los waren. Ich verstehe das, mein Junge. Ich weiß genau, warum Sie es getan haben. Jeder Mann würde das verstehen.«

Liam springt auf. »Ich habe nichts verbrochen, also hören Sie auf, mir so etwas zu unterstellen! Ich rufe meinen Vater an.«

»Warum setzen Sie sich nicht wieder hin und sagen uns die Wahrheit?«

»Ich kenne meine Rechte. Und ich muss kein Wort mehr sagen.« Liam stampft ins Schlafzimmer und knallt die Tür hinter sich zu.

»Hast du wirklich gedacht, er würde gestehen?«, fragt Frankie.

Mac zuckt mit den Schultern. »Hoffen wird man ja noch dürfen.«

Durch die geschlossene Schlafzimmertür können sie hören, wie Liam mit seinem Vater spricht. »Es ist alles völliger Blödsinn, Dad. Nein, ich habe nichts Belastendes gesagt. Deswegen ruf ich dich an. Ich muss wissen, ob ich einen Anwalt anrufen sollte.«

Mac sieht Frankie an. »Das war's. Jetzt wird er uns gar nichts mehr sagen.«

Natürlich nicht, denkt sie. Mit einem reichen Vater und den besten Anwälten, die für Geld zu haben sind, könnte der Goldjunge vielleicht wirklich noch den Kopf aus der Schlinge ziehen. Aber da hat sie entschieden etwas dagegen.

Als Liam aus dem Schlafzimmer kommt, ist sein Gesicht gerötet, und er hat die Lippen fest zusammengekniffen. »Ich muss Sie jetzt auffordern zu gehen«, sagt er.

»Machen Sie es sich doch nicht so schwer«, sagt Mac. »Erzählen Sie uns einfach, was passiert ist.«

»Bin ich festgenommen?«

Mac seufzt. »Nein.«

»Dann muss ich Ihnen nichts sagen. Und jetzt warte ich auf einen Anruf von meinem Anwalt. Bitte gehen Sie.«

Sie haben keine Wahl. Sie stehen beide auf und gehen zur Tür. Dort aber hält Mac inne und dreht sich um.

»Wenn das Kind von Ihnen ist, kommen wir wieder, Liam, das ist Ihnen doch klar?«

»Es ist nicht von mir! Es ... Das kann nicht sein.«

»Von wem ist es dann?«

»Ich weiß es nicht!« Er atmet aus, und es klingt fast wie ein Schluchzen. »Vielleicht ... vielleicht weiß dieser eine fette Typ, von wem es ist. Der hat ständig mit ihr rumgehangen.«

»Sagen Sie uns seinen Namen.«

»Den weiß ich nicht. Vielleicht ist er auf ihrer Facebook-Seite oder so.«

»Wir haben uns ihre Facebook-Seite schon angesehen«, sagt Frankie. »Sie hat da Dutzende Freunde. Helfen Sie uns, es einzugrenzen.«

Liam fährt sich mit der Hand durch die Haare. »Vielleicht… Warten Sie mal.« Er zieht sein Handy hervor und scrollt durch seine Anrufliste. »Nachdem ich sie geblockt hatte, hat Taryn das Handy von jemand anderem benutzt, um mich anzurufen. Die Nummer müsste noch in der Liste sein. Hier.« Er reicht Frankie das Handy. »Das ist die Nummer, von der sie mich angerufen hat. Es könnte das Handy von diesem Typ sein.«

Frankie zieht ihr eigenes Handy aus der Tasche und wählt die Nummer auf Liams Display.

Es läutet dreimal, dann meldet sich eine männliche Stimme. »Hallo?«

»Hier ist Detective Frances Loomis, Boston PD. Dürfte ich fragen, mit wem ich spreche?«

»Äh… wie bitte?«

»Ich muss Ihren Namen wissen, Sir.«

Es ist lange still, dann ein tiefer Seufzer. »Cody. Mein Name ist Cody Atwood.«

27

Frankie

Obwohl es ihm gelungen ist, sich für diese Befragung einigermaßen zusammenzunehmen, ist es nicht zu übersehen, dass Cody Atwood geweint hat. Seine Augen sind ge-
schwollen, seine Wangen leuchten rosarot wie die eines
Babys, das gerade einen Klaps bekommen hat, und der Pa-
pierkorb in der Ecke ist randvoll mit zusammengeknüll-
ten Papiertaschentüchern. Er hängt schlaff auf seinem Sofa,
ein unförmiger Fleischberg inmitten der bauchigen Kissen,
und er schweigt, während Mac die Nachrichten auf Codys
iPhone durchgeht. Das Handy hat er freiwillig rausgerückt,
ohne dass sie einen richterlichen Beschluss gebraucht hätten, woraus Frankie schließt, dass Cody entweder unschuldig oder vollkommen ahnungslos ist. Oder vielleicht ist er
auch nur zu verstört, um klar denken zu können. Dumm
ist er sicherlich nicht – er steht immerhin vor seinem Stu-
dienabschluss an der Commonwealth University, und
Frankie sind die Fachbücher über englische Literatur und
Infinitesimalrechnung auf seinem Schreibtisch aufgefallen.

Seine Wohnung ist größer und deutlich komfortabler als
die von Taryn Moore. Sie ist mit einem neuen Edelstahl-
kühlschrank ausgestattet, die Wände sind frisch gestri-

chen, und im Bücherregal liegt eine Canon-Kamera mit einem waffenscheinpflichtigen Teleobjektiv. Geld ist in Cody Atwoods Familie offenbar kein Thema. Trotz all der äußeren Anzeichen seines privilegierten Status strahlt der junge Mann selbst Bedürftigkeit aus. Cody hat die Arme um den Leib geschlungen, als ob er sich am liebsten unsichtbar machen würde, was allerdings bei seinem Leibesumfang ein aussichtsloses Unterfangen ist.

»Sie und Taryn haben ja eine Menge Textnachrichten ausgetauscht«, stellt Mac fest.

Cody nickt. Er wischt sich mit der Hand über die Nase.

»Sie beide standen sich recht nahe, was?«

Ein kaum vernehmliches »M-hm«.

»Nahe im Sinne von ›miteinander gehen‹?«

Cody lässt den Kopf sinken. »Nein.«

»Welcher Art war Ihre Beziehung?«

»Wir waren viel zusammen.«

»Was heißt das?«

»Wir haben zusammen gelernt. Haben die gleichen Veranstaltungen besucht. Und manchmal habe ich Sachen für sie gemacht.«

»Sachen?«

»Zum Beispiel für sie mitgeschrieben, wenn sie nicht rechtzeitig zum Seminar kommen konnte. Ihr Geld geliehen, wenn sie gerade nicht flüssig war. Sie hatte ein ziemlich knappes Budget, und ich wollte ihr helfen.«

»Wirklich sehr nett von Ihnen. Nicht viele Jungs würden einem Mädchen Geld leihen, mit dem sie gar nicht zusammen sind. Haben Sie irgendeine Gegenleistung erwartet?«

Cody hebt abrupt den Kopf, und Frankie kann endlich

seine Augen sehen, nachdem sie nicht mehr vom Schirm der Baseballkappe verdeckt sind. »Nein! Ich würde nie…«

»*Wollten* Sie irgendetwas von ihr als Gegenleistung?«

»Ich wollte nur, dass sie… dass sie…«

»Dass sie Sie mag?«

Das Rot von Codys Wangen wird noch intensiver. »Sie sagen das so, als ob ich so eine Art Loser wäre.«

Das ist genau das, was Mac andeuten will, und Frankie empfindet Mitleid mit dem Jungen. Er tut ihr leid, weil er sich in einer Welt zurechtfinden muss, die von all den privilegierten Liam Reillys dominiert wird – von Menschen, die nie erfahren haben, was Zurückweisung bedeutet.

Bevor Mac die nächste Frage stellen kann, wirft sie mit sanfter Stimme ein: »Sie haben Taryn wirklich gemocht. Nicht wahr, Cody?«

Ihr freundlicher Ton scheint ihn zu besänftigen. Er wischt sich die Augen und wendet sich ab. »Ja«, flüstert er.

»Sie konnte froh sein, einen so guten Freund zu haben.«

»Ich habe mir Mühe gegeben. Ich konnte es nicht mitansehen, wenn jemand ihr wehtat. Und es tut mir leid, dass ich mich dazu habe überreden lassen, den beiden nachzuspionieren.«

»Wem nachzuspionieren?«

»Liam und seiner neuen Freundin. Ich bin ihnen mit meiner Kamera gefolgt, und als ich sie zusammen in dem Restaurant sah, habe ich es Taryn gesagt. Das war der Moment, wo sie den Boden unter den Füßen verloren hat.« Er wischt sich die tropfende Nase. »Sie hätte doch zu *mir* kommen können. Ich hätte alles für sie getan.«

»Ja, das glaube ich Ihnen.«

»Aber es war, als ob sie mich gar nicht *sehen* könnte. Ich

war immer da, bereit zu helfen. Ich hätte sie niemals ausgenutzt, so wie *er* es getan hat. Ich glaube, das war es, was ihr das Herz gebrochen hat. Deswegen hat sie es getan.« Cody schüttelt angewidert den Kopf. »Ich verstehe nicht, warum sie ihn nicht gefeuert haben.«

Frankie ist verwirrt. Sie sieht Mac an und dann wieder Cody. »Reden wir immer noch von Liam?«

»Nein. Ich meine Professor Dorian.«

»Ein Dozent?«

»Ja. Wir waren beide in seinem Literaturseminar. Ich konnte sehen, dass da was zwischen den beiden lief. Die Art, wie sie ihn angeschaut hat. Wie er *sie* angeschaut hat. Ich habe mich bei der Uni über ihn beschwert, aber es ist nichts passiert. Er unterrichtet immer noch, während Taryn… Taryn…« Cody atmet langsam aus, und das Kinn sinkt ihm auf die Brust. »Kein Mensch hört je auf mich.«

Mac tippt schon auf seinem Smartphone, um den Namen zu recherchieren. »Dieser Professor… wie heißt er mit Vornamen?«

»Ähm… Jack.«

»Und er lehrt am English Department?«

»Ja.«

»Cody«, sagt Frankie, »Sie sagten, Sie hätten sich bei der Universität über ihn beschwert.«

»Ich habe mit einer Frau im Gleichstellungsbüro darüber gesprochen. Sie sagte… Sie hat versprochen, dass sie der Sache nachgehen würde.«

»Was genau haben Sie ihr gesagt?«

»Ich sagte, dass etwas zwischen den beiden lief. Dass ich glaubte, dass er Taryn ausnutzt. Jeder in diesem Seminar konnte sehen, dass er sie bevorzugt hat. Ich fand den

Gedanken unerträglich, dass sie etwas mit einem so alten Typ haben könnte.«

»Wie alt?«

Mac blickt von seinem Smartphone auf. »Einundvierzig, laut seinem Lebenslauf. Also *richtig* alt.«

»Glauben Sie, dass die zwei tatsächlich eine Affäre hatten?«, fragt Frankie Cody.

»Ich bin mir sicher. Das habe ich auch der Frau im Gleichstellungsbüro gesagt.«

»Haben Sie irgendwelche Beweise?«

Cody zögert. »Nein«, gibt er zu. »Aber ich konnte es an ihrer Stimme hören, wenn sie über ihn geredet hat. Er würde ihr Leben verändern, meinte sie. Sie glaubte, sie hätten eine Zukunft zusammen. Dabei ist der Typ *doppelt* so alt wie sie.«

Demnach wäre ich ja uralt, denkt Frankie. Aber mit einundvierzig ist Jack Dorian noch in den besten Jahren. Mac zeigt ihr das Display seines Smartphones, auf dem er Jack Dorians Foto aufgerufen hat. Sie sieht einen Mann mit klugen Augen und vollem Haar. Ja, er ist durchaus attraktiv genug, um für eine Frau interessant zu sein.

»Er sollte gefeuert werden für das, was er ihr angetan hat«, sagt Cody.

Aber was *hat* Jack Dorian getan? War es nur ein Flirt zwischen Professor und Studentin? Hatte ihre Beziehung eine bedenkliche Wendung genommen? Oder war Cody Atwood so besessen von Taryn, dass er es nicht ertragen konnte, wenn irgendein Mann Interesse an ihr zeigte – selbst wenn dieses Interesse vollkommen harmlos war?

»Halten Sie Professor Dorian für einen Mann, der einer Frau etwas zuleide tun könnte?«, fragt Mac.

Cody hält betroffen inne. »Wieso stellen Sie mir diese Frage?«

»Vielleicht könnten Sie sie einfach beantworten.«

»Die Uni sagt, sie hätte sich das Leben genommen. So hieß es auch in den Nachrichten.« Er sieht Frankie an. »Wollen Sie mir etwa sagen, dass das nicht stimmt?«

Frankie gibt keine Antwort, weil sie selbst noch nicht weiß, was die Wahrheit ist. Je intensiver sie sich mit Taryns Tod befassen, desto größer wird der Kreis von Personen, die darin verwickelt sind. Und jetzt ist ein neuer Name dazugekommen: Jack Dorian.

»Sie war meine Freundin«, sagt Cody. »Ich will wissen, was wirklich passiert ist!«

Frankie nickt. »Wir auch.«

DAVOR

28

Jack

Drei Wochen lang hatte Taryn sich von ihm ferngehalten, doch Jack quälte sich immer noch mit bitteren Selbstvorwürfen. Er war zu ihr gegangen, um die Affäre zu beenden, doch dann hatte sein Verstand kurzzeitig ausgesetzt, und er hatte wieder einmal sein gottverdammtes Es die Oberhand gewinnen lassen. Ja, sie hatte es gewollt. Ja, sie hatte schon in Unterwäsche vor ihm gestanden, als sie die Tür aufmachte. Ja, sie hatte vor Lust gestöhnt und gesagt, dass sie ihn liebte. Und doch wurde er das Gefühl nicht los, dass er es war, der sie ausgenutzt, der sie missbraucht hatte.

Seit diesem Tag hatte er sie nur noch im Seminar gesehen und war nie einen Moment mit ihr allein gewesen. Keine Gespräche mehr unter vier Augen in seinem Büro, kein Plausch nach dem Seminar, wenn die anderen schon gegangen waren. Wenn sie zum Seminar erschien, saß sie steif da und schwieg, schrieb mit und warf ihm immer wieder durchdringende Blicke zu, bei denen seine Schuldgefühle aufflammten, als ob er sie verraten hätte. Aber er liebte sie nicht, und er hatte nie angedeutet, dass sie eine gemeinsame Zukunft haben könnten. Er würde Maggie niemals für sie verlassen. Und er war entschlossen, ihr das unumwunden klarzumachen, wenn er das nächste Mal mit ihr allein war. Er hatte sie beide vom rechten Weg abgebracht, und er war es, der die volle Verantwortung dafür übernehmen würde.

Er musste nur noch eine Gelegenheit finden – und den Mut aufbringen –, es ihr zu sagen.

Der Gedanke an dieses Gespräch überschattete jegliche Feierlaune, als er und Maggie an seinem Geburtstag essen gingen. Sie feierten ihre Geburtstage stets im selben Restaurant, im Benedetto am Harvard Square, und dazu gehörte traditionell ein Champagnertoast mit Veuve Cliquot und einer Calamari-Vorspeise für zwei. Nach dem heutigen Abend, das schwor er sich, würde er den ersten Schritt zurück zur Normalität einleiten. Er würde Maggie wieder ein guter Ehemann sein. Charlies Erkrankung belastete sie beide, und sie brauchten diese Gelegenheit, einmal richtig abzuschalten, nur sie beide. Als Erinnerung an den Jack und die Maggie, die sie einmal gewesen waren.

Er bestellte sein übliches Glas Champagner und war überrascht, als Maggie nur Sprudel wollte.

»Was denn, keinen Veuve Cliquot?«, fragte er.

»Nicht heute Abend. Und auch die nächsten sieben Monate nicht.« Lächelnd überreichte sie ihm einen Umschlag. »Alles Gute zum Geburtstag, Schatz.«

Verdutzt öffnete er das Kuvert in der Erwartung, eine Geburtstagskarte darin zu finden, doch die Karte, die er herauszog, war mit Luftballons und schwebenden Babys dekoriert. Keine Geburtstagskarte, sondern etwas anderes, dessen Bedeutung ihm erst allmählich dämmerte.

Sie strahlte. »Meinst du, du kannst dich daran gewöhnen, ›Daddy‹ gerufen zu werden?«

Er starrte sie an. Hatte er sie richtig verstanden? »O Gott, wirklich? *Wirklich?*«

Maggie blinzelte die Tränen weg, die ihr in die Augen stiegen. »Ja, wirklich. Ich wollte es dir erst sagen, wenn ich absolut sicher bin, dass alles in Ordnung ist. Ich war heute Morgen bei meiner Gynäkologin, und sie sagte, es sieht alles perfekt aus. Der Ultraschall, das Blutbild. Es wird ein Oktober-Baby. Gerade rechtzeitig zu Halloween.«

Maggies Gesicht verschwamm plötzlich vor seinen Augen. *Ein Baby.* Er wischte sich die Tränen weg. *Unser Baby.*

»Stell dir nur vor, Jack, dieses Jahr werden wir an Weihnachten zu dritt sein. Unser erstes Weihnachten als richtige Familie!«

Die Stuhlbeine schrammten über den Boden, als er aufsprang. Er lief um den Tisch herum und fiel ihr um den Hals. »Ich liebe dich. Ich liebe dich so sehr.«

»Ich liebe dich auch«, sagte sie schluchzend. Für kurze Zeit vergaßen sie völlig, dass sie in einem Restaurant waren. Vergaßen alles um sich herum und wussten nur noch, dass sie sich in den Armen lagen, und dass dieses Wunder ihr Leben für immer verändern würde.

»Und diesmal«, sagte Maggie, »wird alles gut gehen. Das spüre ich einfach. Diesmal wird einfach alles gut gehen.«

Aber es war längst nicht alles gut.

Am Montagmorgen fand er in seinem Postfach an der Universität einen Umschlag, der lediglich an *Jack* adressiert war. Er enthielt eine Karte mit einer Darstellung von Abaelard und Héloïse in leidenschaftlicher Umarmung, und innen fand sich ein handschriftliches Zitat aus Héloïses viertem Brief an Abaelard: *Der Himmel befiehlt mir, jener fatalen Leidenschaft abzuschwören, die mich mit dir vereint; aber ach, mein Herz wird niemals darin einwilligen können.*

Die Karte war nicht unterschrieben – das war auch nicht nötig.

Wutentbrannt lief er in die Herrentoilette, riss die Karte in Stücke und warf sie in die Toilette. Dann stand er da in der Kabine, sah zu, wie die Papierfetzen weggespült wurden, und kämpfte gegen das Zittern seiner Hände an. Er hatte gehofft, dass das Problem sich von selbst lösen würde, dass Taryn das Interesse an ihm verlieren oder sich einem neuen Objekt der Begierde zuwenden würde. Jetzt aber wurde ihm klar, dass das Problem nicht von selbst verschwinden würde. Er musste es jetzt aus der Welt schaffen, bevor es sein Leben zerstörte.

Als er an diesem Morgen den Seminarraum betrat, saß sie auf ihrem gewohnten Platz, und heute trug sie einen feuerroten Pullover. Er sah das Blitzen in ihren Augen, als ihre Blicke sich trafen. *Wehe, du beachtest mich nicht!*, schien der ihre zu sagen. Jack ignorierte sie bewusst und sah in die Runde, bemüht, den Anschein von Normalität zu wahren, während er in Wahrheit überall lieber gewesen wäre als in diesem Seminarraum.

In dieser Woche stand *Romeo und Julia* auf dem Plan, und er begann sogleich, seine vorbereiteten Erläuterungen zu den Montagues und den Capulets vorzutragen. Er erklärte, wie die Feindschaft zwischen den beiden Familien zum tragischen Tod ihrer Kinder führte, und dass Liebe auch die tiefsten Gräben von Hass und Feindseligkeit überwinden könne. Als er mit seinem Vortrag fertig war, streifte sein Blick Taryn, und vor seinem inneren Auge blitzte das Bild ihres Gesichts in der Agonie des Orgasmus auf.

Rasch wandte er sich ab und fragte mit einem Unterton von Verzweiflung in der Stimme: »War diese Tragödie vorherbestimmt? Welche Rolle spielt der freie Wille in dieser Geschichte?«

Zu seiner Erleichterung nahm Jason den Faden auf. »Im Prolog heißt es, die Liebenden seien ›vom bösen Stern bedroht‹, was impliziert, dass ihr Schicksal schon besiegelt ist.«

»Okay.«

»Und im ersten Akt sagt Romeo, dass er ein Verhängnis fürchtet, das noch in den Sternen verborgen ist, aber bei der abendlichen Lustbarkeit seinen Lauf nehmen wird. Shakespeare scheint also zu sagen, dass das Schicksal ihr Leben beherrscht, dass alles vorherbestimmt ist.«

Jack sah auf die Uhr an der Wand und wünschte sich, die Zeit würde schneller vergehen, doch zugleich fürchtete er das, was dann kommen würde. Heute würde er es ihr sagen. Heute würde er einen Schlussstrich ziehen. Und er hatte keine Ahnung, wie Taryn reagieren würde.

Beth hob die Hand. »Romeo sagt, er sei der ›Narr des Glücks‹. Er weiß, dass er vom Unglück verfolgt ist. Vieles von dem, was in dem Stück passiert, scheint also schicksalhaft zu sein.«

Jetzt meldete sich Taryn zu Wort. »Ihr denkt also beide, dass Romeo *nichts* aus eigenem, freiem Willen getan hat? Ich kann mir nicht vorstellen, dass Shakespeare das tatsächlich geglaubt hat.«

»Was hat er denn deiner Meinung nach geglaubt?«, fragte Beth.

»Shakespeare hat vielleicht geglaubt, dass *manche* Dinge vorherbestimmt sind. Dass es das Schicksal zweier Menschen ist, sich ineinander zu verlieben.« Dabei warf sie Jack einen Blick zu, der ihn wie ein Schlag in die Magengrube traf.

Taryn, lass das.

»Aber wenn wir glauben, dass alles Schicksal ist«, fuhr sie fort, »dann glauben wir auch, keine Kontrolle über unsere Zukunft zu haben. Wir glauben, dass irgendeine höhere Macht alle Entscheidungen für uns trifft, zum Guten wie zum Schlechten. Und das heißt, dass es keine Zufälle im Leben gibt, keine Spontaneität, keine Naturgesetze und keinen freien Willen.«

Jessica seufzte genervt. »Wir reden hier über ein Theaterstück. Nicht über das wahre Leben.«

»Aber es ist ein Spiegel des wahren Lebens. Auch wenn es zwei Menschen vom Schicksal bestimmt ist, dass sie sich begegnen und sich ineinander verlieben, tun sie das, was sie danach tun, doch aus freiem Willen. Jeder Mensch ist letztlich verantwortlich für seine eigenen Handlungen.« Sie sah Jack unverwandt an. »Und für die Konsequenzen, die er wegen dieser Handlungen zu erleiden hat.«

»Warum wolltest du, dass wir uns hier draußen treffen?«, fragte Taryn, als sie einen der gewundenen Wege entlanggingen, die sich durch die frostigen Salzwiesen der Back Bay Fens zogen. Es war später Nachmittag, ein eisiger Wind wehte, und es war niemand weit und breit, der ihr Gespräch mithören konnte. Der ideale Ort, um ihr endlich die schmerzliche Wahrheit beizubringen.

»Ich wollte unter vier Augen mit dir sprechen«, sagte er.

»Wir hätten uns in deinem Büro unterhalten können. Da hätten wir es wenigstens deutlich wärmer gehabt.«

»In meinem Büro wären wir nicht ungestört genug.« Denn wütende Schreie oder Schluchzer könnten auch durch die geschlossene Tür nach draußen dringen. Er hatte keine Ahnung, ob sie es gefasst aufnehmen würde oder ob er einen hysterischen Anfall über sich ergehen lassen müsste. Nein, bei diesem Gespräch durfte niemand in der Nähe sein, der ihn kannte.

»Was ist los, Jack?«

Er deutete auf eine Bank. »Setzen wir uns.«

»Oh, das hört sich ernst an«, erwiderte sie, doch ihr amüsierter Ton verriet ihm, dass sie nicht ahnte, wie ernst das Gespräch werden würde. Sie setzte sich und lächelte erwartungsfroh. Was glaubte sie, was er ihr sagen wollte? Dachte sie, er würde auf die Knie fallen und ihr ewige Liebe schwören? Wie um alles in der Welt hatte er es zulassen können, dass ein simpler Seitensprung sich zu diesem unkontrollierbaren Monster auswuchs?

Er setzte sich neben sie auf die Bank und seufzte. Während sie ihn ansah, versuchte er angestrengt, sich an die einstudierte Rede zu erinnern, die er ihr halten wollte, doch unter ihren erwartungsvollen Blicken lösten sich all die wohlgesetzten Worte auf wie die Dampfwolke seines Atems. Also sagte er einfach nur, was gesagt werden musste, so brutal es auch war.

»Ich muss das beenden, Taryn. Wir können uns nicht mehr treffen.«

Sie schüttelte den Kopf, als wäre sie nicht sicher, ob sie richtig gehört hatte. »Das meinst du nicht ernst, Jack. Ich weiß, dass du das nicht ernst meinst.«

»Ich meine es absolut ernst.«

»Das bist nicht du. Das ist deine Frau, nicht wahr? Du hast ihr von uns erzählt. Und jetzt zwingt sie dich …«

»Es ist einzig und allein meine Entscheidung.«

»Das glaube ich nicht. Ich glaube nicht, dass du *freiwillig* wegwerfen würdest, was wir miteinander haben. Hat sie gedroht, es der Universität zu melden? Hast du Angst, deinen Job zu verlieren … Ist es das?«

»Es hat nichts mit meiner Frau zu tun. Ich habe ihr kein Wort gesagt. Das kann einfach nichts werden mit uns.«

»Doch, das kann es.« Sie packte ihn am Ärmel. »Was immer du von mir willst, ich kann es dir geben. Wir könnten so glücklich sein! Ich kann dich *glücklich* machen.«

»Taryn, du bist eine schöne und kluge Frau, und eines Tages wirst du einen Mann finden, der dich verdient. Einen, der dich glücklich macht. Aber ich bin nicht dieser Mann. Ich kann es nicht sein.«

»Warum nicht?« Ihre Stimme überschlug sich fast. »*Warum nicht?*«

»Weil meine Frau schwanger ist.«

29

Taryn

Er redete weiter, aber alles, was er nach diesem Satz sagte, rauschte an ihr vorbei.

Meine Frau ist schwanger.

Sie dachte darüber nach, was das bedeutete. Sie stellte sich die beiden im Bett vor, wie sie miteinander schliefen. Wie lange war es her, dass seine Frau schwanger geworden war? War es nach dem Semesterbeginn passiert, nachdem er Taryn kennengelernt hatte? In den letzten Wochen hatte sie sich eingebildet, dass er unglücklich mit einer Frau verheiratet sei, die ihn nicht mehr erregte, einer Frau, die er nicht mehr begehrte. Sie hatte sich vorgestellt, dass er von *ihr* träumte, dass er *sie* wollte, und dabei war er die ganze Zeit mit seiner Frau zusammen gewesen, hatte mit seiner Frau gevögelt. Ja, er war mit dieser Frau verheiratet, aber Taryn empfand es so, als ob er sie betrogen hätte.

»…was wir beide hatten, war wunderbar, aber es war auch grundfalsch. Es hätte nie passieren dürfen. Ich übernehme die volle Verantwortung, und es tut mir leid.«

Sie fixierte ihn scharf. »Es tut dir *leid*?«

»Weil ich zugelassen habe, dass es außer Kontrolle geriet. Weil ich dir wehgetan habe. Ich bin ein verheirateter Mann, Taryn. Und meine Frau braucht mich.«

»Aber du hast gesagt, dass *ich* es bin, die du willst.«

»Das habe ich nie gesagt. Das hätte ich auch nie gesagt. Und sowieso ist jetzt alles anders.«

»Nur weil sie schwanger ist? Wie kann das irgendetwas ändern?«

»Es ändert alles. Kannst du das nicht verstehen?«

»Aber ich liebe dich. Und du willst mich. Das weiß ich.« In ihrer Verzweiflung wollte sie ihm um den Hals fallen, doch er packte ihre Handgelenke und hielt sie fest.

»Ich werde dich immer gernhaben, aber wir müssen einen Schlussstrich ziehen. Dein ganzes Leben liegt noch vor dir. Du wirst promovieren. Du wirst mit Dr. Vogel zusammenarbeiten an diesem Paper ...«

»Dieses Paper ist mir scheißegal. *Wir* sind das Einzige, was mich interessiert!«

»Es gibt kein ›Wir‹. Von jetzt an sind wir wieder Dozent und Studentin, weiter nichts. Das musst du akzeptieren.«

Sie riss sich aus seiner Umklammerung los. »Akzeptieren, dass ich nur ein Abenteuer für dich war? Dass du mich nur ficken und dann vergessen wolltest?«

»Ich werde dich nie vergessen.«

»Aber um geliebt zu werden, bin ich dir nicht gut genug, nicht wahr? *Nicht wahr?*«

Die Rage in ihrer Stimme ließ ihn zusammenfahren. Einen Moment lang starrte er sie nur an, als ob sie sich in jemanden, in *etwas* verwandelt hätte, das er noch nie gekannt hatte. Als er schließlich sprach, war seine Stimme leise, mit einem Unterton von Verzweiflung. »Du bist attraktiv und talentiert, und eines Tages wirst du einen

Mann kennenlernen, der dir all die Liebe gibt, die du verdienst.«

»Aber der Mann wirst nicht du sein.«

»Nein, das ist unmöglich.«

»Habe ich…« Ihre Stimme stockte. »Habe ich dich nicht glücklich gemacht?«

»Es hat nichts damit zu tun, ob ich glücklich bin. Es geht darum, was jetzt passieren muss. Was ich getan habe, war falsch.«

»Ich habe es doch auch gewollt!«

»Aber ich bin derjenige, der verheiratet ist. Und ich bin dein Lehrer, was es noch falscher macht. Ich muss das beenden, bevor es noch schwieriger wird, als es ohnehin schon ist.«

»Schwierig für dich, meinst du.«

»Für uns beide.«

»Ich bedeute dir nichts, Jack. Du hast mich benutzt. Du bist genau wie diese sogenannten Helden, von denen du uns im Seminar erzählst. Jason und Abaelard und dieser beschissene Aeneas.«

»Bitte, Taryn. Ich möchte nicht, dass es so endet.«

»Wie denn?«

»Mit Wut und Vorwürfen. Lass uns vernünftig damit umgehen.«

»Oh, ich *kann* vernünftig sein.« Sie stand auf. Jack blieb auf der eiskalten Bank sitzen und blickte zu ihr auf. Sie sah die Angst in seinen Augen, und in diesem Moment wusste sie, wer wirklich das Heft in der Hand hielt. Wer die ganze Macht hatte. Und als sie nun das Wort ergriff, war ihre Stimme geradezu unheimlich ruhig. »Du wirst schon bald erfahren, wie vernünftig ich sein kann.«

Als sie davonging, rief er ihr nicht nach, und er folgte ihr auch nicht. Sie konnte seinen Blick im Rücken spüren, als sie die Straße überquerte, als sie weiterging, zurück zum Campus. Sie würde ihm nicht die Befriedigung gönnen, noch einmal zu sehen, wie sie sich zu ihm umdrehte. Was hinter ihr lag, interessierte sie nicht, sie blickte nach vorne, dachte nur an ihre nächsten Schritte.

Als sie die Universitätsbibliothek erreichte, wusste sie, was sie tun würde. Sie würde nicht so sein wie die tragische Königin Dido, die sich in ihr Schwert stürzte, oder wie Héloïse, die hinter Klostermauern verkümmerte und verrottete. Sie setzte sich an einen der Computerarbeitsplätze und rief die Website auf, die sie vor wenigen Wochen schon einmal angeschaut hatte: die des Mount Auburn Hospital in Cambridge.

Dann zog sie ihr Handy heraus und wählte.

30

Taryn

Das Wartezimmer war voll mit alten Menschen. Zu ihrer Linken saß ein silberhaariger Mann mit rasselndem Husten, zu ihrer Rechten eine Frau, deren arthritische Hände so knotig und versteift waren, dass sie Mühe hatte, den Reißverschluss ihrer Handtasche zu schließen. Taryn war die Jüngste hier, und während sie gewissenhaft den Patientenfragebogen ausfüllte und bei jeder Frage »Nein« ankreuzte, registrierte sie die Blicke der anderen Patienten, die zweifellos rätselten, was ein offensichtlich so gesunder junger Mensch hier zu suchen hatte.

Sie unterschrieb das ausgefüllte Formular, gab es am Empfang ab und nahm wieder Platz, um zu warten.

Der alte Mann mit dem Husten kam zuerst dran, dann ein Mann, der am Stock ging, anschließend die Frau mit den knotigen Händen. Als die Arzthelferin endlich herauskam und »Taryn Moore?« rief, war sie die letzte Patientin im Wartezimmer. Die Frau führte sie einen kurzen Korridor entlang zum Behandlungszimmer und reichte ihr einen Papierkittel. »Bitte bis auf die Unterwäsche ausziehen«, sagte sie.

Taryn hatte eigentlich keine Lust, ihrer Rivalin halb

nackt gegenüberzutreten, dennoch fügte sie sich und legte ihre Kleider ab, ehe sie sich erneut zum Warten hinsetzte. An der Wand hing ein gerahmtes Diplom der Medizinischen Fakultät der Boston University, und darunter ein Zeugnis der Amerikanischen Internistenvereinigung – Belege dafür, dass Margaret Dorian eine Frau war, die man nicht unterschätzen durfte.

Aber Taryn war diejenige, auf die ihr Mann scharf war.

Es klopfte an der Tür, und Dr. Dorian trat ein, in der Hand ein Klemmbrett mit Taryns Patientenfragebogen. Obwohl es kurz vor fünf Uhr nachmittags war und sie wahrscheinlich den ganzen Tag Patienten empfangen hatte, wirkte sie entspannt und gelassen. Sie hatte ihr Haar zu einem ordentlichen Pferdeschwanz zurückgebunden, und um ihren Hals hing ein Stethoskop.

Sie begrüßte ihre Patientin mit einem Lächeln. »Hallo, Taryn. Ich bin Dr. Dorian. Sie möchten sich untersuchen lassen?«

»Ja, Ma'am.«

Sie ging zum Waschbecken und wusch sich die Hände. »Ist es für einen Job?«

»Für die Uni. Ich hoffe, in diesem Herbst an der Graduate School anzufangen. Ich will in Literaturwissenschaft promovieren.«

»Ah, das freut mich für Sie.« Sie trocknete sich die Hände ab und warf einen Blick auf den Fragebogen. »Nach dem, was ich hier sehe, sind Sie erfreulich gesund. Haben Sie derzeit irgendwelche Symptome oder Beschwerden?«

Taryn zuckte mit den Schultern. »Ich bin ein bisschen gestresst. Das Abschlussjahr, wissen Sie?«

Dr. Dorian lächelte. »Genießen Sie es trotzdem. Ich garantiere Ihnen, wenn Sie mal älter sind, werden Sie mit nostalgischen Gefühlen auf dieses Jahr zurückblicken.«

Als Dr. Dorian sich herabbeugte, um ihr in die Augen und Ohren zu schauen und ihren Hals abzutasten, nutzte Taryn die Gelegenheit, sie aus der Nähe zu betrachten. Sie bemerkte die grauen Strähnen in ihren roten Haaren und die Lachfältchen um die Augenwinkel. Obwohl sie schon Ende dreißig war, war sie immer noch hübsch; in ihren Zwanzigern musste sie eine Augenweide gewesen sein. Wenn sie wirklich schwanger war, wie Jack behauptete, war davon noch nichts zu sehen. Hatte er sie angelogen? War es nur eine Ausrede, die er sich zurechtgelegt hatte, um mit ihr Schluss machen zu können?

Dr. Dorian hielt Taryn das Stethoskop an die Brust. »Tief einatmen, bitte.«

Taryn atmete den Duft der anderen Frau ein – sie roch nach Seife und Desinfektionsmittel. Sicherlich keine Gerüche, die Leidenschaft entfachen konnten. Das war es also, was Jack jeden Abend erwartete, wenn er nach Hause kam – der Geruch von Sterilisation und Untersuchungszimmern. Eine Frau, die ihre Tage damit verbrachte, runzlige Haut zu betasten und in Körperöffnungen zu spähen. Warum sollte er das all dem vorziehen, was Taryn ihm zu bieten hatte?

Sie legte sich auf die Untersuchungsliege, damit die Ärztin ihren Bauch untersuchen konnte. Als Taryn den Druck der warmen Hände auf ihrer Haut spürte, musste sie an das Baby denken, das in Margaret Dorians Bauch heranwuchs. Jack und seine Frau waren beide nicht mehr die Jüngsten, und Taryn fragte sich, warum sie bis jetzt keine Kinder bekommen hatten. Weil es nicht geklappt hatte, oder weil sie keine gewollt hatten? Dieses Baby war der Grund, weshalb Jack sie verlassen hatte, und obwohl es noch nicht mehr als ein Zellklumpen war, vielleicht gerade mal so groß wie ihr Daumen, hasste sie es. Während Dr. Dorian ihre Leber und ihre Milz betastete, starrte Taryn den Bauch der anderen Frau an und wünschte sich mit aller Kraft, es würde zusammenschrumpfen und sterben. Wenn dieses Kind nicht wäre, dann wäre Jack noch mit ihr zusammen.

»Es sieht alles normal aus«, sagte Dr. Dorian und richtete sich auf. »Sie sind eine kerngesunde zweiundzwanzigjährige Frau. Jetzt liegt es an Ihnen, dass das auch so bleibt. Rauchen Sie oder nehmen Sie Drogen? Alkohol?«

»Ich trinke gelegentlich mal ein Glas.«

»Ungeschützter Sex?«

Wenn du bloß wüsstest.

»Ich versuche, vorsichtig zu sein«, antwortete Taryn. »Aber manchmal – Sie wissen doch, wie das ist. Manchmal lässt man sich einfach hinreißen.«

»Ich kann Ihnen einen Schwangerschaftstest verschreiben. Wenn Sie glauben, dass Sie einen brauchen.«

Darüber hatte Taryn noch gar nicht nachgedacht. »Nein«, sagte sie. »Ich brauche keinen.«

»Also gut, aber seien Sie weiterhin vorsichtig«, sagte Dr. Dorian und tätschelte Taryns Schulter. Sie war noch keine Mutter, aber schon jetzt wirkte diese mütterliche Geste ganz natürlich bei ihr. »Haben Sie noch Fragebogen von der Uni, die ich Ihnen ausfüllen soll?«

»Ich maile sie Ihnen.«

»Alles klar.« Sie machte sich eine Notiz. »An welcher Uni wollen Sie promovieren?«

»An der Commonwealth.«

Sie blickte auf. »Ach? Mein Mann unterrichtet da.«

»Ja, ich weiß. Ich habe ein Seminar bei ihm belegt. Es heißt ›Liebende unterm bösen Stern‹.«

»Na so was! Die Welt ist wirklich klein.«

»Ja, nicht wahr?«

»Und was war noch mal Ihr Studienfach?«

»Literaturwissenschaft. Ohne die Hilfe Ihres Mannes wäre ich nie in das Programm gekommen. Er hat mir eine hervorragende Empfehlung geschrieben, und das war sicher entscheidend.«

Dr. Dorian lächelte. Es war kein aufgesetztes Lächeln aus reiner Höflichkeit; nein, sie freute sich offenbar ehrlich über die gute Tat ihres Mannes. »Er ist immer ganz glücklich, wenn er unter seinen Studentinnen und Studenten ein besonderes Talent entdeckt.«

»Als ich nach einer Ärztin gesucht habe, fiel mir auf, dass Sie genauso heißen wie mein Professor. Das war mehr oder weniger der Grund, weshalb ich mich für Sie entschieden habe.«

»Wirklich? Dann muss ich mich bei ihm für die Empfehlung bedanken!«

»Grüßen Sie ihn bitte von mir. Sagen Sie ihm, ich werde nie vergessen, was er mir alles beigebracht hat.«

»Das werde ich ganz bestimmt.« Sie winkte ihr fröhlich zu, als sie zur Tür ging. »Viel Glück auf der Grad School, Taryn. Falls wir uns nicht wiedersehen sollten.«

Oh, du wirst mich wiedersehen. Früher, als du denkst.

31

Jack

Es fiel schwer zu glauben, dass Charlie todkrank war, so gesund und munter, wie er aussah, als er bei Maggie und Jack vor der Tür stand, fast wie vor seiner Diagnose. In seinen gletscherblauen Augen blitzte immer noch die eiskalte Schärfe auf, die Kriminelle in die Knie zwingen konnte. Zwar hatte er durch die Bestrahlung etwas Gewicht verloren, aber das jahrelange Training in Gold's Fitnessstudio hatte seinen Körper gestählt, und er hatte nichts von dem eingefallenen Aussehen, das Jack von anderen Krebspatienten kannte.

An diesem Abend war er geradezu ausgelassen und schwenkte eine Flasche sechzehn Jahre alten Lagavulin – sein Lieblingswhisky und damit auch der Jacks.

Während die Rib-Eye-Steaks in der Küche brutzelten, schenkte Charlie den Whisky ein und reichte Maggie und Jack ihre Gläser. »Die beste Zeit, das Leben zu feiern, ist jetzt«, sagte er. »Und ab jetzt gibt's nur noch die ganz edlen Tropfen – drunter mach ich's nicht!«

Charlie und Jack kippten ihren Whisky, doch Maggie stellte ihr unberührtes Glas unauffällig ab – was Charlie, aufmerksam wie immer, jedoch nicht entging.

»Willst du nicht mit uns anstoßen, Töchterchen?«, fragte er.

»Nein, Dad, und dafür habe ich einen sehr guten Grund. Jack und ich müssen dir was erzählen.«

»Es ist eine große Sache«, sagte Jack grinsend. »Eine *Riesensache.*«

»Na ja, ich hoffe, es wird nicht allzu riesig«, meinte Maggie lachend. Dann stellte sie sich direkt vor ihren Vater. »Dad, wir bekommen ein Kind.«

Ganz langsam setzte Charlie sein Glas ab. Im ersten Moment brachte er kein Wort hervor, er starrte nur seine Tochter an, seine wunderschöne Tochter.

»Der Termin ist im Oktober. Meine Ärztin sagt, es sieht nach einer ganz normalen Schwangerschaft aus, und ich fühle mich großartig. – Willst du denn gar nichts dazu sagen, Dad?«

»O Mann… Meine Maggie. Ist das wirklich wahr?«

»Ja.« Lachend und schluchzend zugleich fasste sie Charlies Hände. »Ja, es ist wahr! Du wirst endlich Großvater!«

In all den Jahren, die Jack ihn kannte, hatte er Charlie nur ein einziges Mal weinen sehen, bei der Beerdigung von Maggies Mutter Annie. Aber jetzt verzog sich sein Gesicht, und mit einem Mal lagen sie sich alle drei weinend in den Armen, aber es waren Tränen der Freude. Tränen der Dankbarkeit für diese Chance, wieder eine Familie zu sein. Tränen der Hoffnung, dass ihm und Maggie diesmal ein Baby geschenkt würde, das sie lieben konnten, auch wenn Charlie dem Tod ins Auge blickte. Jack wusste, dass seine Reaktion auch mit der Belastung durch die Affäre mit Taryn zu tun hatte – mit den erdrückenden Schuldgefühlen wegen seiner Untreue, seiner Lügen und Täuschungsmanöver, wegen der Art, wie er Taryn ausgenutzt und damit die Wunden wieder aufgerissen hatte, die Männer ihr zugefügt hatten, indem sie sie verließen. Und mit der Angst vor der Enthüllung, die ihm ständig im Nacken saß.

Jack zog sich in die Küche zurück, damit die beiden sich ungestört unterhalten konnten. Er nahm die Steaks vom Bratrost, machte den Salat an und öffnete eine Flasche Wein. Charlies herzschonende Diät war jetzt obsolet – in den Monaten, die ihm noch blieben, würde er so viele Steaks essen, wie er verdammt noch mal wollte.

Als Jack ins Wohnzimmer zurückkam, saßen Vater und Tochter auf dem Sofa. Charlie hatte den Arm um Maggies Schulter gelegt, und seine Wangen waren vor Freude gerötet.

»Ihr müsst jetzt an so vieles denken, was, Jack?«, sagte Charlie.

»Es wird uns erst so nach und nach bewusst, was wir alles erledigen müssen. Das Gästezimmer streichen und neue Vorhänge anbringen. Möbel, Babykleidung. Mensch, ich habe überhaupt noch nie ein Baby im Arm gehabt. Das ist alles fast ein bisschen einschüchternd.«

»Wenn nur meine Annie noch hier wäre, würde sie euch schon zeigen, wie's geht. Bäuerchen machen lassen, Windeln wechseln, Stillplan. Du siehst ja, was für einen guten Job sie bei unserer Maggie gemacht hat. Sicher schaut sie gerade auf uns runter und lächelt.«

Maggie lehnte den Kopf an Charlies Schulter. »Ich weiß, dass sie das tut, Dad.«

»Und wie wollt ihr ihn nennen? Ich hoffe, ihr wollt dem Kind nicht irgend so einen affigen Namen anhängen wie Ethan oder Oliver.«

»Was ist denn so verkehrt an Ethan oder Oliver?«, fragte Jack.

»Besser, ihr wählt einen guten, soliden Namen für einen guten, soliden Burschen. An Joe oder Sam ist doch nichts auszusetzen.«

»Und wenn es ein Mädchen wird?«

Charlie schüttelte den Kopf. »Nein, es wird ein Junge. Das spüre ich ganz deutlich.« Sanft legte er seine Hand auf Maggies Bauch. »Und ich werde verdammt noch mal zusehen, dass ich lange genug lebe, um ihn auf die Welt kommen zu sehen.«

»Nichts würde uns glücklicher machen«, sagte Maggie.

»Und weißt du, was mich auch glücklich machen würde?« Charlie sah Jack an. »Wenn du mein Mädchen hier nicht hungern lassen würdest. Sie isst jetzt für zwei, also wollen wir doch zusehen, dass sie und mein Enkelchen ordentlich satt werden.«

Jack verbeugte sich und deutete zum Esszimmer. »Mylord und Mylady, Ihre Steaks warten bereits – medium rare, wenn's beliebt.«

Charlie führte seine Tochter zum Tisch; er behandelte sie, als ob sie das gebrechliche Mitglied der Familie wäre und nicht er. Tatsächlich schien die Neuigkeit von Maggies Schwangerschaft Charlie einen Energieschub gegeben zu haben, und sein Lachen war lauter, sein Appetit kräftiger, als Jack es je erlebt hatte. Bis Jack den Wein eingeschenkt und den Salat auf die Teller verteilt hatte, hatte Charlie bereits ein Drittel seines Steaks verputzt und so viel Butter auf seine Ofenkartoffel geklatscht, dass sie regelrecht darin schwamm.

Maggie sah ihren Mann glückstrahlend an. Heute schien

es einfach undenkbar, dass Charlie krank war. *Wenn dieser Augenblick doch nur ewig dauern könnte*, dachte Jack. *Wir alle lebendig und glücklich. Alles im Lot mit unserer Welt.*

Er schnitt sein Steak an. Sogar das war perfekt.

»Ach, Jack, fast hätte ich vergessen, es dir zu erzählen«, sagte Maggie. »Heute war eine deiner Studentinnen bei mir in der Sprechstunde.«

»Oh. Wer denn?«

»Eine junge Frau namens Taryn Moore.«

Jack schnappte nach Luft und atmete dabei Wein ein. Es brannte höllisch, und einen Moment lang bekam er keine Luft und konnte nicht sprechen.

»Was hast du denn?«, rief Maggie.

Er schüttelte den Kopf und deutete mit Gesten an, dass er den Wein in die Nase bekommen hatte. Seine Nebenhöhlen fühlten sich an wie verätzt, und als er zu schlucken versuchte, musste er gleichzeitig husten und würgen.

Die Tränen liefen ihm übers Gesicht, aber er scheuchte Maggie weg.

»Atmen, Jack, atmen!«

Endlich gelang es ihm, einen tiefen Atemzug zu tun. »Hab mich nur verschluckt«, keuchte er, während er zurücksank und sich mit einer Serviette das Gesicht abwischte. »Ich hasse es, wenn mir das passiert.«

Charlie schob ihm ein Glas Wasser zu. Als Jack danach griff, sah er, wie Charlie ihn beobachtete, wie er ihn mit seinen eisblauen Augen fixierte.

Jack nahm einen Schluck Wasser und spürte, wie die Krämpfe in seiner Kehle sich lösten. »Tut mir leid.«

»Du hast mir einen Schrecken eingejagt«, sagte Maggie.

»Die gute Nachricht ist, dass es nur der Wein war, den du eingeatmet hast, und nicht das Steak.«

Ja, wirklich eine tolle Nachricht. Taryn Moore stalkt meine Frau.

Er lehnte sich in seinem Stuhl zurück und griff nach dem Steakmesser, doch der Appetit war ihm vergangen. Er wollte sich nur noch vom Tisch wegschleichen, sich vor Charlies Argusaugen verbergen.

»Also, was hast du gerade gesagt, Maggie?«, fragte Charlie und schnitt noch einen Bissen von seinem Steak ab. »Über Jacks Studentin?«

»Ach ja, Taryn Moore. Ich soll dich von ihr grüßen. Erinnerst du dich an sie, Jack?«

Er nickte, bemüht, ruhig zu wirken. Taryn hatte sich nicht rein zufällig seine Frau als ihre Ärztin ausgesucht. Sie war gezielt zu Maggie gegangen, nur um ihn wissen zu lassen, dass sie noch nicht fertig war mit ihm. Dass ihm noch mehr Ärger ins Haus stand.

Er nippte an seinem Wasserglas. »Ja. Ich glaube, sie ist in meinem Seminar.«

»Du glaubst? Es sind doch nur fünfzehn Studenten in diesem Seminar.«

»Ja, doch, Taryn… äh… Moore. Ich weiß, wer das ist.«

»Dachte ich mir doch, dass du dich an sie erinnerst. Sie ist kaum zu übersehen. Sie sieht umwerfend aus, wie ein Model.«

»Ach ja?«, sagte Charlie. Sein Blick war immer noch auf Jack gerichtet.

Jack zuckte unverbindlich mit den Schultern. »Ja, doch, sie sieht nicht schlecht aus. Eher der ruhige Typ.« Er trank noch einen Schluck Wasser.

»Wirklich? So kam sie mir gar nicht vor«, meinte Maggie. »Auf mich hat sie einen geradezu übermütigen Eindruck gemacht. Und es wird dich freuen zu hören, dass sie findet, du seist der beste Professor, den sie je hatte.«

Als er nach seinem Weinglas griff, kam ihm ein fürchterlicher Gedanke. »Sie wird aber nicht regelmäßig bei dir in Behandlung sein, oder?«

»Nein. Sie ist nur wegen einer Untersuchung gekommen. Sie meinte, die brauche sie für die Grad School.«

Soweit Jack wusste, verlangte die Universität von Bewerbern fürs Graduiertenprogramm keine ärztliche Untersuchung; Taryn hatte also keinen triftigen Grund gehabt, Maggie aufzusuchen. *Ihr einziger Grund bin ich. Sie will mich quälen.*

»Wo wir eben von Namen für das Baby gesprochen hatten – findest du nicht, dass Taryn ein sehr schöner Name ist, ob für ein Mädchen oder für einen Jungen? Ich habe nachgesehen, und es ist walisisch und bedeutet *Donner*.« Sie legte eine Hand auf ihren Bauch. »Vielleicht ist es ein kleiner Taryn oder eine kleine Taryn, was wir hier haben. Was meinst du?«

Ja, ganz toll.

»Ich bin nicht so begeistert von dem Namen«, sagte Jack. Im Gegenteil, es wäre eine lebenslange Strafe, wenn sein Kind den Namen seiner ehemaligen Geliebten trüge. Ihm kam plötzlich der Gedanke, dass er, obwohl er und Taryn sich so nahe gewesen waren, wie zwei Körper es nur sein können, tatsächlich nur sehr wenig über sie wusste. Sie war vielleicht verrückt. Sie könnte gefährlich sein.

Eines wusste er jedenfalls: Wenn sie wollte, könnte sie ihn vernichten.

32

Jack

»Professor Dorian?«, sagte die Stimme am Telefon.

»Ja?«

»Hier spricht Elizabeth Sacco vom Büro für Gleichstellung. Ich wollte Sie fragen, ob Sie kurzfristig noch einmal Zeit für ein Gespräch hätten.«

»Schon wieder?« Er konnte nicht verhindern, dass seine Stimme eine Oktave in die Höhe schoss. »Worum geht es?«

»Es hat leider wieder eine Beschwerde gegen Sie gegeben. Hätten Sie heute oder morgen Zeit, mit mir über die Angelegenheit zu sprechen?«

Er merkte, wie ihm die Panik das Blut in die Wangen trieb. »Was für eine Beschwerde?«

»Ich denke, das sollten wir am besten in einem persönlichen Gespräch klären.«

Es ist Taryn. Es kann nicht anders sein.

Es war acht Uhr dreißig, und sein Büro war nur ein paar Gebäude von Saccos Dienststelle entfernt, doch er brauchte Zeit, um diesen neuerlichen Schlag zu verdauen und sich auf alle Eventualitäten vorzubereiten. »Ich habe heute keine Veranstaltungen. Ich könnte gegen zehn bei Ihnen sein. Würde das passen?«

»Das wäre gut. Es dürfte nicht lange dauern.«

Schon klar, dachte er. Es dauerte nicht lange zu sagen: *Sie sind entlassen.*

Um fünf nach zehn stand er zum zweiten Mal in diesem Semester vor der Tür, obwohl er gehofft hatte, dass er dort nie mehr würde hindurchgehen müssen: BÜRO FÜR GLEICHSTELLUNG UND COMPLIANCE – DR. ELIZABETH SACCO, TITLE-IX-KOORDINATORIN.

Er versuchte, locker zu wirken, als er eintrat, doch seine Nerven flatterten. Dieselbe Mitarbeiterin wie beim ersten Mal begrüßte ihn mit ihrem höflich-vernichtenden Lächeln und führte ihn in Elizabeth Saccos Büro. Sacco gab ihm die Hand und nahm hinter ihrem Schreibtisch Platz, während er sich auf den Stuhl ihr gegenüber setzte. Kein Austausch von Nettigkeiten diesmal, kein Small Talk über den jüngsten Schneesturm oder das hervorragende Abschneiden der Celtics.

»Ich kann mir vorstellen, dass das allmählich nervt«, sagte sie. »Dass ich Sie schon wieder herbestellen muss.«

»Kein Problem«, entgegnete er mit gespielter Gelassenheit. »Sie sagten, es hätte wieder eine Beschwerde gegeben?«

»Ja. Ich möchte es nur eben mit Ihnen abklären und mir anhören, was Sie dazu zu sagen haben.« Sie klang so verständnisvoll, so ganz und gar nicht konfrontativ. Wollte sie ihn in Sicherheit wiegen, um ihm eine Falle zu stellen?

»Okay.«

»Wir haben gestern einen anonymen Anruf bekommen. Die Person behauptete, Sie hätten eine sexuelle Beziehung mit einer Studentin.«

Er hatte das Gefühl, als ob in seiner Brust eine Bombe

explodiert wäre. Es gelang ihm, seine Stimme ruhig zu halten, als er erwiderte: »Puh. Das ist eine ziemlich schwerwiegende Anschuldigung. Hat die Person irgendwelche Details genannt?«

»Mir liegt nichts weiter vor als das, was die Person gesagt hat.« Sie konsultierte ihre Unterlagen. »Ich zitiere: ›Ich glaube, dass Professor Dorian eine Affäre mit einer Studentin hat.‹ Das ist die ganze Aussage. Nichts weiter, keine Einzelheiten, keine Namen, keine Ortsangaben. Danach hat die Person sofort aufgelegt.«

»Und wie soll ich auf so etwas reagieren?«

»Nun, ignorieren kann ich so eine Beschwerde jedenfalls auch nicht. Ich war mir ehrlich gesagt nicht sicher, was ich damit anfangen soll.«

»Dann sollte man das Ganze vielleicht ignorieren.«

»Ich muss dennoch Ihre Stellungnahme dokumentieren.«

»Sie sagten, es war ein anonymer Anruf?«

»Ja. Wir bekommen immer wieder anonyme Anrufe, von Personen, die Angst haben, sich zu identifizieren. Und wir haben keine andere Wahl, als dem Protokoll zu folgen und die beschuldigte Person zu informieren. Also sagen Sie mir bitte, Professor Dorian, ist an dieser Beschwerde etwas Wahres dran?«

Sein Mund war plötzlich staubtrocken. Als er das letzte Mal hier gesessen hatte, war der Vorwurf gegen ihn offenkundig falsch und leicht zu widerlegen gewesen. Diesmal war er genauso offenkundig schuldig, und die Konsequenz einer sexuellen Beziehung mit einer Studentin wäre die fristlose Kündigung.

»Professor Dorian?«

»Ich vermute, dass es wieder mal eine verärgerte Studentin ist, die sich an mir rächen will. Vielleicht eine, der ich eine schlechte Note gegeben habe. Und das ist jetzt die Retourkutsche.«

Dr. Sacco musterte ihn eingehend, offenbar auf der Suche nach irgendwelchen verräterischen Tics oder minimalen Hinweisen in seiner Mimik.

»Das ist also Ihre Stellungnahme?«, sagte sie.

»Ja.« Er hasste es, lügen zu müssen. Genauso wie er es hasste, blind in diese verdammte Affäre mit Taryn gestolpert zu sein. Er hasste den Tag, an dem er sie kennengelernt hatte, hasste die Tatsache, dass er sich nicht als besserer Mensch erwiesen hatte. Dass er nicht der gute Ehemann war, den Maggie verdiente. Als er das letzte Mal auf diesem Stuhl gesessen hatte, war ihm vorgeworfen worden, dass er einen fiktiven Lehrer verteidigt hätte, der eine Affäre mit einer fiktiven Studentin hatte. Es war wie eine Vorschau auf künftige Attraktionen gewesen. Sein Leben hatte die Kunst imitiert, in all ihrem tragisch-idiotischen Glanz.

»Dann war das vorläufig alles, falls sich nicht noch neue Anhaltspunkte ergeben«, sagte sie. »Es tut mir leid, wenn wir Ihnen Unannehmlichkeiten bereitet haben.«

Falls sich nicht noch neue Anhaltspunkte ergeben.

Was bedeutete, dass sie ihn im Auge behalten würde. Dass er immer im Schatten dieses Zweifels würde leben müssen und sich keinen Fehltritt, keine Unvorsichtigkeit erlauben durfte.

Er stand auf und wandte sich zum Gehen, doch an der Tür hielt er inne. »Sie sagten, es war ein anonymer Anruf. Hat sie Ihnen *irgendwelche* Hinweise auf ihre Identität gegeben?«, fragte er.

Ihre Augen verengten sich, und plötzlich bereute er die Frage. »Warum interessiert Sie das?«

»Wenn ich mit einem so schwerwiegenden Vorwurf konfrontiert werde, hätte ich schon gerne eine ungefähre Vorstellung davon, wer sie ist.«

»Ich denke, ich kann Ihnen verraten, dass es keine Sie war.«

Das verblüffte ihn. »Der Anrufer war ein *Mann*?«

»Ja.«

Er wusste sofort, wer es gewesen sein musste: Cody Atwood, der Junge, der immer hinter Taryn herdackelte. Der Junge, der sie offensichtlich vergötterte, der keine anderen Freunde zu haben schien. Für ihn musste Taryn wie eine blendend helle Sonne sein, um die er kreiste.

Taryn hatte ihn dazu angestiftet. Welche Foltermethoden hatte sie noch auf Lager?

33

Jack

Es war wahrscheinlich nur Paranoia, aber als er am nächsten Tag über den Campus ging, hatte er das Gefühl, dass alle, die ihn sahen, sein Geheimnis kannten. Als ob auf seiner Stirn ein feuerrotes »A« prangte, das Schandmal, das die Ehebrecherin Hester Prynne in *Der scharlachrote Buchstabe* tragen muss.

Bisher war er, wenn er morgens den Seminarraum betrat, stets mit lebhaftem Stimmengewirr und dem einen oder anderen »Hallo, Professor!« begrüßt worden. Doch an diesem Morgen herrschte im Raum eine merkwürdige, verschwörerische Stille. Wo Taryn sonst saß, war nur ein leerer Stuhl, wie ein schwarzes Loch, das alles Licht verschluckt. Cody war allerdings auf seinem Platz, und als Jack ihn ansah, wich er seinem Blick aus.

Es *war* also Cody, der das Gleichstellungsbüro angerufen hatte. Hatte der Mistkerl vor der ganzen Gruppe geplaudert? Starrten ihn deshalb alle so an?

Jack weigerte sich, sie merken zu lassen, wie verunsichert er war. Er begrüßte alle mit dem gewohnten »Guten Morgen« und nahm seine Unterlagen heraus. Er würde diese Stunde verdammt noch mal exakt so abhalten, wie er es immer tat, ohne sich von der Angst, die wie ein Tier mit scharfen Zähnen an seinen Eingeweiden nagte, beirren zu lassen. Wenigstens blieb ihm Taryns Anwesenheit erspart. Er hoffte, dass sie den Kurs abgebrochen hatte, weil es ihr zu unangenehm gewesen wäre, ihm in den letzten Wochen des Semesters noch regelmäßig am Seminartisch gegenübersitzen zu müssen. Vielleicht lockerte sich die Schlinge um seinen Hals wenigstens ein bisschen. Gerade genug, um ihn wieder atmen zu lassen.

Doch als er an diesem Nachmittag im Dunkin' in der Garrison Hall saß, zog sich die Schlinge fester denn je zu.

Er trank gerade einen Kaffee und ging seine Anmerkungen zu *Der menschliche Makel* für seine Veranstaltung über den modernen amerikanischen Roman durch, als er aufblickte und Taryn wie einen Raubvogel auf sich zustürzen sah. Wortlos zerrte sie einen Stuhl an seinen Tisch heran. Sie war heute ganz in Schwarz, die Farbe des Verhängnisses, und ihre Züge waren so starr, als wäre ihr Gesicht in Granit gemeißelt.

»Taryn«, sagte er, »ich habe mich schon gefragt, warum du nicht zum Seminar ...«

»*Ich* rede jetzt«, fuhr sie dazwischen. »Und du hörst mir zu.« Sie ließ sich auf den Stuhl plumpsen und beugte sich in aggressiver Manier zu ihm vor.

Er warf bange Blicke zu den Studenten an den anderen Tischen, in Sorge, dass sie mithören könnten, aber niemand schien sie zu beachten. Sie steckten alle in ihren kleinen Blasen fest und ahnten nichts von dem hässlichen kleinen Drama, das sich nur wenige Schritte entfernt abspielte.

»Können wir das nicht draußen machen?«, fragte er.

»Nein. Du bleibst schön hier.«

»Könntest du dann bitte etwas leiser reden? Wir wollen doch keine Szene machen.«

»Es ist mir egal, ob wir eine Szene machen, Jack. Alles in allem finde ich, dass ich noch verdammt ruhig damit umgehe.«

Er sah sich wieder nervös um. Und sagte leise: »Was willst du? Sag mir einfach nur, was du willst.«

»Das werde ich tun, Punkt für Punkt. Erstens: Ich komme nicht mehr in dein Seminar. Ich weiß, dass du wahrscheinlich heilfroh bist, mich nicht mehr in deiner Veranstaltung zu sehen, aber das heißt nicht, dass ich abbreche. O nein, ich bleibe bis zum Schluss angemeldet.

Zweitens: Du gibst mir eine Eins, weil ich sie verdient habe. Und wegen allem, was ich wegen dir habe erleiden müssen.

Drittens: Du wirst alle Hebel in Bewegung setzen, um mir alles zu verschaffen, was ich haben will. Fürs Erste brauche ich eine bezahlte Stelle als wissenschaftliche Hilfskraft, und du wirst mir eine Empfehlung schreiben, die einer Héloïse d'Argenteuil würdig ist. Und wenn du dich weigerst, gehe ich schnurstracks zu Elizabeth Sacco und erzähle ihr, wie du mich durchgevögelt hast.«

»Dann steht dein Wort gegen meins, Taryn. Wie willst du beweisen…«

»Ich kann dir sagen, wie ich es beweisen werde. Du hast ein kleines Andenken in meiner Wohnung hinterlassen.« Sie zückte ihr Handy und hielt es ihm vor die Nase.

Er starrte das Foto auf dem Display an, ein Foto, das keinen Sinn ergab. Alles, was er erkennen konnte, war eine Nahaufnahme eines dunkelgrünen Stoffs. »Was ist das?«

»Erkennst du es nicht wieder? Es ist das Sofa in meiner Wohnung.«

»Was hat das denn damit zu tun?«

»Hast du vergessen, was wir da gemacht haben? Vielleicht kannst du den kleinen weißen Fleck nicht sehen, den du hinterlassen hast. Aber er ist immer noch da, auf dem Stoff.«

Sein Magen krampfte sich zusammen. *Sperma. Sie redet von Sperma.*

»Ich würde das einen ziemlich guten Beweis nennen«, sagte sie, während sie ihr Handy wieder einsteckte. »Außerdem habe ich eine Zeugin in Gestalt von Dr. Hannah Greenwald. Sie hat uns im Tagungshotel zusammen gesehen. Beim Frühstück, erinnerst du dich? Und ich habe auch die ganzen Nachrichten aufgehoben, die du mir geschickt hast. Auch wenn du sie auf deinem Handy gelöscht hast, ich habe sie noch. Ich habe Beweise, Jack. Eine *Menge* Beweise.«

Ja, er *hatte* ihr Nachrichten geschickt, aber er konnte sich nicht erinnern, was er geschrieben hatte und ob sie irgendetwas Belastendes enthalten hatten. Er hatte sie inzwischen gelöscht, aber sie hatte bereits mehr als genug Beweise, mit denen sie seine Karriere, seine Ehe, sein Leben zerstören konnte. Und nichts an ihrem Gesicht, an diesem kalten, eisern entschlossenen Blick, erlaubte irgendeinen Zweifel daran, dass sie skrupellos genug wäre, es zu tun.

»Das ist Erpressung«, sagte er.

»Nenn es, wie du willst. Ich nehme mir nur, was mir zusteht.«

»Okay. In Ordnung.« Er versuchte, seinen Atem zu beruhigen, versuchte, über seine Panik hinauszudenken. »Wenn ich dir die Eins gebe, wenn ich alles tue, was du verlangst, was passiert dann? Können wir dann einfach einen Schlussstrich ziehen? Können wir unser Leben normal weiterleben?«

»Ich habe mich noch nicht entschieden.«

»Was soll das heißen?« Er war laut geworden, und plötzlich spürte er, wie sich die gebündelte Aufmerksamkeit der anderen Gäste im Café auf ihn und Taryn richtete. Wenigstens war niemand hier, den er kannte.

»Ich habe noch nicht entschieden, was ich sonst noch von dir will«, sagte sie. Sie schob ihren Stuhl zurück und stand auf. »Aber wenn es Zeit ist, mir zu holen, was mir zusteht, wirst du von mir hören.«

»Aber lass meine Frau in Ruhe.«

»Was?«

»Du warst bei ihr in der Praxis, und es war nicht wegen einer Untersuchung. Komm ihr nie wieder zu nahe, hörst du?«

»Weil sonst was passiert?«

»Lass es einfach.«

Sie setzte eine Sonnenbrille auf und stakste davon.

Er sah zu, wie sie die Tür aufstieß und in den kalten grauen Regentag hinaustrat. Und er dachte an die zentrale Metapher in Philip Roths Roman, den universellen *menschlichen Makel* – diesen chaotischen Komplex von moralischen Unvollkommenheiten, der alles befleckt, was ein Mensch anrührt.

Und für den wir alle irgendwann bezahlen müssen.

34

Jack

»Dein Mädel ist offiziell im Programm!«, verkündete Ray McGuire. Er stand in Jacks Tür und grinste verschmitzt, den Kopf zur Seite geneigt. »Ich habe gerade den Zulassungsbrief unterschrieben. Er geht heute noch mit der Post raus. Da wird sie sich bestimmt riesig freuen. Die Stelle als wissenschaftliche Hilfskraft muss noch warten, bis das Herbstbudget steht. Aber sie ist drin.«

»Das hat sie sich auf jeden Fall verdient«, sagte Jack. *In mehr als nur einer Hinsicht.*

»Das Komitee hatte die Auswahl auf zwei Kandidaten eingegrenzt. Es war dein Empfehlungsschreiben, das sie letztlich über die Ziellinie geschubst hat. Wir erwarten große Dinge von ihr, Jack. Bist bestimmt stolz auf deinen Schützling, was?«

Erleichterung war eher das, was Jack empfand. Er war erleichtert, dass er wie versprochen geliefert hatte. Damit sollte die Sache erledigt sein, denn Taryn konnte es sich jetzt nicht mehr leisten, ihn bloßzustellen – es würde seine Empfehlungsschreiben im Nachhinein wertlos machen und ihre Zukunft an der Universität gefährden. Sie waren Partner in der Sünde gewesen, und nun waren sie Partner in der Lüge. Sosehr sie einander verabscheuten, sie waren jetzt für immer aneinandergekettet, und Taryn war klug genug, das zu begreifen.

Das war der endgültige Schlussstrich.

Als eine weitere Woche verging, ohne dass er von ihr hörte, erlaubte er sich, endlich aufzuatmen. Er konnte sogar wieder lachen, als Charlie zu ihnen zum Essen kam. Charlie hatte seine Wäsche mitgebracht, damit Maggie und Jack ihm die Mühe des Waschens abnehmen konnten. Als Jack den Wäschekorb ins Haus trug, folgte Charlie ihm, in der einen Hand eine Flasche von seinem geliebten Lagavulin, in der anderen einen Karton Bio-Vollmilch.

»Ein Getränk für uns alte Knaben, eins für die werdende Mama«, sagte er.

»Ach Dad, du weißt doch, dass ich nie besonders scharf auf Milch war«, meinte Maggie.

»Dann solltest du dich besser dran gewöhnen. Der kleine Knubbel braucht sein Kalzium.«

Kleiner Knubbel war der Name, den Charlie dem Baby verpasst hatte – ein wesentlich besserer Name als Maggies erste Wahl, Taryn. Ob es ein Junge oder ein Mädchen würde, immer wieder kam sie auf diesen Namen zurück, der Jack schon in seinen Albträumen verfolgte.

»Was der kleine Knubbel wirklich braucht, ist, dass Mommy sich hinsetzt und sich ausruht«, sagte Jack. »Dad hat alles im Griff.«

Er war ganz froh, die beiden im Wohnzimmer allein lassen zu können. Er trug Charlies Wäsche hinunter in den Keller, füllte sie in die Waschmaschine und ging wieder nach oben, um das Essen fertig zu machen. Schließlich wussten sie nicht, wie viele Monate Maggie noch mit ihrem Vater hatte. Ihnen allen war schmerzlich bewusst, wie die Zeit verging. Die Metastasen breiteten sich weiter in seinem Körper aus, und es war wie ein Wettlauf zwischen Maggies Schwangerschaft und dem Krebs, der ihn unweigerlich irgendwann bezwingen würde. Aber Charlie war immer schon ein Kämpfer gewesen, und nun hatte er etwas, wofür es sich wirklich zu kämpfen lohnte: die Chance, sein erstes Enkelkind noch sehen zu dürfen.

Als Jack an diesem Abend am Esstisch in Charlies gerötetes, lachendes Gesicht blickte, hatte er kaum einen Zweifel, dass er diesen Kampf gewinnen würde. Charlie lud sich Pasta auf den Teller, schenkte sich noch einen Whisky ein und machte sich über sein Essen her wie ein Mann, der von Lebenshunger erfüllt ist. Jack und Maggie lächelten sich an, denn in diesem Moment war ihre Welt so in Ordnung, wie sie es sich nur wünschen konnten. Ihr Vater würde nicht mehr lange leben, aber ein neues Leben war unterwegs. Und sie hatten einander – ein Geschenk, das er nie wieder aufs Spiel setzen würde.

Aus dem Keller kam das Summen des Trockners. Jack stand auf. »Ich gehe besser mal runter, bevor alles verknittert ist.«

»Du würdest eine richtig gute Ehefrau abgeben, Jack«, sagte Charlie.

»Tja, du kannst ihn aber nicht haben, Dad«, meinte Maggie. »Er gehört mir.«

Und nur dir allein, dachte Jack, als er die Kellertreppe hinunterstieg. *Und ich werde es nie mehr vergessen.* Während er Charlies Wäsche aus dem Trockner nahm, konnte er hören, wie Maggie oben in der Küche Kaffeebohnen mahlte und die Spülmaschine einräumte. Alltägliche Haus-

haltsgeräusche, die er immer als selbstverständlich hinge-
nommen hatte. Er war allzu dicht davor gewesen, alles zu
verlieren. Jetzt erfüllte ihn sogar eine simple Tätigkeit wie
das Zusammenfalten von Charlies Bettlaken, noch warm
vom Trockner, mit einem Glücksgefühl. Bald würde es
auch Babykleidung und Babybettzeug zu waschen geben,
Windeln zu wechseln und Fläschchen anzuwärmen. Auf all
das freute er sich – ja, auch auf die Windeln.

Er trug den Korb mit der zusammengefalteten Wäsche
nach oben in die Küche, wo Maggie gerade Kaffeetassen
und Untertassen auf ein Tablett stellte. Sie hörte ihn nicht
kommen und gab einen kleinen Kiekser von sich, als er
sich von hinten anschlich und sie an sich drückte.

»He, du«, sagte sie und lachte.

»Du riechst gut.«

»Wahrscheinlich nach Käse-Tomatensoße.«

»Ich mag Käse-Tomatensoße.«

Maggie drehte sich zu ihm um. »Gott, wie gerne würde
ich diesen Moment bewahren. Du und ich und Dad. Ich
wünschte, wir könnten alles einfach so festhalten, wie es
jetzt ist, bevor…«

Sie hörten hinter sich ein Räuspern und drehten sich
um. Charlie stand in der Tür und schaute ein wenig verlegen drein, weil er sie bei ihrer innigen Umarmung überrascht hatte.

»Alles in Ordnung, Dad?«, fragte Maggie.

»Es fängt an zu regnen. Ich denke, ich sollte mich jetzt auf
den Weg machen, bevor das Wetter noch schlechter wird.«

»Willst du nicht noch mit uns Kaffee trinken und Eis
essen?«

»Ich kriege sowieso keinen Bissen mehr runter. Lasst

es euch nur schmecken, ihr zwei Turteltäubchen.« Er hob den Wäschekorb vom Küchentisch. »Danke, dass du meine Laken gewaschen hast, Jack. Ich schaffe es nie, sie so ordentlich zu falten wie du.«

»Hab ich alles von deiner Tochter gelernt!«, rief Jack, während Maggie ihren Vater zur Tür begleitete.

Als sie zurückkam, war ihre Miene besorgt.

»Was ist?«, fragte er.

»Es fängt jetzt richtig an zu schütten. Vielleicht hätten wir ihn nach Hause fahren sollen.«

»Er ist kein Pflegefall, Maggie.«

»Noch nicht. Mir graut vor dem Tag, an dem es so weit ist.«

»Aber du hast doch gesehen, wie herzhaft er beim Essen zugelangt hat. Man möchte kaum glauben, dass er krank ist.«

»Wir können immer noch auf ein Wunder hoffen.« Sie drehte sich zu dem Tablett mit den Kaffeetassen um.

»Lass mich das machen. Du kannst ja inzwischen das Eis verteilen, wie wär's?«

Jack trug das Tablett ins Esszimmer. Als er es abstellte, läutete sein Handy. Er nahm es vom Fensterbrett, wo er es zuvor abgelegt hatte, und warf einen Blick auf die Rufnummernanzeige auf dem Display: *Spamverdacht.*

Natürlich. Die Hälfte der Anrufe, die er während des Essens bekommen hatte, waren Spams gewesen. Er drückte den Anruf weg und wollte das Handy gerade wieder hinlegen, als er die Textnachricht sah. Sie war von Taryn, und sie bestand nur aus drei Wörtern.

Ich bin schwanger.

Im ersten Moment konnte er sich nicht rühren, konnte nicht einmal atmen. Seine Knie zitterten, und er ließ sich auf einen Stuhl sinken. Dort saß er noch, als Maggie mit den Eisschalen ins Esszimmer kam. Sie setzte sich ihm gegenüber, doch er konnte es nicht ertragen, sie anzusehen. Stattdessen starrte er an ihr vorbei ins Wohnzimmer, wo das Feuer im Kamin prasselte. In diesem Augenblick wäre er am liebsten in die Flammen gesprungen, hätte sich von ihnen verzehren lassen. Verdient hatte er es.

»Willst du nicht dein Eis essen?«, fragte Maggie.

»Ich… ich bin gleich wieder da.« Er schnappte sein Handy und stand wankend auf.

»Geht es dir gut?«

»Bloß ein bisschen… äh, Magengrimmen.«

Er rannte hinauf ins Bad, wo ihm plötzlich so schwindlig wurde, dass er sich am Waschbecken festhalten musste. Er sah wieder auf die Nachricht: *Ich bin schwanger.*

Er löschte sie.

Sie konnte nicht schwanger sein. Es musste eine Lüge sein, eine weitere Foltermethode, die sie sich ausgedacht hatte. In Panik versuchte er, sich die zwei Male ins Gedächtnis zu rufen, als sie Sex gehabt hatten. Beide Male hatte er kein Kondom benutzt. Was war er für ein gottverdammter Idiot gewesen. Er hatte einfach angenommen, dass sie die Pille nahm, aber was, wenn es nicht so war? Er zählte die Wochen rückwärts und kam zu dem Ergebnis, dass es tatsächlich schon so lange her war, dass sie bei einem Schwangerschaftstest ein positives Ergebnis haben könnte.

O Gott, es war möglich. Es war sehr gut möglich.

Er fiel auf die Knie, beugte sich über die Toilettenschüssel und erbrach sich. Nachdem er gespült hatte, blieb er noch eine Weile am Boden kauern und wartete, bis die Übelkeit verflogen war. Aber dieser Albtraum würde nicht verfliegen. Er lebte darin, war darin gefangen. Er sehnte den bequemen Ausweg des Feiglings herbei: ein Herzinfarkt im rechten Moment, der ihn hier auf der Stelle niederstrecken würde, bevor Maggie die Wahrheit erfuhr.

Ich muss mir etwas einfallen lassen, wie ich aus dieser Sache rauskomme, dachte er. *Es muss eine Lösung geben.*

35

Taryn

Das Antlitz der Medea blickte ihr vom Cover des Buches entgegen, die Augen lodernd vor Zorn, ihr Haar von einem Flammenkranz umhüllt. Es war das Gesicht einer Frau, die von dem Mann, den sie liebte, verraten worden war, einer Frau, die einen Preis für diesen Verrat einfordern würde. Anders als die bemitleidenswerte Dido bestieg Medea nicht ihren eigenen Scheiterhaufen, um sich ein Schwert in die Brust zu stoßen. Sie blieb nicht gebrochen und gedemütigt zurück, nachdem ihr Gatte Jason sie wegen einer anderen Frau verlassen hatte. Nein, Medea lebte ihren Zorn aus. Sie schwelgte darin.

Und sie ließ Taten folgen.

Taryn legte das Buch auf den Küchentresen, wo Medeas grimmiges Porträt sie daran erinnern würde, stark zu bleiben und für das zu kämpfen, was ihr zustand. Heute Abend würde sie diese Stärke brauchen, aber schon merkte sie, wie ihre Entschlossenheit ins Wanken geriet. Einen kurzen Moment lang hatte sie das Gefühl, dass die Küche sich um sie drehte, und sie streckte die Hand aus, um sich an der Arbeitsplatte festzuhalten. Sie hatte ein Glas Zinfandel getrunken, und nun hatte sie ein flaues Gefühl im

Magen. Deshalb war ihr so schwindlig – natürlich, Alkohol auf leeren Magen. Sie wusste, dass sie eigentlich gar nichts trinken sollte, aber heute Abend brauchte sie etwas, um ihre Nerven zu beruhigen.

Sie öffnete das Gefrierfach, nahm eine Packung Käsemakkaroni heraus und stellte sie in die Mikrowelle. Während das Essen erhitzt wurde, überlegte sie, was sie zu ihm sagen würde, wenn er kam. Sie würde ihn an all die Gründe erinnern, warum sie zusammengehörten, all die Gründe, warum er es bis an sein Lebensende bereuen würde, wenn er sich nicht für sie entschied. Es war *sein* Kind, das in ihr heranwuchs, und obwohl es noch zu klein war, als dass sie gespürt hätte, wenn es sich bewegte, konnte sie doch, als sie die Hand auf ihren Bauch legte, fast glauben, dass eine winzige Hand den Druck erwiderte und sich nach ihr ausstreckte. Nach seiner Mutter. Sie dachte an Maggie Dorian, achtunddreißig Jahre alt und ebenfalls schwanger. Wenn eine Frau schon so alt war, konnte es in der Schwangerschaft zu Komplikationen kommen. Wie viel einfacher wäre es für alle Beteiligten, wenn so etwas passieren würde. Das Baby könnte sterben. Maggie könnte sterben. Es passierte doch ständig anderen Frauen, warum konnte es dann nicht ihr passieren? Taryn hasste sie nicht, aber diese Frau war das Einzige, was zwischen Taryn und ihrem Glück stand. Das Einzige, was ihr Jack entreißen konnte.

Heute Abend musste er sich entscheiden. Und sie war entschlossen, dass er sich für sie entscheiden würde.

Der Timer der Mikrowelle läutete, aber ihr war immer noch etwas übel von dem Wein, und sie konnte den Gedanken an Essen nicht ertragen. Sie ließ die Käsemakkaroni im Ofen stehen und ging ins Wohnzimmer und dann wieder zurück in die Küche. Diese Warterei war unerträglich. Es kam ihr vor, als ob sie ihr ganzes Leben auf etwas gewartet hätte. Auf die Liebe. Auf den Erfolg. Darauf, dass jemand, irgendjemand, sie *wahrnahm*. Anstatt hier hin und her zu tigern und sich Gedanken zu machen, sollte sie an ihrem neuen Paper arbeiten, das in einer Woche fällig war: »Furien und Megären: Gewalt und die verschmähte Frau.« Sie blieb an ihrem Schreibtisch stehen und blickte auf das ausgedruckte Manuskript herab, mit den Änderungen, die sie an den Rand geschrieben hatte. O ja, sie könnte ganze Bücher über verschmähte Frauen schreiben. Über Männer und ihre unbedachte Grausamkeit, über die Frauen, die diese Männer liebten und dafür von ihnen verraten wurden. Über Frauen, die sich dagegen zur Wehr setzten.

Frauen wie sie.

Plötzlich kam die Luft in der Wohnung ihr zum Ersticken vor. Sie ging ins Wohnzimmer und riss die Balkontür auf. Der Wind wehte ihr Regentropfen ins Gesicht, als sie hinaustrat, um auf die Straße hinunterzuschauen. Um diese Stunde und bei diesem Wetter waren keine Autos zu sehen, nicht eine einzige Menschenseele auf der Straße. Obwohl immer wieder Böen den Regen, vermischt mit Graupel, unter dem Balkonvorsprung hereintrieben, blieb sie draußen stehen und hielt Ausschau. Wartete. In letzter Zeit hielt sie es in überheizten Räumen kaum mehr aus, und erst jetzt, als sie hier in der Kälte stand, hatte sie das Gefühl, endlich atmen zu können.

Als sie auf den harten Beton tief unter sich hinabsah, fragte sie sich plötzlich, wie es wäre, über diese Brüstung zu klettern und einfach zu springen. Durch die Dunkelheit zu fallen wie ein Stein, den Wind zu spüren, der an ihrem Gesicht vorbeirauschte und an ihren Haaren zerrte. Ein paar kurze Sekunden der Todesangst und dann das Nichts. Aber sollte sie sterben, dann würde sie es nicht wie eine zweite Dido tun, die sich in stiller Resignation ihrem Kummer hingab. Nein, sie würde mit ihrem Tod ein Zeichen setzen. Es wäre keine Kapitulation, sondern der Beginn eines langsamen und unerbittlichen Anziehens der Schrauben, die Jack Dorian schließlich zermalmen würden. Sie würde im Triumph sterben, im Wissen, dass sie, indem sie ihrem eigenen Leben ein Ende setzte, das seine für immer ruinieren würde.

O ja, dafür würde sie sorgen.

DANACH

36

Jack

*An alle Lehrenden und Studierenden der Common-
wealth University:*

*Es ist meine traurige Pflicht, Sie über den allzu
frühen Tod unserer Kommilitonin Taryn E. Moore
am vergangenen Wochenende zu informieren. Taryn
glänzte in ihrem Hauptfach Literaturwissenschaft
mit hervorragenden Leistungen und hatte vor, im
Herbst in unser Graduiertenprogramm einzusteigen,
um in Englischer Literatur zu promovieren. Unser
tief empfundenes Beileid gilt Taryns Familie und
ihren Freunden, und wir möchten Sie darauf hinweisen, dass unser Zentrum für Spiritualität allen offen
steht, die wegen dieses furchtbaren Verlusts Rat und
Trost suchen.*

Die E-Mail war am Montagmorgen um 6.10 Uhr vom Präsidenten der Universität verschickt worden. Sie war unter
Dutzenden anderer Mails begraben gewesen, die wie jeden
Tag in Jacks Posteingang strömten, und er hätte sie glatt
überlesen, wenn er nicht an dem Namen in der Betreffzeile
hängen geblieben wäre.

Taryn Moore.

Mit einem bangen Gefühl hatte er die Mail geöffnet und sich schon auf das Schlimmste gefasst gemacht. Aber dann hatte er gesehen, dass es eine Rundmail war, die an alle Lehrenden und Studierenden der Commonwealth University gegangen war. Sie enthielt keinerlei Hinweise auf die Umstände ihres Todes oder die Todesursache.

Er klickte die Website des *Boston Globe* an und gab ihren Namen in das Suchfeld ein. Ein kurzer Artikel erschien.

Die Bostoner Polizei untersucht den Tod einer Studentin der Commonwealth University, die am frühen Samstagmorgen in Boston tot aufgefunden wurde. Die Leiche von Taryn E. Moore (22) aus Hobart, Maine, wurde vor ihrem Wohngebäude in der Ashford Street 325 auf dem Gehsteig liegend gefunden. Die Polizei geht davon aus, dass sie durch einen Sturz vom Balkon eines der oberen Stockwerke zu Tode kam.

Taryns Wohnung war im vierten Stock.

Er versuchte, nicht darüber nachzudenken, was ein Sturz aus dieser Höhe auf Beton mit einem Körper anrichten würde. Dieser Körper, der so warm und lebendig gewesen war, als er sich unter seinem eigenen in Ekstase gewunden hatte, war jetzt nur noch kaltes, totes Fleisch.

Gott sei Dank war Maggie schon zur Arbeit gefahren, sodass er sich erst einmal hinsetzen und diese Information in Ruhe verarbeiten konnte. Er war vor einer Stunde aufgewacht, sein Hirn noch von Tavor vernebelt, und hatte dem

Tag mit Bangen entgegengesehen. Die Konsequenzen seines Handelns schienen ihn unerbittlich einzuholen, und er hatte das Gefühl gehabt, dass sein Leben, wie er es gekannt hatte, mit diesem Tag vorbei sein würde.

Aber diese Nachricht änderte alles.

Er klickte andere Online-Nachrichtenseiten an, konnte aber keine weiteren Erwähnungen ihres Todes finden. Auf Facebook jedoch sah er ein Foto einer strahlend lächelnden Taryn, versehen mit der Unterschrift: *Mein Herz ist gebrochen.* Es war von Cody Atwood gepostet worden. Jack starrte das Bild an, hin- und hergerissen zwischen Gewissensbissen und einem perversen Gefühl der Erleichterung. Und Traurigkeit – wie konnte er nicht traurig sein über den Verlust eines jungen, pulsierenden Lebens? Und doch konnte er nicht leugnen, dass er auf irgendeine Art von schicksalhafter Wendung gehofft hatte, und die war nun in der Tat eingetreten.

Niemand konnte bestreiten, dass es allein Taryns Entscheidung gewesen war, sich vom Balkon zu stürzen. So furchtbar es auch war, Jack konnte nicht dafür verantwortlich gemacht werden, selbst wenn ihre Affäre der Grund war, weshalb sie es getan hatte.

Eine Affäre, von der kein Mensch je erfahren würde.

Er war immer noch wie benommen, als er zur Uni fuhr, und wünschte, er müsste heute nicht vor seine Studenten treten, doch es war die letzte Woche des Semesters, und er hatte keinen triftigen Grund, das Seminar ausfallen zu lassen. Die E-Mail des Präsidenten war an die gesamte Universität gegangen, also waren Jacks Studenten inzwischen wohl über Taryns Tod informiert. Er würde das Thema ansprechen und ihnen gestatten müssen, ihrer Trauer Ausdruck zu verleihen. Obwohl sie nicht die allerbeliebteste Teilnehmerin gewesen war, war sie doch ihre Kommilitonin, und es wäre unsensibel, wenn er einfach über ihren Tod hinweggehen würde.

Und es würde sie auch stutzig machen.

Als er den Seminarraum betrat, rechnete er damit, ernste Gesichter zu sehen. Doch seine Studenten wirkten nicht viel anders als sonst. Da war Jason, der auf seinem Stuhl fläzte und wie üblich auf sein Smartphone starrte. Da war Beth, die ihren Laptop schon aufgeklappt hatte, um fleißig mitschreiben zu können. Da waren Jessica und Caitlin, die schon wieder die Köpfe zusammensteckten und verschwörerisch flüsterten.

Aber Cody fehlte. Dort, wo Cody und Taryn die meiste Zeit des Semesters gesessen hatten, klaffte jetzt eine auffallende Lücke.

Er vermied es, die leeren Stühle anzusehen, und konzentrierte sich stattdessen auf die dreizehn Studentinnen und Studenten, die gekommen waren. »Ich nehme an, dass Sie alle schon die traurige Nachricht vernommen haben«, sagte er. »Über Taryn.«

Alle nickten, und nun waren auch ein paar angemessen ernste Mienen zu sehen.

Beth sagte: »Es ist so schwer zu verstehen, warum sie es getan hat. Sie hatte doch alles, was man sich wünschen kann.«

»Niemand hat jemals alles, was er oder sie sich wünscht, Beth«, erwiderte Jack sanft.

»Aber sie war so klug. Und hübsch.« Beth sah die leeren Stühle an und schüttelte den Kopf. »Mein Gott, für Cody muss das ja ganz furchtbar sein.«

»Hat jemand ihn gesehen oder mit ihm gesprochen?«, fragte Jack.

Allgemeines Achselzucken.

»So gut habe ich ihn auch nicht gekannt«, gab Jason zu.

Natürlich nicht, weil er auch keinen Wert darauf gelegt hatte. Das waren nun einmal die Regeln im Beliebtheits-wettbewerb – alle mieden den unattraktiven Außenseiter aus Furcht, dass der Makel auf sie abfärben könnte. Taryn jedoch hatte sich davon nicht abschrecken lassen, und das gereichte ihr zur Ehre.

»Wissen *Sie*, warum sie sich umgebracht hat, Profes-sor?«, fragte Jessica.

Die Frage ließ Jack erstarren. »Wie kommen Sie darauf?«

»Ich weiß nicht. Könnte ja sein.«

Er blickte sie an und fragte sich, was hinter der Frage steckte. Was wusste Jessica? Was spielte sie für ein Spiel? Dreizehn Augenpaare beobachteten ihn und warteten auf seine Antwort.

Oder vielleicht auf sein Geständnis.

»Ich habe keine Ahnung, warum sie es getan hat, Jes-sica«, sagte er schließlich. »Und ich fürchte, wir werden es nie erfahren.«

37

Frankie

Obwohl Frankies Collegeabschluss schon drei Jahrzehnte zurückliegt, kommt sie sich immer noch ein wenig wie eine verschüchterte Erstsemesterstudentin vor, wenn sie wie jetzt einem Universitätsprofessor an seinem Schreibtisch gegenübersitzt. Jack Dorians Bücherregal ist voll mit beeindruckend dicken Fachbüchern, von denen manche seinen Namen als Autor tragen. Auf dem Schreibtisch liegt ein Stoß Referate, auf dem obersten prangt eine fette »Drei minus«. Frankie kann sich vorstellen, wie es ist, als Student oder Studentin auf diesem Stuhl dem Mann gegenüberzusitzen, der die Macht hat, einen durchfallen zu lassen – oder einem zum Karrierestart zu verhelfen.

Aber heute haben sich die Machtverhältnisse auf Frankies Seite des Schreibtischs verlagert. Ob es ihm bewusst ist oder nicht: Jack Dorian ist derjenige, der alles zu verlieren hat.

Vorläufig wirkt Dorian noch ganz gelassen. Er hat die Hände entspannt auf den Schreibtisch gelegt, und seine Aufmerksamkeit ist auf Mac gerichtet. Männliche Verdächtige gehen stets davon aus, dass nur ein anderer Mann ein ernst zu nehmender Widersacher sein kann, und allzu oft betrachten sie Frankie lediglich als Anhängsel, das kaum einen Blick wert ist. Es hat Vorteile, wenn man übersehen wird – es gibt Frankie die Chance, ihr Gegenüber unbemerkt zu beobachten, sich auf Körpersprache und nonverbale Signale zu konzentrieren. Sie registriert, dass Dorian mit seinen einundvierzig Jahren noch schlank und fit ist, dass sein Haar an den Schläfen von den ersten schmeichelhaften grauen Fäden durchzogen ist. Er ist auf jeden Fall attraktiv genug, um die vier Chilischoten zu verdienen, mit denen er auf RateMyProfessors.com bewertet wird.

»Taryns Tod ist ein Verlust nicht nur für ihre Freunde und Angehörigen, sondern auch für die akademische Welt«, sagt Dorian. »Sie war eine glänzende Studentin und konnte sich hervorragend schriftlich ausdrücken. Ich kann Ihnen das letzte Referat zeigen, das sie für mein Seminar geschrieben hat. Da können Sie sich selbst davon überzeugen, was für ein vielversprechendes Talent sie war. Wir waren alle geschockt, als wir von ihrem Selbstmord hörten.«

Er weiß noch nicht, dass dies eine Mordermittlung ist, und das ist ein Vorteil für sie. Sie wollen ihn nicht verschrecken. Er soll sich entspannen und bereitwillig Auskunft geben, und dazu setzt Mac sein einnehmendstes Lächeln auf.

»Sie sagten, Sie seien Taryns Fachberater gewesen«, beginnt Mac. Es ist eine leichte Frage, nicht konfrontativ. Nichts, was ihn beunruhigen könnte.

»Ja, ich habe sie bei ihrem Abschlussprojekt beraten.«

»Was war das für ein Projekt?«

»Sie schrieb an einem Referat über das Frauenbild in der klassischen Literatur.«

»War der Titel zufällig …«, Mac schaut in seine Notizen, »›Furien und Megären: Gewalt und die verschmähte Frau‹?«

Dorian blinzelt überrascht. »Ja, das ist richtig. Woher wissen Sie das?«

»Wir haben einen Entwurf des Referats in ihrer Wohnung gefunden.«

»Ah, okay.«

»Wie gut kannten Sie sie? Als ihr Fachberater und Betreuer?«

Dorian lässt drei Sekunden verstreichen, ehe er antwortet. »Ich kenne die Studenten, die ich betreue, alle recht gut. Taryn träumte von einer akademischen Karriere, aber sie hatte keine ideale Ausgangsposition. Ich weiß, dass sie alles darangesetzt hat, diesen Nachteil auszugleichen.«

»Was für einen Nachteil?«

»Ihr Vater hatte die Familie verlassen, als Taryn noch ein Kind war. Sie wuchs bei ihrer alleinerziehenden Mutter auf, und soviel ich weiß, war das Geld in der Familie immer recht knapp.«

»Haben Sie schon mit ihrer Mutter gesprochen?«

Dorian windet sich ein wenig. »Ich weiß, ich *sollte* sie anrufen. Aber – nun ja, das wird sicher kein angenehmes Gespräch. Ich weiß nicht, was ich sagen könnte, um es ihr leichter zu machen.«

»Taryns Mutter quält vor allem die Frage, warum ihre Tochter sich umgebracht hat, und wir haben keine Antworten. Sie vielleicht?«

Dorian verändert seine Sitzhaltung, und das Quietschen des Ledersessels wirkt überraschend laut. »Mir ist das auch ein Rätsel.«

»Sie haben beruflich ständig mit jungen Menschen in

ihrem Alter zu tun, also müssten Sie doch eine gewisse Vorstellung davon haben, wie sie ticken. Sie war ein hübsches Mädchen, und sie freute sich schon auf die Grad School. Ihr ganzes Leben lag noch vor ihr. Was also ist da schiefgelaufen?«

Dorians Blick schweift zum Fenster ab, und das winterliche Licht verleiht seinem Gesicht einen fahlgrauen Teint. »Wer weiß, was in den Köpfen von diesen jungen Leuten vorgeht? Ich habe schon mit so vielen von ihnen zusammengearbeitet, dass ich weiß, was für eine Achterbahn der Gefühle sie oft durchmachen. Gerade sind sie noch im Glücksrausch, und im nächsten Moment ist schon das ganze Leben eine einzige Katastrophe.«

»Warum könnte sie sich das Leben genommen haben?«, fragt Mac.

»Das ist eine Frage für einen Psychiater, nicht für einen Englischprofessor.«

»Auch nicht für einen Professor, der sie gut kannte?«

Wieder eine Pause, aber diesmal ist sie länger. Frankie sieht, wie Dorians Gesichtsmuskeln zucken, wie er die Finger seiner linken Hand plötzlich flach auf die Schreibtischplatte presst. »Ich habe keine Ahnung, warum sie es getan hat.«

Jetzt endlich schaltet sich Frankie ein. »Hat sie je ihren Freund erwähnt?«

Er runzelt die Stirn, als habe er ihre Anwesenheit jetzt erst bemerkt. »Diesen Jungen aus Maine? Meinen Sie den?«

»Dann haben Sie also von ihm gehört.«

»Ja. Er heißt Liam … Soundso.«

»Liam Reilly. Taryns Mutter sagte, die beiden seien seit dem ersten Highschool-Jahr zusammen gewesen.«

»Dann könnte er sehr wohl der Grund für ihren Selbstmord gewesen sein. Sie war sehr unglücklich über die Trennung.«

»Und dieses Detail hielten Sie nicht für erwähnenswert?«

»Sie haben mich gerade daran erinnert.«

»Erzählen Sie uns von dieser Trennung.«

Er zuckt mit den Schultern. »In der ersten Woche ist sie nicht zum Seminar erschienen. Dann kam sie zu mir ins Büro und sagte mir, sie wolle sich für die Grad School bewerben. Ich glaube, es ging ihr darum, sich selbst und ihm zu beweisen, dass sie etwas wert war.«

»Kam sie Ihnen da selbstmordgefährdet vor?«

»Nein, nur … entschlossen.«

»Hat sie irgendetwas von anderen Männerbekanntschaften erwähnt? Von anderen Beziehungen?«

Dorians Blick geht wieder zum Fenster. »Ich kann mich nicht erinnern, dass sie so etwas erwähnt hätte.«

»Sind Sie sicher?«

»Ich war ihr akademischer Berater, nicht ihr Therapeut. Vielleicht kann ihre Mutter die Frage beantworten.«

»Das kann sie nicht. Aber Eltern sind oft die Letzten, die so etwas erfahren.«

Mac fragt: »Fällt Ihnen irgendjemand ein, der Taryn etwas angetan haben könnte?«

Dorians Blick schnellt zu Mac zurück, und Frankie entgeht nicht das alarmierte Aufblitzen in seinen Augen. »Ihr *angetan*? Ich dachte, es war Selbstmord.«

»Wir ziehen alle Möglichkeiten in Betracht. Deswegen sind wir hier – um sicherzustellen, dass wir nichts übersehen.«

Dorian schluckt. »Natürlich. Ich wünschte, ich könnte Ihnen helfen, aber mehr weiß ich leider nicht. Wenn mir noch irgendetwas einfällt, rufe ich Sie an.«

»Dann war's das wohl.« Mac klappt sein Notizbuch zu und lächelt. Es ist kein freundliches Lächeln, es ist eher ein Vorgeschmack auf die unmittelbar bevorstehende Hai-attacke.

Und Frankie ist der Hai.

Dorian will sich schon erheben, als sie ihn fragt: »Kennen Sie einen Studenten namens Cody Atwood?«

Langsam lässt Dorian sich wieder auf seinen Stuhl sinken. »Ja. Aus meinem Seminar.«

»Welches Seminar?«

»Es heißt ›Liebende unterm bösen Stern‹. Es geht um tragische Liebesgeschichten aus der Mythologie und der klassischen Literatur.«

»War Taryn Moore auch in diesem Seminar?«

»Ja. Wieso fragen Sie nach Cody?«

»Weil er viel über Taryn erzählt hat. Und über Sie, Professor Dorian.«

Dorian schweigt. Er muss auch nichts sagen – sein blasses Gesicht verrät Frankie alles, was sie wissen muss.

»Cody sagt, Taryn sei furchtbar in Sie verknallt gewesen.«

»Das kann schon sein«, gibt er zu.

»War Ihnen das bewusst?«

»Mag sein, dass sie ... dass sie mit mir geflirtet hat. Das ist bei Studentinnen in ihrem Alter nichts Ungewöhnliches.«

»Ist es auch nichts Ungewöhnliches, dass Sie mit Studentinnen verreisen?«

Er versteift sich sichtlich. »Reden Sie von Amherst? Von der Jahrestagung für Vergleichende Literaturwissenschaft?«

»Wo Sie im selben Hotel wohnten.«

»Es war das offizielle Tagungshotel. Die meisten Teilnehmer übernachteten dort.«

Seine Aufmerksamkeit hat sich von Mac zu Frankie verlagert, und er blickt sie unverwandt an. Erst jetzt scheint ihm klar zu werden, wer hier wirklich das Kommando hat. *Ja, Professor, ich war die ganze Zeit hier und habe Sie genau beobachtet. Aber Sie haben diesem reifen Mädchen in dem blauen Hosenanzug Größe 44 keine Beachtung geschenkt.*

»Cody Atwood hat die Sache mit Ihnen und Taryn so beunruhigt, dass er das Gleichstellungsbüro der Universität angerufen und Anzeige erstattet hat«, sagt Frankie.

»Ich wurde von allen Vorwürfen freigesprochen.«

»Ja, wir haben mit Dr. Sacco gesprochen. Sie sagt, Sie hätten alles abgestritten.«

»Das ist richtig. Und damit hätte die Sache erledigt sein sollen.«

»Wir müssen Sie das dennoch fragen: Gibt es irgendetwas, was Sie uns über Ihre Beziehung zu ihr noch nicht erzählt haben?«

Es ist vier oder fünf Sekunden lang still. Er richtet sich auf und sieht Frankie in die Augen. »Nein, ich habe Ihnen nichts weiter zu sagen.«

Sie steht auf und geht zur Tür, dann dreht sie sich noch einmal um. »Fast hätte ich vergessen, Sie danach zu fragen: Hat Taryn irgendwann einmal erwähnt, dass sie ihr Handy verloren hätte?«

»Ihr Handy? Nein. Wieso?«

»Wir haben ihre Wohnung durchsucht, konnten es aber nirgends finden. Es scheint verschwunden zu sein.«

Er schüttelt den Kopf. »Tut mir leid, ich habe keine Ahnung, wo es sein könnte.«

»Ach ja, und noch eine allerletzte Frage.«

Sie bemerkt das verärgerte Aufblitzen in seinen Augen. Er kann es kaum erwarten, sie loszuwerden, und bringt nur mit Mühe ein verkrampftes Lächeln zustande. »Bitte sehr.«

»Wo waren Sie in der Nacht von Freitag auf Samstag?«

»Freitag auf…? Sie meinen…«

»In der Nacht, als Taryn starb.«

»Da fragen Sie *mich*? Ist das Ihr Ernst?«

»Es ist nur eine Routinefrage. Wir fragen alle, die sie gekannt haben.«

»Ich war die ganze Nacht zu Hause«, sagt er. »Bei meiner Frau.«

Frankie und Mac sitzen in ihrem geparkten Wagen. Eisregen tickt an die Frontscheibe, während sie zusehen, wie eine langbeinige junge Frau im Minirock vorübergeht und frierend die Arme um sich schlingt.

»Was ist nur los mit den Mädels von heute?«, sagt Mac. »Guck dir bloß an, in was für Klamotten die rumläuft. Die holt sich ja Frostbeulen an ihrer Du-weißt-schon-wo.«

Frankie denkt an ihre eigenen Zwillinge und ihre bisweilen sehr unbesonnene Kleiderwahl. Die durchsichtigen Blusen, die Röcke mit Schlitz bis fast zur Hüfte. Wie können Eltern ihre Kinder schützen, fragt sie sich, wenn Teenager nun mal biologisch darauf programmiert sind,

Risiken einzugehen? *Komm bitte heil nach Hause* ist das Standardgebet jeder Mutter; das Gebet, das auch ihr immer durch den Kopf geht, wenn ihre Zwillinge bis spätabends noch um die Häuser ziehen. *Kommt bitte heil nach Hause.*

Brenda Moores Gebet wurde nicht erhört.

»Also, was hältst du von unserem Professor?«, fragt Mac.

»Er verbirgt etwas.«

»Was du nicht sagst.«

»Vielleicht Mord. Vielleicht auch nur eine Affäre.«

»Sie war schließlich volljährig. Auch wenn er sie tatsächlich gevögelt hat, war das kein Verbrechen.«

»Aber es ist ein Motiv. Eine Affäre mit einer Studentin würde seine Karriere ruinieren, von seiner Ehe ganz zu schweigen.« Sie sieht Mac an. »Hast du das Foto von seiner Frau auf dem Schreibtisch gesehen? Sie ist eine attraktive Frau, aber eine sexy junge Studentin wäre schon eine Versuchung.«

»Okay, er hat also ein Motiv. Aber damit haben wir noch lange keinen Beweis, dass er sie getötet hat.«

Frankie startet den Wagen. »Wir fangen ja gerade erst an.«

38

Jack

Gibt es irgendetwas, was Sie uns über Ihre Beziehung zu ihr noch nicht erzählt haben?

Die Worte von Detective Loomis rotierten in Jacks Kopf wie auf einem Möbiusband, als er in seinem Bett lag. Erst ein einziges Mal war er bisher von der Polizei vernommen worden – da war er zwölf Jahre alt gewesen und hatte im Einkaufszentrum ein billiges Armband als Muttertagsgeschenk mitgehen lassen. Nach einer strengen Verwarnung hatte der Polizeibeamte ihn laufen lassen. Die Begegnung hatte ihn so nachhaltig beeindruckt, dass er danach nie wieder etwas gestohlen hatte.

Jetzt war er fast dreißig Jahre älter und hatte immer noch genauso viel Angst vor der Polizei.

Dank Cody Atwood wussten sie, dass Taryn in ihn verliebt gewesen war. Es waren nicht so sehr die Fragen gewesen, die ihn aus der Fassung gebracht hatten, als vielmehr diese ausdruckslosen Mienen, mit denen sie ihn zu verurteilen schienen. Er hatte diesen speziellen Blick bei Charlie beobachtet, dieses unerbittliche Pokerface, mit dem er jedem Verdächtigen den Schweiß auf die Stirn treiben konnte. Ein eiskaltes Starren, das einem durch Mark und Bein ging. Es war diese unerschütterliche Autorität, die auch Detective Loomis mit ihrem einschüchternden Blick vermittelt hatte.

Gibt es irgendetwas, was Sie uns über Ihre Beziehung zu ihr noch nicht erzählt haben?

Loomis hatte gesagt, sie zögen »alle Möglichkeiten in Betracht«, und eine dieser Möglichkeiten war Mord. Deswegen waren sie bei ihm gewesen. Sie waren gekommen, um ihn einzuschüchtern, bis er ein Verbrechen gestand, das er gar nicht begangen hatte.

Oder etwa doch?

Der furchtbare Gedanke an diese Möglichkeit überfiel ihn, als er im Bett lag. Was, wenn er es *wirklich* getan hatte? In der Nacht, als Taryn gestorben war, hatte er Wein in sich hineingeschüttet und danach noch Tavor eingeworfen, um schlafen zu können. Seit jenem Weihnachten, als er eine mitternächtliche Spritztour unternommen hatte, an die er sich hinterher nicht mehr erinnern konnte, hatte er diese Kombination strikt vermieden. Aber an jenem Abend, als Taryn ihm geschrieben hatte, dass sie schwanger sei, hatte er verzweifelt Schlaf gesucht. War er etwa wieder spätabends mit dem Auto losgefahren, ohne dass er sich daran erinnern konnte? War er in irgendeinem primitiven Teil seines Hirns zu einem Mord fähig?

Sobald Maggie am nächsten Morgen nach unten gegangen war, um Kaffee zu machen, nahm er sein Handy vom Nachttisch und durchsuchte die Lokalnachrichten nach Neuigkeiten zu den Ermittlungen.

Die Schlagzeilen behandelten Taryns Tod immer noch als »mutmaßlichen Suizid«, und die Meldungen wurden ergänzt durch Artikel über die Zunahme der Selbsttötungen bei jungen Menschen und den Hinweis, dass zwanzig Prozent der Collegestudenten so unter Druck standen, dass sie mit dem Gedanken spielten, sich das Leben zu nehmen. In einem Beitrag wurden die möglichen Gründe aufgelistet: Leistungsdruck, gesundheitliche und psychische Probleme, gescheiterte Beziehungen, Einsamkeit.

Einen weiteren Grund hatten sie zu nennen versäumt: von seinem Professor geschwängert und sitzen gelassen werden.

Er war erleichtert zu lesen, dass Taryns Handy nicht gefunden worden war, aber es war nur eine Frage der Zeit, bis die Polizei von ihrem Mobilfunkanbieter die Herausgabe der Verbindungsdaten erwirken würde und auf ihre Textnachrichten zugreifen könnte – und auf seine.

Er sah zum Nachttisch, wo die Tavor-Packung immer noch lag. Wie viele hatte er in jener Nacht genommen? Er wusste es nicht mehr.

Er googelte *Tavor* und klickte eine Medikamentenratgeber-Website an.

Tavor (Lorazepam) ist ein Anxiolytikum (Benzodiazepine, Tranquilizer), das zur Behandlung von Angst- und Erregungszuständen, Reizbarkeit und Schlaflosigkeit eingesetzt wird sowie zur Ruhigstellung von Patienten mit Manien, Schizophrenie und Zwangsstörungen…

Unerwünschte Wirkungen: Tavor kann die folgenden Reaktionen hervorrufen: unkoordinierte Bewegungen, Schwindel, Schläfrigkeit, Ruhelosigkeit, Erregtheit, Verwirrtheit, Depression, Parasomnie, Amnesie…

Parasomnie. Schlafwandeln. Unbewusste nächtliche Eskapaden, an die man sich nicht erinnert.

In der Nacht, als Taryn gestorben war, hatte er allein

im dunklen Wohnzimmer gesessen und Pinot Grigio getrunken, um seine Nerven zu beruhigen. Als er endlich die Treppe hinaufgegangen war, um sich ins Bett zu legen, war die Flasche leer. Aber auch dann hatte er noch keinen Schlaf gefunden, und so hatte er nach dem Tavor gegriffen, um sich zu betäuben. Am nächsten Morgen war er mit einem Mordskater aufgewacht – allein, da Maggie schon zur Arbeit gefahren war.

Er scrollte weiter und klickte einen anderen Link über Tavor an. Es war eine Seite über wahre Verbrechen, und was er dort las, trieb ihm einen Eiszapfen ins Herz.

... der Angeklagte hatte keinerlei Erinnerungen an die Stunden vor der Bluttat. Er wusste nur noch, dass er zehn Milligramm Tavor genommen hatte, und dann, als er immer noch nicht einschlafen konnte, noch eine zweite Tablette. »Das Nächste, woran ich mich erinnere«, gab er zu Protokoll, »ist, dass ich mit Handschellen an den Handgelenken aufgewacht bin.«

Er hatte über zwanzigmal auf seine Frau eingestochen.

Maggie saß am Küchentresen und sah fern, als er herunterkam. Sie blickte auf und musterte ihn kritisch.

»Du siehst erschöpft aus.«

»Ich hatte eine schlechte Nacht – konnte nicht einschlafen.« Er schenkte sich Kaffee ein und nahm mit zitternden Händen einen Schluck. »Was schaust du da?«

»Die Nachrichten. Es geht um deine Studentin, Taryn Moore. Die, die bei mir in der Sprechstunde war.«

Er nippte noch einmal nervös an seinem Kaffee und versuchte, seine Stimme ruhig zu halten. »Was sagen sie darüber?«

»Sie wissen immer noch nicht, warum sie sich umgebracht hat. Es heißt, sie habe einen Platz im Graduiertenprogramm bekommen und sich schon auf das Promotionsstudium gefreut. Du musst ihr doch bei der Bewerbung
geholfen haben. Ich meine, du warst schließlich ihr Fachberater, oder nicht?«

»Doch, ja.«

»Dann musst du sie doch ziemlich gut gekannt haben.«

Er hatte plötzlich ein Engegefühl in der Brust. »Wie
meinst du das?«

»Hast du überhaupt keine Warnzeichen gesehen? Sie
muss dir doch etwas über ihr Privatleben anvertraut haben.
Es hieß da, ihr Freund hätte sich vor Kurzem von ihr getrennt. Hattest du eine Ahnung, wie verzweifelt sie war?«

»Also … kann sein, dass sie die Trennung erwähnt hat.
Aber ich hatte den Eindruck, dass sie nach vorne schaute,
dass sie im Leben vorankommen wollte. Mit dem Promotionsstudium und so weiter.«

»Sie war kerngesund«, sagte Maggie. »Intelligent, super-
attraktiv, das ganze Leben noch vor sich. Es ist einfach so
schwer zu verstehen.«

Mit aufgesetzter Gelassenheit schlenderte er zur Kaffeekanne, um sich nachzuschenken. »Was hat die Polizei gesagt?«

»Der Reporter meinte, sie könnten Fremdverschulden
nicht ausschließen.«

»Fremdverschulden? Das haben sie gesagt?«

Mit der Fernbedienung zappte Maggie sich durch die
Sender und hielt bei NECN an, wo gerade ein Bericht über
den Fall lief. Es gab ihm einen Stich, als er Taryns Foto erblickte, mit ihrem strahlenden Lächeln, den leuchtenden

Augen, die einen so herausfordernd anblickten, dem in der Sonne schimmernden Haar. Dann ein Schnitt, und die Kamera zeigte Detective Loomis, die von einer Reporterin gefragt wurde: »Die Ermittlungen sind also noch nicht abgeschlossen? Könnte es etwas anderes als Selbstmord gewesen sein?«

»Die Todesart muss noch von der Rechtsmedizin geklärt werden«, antwortete Loomis.

Maggie stellte den Ton ab. »Hast du den Freund des Mädchens gekannt? Beziehungsweise Ex-Freund?«

»Nein. Ich meine, sie hat mir erzählt, dass sie sich getrennt hatten.«

»Was hat sie über ihn gesagt?«

»Was spielt das für eine Rolle?«

Sie sah ihn überrascht an. »Wieso bist du so gereizt?«

»Hör mal, die ganze Sache hat mich ziemlich mitgenommen. Können wir über was anderes reden?« Er griff nach seinem Handy und überflog die neuesten E-Mails, doch es war nichts Ungewöhnliches darunter. Keine neuen Anschuldigungen, keine anonymen Drohungen.

Aus dem Fernsehbildschirm blickte ihm wieder Detective Loomis' Pokerface entgegen. Maggie stellte den Ton laut, als die Reporterin gerade fragte: »Gibt es irgendwelche Hinweise darauf, dass es kein Selbstmord war?«

»Ich kann Ihnen im Augenblick nicht mehr dazu sagen.«

Maggie schaltete den Fernseher aus und sah ihn an. »Diese Kriminalbeamtin gibt sich auffällig unverbindlich, findest du nicht? *Könnte* es Mord gewesen sein?«

»Wie kommst du denn darauf?«

»Es ist nur wegen der Art und Weise, wie sie auf die Frage reagiert hat. Sehr ausweichend. Na ja.« Maggie ging mit ihrer Kaffeetasse zum Spülbecken und spülte sie aus. »Die Polizei wird sich bestimmt die drei klassischen Fragen stellen.«

»Die klassischen Fragen?«

»Das kennt man doch aus diesen True-Crime-Serien. Es sind die drei Säulen der Schuld, nach denen die Polizei bei jeder Mordermittlung fragt: Motiv, Mittel und Gelegenheit.«

Motiv, Mittel und Gelegenheit. Mindestens ein Kriterium hatte Jack schon erfüllt.

39

Frankie

Die Zwillinge wollen heute Abend wieder ausgehen, und von der Küche aus, wo Frankie mit ihrem Laptop und ihren Unterlagen sitzt, kann sie hören, wie sich ihre Töchter in ihrem Schlafzimmer angeregt darüber unterhalten, welchen Rock und welche Schuhe man anziehen sollte, und ob der Lippenstift rot oder pink zu sein hat. Mit achtzehn sind die Zwillinge alt genug, um selbst zu entscheiden, was sie anziehen und mit wem sie gehen, und auch wenn Frankie mit ihrer Wahl nicht einverstanden ist, versucht sie, ihre Einwände für sich zu behalten. Verbotene Früchte sind die süßesten von allen – das traurige Schicksal der Familien Capulet und Montague hat alle Eltern das gelehrt. Frankie blendet die alberne Debatte der Zwillinge über die Frage »Haare hoch oder Haare offen?« aus und konzentriert sich stattdessen auf den Ausdruck, der vor ihr auf dem Küchentisch liegt. Es ist der Essay, den Taryn Moore in den Wochen vor ihrem Tod geschrieben hat. Kann es sein, dass er Hinweise auf den Aufruhr in ihrem eigenen Leben enthält? Das Dokument ist lediglich ein Entwurf, mit Taryns handgeschriebenen Korrekturen am Rand.

FURIEN UND MEGÄREN: GEWALT UND DIE VER-
SCHMÄHTE FRAU
Die griechische Mythologie ist ebenso wie die klas-
sische Literatur voll von Erzählungen über Frauen,
die von Männern verraten wurden (Ariadne, Königin
Dido) – Geschichten, die in der Regel mit dem Tod
der Frau enden, oft durch ihre eigene Hand, in einem
erbärmlichen Akt der Selbstzerstörung. Aus irgend-
einem Grund wählte Medea jedoch einen anderen
Weg: Rache…

Medea. Frankie erinnert sich an das Buch, das sie auf Taryns Küchentresen gesehen hat, mit dem Gesicht einer
Frau auf dem Cover: der Mund zu einem furchterregenden
Schrei aufgerissen, das Haar ein greller Flammenkranz. Sie
erinnert sich nicht an die Einzelheiten des Mythos oder
an die Gründe, die Medea zur Rache trieben; sie weiß nur,
dass der Name selbst Assoziationen von Gewalt hervor-
ruft.

Sie gibt den Namen in eine Suchmaschine ein und klickt
den ersten Link an. Was daraufhin erscheint, ist nicht das
monströse Antlitz von Taryns Buch. Diese Medea ist eine
goldblonde Schönheit in einem fließenden Gewand.

Medea, die vielfach als Zauberin dargestellt wird, ist
eine bedeutende Figur im Mythos von Jason und den
Argonauten.

»He, Mom, wir sind jetzt weg.«

Frankie dreht sich zu ihrer Tochter Gabby um und beäugt kritisch den kurzen Rock und den gewagten Ausschnitt der Bluse. »Wollt ihr wirklich so unter die Leute
gehen?«

»Das sagst du echt jedes Mal!«

»Weil ihr euch jedes Mal genau *so* anzieht.«

»Und es ist noch nie was Schlimmes passiert.«

»Noch.«

Gabby lacht. »Du bist wirklich immer im Dienst, wie?«
Sie winkt ihrer Mutter zu. »Wir kommen schon zurecht.
Wart nicht auf uns.«

»Weißt du, ich habe gesehen, was mit Mädchen passiert,
die unvorsichtig waren.«

»Wir sind zu zweit, Mom.«

»Die Jungs sind auch zu zweit.«

»Wir passen immer aufeinander auf. Und wir haben
doch diese ganzen coolen Selbstverteidigungstechniken
drauf, die du uns beigebracht hast, schon vergessen?«
Gabby zerhackt die Luft mit einem fiesen Karateschlag.
»Keine Sorge, die Jungs sind in Ordnung.«

Frankie seufzt und nimmt ihre Brille ab. »Woher willst
du das wissen?«

»Du musst endlich mal aufhören, dauernd alle Musiker
so runterzumachen. Die sind voll auf ihre Karriere konzentriert, und du solltest mal sehen, was sie für dieses Jahr
schon für tolle Gigs auf die Beine gestellt haben.«

»Ach, Schätzchen. Ihr könntet beide was viel Besseres
haben als diese Typen.«

»Ha! Ich wette, Granny hat das Gleiche zu dir über
Daddy gesagt.«

Hätte sie das nur getan, denkt Frankie. Wenn doch nur
irgendjemand sie vor dem Mann gewarnt hätte, den sie
heiraten wollte. Frankie hat ihren Töchtern nie die Wahrheit über ihren Vater gesagt, und das wird sie auch nie tun.
Sie sollen weiter an den Daddy glauben, den sie geliebt

haben, den Daddy, der in ihrer Erinnerung in den drei Jahren seit seinem Tod noch größer und perfekter geworden ist. So gerne Frankie ihre Töchter an den Schultern packen und sie warnen würde: *Macht nicht denselben Fehler wie ich – verliebt euch nicht in einen Mann, der euch das Herz bricht!* –, die Wahrheit über ihren Vater würde ihnen doch nur wehtun.

Gabbys Blick fällt auf den Monitor des Laptops, und sie fragt: »Wieso interessierst du dich für Medea?«

»Es ist für einen Fall, an dem ich arbeite.«

»Ich hoffe, es geht nicht in die Richtung von dem, was Medea getan hat.«

Frankie sieht ihre Tochter verblüfft an. »Du kennst den Mythos?«

»Na klar. Wir haben das Stück im Englischunterricht gelesen, und es ist mir nicht mehr aus dem Kopf gegangen, weißt du? Dass eine Frau so weit gehen kann, um sich zu rächen.«

»Was passiert da genau?«

»Du kennst die Geschichte von Jason und den Argonauten? Also, Medea verliebt sich in Jason und hilft ihm, das Goldene Vlies zu stehlen. Sie tötet sogar ihren eigenen Bruder, um Jason die Flucht zu ermöglichen. Sie düsen zusammen ab, heiraten und bekommen Kinder. Aber dann erweist Jason sich als totales Arschloch. Er verlässt sie und heiratet eine andere Frau. Medea ist so sauer, dass sie seine neue Braut ermordet. Und um sich so *richtig* an Jason zu rächen, ersticht sie auch noch ihre eigenen Kinder.«

»He, Gabby«, ruft Sibyl aus der Diele. »Komm jetzt, wir sind schon spät dran!«

»Ja, ich komm schon!«

»Warte noch«, sagt Frankie. »Was passiert mit Medea?«
»Nichts.«

»Nichts?«

Gabby bleibt in der Tür stehen und blickt sich zu ihrer Mutter um. »Irgendein Gott holt sie mit seiner magischen Kutsche ab und bringt sie in Sicherheit.« Sie winkt. »Nacht, Mom.«

Frankie hört, wie ihre Töchter auf ihren High Heels aus dem Haus klackern und die Haustür ins Schloss fällt. Sie sieht wieder auf den Laptop-Monitor, auf das Bild der Medea mit ihrem goldenen Haar, eine Schönheit im fließenden Gewand. Da erst erkennt sie, was Medea in der Hand hält.

Ein Messer, von dem das Blut ihrer eigenen Kinder tropft.

Das Läuten ihres Handys lässt sie zusammenfahren. Sie checkt das Display und nimmt den Anruf an: »Hallo, Mac.«

»Willst du mal eine gute Nachricht hören?«

»Aber immer.«

»Verizon hat geliefert. Sie können Taryn Moores Handy nicht orten, was bedeutet, dass es entweder zerstört wurde oder ausgeschaltet ist. Aber sie haben uns ihre Anrufliste geschickt, ihre Textnachrichten, alles.«

»Und?«

»Das musst du dir selbst anschauen – du wirst *begeistert* sein.«

40

Frankie

Professor Jack Dorian versucht, sich nichts anmerken zu lassen, aber Frankie spürt, dass der Mann nervös ist, und dazu hat er auch allen Grund. Wenn er wüsste, was sie wissen, wäre er schon auf halbem Weg nach Mexiko. Mit einem verkrampften Lächeln bittet er die beiden Detectives in sein Büro und schließt die Tür.

»Ich bin überrascht, Sie schon so bald wiederzusehen«, sagt er. »Ich dachte, Sie hätten die Ermittlungen abgeschlossen.«

»Wie es aussieht, fangen wir gerade erst an«, entgegnet Frankie, während sie und Mac Platz nehmen.

»Oh?« Auf der Schreibtischplatte krümmen sich Dorians Finger unwillkürlich zu Krallen. Es ist nur ein momentaner Krampf, aber es ist ein verräterischer Hinweis, der ihr nicht entgeht.

»Es sind neue Indizien aufgetaucht, die in eine andere Richtung weisen.« Frankie genießt es regelrecht, ihm die Hölle heißzumachen und die Angst in seinen Augen aufblitzen zu sehen.

»Neue Indizien?«, bringt er schließlich hervor.

»Wir haben Ihnen noch nicht gesagt, was sich bei Taryn

Moores Obduktion herausgestellt hat. Eine kleine Überraschung: Sie war schwanger.«

Er schweigt, doch die Farbe seines Gesichts sagt alles: aschfahl vor Panik.

»Wussten Sie, dass sie schwanger war, Professor Dorian?«

Er schaut überrascht und schüttelt den Kopf. »Woher sollte ich das wissen?«

»Wir dachten, es könnte ja sein, da Sie ihr Berater waren. Und laut Cody Atwood hatten Sie und Taryn eine *sehr* enge Beziehung.«

»Eine akademische Beziehung. Das heißt nicht, dass sie mir Details ihres Privatlebens anvertraut hätte. Junge Leute haben ihre eigenen Freundeskreise. Die meiste Zeit tauchen wir Erwachsenen nur ganz am Rande ihrer Welt auf. Sie registrieren kaum, was wir tun oder sagen oder denken.«

Er redet nur, um zu reden, um die Stille auszufüllen und seine Angst zu übertönen, doch sie sieht den feinen Schweißfilm auf seiner Stirn glänzen, hört, wie seine Stimme schriller wird.

»Wir versuchen herauszufinden, wer der Vater ist«, sagt sie. »Die DNA-Analyse steht noch aus, aber wir werden die Antwort bald wissen.«

»Sie... Sie hatte doch diesen Freund.«

»Liam Reilly behauptet, das Kind sei nicht von ihm.«

»Können Sie denn sicher sein, dass er die Wahrheit sagt?«

»Er sagt, sie hätten sich schon vor Monaten getrennt, lange vor dem mutmaßlichen Zeitpunkt der Empfängnis.« Sie dehnt die Pause aus, lässt ihn noch eine Weile schmoren. »Haben Sie eine Ahnung, wer der Vater sein könnte?«

Dorian zuckt hilflos mit den Schultern. »Ich weiß nicht, warum Sie mich das fragen.«

»Weil Taryns Schwangerschaft für die Ermittlung relevant sein könnte.«

»Letzte Woche sind Sie doch noch von einem Selbstmord ausgegangen.«

»Letzte Woche hatten wir auch noch keine Liste ihrer Textnachrichten.« Sie hält inne, um die Information wirken zu lassen, und sieht, wie seine Gesichtszüge erstarren. Er sagt kein Wort; er ist wie gelähmt, kann nur hilflos zusehen, wie dieser Güterzug direkt auf ihn zugerast kommt.

»Wir wissen von Ihrer Affäre mit Taryn Moore«, sagt sie.

Alle Luft weicht aus seiner Lunge, er sackt nach vorne und lässt den Kopf in die Hände sinken, vergräbt die Finger in den Haaren. Einen Moment lang fürchtet Frankie, er könne vor ihren Augen mit einem Herzinfarkt tot umfallen.

»Professor Dorian?«

»Es war ein Fehler«, stöhnt er. »Ein gewaltiger, ein entsetzlicher Fehler.«

»Da widerspreche ich Ihnen nicht.«

»Ich schwöre Ihnen, das ist mir noch nie mit irgendeiner anderen Studentin passiert. Sie war die Einzige. Ich konnte einfach nicht anders.«

»Wollen Sie damit sagen, dass sie Sie verführt hat? Dass es ihre Schuld war?«

»Nein. Nein, ich habe überhaupt keine Entschuldigung, außer...« Er hebt den Kopf und sieht sie mit todunglücklicher Miene an. »Sie brauchte *irgendeinen* Menschen, dem sie etwas bedeutete, der sie wertschätzte. Ich war der

Mensch, an den sie sich wandte. Sie war hochtalentiert. Sie war schön. Und sie war verzweifelt auf der Suche nach Liebe.« Er hält einen Moment inne. »Und ich brauchte wohl auch jemanden.«

»Und Ihre Frau? Welche Rolle spielte sie dabei?«

Der Schmerz verzerrt seine Züge. »Maggie hat das nicht verdient. Es ist meine Schuld, ganz allein meine Schuld.«

»Sie geben also zu, dass Sie eine Affäre hatten?«

»Ja.«

»Und sind Sie der Vater von Taryns Kind?«

Er seufzt. »Ja, es könnte von mir sein.«

»Die DNA wird es beweisen, so oder so. Und sie wird auch beweisen, dass Sie in der Wohnung des Opfers waren, wo Sie mit ihr Sex hatten.« Auf seinen fragenden Blick hin sagt sie: »Wir haben Sperma an Taryns Sofa gefunden. Ihres, nehme ich an?«

Er verzieht das Gesicht, streitet es aber nicht ab.

Befriedigt sieht Frankie Mac an. *Jetzt kannst du übernehmen.*

»Wo waren Sie am Freitagabend, Professor Dorian?«, fragt er.

»Freitagabend ...«

»In der Nacht, in der Taryn Moore starb.«

Schlagartig hat sich der Ton der Befragung verändert, und nicht nur, weil es jetzt Mac ist, der die Fragen stellt. Dorians Kopf zuckt in die Höhe. Er weiß, dass es schlecht für ihn aussieht. Sehr schlecht.

»Ich habe diese Frage bereits beantwortet. Ich habe Ihnen doch gesagt, ich war in dieser Nacht zu Hause.«

»Was haben Sie an dem Abend gemacht?«

»Maggies Vater war zum Abendessen bei uns.«

»Wissen Sie noch, was Sie gegessen haben?«

»Ja, weil ich selbst gekocht habe. Wir hatten Pasta mit Kalbfleischsoße.«

»Und nach dem Essen? Was haben Sie da gemacht?«

»Nachdem Charlie weg war, bin ich früh zu Bett gegangen, weil ich erschöpft war. Und… und ich hatte mir den Magen verdorben.«

»Sind Sie im Bett geblieben?«

»Ja«, antwortet er ohne Zögern.

»Die ganze Nacht?«

»Ja.«

»Oder sind Sie in dieser Nacht irgendwann noch einmal aufgestanden, während Ihre Frau schlief? Haben Sie sich aus dem Haus geschlichen und sind zu Taryn Moores Wohnung gefahren?«

»Was? Nein…«

»Aber Sie hatten doch ausgemacht, dass Sie sich an diesem Abend in ihrer Wohnung mit ihr treffen würden. Deswegen ist sie aufgeblieben und hat auf Sie gewartet. Sie hat Sie hereingelassen.«

»Das ist verrückt. Ich habe mein Haus in dieser Nacht nicht verlassen.«

»Was ist mit dieser Nachricht, die Sie geschrieben haben?« Mac zieht einen zusammengefalteten Ausdruck aus der Tasche, entfaltet ihn und liest vor. »Am Freitag um achtzehn Uhr dreißig hat Taryn Ihnen folgende Nachricht geschrieben: ›Ich bin schwanger.‹ Zwei Minuten später schickte sie Ihnen eine zweite Nachricht: ›Du weißt, dass es von dir ist.‹«

Dorian starrt ihn nur an, es hat ihm offenbar die Sprache verschlagen.

»Und noch einmal drei Minuten später schreibt sie Ihnen eine dritte Nachricht«, fährt Mac unerbittlich fort. »Um achtzehn Uhr fünfunddreißig schreibt sie: ›Ich werde es Maggie erzählen.‹ Und daraufhin antworten Sie ihr endlich.«

»Nein, das stimmt nicht. Ich habe ihr nicht geantwortet! Ich habe überhaupt nicht darauf reagiert.«

»Es steht hier schwarz auf weiß, Professor Dorian. Was Sie an Taryn geschrieben haben. Um achtzehn Uhr siebenunddreißig haben Sie geschrieben: ›Heute Abend bei dir. Warte auf mich.‹« Mac sieht Dorian an. »Am Freitagabend sind Sie wie versprochen zu ihrer Wohnung gefahren, nicht wahr? Und Sie haben sich das Problem vom Hals geschafft.«

Zu Frankies Überraschung schnellt Dorian plötzlich auf seinem Stuhl vor, und sein Gesicht läuft vor Empörung rot an. »Das ist Blödsinn! Sie *lügen*! Bringen Sie so unschuldige Leute dazu zu gestehen? Indem Sie sich so einen Mist aus den Fingern saugen und dann erwarten, dass man alles unterschreibt, was Sie einem hinlegen?«

»Sie können doch nicht bestreiten, dass Sie die Nachricht geschrieben haben.«

»Ich habe so etwas nie geschrieben.«

»Die Nachricht wurde von Ihrem Mobiltelefon gesendet.«

»Das funktioniert nicht, was Sie da versuchen.« Dorians Stimme ist jetzt felsenfest, sein Blick unbeirrt. Er greift in eine Schreibtischschublade, nimmt sein Handy heraus und schiebt es Mac hin. »Überzeugen Sie sich selbst. Es gibt keine solche Nachricht auf meinem Handy.«

Mac scrollt durch die Nachrichten und schnaubt abschätzig. »Sie ist nicht drauf, weil Sie den gesamten Chatverlauf gelöscht haben. Aber Sie wissen schon, dass er damit nicht ganz verschwunden ist, oder? Sie haben die Nachrichten vielleicht gelöscht, aber sie liegen immer noch auf dem Server.« Er schiebt Dorian das Telefon wieder hin. »Und jetzt sagen Sie uns, wo Sie letzten Freitagabend waren.«

»Zu Hause. Im Bett mit meiner Frau.«

»Das sagen Sie immer wieder.«

»Weil es die Wahrheit ist. Fragen Sie Maggie. Sie hat keinen Grund, Sie anzulügen.«

»Weiß sie von Ihrer Affäre?«

Die Frage trifft ihn wie ein Schlag in die Magengrube. Kraftlos sackt er auf seinem Stuhl zusammen. »Nein«, sagt er leise.

»Wenn sie es erfährt, dürfte sie nicht mehr so ohne Weiteres bereit sein, Ihnen ein Alibi zu liefern. Also sagen Sie uns lieber gleich die Wahrheit.«

»Ich *habe* Ihnen die Wahrheit gesagt.« Er sieht Mac unverwandt an. »Ich habe diese Nachricht nicht geschrieben. Und ich habe Taryn ganz bestimmt nichts angetan.«

Frankie weiß, dass ihr Partner Dorian am liebsten sofort die Handschellen anlegen würde, aber bei ihr regen sich erste Zweifel. Sie sitzt da und beobachtet Dorian, und seine Reaktion auf die Fragen gibt ihr zu denken. Wie kann jemand etwas so Unbestreitbares wie eine Textnachricht leugnen? Bei all den Beweisen, die sie in der Hand haben, muss er doch wissen, dass es zwecklos ist, weiter zu lügen.

Falls er lügt.

Sie steht auf. »Sie werden wieder von uns hören, Professor Dorian.«

Mac wirft ihr einen verblüfften Blick zu. Nach ein paar Sekunden steht er widerwillig ebenfalls auf. Er sagt kein Wort, als sie Dorians Büro verlassen, und auch nicht, als sie zusammen die Treppe hinuntergehen. Erst als sie das Gebäude verlassen haben, bricht es endlich aus Mac heraus: »Was soll der Scheiß, Frankie? Wir *haben* ihn! Wir haben genug in der Hand, um ihn dranzukriegen.«

»Da bin ich mir nicht sicher.«

»Glaubst du ernsthaft diesen Mist? ›Ich habe diese Nachricht nicht geschrieben!‹ Na klar, und der Hund hat seine Hausaufgaben gefressen.«

»In der Mordnacht hat sein Handy keine Signale aus der Umgebung von Taryn Moores Wohnung gesendet. Wir können nicht beweisen, dass er in der Gegend war.«

»Er ist nicht blöd. Er hat sein Handy zu Hause gelassen, als er sie ermordet hat.«

»Nein, ich glaube auch, dass er sehr schlau ist.« Nachdem sie eingestiegen sind, sitzt sie eine Weile schweigend da und denkt nach.

»Was braucht es denn noch, um dich zu überzeugen?«, fragt Mac.

Sie lässt den Motor an. »Lass uns mit der Ehefrau reden.«

41

Jack

Geh ran, Maggie. Bitte geh ran.

Er saß an seinem Schreibtisch und hörte mit pochendem Herzen zu, wie es läutete. Dreimal. Viermal.

Dann meldete sie sich. »Hallo, ich wollte dich gerade anrufen!«

Hatte sie schon von der Polizei gehört? Wollte sie ihn deswegen anrufen? Er konnte das panische Kieksen in seiner Stimme nicht unterdrücken, als er sagte: »Maggie, ich muss dir etwas sagen.«

»Warum erzählst du es mir nicht beim Essen? Ich hätte sowieso Lust, heute Abend irgendwo nett essen zu gehen. Was hältst du davon?«

Sie klang so fröhlich und warm, als sie vorschlug, zusammen essen zu gehen. So, wie es zwischen Verheirateten normal sein sollte. Doch nach dem heutigen Abend würde nie mehr irgendetwas normal sein.

»Hör zu, Maggie, du wirst jeden Moment Besuch von zwei Detectives bekommen. Sie werden dich fragen…«

»Detectives? Jack, ist alles in Ordnung?«

»Mir geht es gut. Ich bin im Büro. Sie waren gerade hier, und jetzt fahren sie zum Krankenhaus, um mit dir zu reden.«

»Wieso? Was ist denn passiert?«

»Sie werden dich fragen, wo ich letzten Freitagabend war. Und wo du warst.«

»Letzten Freitag? Ich kann dir nicht folgen. Was ist los?«

Er hielt inne, um seine Atmung zu beruhigen. »Wir haben doch über diese Studentin gesprochen, die letzte Woche gestorben ist – Taryn Moore? Die Polizei glaubt, dass es kein Selbstmord war. Sie glauben, dass sie ermordet wurde.«

»Großer Gott!«

»Und sie sprechen mit allen Leuten, die sie gekannt haben. Sie wollen von allen wissen, wo sie in der Nacht waren, als sie starb.«

»Warum kommen sie dann zu mir? Ich habe sie ja kaum gekannt.«

»Maggie, ich will das lieber nicht am Telefon besprechen. Können wir uns bitte treffen?«

»Warum wollen sie mit *mir* sprechen?«

»Weil *ich* sie gekannt habe, und weil sie wissen wollen, wo ich war. Wenn sie dich also nach Freitagnacht fragen, sag ihnen einfach die Wahrheit. Sag ihnen genau, was wir gemacht haben, dass wir mit deinem Vater zu Abend gegessen haben und dann ins Bett gegangen sind. Sie müssen wissen, dass wir in dieser Nacht zusammen waren. Die *ganze* Nacht.«

»Letzten Freitag? Aber da waren wir nicht die ganze Nacht zusammen.«

Er erstarrte. In der Stille konnte er das Blut in seinen Ohren rauschen hören. »Was? Aber wir waren doch zusammen!«

»Gegen Mitternacht habe ich einen Anruf vom Kran-

kenhaus bekommen wegen eines Patienten, der Schmerzen in der Brust hatte. Ich war erst gegen vier Uhr morgens
zurück. Hast du nicht gehört, wie ich wieder ins Bett gekommen bin?«

»Nein.« Weil er sich die Tavor-Keule gegeben hatte.

»Dann musst du die ganze Zeit fest geschlafen haben.«

Von Mitternacht bis vier Uhr morgens. Das war ein
Zeitfenster von vier Stunden, für das er kein Alibi hatte.
Vier Stunden, in denen er sich angezogen haben und in
die Stadt gefahren sein *könnte*. Mehr als genug Zeit, um
Taryn zu töten, nach Hause zu fahren und sich wieder ins
Bett zu legen.

»Das muss die Polizei ja nicht wissen«, sagte er. »Du
musst es nicht mal erwähnen.«

»Warum sollte ich ihnen nicht die Wahrheit sagen?«

»Das würde alles nur unnötig kompliziert machen.«

»Jack, die müssen doch nur in die Krankenakte von mei-
nem Patienten schauen, um zu wissen, dass ich dort war.
Sie werden sehen, dass ich gegen drei Uhr morgens eine
Eintragung gemacht habe.«

Er versuchte, seine Stimme ruhig zu halten, doch die Panik machte ihn kurzatmig. Jede Minute könnten die Polizisten an die Tür ihrer Praxis klopfen. Und sie würden ihr
mit ziemlicher Sicherheit von Taryn und ihm erzählen. Ihr
sagen, dass er sie betrogen hatte.

Sie darf es nicht von ihnen erfahren.

»Maggie, du musst jetzt alles stehen und liegen lassen
und sofort das Krankenhaus verlassen. Wir treffen uns…«

Sie konnten sich nicht zu Hause treffen und auch nicht
an irgendeinem anderen Ort, wo die Polizei nach ihnen
suchen würde. Sie hatten schon Taryns Verbindungsdaten

beschlagnahmt – was, wenn sie in diesem Moment mithörten?

»Maggie«, sagte er, »es kann sein, dass mein Telefon abgehört wird.«

»Wieso?«

»Das erkläre ich dir alles später. Aber ich muss mit dir reden, bevor die Polizei es tut.«

Es war lange still, während sie seine Worte zu verarbeiten versuchte. »Jack, du machst mir Angst.«

»Tu es einfach für mich. Bitte. Treffen wir uns...« Er dachte kurz nach. »Treffen wir uns an dem Ort, wo ich dir den Heiratsantrag gemacht habe. Und fahr *sofort* los.«

Er legte auf. Er hatte ihr keine beschwichtigenden Worte zu bieten, kein Versprechen, dass alles gut werden würde, denn es war alles andere als gut.

Und es würde bald noch viel schlimmer werden.

Als er vor Renoirs *Tanz in Bougival* stand, wünschte er, er hätte einen anderen Treffpunkt gewählt, aber das hier war der einzige Ort, der ihm in den Sinn gekommen war, als er mit Maggie telefonierte. Vor zwölf Jahren hatte er in diesem Saal im MFA vor ihr niedergekniet und ihr den Verlobungsring mit dem Brillanten überreicht. Hier hatten sie sich geküsst und einander versprochen, dass sie den Rest ihres Lebens zusammenbleiben würden. Jetzt starrte er den Renoir an und betete, dass dies heute nicht das Ende war. Dass Maggie ihn nicht vor die Tür setzen und die Scheidung einreichen würde. Dass ihr Baby nicht zur Welt kommen würde, ohne dass er an Maggies Seite war. Trotz des Geständnisses, das er ihr gleich machen würde, musste es doch einen Weg für sie geben, als Familie zusammenzubleiben.

Aber was konnte er sagen, um das zu erreichen?

Zwanzig Minuten später betrat Maggie den Saal, einge-mummt in ihre Lammfelljacke und einen Kaschmirschal. »Was tun wir hier, Jack?«, fragte sie.

Wortlos nahm er ihren Arm und führte sie in eine ruhi-gere Ecke, vorbei an dem Plakat mit Abaelard und Héloïse, vereint in einem leidenschaftlichen Kuss. Es war eine bit-tere Erinnerung daran, wie er selbst in dieser privaten Hölle gelandet war – ein Hieronymus-Bosch-Gemälde wäre noch passender gewesen. Er ging mit Maggie zu einer Bank am hinteren Ende der Galerie, und sie setzten sich.

Maggies Gesicht war blass von der Kälte, und er spürte die kühle Abendluft, die von ihren Kleidern aufstieg. »Was ist los?«, flüsterte sie. »Warum will die Polizei mich spre-chen?«

Er hielt inne, als ein Museumswärter hereingeschlen-dert kam. Der Mann sah sie kurz an und ging dann wei-ter in den nächsten Saal. Als er außer Hörweite war, sagte Jack: »Ich muss dir etwas gestehen. Es fällt mir nicht leicht. Ehrlich gesagt, ist mir noch nie im Leben irgend-etwas so schwergefallen.«

»Du machst mir Angst. Jetzt sag es einfach.«

Er holte tief Luft. »Diese Studentin, Taryn Moore – du weißt ja, dass ich ihr Fachberater war. Ich habe ihr gehol-fen, ins Graduiertenprogramm zu kommen.«

»Ja, ich weiß.«

»Sie war äußerst intelligent. Eine hervorragende Stu-dentin. Aber nachdem ihr Freund mit ihr Schluss gemacht hatte, war sie völlig aufgelöst. Sie hatte niemanden sonst, dem sie sich anvertrauen konnte, und wir … wir sind uns nähergekommen.«

»Wie nahe?« Maggie beugte sich zu ihm herüber und sah ihm direkt in die Augen. »Hast du etwas zu beichten?«

Er seufzte. »Ja.« *Ja.* Es war ein Echo seines Eheversprechens, des Versprechens, das er im Rausch der Lust für kurze Zeit vergessen hatte. »Ich habe mit ihr geschlafen, Maggie. Es tut mir leid. Es tut mir wirklich unendlich leid.«

Sie starrte ihn an, als ob sie kein Wort verstanden hätte.

»Es hatte nichts zu bedeuten. Ich habe sie nie geliebt«, sagte er. »Ich habe immer nur *dich* geliebt.«

»Wie lange ist das gegangen?« Maggies Stimme war erstaunlich, ja beängstigend ruhig.

»Es war praktisch gleich wieder vorbei. Nur einmal.« *Zweimal* war die Wahrheit, aber das konnte er nicht sagen.

»Wo ist es passiert? Dieses eine Mal?«

»In Amherst. Bei der Tagung. Ich hatte zu viel getrunken, und eins führte zum anderen ...«

»Du lieber Gott.« Sie schlug sich die Hand vor den Mund. »Das glaube ich einfach nicht.«

»Es tut mir leid.«

»Hör auf, dich zu entschuldigen.«

Über Lautsprecher kündigte eine Stimme an, dass das Museum in dreißig Minuten schließen würde.

»Aber es ist wahr«, sagte er. »Es tut mir *wirklich* leid.«

»Und jetzt ist diese Frau tot. Die Frau, mit der du Sex hattest.«

»Es war wahrscheinlich Selbstmord. Aber zur Sicherheit befragt die Polizei jeden, der sie gekannt hat.«

»Und du brauchst ein Alibi für diese Nacht.«

»Ja«, flüsterte er. »Es tut mir leid.«

»Wenn du das noch einmal sagst, schreie ich den verdammten Laden zusammen!« Sie sprang auf und ging hektisch ein paar Schritte, dann kam sie zurück und baute sich vor ihm auf. »Wir sind zwölf Jahre verheiratet. Wir bekommen ein Kind. Und da gehst du hin und vögelst eine *Studentin*?«

Der Wärter war inzwischen in den Saal zurückgekommen, alarmiert durch ihre lauten Stimmen, und nun stand er da und beobachtete sie vom anderen Ende des Saals aus.

»Bitte, Maggie. Man hört uns.«

»Das ist mir egal. Wieso bist du verdächtig? Warum interessiert sich die Polizei überhaupt für dich?«

Jack rieb sich das Gesicht, dann sah er zu ihr auf. »Weil sie schwanger war«, murmelte er.

Maggie schnappte unwillkürlich nach Luft. »Das kann ich nicht glauben.«

»Sie hatte sich gerade erst von ihrem Freund getrennt. Es ist wahrscheinlich von ihm.«

»Oder es könnte von dir sein. Mein Gott.« Sie schloss die Augen, um sich zu sammeln. »Weiß die Polizei, dass du eine Affäre mit ihr hattest?«

»Sie wissen, dass etwas zwischen uns gelaufen ist.«

»Woher wissen sie das?«

»Wir haben uns Textnachrichten geschrieben.«

Sie nickte, ihre Miene eine Maske des Abscheus. »Und wo genau warst du in der Nacht, als sie starb?«

»Das habe ich dir doch gesagt. Ich war zu Hause und habe geschlafen.«

»Und du willst, dass ich der Polizei erzähle, dass ich die ganze Nacht bei dir war.«

»Ja.«

»Aber das stimmt nicht. Ich habe dir doch gesagt, dass

ich ins Krankenhaus gerufen wurde, um mich um einen Patienten zu kümmern.« Sie hielt inne, als ihr ein Gedanke kam. Leise fragte sie: »*Hast* du es getan, Jack?«

»Was getan?«

»Hast du sie getötet?«

»Nein! Ich kann nicht glauben, dass du mich das überhaupt fragst.«

»Aber du hattest ein Motiv.«

Und ich hatte einen fatalen Mix aus Wein und Tavor intus.

Ohne ein weiteres Wort fuhr Maggie herum und wollte gehen.

Er sprang auf und packte ihren Arm. »Maggie, bitte.«

Sie riss sich los. Er wollte nicht noch mehr Aufsehen erregen, indem er ihr nachlief, also setzte er sich wieder hin und starrte dumpf das Abaelard-und-Héloïse-Plakat an, das an der Wand gegenüber hing.

»Sir? Das Museum schließt jetzt.«

Jack blickte auf und sah den Museumswärter vor sich stehen.

»Schlechter Tag?«, fragte der Wärter.

Mit einem Seufzer erhob sich Jack von der Bank. »Schlecht ist gar kein Ausdruck.«

42

Frankie

»Was, wenn die Ehefrau sein Alibi bestätigt?«, fragt Mac, als Frankie vor dem Krankenhaus einparkt.

Frankie stellt den Motor ab und sieht Mac an. »Wenn deine Frau ihren Liebhaber umgebracht hätte, würdest du *ihr* dann ein Alibi geben?«

»Kommt drauf an.«

»Ich bitte dich, Mac. Versetz dich doch mal in Maggie Dorians Lage. Wenn sie erfährt, dass ihr Mann sie betrügt, wird sie wohl kaum in der Stimmung sein, ihn zu schützen.«

»Du gehst davon aus, dass sie noch nichts von der Affäre weiß. Vielleicht weiß sie es ja. Vielleicht ist sie trotzdem bereit, ihn zu schützen.«

»Einen Mann, der sie betrügt?«

»Ich weiß nicht. Frauen lassen sich doch immer wieder die größten Sauereien gefallen. Warum bleiben sie bei Männern, die sie verprügeln? Liebe vernebelt den Verstand. Und sie macht blind.«

Frankie bleibt eine Weile sitzen und starrt auf den Krankenhauseingang, während sie über ihre eigene Ehe nachdenkt, ihre eigene Blindheit. Sie denkt an den Tag, als ihr

Mann Joe im Treppenhaus des Wohnhauses seiner Geliebten mit einem Herzinfarkt tot zusammenbrach. In dem
Haus, von dem Frankie sich einfach nicht fernhalten kann,
zu dem es sie immer wieder zwanghaft hinzieht. Joe war
neunundfünfzig Jahre alt, und die emotionale Belastung
der Affäre war offenbar zu viel für sein Herz. Oder es waren
vielleicht die drei Treppen, die er erklimmen musste, um
zur Wohnung seiner Geliebten zu gelangen, in Kombination mit seinem extrem hohen Cholesterinspiegel und den
fast fünfzehn Kilo Übergewicht, die er wie einen Sandsack
vor dem Bauch mit sich herumschleppte.

Zwei Tage nach seinem Tod suchte sie dieses Treppenhaus auf. Es war ein bitterer Gang, von dem Mac ihr in-
ständig abgeraten hatte, doch sie musste die Stelle sehen,
wo Joe gestorben war. Vielleicht war es die Polizistin in
ihr, die den Ort des Geschehens in Augenschein nehmen
wollte, um zu verstehen, wie sich alles abgespielt hatte.
Sie hatte ein merkwürdig distanziertes, ja unbeteilig-
tes Gefühl, als sie die Betonstufen betrachtete, die zer-
schrammte Treppenhaustür und die beschmierten Wände.
Inzwischen wusste sie schon von der Geliebten – Mac war
widerstrebend mit der Wahrheit herausgerückt, nachdem
sie zu wissen verlangt hatte, warum Joe in diesem Treppenhaus gestorben war, in diesem Gebäude, wo er doch
auf Geschäftsreise in Philadelphia sein sollte. Anstelle von
Wut oder Trauer oder irgendeiner der normalen Emotionen, die sie an diesem Tag hätte empfinden sollen, war sie
einfach nur fassungslos gewesen, dass sie all die Anzeichen seiner Untreue übersehen hatte. Sie war Detective
im Morddezernat – wie konnte es sein, dass sie von der
anderen Frau nichts gewusst hatte?

Erst später – Wochen später – war endlich die Wut in ihr hochgekocht, aber sie konnte nirgendwohin damit. Joe war tot, und es ist sinnlos, eine Leiche anzubrüllen.

Jetzt spürt sie, wie die gleiche Wut wieder aufflammt, diesmal im Namen von Dr. Maggie Dorian. Wut auf Jack Dorian, weil er seine Frau betrogen hat. Und auch wegen der Rolle, die er vermutlich bei Taryn Moores Tod gespielt hat.

O ja, Frankie ist endlich so weit, dass sie den Mann hinter Gittern sehen will. Sie muss nur noch beweisen, dass er schuldig ist.

Während sie mit Mac das voll besetzte Wartezimmer der Ambulanz betritt, geht sie schon in Gedanken durch, wie sie Maggie Dorian die unangenehme Wahrheit beibringen wird. Dr. Dorian ist hier das unschuldige Opfer, die ahnungslose Ehefrau, deren Ehe und deren Leben in wenigen Minuten in Trümmern liegen werden. Es gibt keinen einfachen Weg, einer Frau zu sagen, dass ihr Mann sie betrogen hat, und Frankie macht sich auf eine heftige Reaktion der Frau gefasst. Sie hofft auch, dass sie sie zu ihrem Vorteil nutzen kann. Eine wütende Ehefrau könnte ihre mächtigste Verbündete sein.

Die Rezeptionistin schiebt die gläserne Trennwand zur Seite und lächelt sie an. »Was kann ich für Sie tun?«

»Wir möchten zu Dr. Dorian.«

»Haben Sie einen Termin?«

»Nein.«

»Es tut mir leid, wir nehmen keine Patienten ohne Voranmeldung an. Ich könnte Ihnen einen Termin bei einem unserer anderen Ärzte geben.«

Mit Blick auf die hinter ihr wartenden Patienten schiebt

Frankie der Rezeptionistin ihre Dienstmarke hin und sagt leise: »Boston PD. Wir müssen mit Dr. Dorian sprechen.«

Die Frau starrt die Marke an. »Oh. Ich fürchte, sie ist nicht im Haus.«

»Wann kommt sie wieder?«

»Das weiß ich leider nicht. Morgen vielleicht? Sie hat mich gebeten, ihre restlichen Termine für heute abzusagen. Sie musste weg – ein Notfall in der Familie.«

Frankie sieht Mac an und erkennt an seiner Miene, dass auch bei ihm die Alarmglocken läuten. Sie hält ihre Stimme ruhig und ihren Gesichtsausdruck neutral, als sie die Rezeptionistin fragt: »Um wie viel Uhr hat Dr. Dorian das Krankenhaus verlassen?«

»Das war vor etwa einer halben Stunde. Ich versuche seitdem, alle ihre Patienten auf andere Termine zu legen. Die ersten werden jeden Moment hier auftauchen und erwarten...«

»Wissen Sie, um was für einen Notfall es sich handelt?«

»Nein. Sie bekam einen Anruf, und ein paar Minuten später ist sie überstürzt aufgebrochen.«

»Wohin wollte sie?«, fragt Mac scharf.

Die Frau sieht zu den Patienten im Wartebereich, die jetzt alle gebannt den Wortwechsel verfolgen und sie anstarren. »Ich weiß es nicht. Sie wollte es mir nicht sagen.«

43

Jack

Während er zum Parkhaus der Universität ging, wo er seinen Audi abgestellt hatte, rief er Maggie zweimal an. Sie ging nicht ran, was Jack ihr nicht verdenken konnte. Die letzte Lehrveranstaltung des Tages war beendet, und der eisige Wind, der über den verlassenen Campus fegte, drang glatt durch seine Jacke. Er hatte seit dem Frühstück nichts mehr gegessen, und er wäre am liebsten in Bewusstlosigkeit versunken, um nie wieder aufzuwachen. Er hatte gelesen, dass Erfrieren gar kein so unangenehmer Tod sei. Man schlief einfach ein, wenn die Körpertemperatur absackte und die Organe nach und nach ihren Dienst versagten. Ein gnädiges Ende, das er nicht verdient hatte. Nein, er war dazu verdammt, die Konsequenzen seines Handelns zu durchleben. Eine Scheidung. Den Verlust seines Arbeitsplatzes. Vielleicht gar Gefängnis.

Als er auf sein Auto zuging, registrierte er nur am Rande, wie der Motor eines anderen Fahrzeugs ansprang.

Er war nur noch ein paar Schritte von seinem Audi entfernt, als er aufblickte und die grellen Scheinwerfer eines schwarzen SUVs auf sich zurasen sah. Jack taumelte rückwärts und drückte sich an den Kühlergrill seines Autos, doch anstatt in die Ausfahrtrampe einzubiegen, rollte der SUV weiter direkt auf Jack zu. Schon war er ihm so nahe, dass der Warnton der Einparkhilfe ausgelöst wurde. Als der Wagen endlich mit quietschenden Reifen zum Stehen kam, war Jack zwischen den beiden Autos eingeklemmt.

»He!«, rief Jack.

Keine Antwort.

Durch die getönte Frontscheibe konnte er gerade so die Silhouette des Fahrers ausmachen: ein Mann mit einer Baseballkappe. An der Scheibe klebte ein Studenten-Park-ausweis.

»Cody!«, schrie Jack. »Was zum Teufel machen Sie da?«

Immer noch keine Antwort.

»Cody, setzen Sie zurück!«

Der Motor des SUVs heulte nur umso lauter auf, die Abgase brannten Jack in den Augen. Er versuchte, sich zu befreien, doch Cody nahm den Fuß von der Bremse, der Wagen ruckte ein Stück vor und klemmte ihn noch fester ein.

»Bitte, tun Sie das nicht!«, rief Jack. »Cody?«

Durch die Windschutzscheibe sah er, wie Cody die Hand ans Gesicht hob. Er weinte. So also würde Jack für seine Sünden bezahlen – zu Tode gequetscht von einem liebeskranken jungen Mann, der von seinem Kummer so überwältigt war, dass er zu keiner vernünftigen Überlegung fähig war und sich nicht um die Konsequenzen seines Handelns scherte. Einmal das Gaspedal angetippt, und eine Tonne Metall würde Jacks Becken zermalmen. Selbst wenn er um Hilfe schrie – wer würde ihn hören um diese Zeit in diesem menschenleeren Parkhaus?

Ich werde Maggie nie wiedersehen. Ich werde unser Kind nie kennenlernen.

»Das sind Sie doch nicht, Cody! Sie sind kein Mörder!«, flehte Jack.

Die Tür ging auf, und Cody stieg aus, sein Gesicht gerötet und tränennass. Er starrte Jack über die Tür hinweg an. »Sie haben sie ja nicht mal geliebt«, sagte er. »Sie haben sie nur benutzt. Und dann haben Sie sie fallen lassen. *Sie* haben sie getötet.«

»Ich habe nichts dergleichen getan.«

»Ich bin derjenige, der sie geliebt hat.« Er schlug sich an die Brust. »Ich war der *Einzige*. Nicht Sie und auch nicht Liam. Nicht mal ihr Vater.«

»Cody, ich habe sie nicht umgebracht. Ich war nicht einmal in der Nähe ihrer Wohnung, als sie starb. Ich lag zu Hause in meinem Bett.«

»Niemand sonst wollte ihren Tod, nur Sie. Niemand sonst hatte einen Grund.«

»Was ist mit Ihnen, Cody? Hatten Sie etwa keinen Grund?«

»Was?«

»Sie haben sie geliebt, aber hat sie Ihre Liebe je erwidert?«

Es war ein riskanter Schachzug von Jack, aber er wusste nicht, was er sonst tun sollte, oder wie er anders an Cody herankommen könnte. Also versuchte er, die Schuld auf Taryn zu schieben. *Sie* für Codys gebrochenes Herz verantwortlich zu machen. Sie hatte ihn benutzt, ihn missbraucht. Er war ihr gleichgültig gewesen.

»Vielleicht sind *Sie* es ja, der sie auf dem Gewissen hat«, sagte Jack.

Cody wollte gerade zu einer empörten Erwiderung ansetzen, als plötzlich flackerndes Scheinwerferlicht auf sie zukam. Jack hörte, wie ein Fahrzeug die untere Rampe heraufkam, und dann bog ein gelber Lieferwagen um die Kurve.

Cody warf sich rasch wieder hinters Steuer und legte den Rückwärtsgang ein. Plötzlich wieder frei, stakste Jack auf tauben, zitternden Beinen nach vorne, während Codys Wagen an dem Lieferwagen vorbeischoss und mit quietschenden Reifen die Rampe hinunterraste.

»He, Professor! Sind Sie okay?«, rief der Fahrer. Jack erkannte ihn – es war Larry Walsh, einer der Hausmeister der Universität.

Jack war immer noch so aufgewühlt, dass er nur nicken konnte.

»Was war denn da los?«

»Bloß... bloß ein kleiner Unfall.«

»Sah aber nicht aus wie ein Unfall. Er hat Sie eingeklemmt.«

»Mir fehlt nichts, Larry, danke.« Allmählich konnte er seine Beine wieder spüren. Er schlurfte zur Fahrertür seines Wagens und schloss auf.

»Haben Sie den Fahrer erkannt?«

»Nein.«

»Ich habe gesehen, dass er einen Studentenaufkleber auf der Scheibe hatte.«

»Bitte, vergessen Sie die Sache einfach, okay?« Jack setzte sich hinters Steuer.

»Ich hab sein Nummernschild zum Teil lesen können. Pennsylvania.«

Verdammt. Er würde es wahrscheinlich melden. Jack musste so schnell wie möglich verschwinden.

Er fuhr mit kreischenden Reifen die Rampe hinunter

und aus dem Parkhaus hinaus. Hinter dem Gebäude, in dem sein Büro war, gab es einen Parkplatz. Er könnte sich in seinem Büro aufwärmen, über seine nächsten Schritte nachdenken und es noch einmal bei Maggie versuchen. Da entdeckte er den Streifenwagen des Boston PD, der nahe dem Eingang seines Baus parkte, und sofort änderte er seinen Plan. Er fuhr an dem Gebäude vorbei und schaltete sein Handy aus, damit es nicht geortet werden konnte.

Aber wohin sollte er fahren?

Nach Hause. Er musste unbedingt Maggie sehen, und dort würde er sie am ehesten finden.

Er fuhr einen Umweg durch die Nebenstraßen von Cambridge und Belmont. Als er sich seinem Haus näherte, sah er, dass in den Fenstern kein Licht brannte und Maggies Lexus nicht in der Einfahrt stand. Er fuhr vorbei, ohne abzubremsen.

Dann entdeckte er die zwei fremden Autos, die am Straßenrand parkten. Zivilfahrzeuge der Polizei?

Während er weiterfuhr, sah er immer wieder in den Rückspiegel und rechnete jeden Moment damit, dass die Scheinwerfer eines Verfolgers auftauchten. Doch die Straße hinter ihm blieb dunkel.

Er musste Maggie finden. Er musste die Dinge zwischen ihnen klären. Wenn sie nicht zu Hause war, gab es nur einen anderen Ort, wo sie sein konnte.

44

Frankie

»Doch, ich bin mir hundertprozentig sicher, dass es Professor Dorian war. Ich arbeite seit achtundzwanzig Jahren hier in der Gebäude- und Anlagenverwaltung, daher kenne ich die meisten Professoren. Und auch ihre Autos. Ich mache es mir zur Aufgabe, alles, was auf dem Campus passiert, im Blick zu behalten.«

Larry Walsh ist der »Facility Supervisor« der Universität, und nach seinem erregten Tonfall zu schließen, ist dies das Spannendste, was ihm seit sehr langer Zeit im Dienst widerfahren ist. Er ist ein Möchtegern-Cop wie aus dem Bilderbuch: militärischer Kurzhaarschnitt, die Stiefel schulterbreit auf den Boden gepflanzt, der Werkzeuggürtel schwer mit Schlüsseln, einem Walkie-Talkie und einer lachhaft überdimensionierten Taschenlampe behängt. In einem Notizbuch mit Spiralbindung hat er alle relevanten Details des »Vorfalls«, wie er ihn nennt, notiert, und nun liest er Frankie und Mac daraus vor. »Bei dem Fahrzeug handelte es sich um einen schwarzen Geländewagen Marke Toyota, ein neueres Modell. Studenten-Parkausweis auf der Windschutzscheibe. Ich konnte das Kennzeichen nicht richtig sehen, weil das Fahrzeug sich so schnell entfernte, aber ich weiß, dass es ein Nummernschild aus Pennsylvania war – der erste Buchstabe ist ein F, dann folgt eine 2.« Er klappt sein Notizbuch zu und sieht die beiden Detectives an, als ob er für seinen Einsatz einen goldenen Sheriffstern erwartet.

»Sie sagten, es sah nach einem Angriff auf Professor Dorian aus, nicht nach einem Unfall?«, fragt Frankie.

»Oh, es war eindeutig ein Angriff. Der Wahnsinnige hatte den Professor zwischen den zwei Autos einge-klemmt, als ob er ihn zerquetschen wollte. Wenn ich nicht gerade um die Kurve gekommen wäre, wer weiß, was dann passiert wäre. Dann hätte ich vielleicht nur noch seine Leiche vorgefunden.«

»Erzählen Sie uns etwas über diesen jungen Mann«, sagt Mac. »Sie sagten, er habe neben seinem Fahrzeug gestan-den, als Sie hier eintrafen?«

Larry nickt. »Als ich auftauchte, ist er sofort wieder in seinen SUV gesprungen und davongefahren. Ich weiß nicht, wie er heißt, aber ich habe ihn hier schon öfter gesehen. Es ist ein Weißer, eher kräftig gebaut. Ganz in Schwarz ge-kleidet, bis auf die rote Baseballkappe.«

»Was meinen Sie mit ›eher kräftig gebaut‹?«

Larry sieht auf seinen eigenen Kugelbauch hinunter und seufzt. »Okay. *Dick.*«

Frankie und Mac tauschen Blicke – beide denken das-selbe.

»Ich checke mal, ob Cody Atwood einen schwarzen SUV fährt«, sagt Mac und entfernt sich ein paar Schritte, um zu telefonieren.

»Warum sollte ein Student ihn angreifen, Mr. Walsh?«, fragt Frankie. »Wissen Sie, worum es bei dem Streit ging?«

»Keine Ahnung. Aber wissen Sie, manche von diesen Studenten werden von ihren Eltern nach Strich und Faden verwöhnt. In der wirklichen Welt finden sie sich dann nicht zurecht, und sie können nicht mit Kritik umgehen. Wenn man ihnen eine schlechte Note gibt oder ihre ach so zarten Gefühle verletzt, rasten sie aus. Ich würde heutzutage kein Lehrer sein wollen und mich mit diesen Mimosen rumärgern müssen. Der arme Professor Dorian sah fix und fertig aus nach der Attacke.«

»Und dennoch wollte er keine Anzeige erstatten.«

»Vielleicht war es ihm peinlich. Oder er wollte den Jungen nicht in Schwierigkeiten bringen. Aber ich dachte mir, ich sollte es trotzdem melden, und ich muss sagen, ich bin beeindruckt von der schnellen Reaktion. Nur ein paar Minuten, nachdem ich mit dem Boston PD telefoniert hatte, kam ein Streifenwagen hier die Rampe raufgeschossen.«

»Ich bin froh, dass Sie es gemeldet haben. Tatsächlich versuchen wir schon den ganzen Nachmittag, Professor Dorian ausfindig zu machen.«

»Warum suchen Sie nach ihm? Er hat doch nichts verbrochen, oder?«

»Das versuchen wir gerade zu klären.« Zweifellos verhält sich Jack Dorian wie ein Schuldiger. Er geht nicht an sein Telefon, und nun meidet er den Kontakt mit der Polizei. Frankie sieht sich im Parkhaus um und versucht, sich die Ereignisse vorzustellen, die Larry ihr gerade geschildert hat. Sie malt sich aus, wie Dorian eingeklemmt zwischen seinem Wagen und Cody Atwoods schwarzem SUV steht. Sie denkt daran, wie leicht es wäre, mit einem Tritt aufs Gaspedal Knochen zu brechen und Fleisch zu zerquetschen. Warum hat der Junge ihn angegriffen? Ging es um Taryn Moore – ein Kampf zwischen dem Mann, der sie geliebt hatte, und dem, der ihren Tod wollte?

»Frankie«, ruft Mac und schwenkt sein Handy. »Rate mal, wer gerade im Präsidium aufgekreuzt ist und mit uns reden will.«

»Jack Dorian?«

»Nein. Seine Frau.«

An einem normalen Tag würde niemand bestreiten, dass Dr. Maggie Dorian eine schöne Frau ist, aber heute ist kein normaler Tag. Sie sitzt zusammengesunken am Tisch im Vernehmungsraum, ihr rotes Haar zerzaust, der Blick gehetzt und sorgenvoll. Sie geht auf die vierzig zu, der rosige Glanz der Jugend ist verblasst – wie kann sie da mit dem endlosen Nachschub an jungen Frauen in der Blüte ihrer Jahre mithalten, denen ihr Mann in seinen Seminaren begegnet? Frankie und Maggie gehören beide zu dieser Schwesternschaft von Frauen, die von ihren Männern betrogen wurden, und so fällt es ihr allzu leicht, sich mit ihrem Schmerz zu identifizieren, doch das Mitgefühl könnte Frankie blind für die Wahrheit machen. Als sie sich einen Stuhl heranzieht und sich setzt, ist ihre Miene neutral und verrät nichts von diesem Mitgefühl. Mac ist gleich nebenan und beobachtet sie durch den Einwegspiegel, doch weder Frankie noch Maggie können ihn sehen. In diesem Raum sitzen nur sie beide einander am Tisch gegenüber, von Frau zu Frau.

»Wir haben den ganzen Nachmittag versucht, Sie zu erreichen, Dr. Dorian«, beginnt Frankie.

»Ich weiß.«

»Warum haben Sie mich nicht zurückgerufen?«

»Ich wollte mit niemandem reden. Ich brauchte Zeit.«

»Zeit wofür?«

»Zum Nachdenken. Um zu entscheiden, wie es mit meiner Ehe weitergehen soll.«

Maggie lässt den Kopf sinken, und Frankie bemerkt die grauen Strähnen in ihrem rotbraunen Haar. Diese Frau hat Jahre ihres Lebens der Ehe mit diesem Mann gewidmet, einem Mann, dem sie vertraute, und sie hätte allen Grund, wütend zu sein. Aber Frankie kann in den hängenden Schultern und dem gesenkten Kopf keine Wut erkennen, nur Trauer.

»Wenn es mein Mann wäre, wüsste ich schon, was ich von ihm verlangen würde«, sagt Frankie. »Ich würde die Wahrheit wissen wollen.«

»Die Wahrheit?« Maggie hebt den Kopf und sieht Frankie mit einem gequälten Ausdruck in den Augen an.

»Über seine Affäre mit Taryn Moore. Wissen Sie davon?«

»Ja. Er hat es mir gesagt.«

»Wann?«

»Heute. Er sagte, Sie hätten ihn wegen des Todes dieser Studentin befragt. Er sagte, es würde alles sowieso herauskommen, und er wollte, dass ich es von ihm erfahre.«

»Was hat er noch gesagt?«

»Dass sie schwanger gewesen sei, und …« Maggie hält inne und kämpft mit den Tränen. »Dass er der Vater des Babys sein könnte.«

»Es muss Sie sehr verletzt haben, das zu hören.«

Maggie wischt sich mit der Hand übers Gesicht. »Vor allem, da wir seit Jahren versuchen, ein Kind zu bekommen. Und vor ein paar Wochen haben wir dann erfahren, dass es endlich geklappt hat.«

Frankie runzelt die Stirn. »Sie sind schwanger?«

»Ja. Und wir waren so glücklich. *Ich* war so glücklich.«
Maggie atmet tief durch. »Aber jetzt...«

Wenn sie die Frau so leiden sieht, bringt Frankie es kaum übers Herz, die nächste Frage zu stellen, aber sie muss es tun. »Haben Sie geahnt, dass Ihr Mann eine Affäre hatte?«

»Nein.«

»Hat er so etwas schon früher gemacht? Sich mit anderen Frauen eingelassen?«

»Nein.«

»Sind Sie da sicher?«

Einen Moment lang starrt Maggie sie mit verweinten Augen an. *Jetzt wird es wirklich interessant,* denkt Frankie. Jetzt stellt die Frau alles infrage, was sie über ihren Mann zu wissen glaubt. Sie fragt sich, ob sie noch für andere Geheimnisse, andere Seitensprünge blind gewesen ist.

»Dr. Dorian?«

Maggie schluchzt auf. »Ich bin mir über *gar nichts* mehr sicher!«

»Es könnte also noch andere Affären gegeben haben.«

»Er hat mir gesagt, das sei die einzige gewesen.«

»Und glauben Sie ihm das?«

»Vielleicht bin ich ja verrückt, aber ja, ich glaube ihm. Ich kann sogar verstehen, wie das passiert ist. Warum es passiert ist.«

»Die Affäre, meinen Sie.«

»Ja.« Maggie wischt sich noch eine Träne weg. »Mein Gott, eine Ehe ist so kompliziert. Ich weiß, wie leicht es passieren kann, dass es langweilig und monoton wird. Aber selbst an unseren schlimmsten Tagen habe ich nie eine Sekunde geglaubt, dass er aufgehört hätte, mich zu lieben. Ich weiß, dass er mich noch liebt. Ja, ein Teil von mir würde ihn am liebsten erwürgen. Aber ein anderer Teil von mir will ihm vergeben.«

»Sie würden einem Mörder vergeben?«

Maggie erstarrt. »Sie glauben doch nicht ernsthaft, dass Jack jemanden umbringen würde?«

»Ich will Ihnen einige Fakten vorlegen, Dr. Dorian. Wir wissen, dass Taryn Moore ermordet wurde. Wir wissen, dass es in ihrer Wohnung zu einem Kampf kam, in dessen Verlauf sie stürzte und mit dem Kopf auf die Kante eines Beistelltischs fiel, wobei sie sich den Schädel brach. Der Täter schleifte sie dann auf den Balkon im vierten Stock und warf sie über die Brüstung in die Tiefe – warf sie weg wie ein nutzloses Stück Abfall. Und Sie können sich nicht entscheiden, ob Sie ihm *vergeben* sollen?«

Maggie schüttelt den Kopf. »Das kann er nicht getan haben. Es ist unmöglich.«

»Es ist nicht nur möglich, sondern wahrscheinlich.«

»Ich kenne meinen Mann.«

»Und doch haben Sie nicht gewusst, dass er eine Affäre hatte.«

»Das ist etwas anderes. Ja, er hat einen Fehler gemacht. Ja, er hat eine Riesendummheit begangen. Aber eine junge Frau *ermorden*?« Wieder schüttelt sie den Kopf, diesmal nachdrücklich. »Er würde nie irgendjemandem Gewalt antun.«

Frankies Blick schweift zum Einwegspiegel. Sie fragt sich, ob Mac genauso frustriert ist wie sie selbst. Es wird Zeit, der Frau den Schleier von den Augen zu reißen und sie mit der brutalen Wahrheit über ihren Mann zu konfrontieren.

»Dr. Dorian«, sagt Frankie, »wir können sehr wohl einiges beweisen: Ihr Mann hatte eine Affäre mit seiner Studentin Taryn Moore. Sie wurde schwanger und wollte die Wahrheit enthüllen. Sie war eine Bedrohung für seinen Ruf, seine Karriere und seine Ehe. Er würde alles verlieren. Wenn Sie mich fragen, ist das ein ziemlich gutes Mordmotiv.«

»Das heißt noch lange nicht, dass er sie getötet hat.«

»Freitagnacht – in der Nacht, als sie getötet wurde – ist er zu ihrer Wohnung gefahren.«

»Nein, das stimmt nicht. Er war die ganze Zeit zu Hause.«

»Sind Sie bereit, das zu beschwören?«

»Er hat mir gesagt …«

»Können Sie *schwören*, dass er in dieser Nacht durchgehend bei Ihnen zu Hause war?«

Maggie lässt sich kraftlos gegen die Stuhllehne sinken. »Nein«, sagt sie leise.

»Warum nicht?«

»Weil *ich* nicht die ganze Nacht zu Hause war. Ich wurde gegen Mitternacht ins Krankenhaus gerufen, um nach einem Patienten zu sehen. Als ich um vier wieder nach Hause kam, lag Jack immer noch im Bett und schlief fest. Exakt so, wie ich ihn verlassen hatte.«

»Sie waren also vier Stunden nicht zu Hause. Damit hatte er reichlich Zeit, sich aus dem Haus zu schleichen und zu Taryns Wohnung zu fahren. Er hatte sowohl ein Motiv als auch die Gelegenheit, sie zu töten.«

»Wo ist Ihr Beweis, dass er tatsächlich zu ihrer Wohnung gefahren ist? Gibt es einen Zeugen? Ein Überwachungsvideo?«

»Wir haben seine Textnachrichten.«

Maggie blinzelt verwirrt. »Welche Nachrichten?«

»Die, die er seiner Freundin geschickt hat«, sagt Frankie und registriert, wie Maggie bei dem Wort zusammenzuckt. *Freundin.* »Taryns Mobilfunkanbieter hat uns alle Textnachrichten übermittelt, die sie geschrieben und empfangen hat. Und siehe da, die Handynummer Ihres Mannes taucht da immer wieder auf. In der Nacht, als sie starb, haben sie vereinbart, sich in ihrer Wohnung zu treffen.«

»Aber Jack war in dieser Nacht die ganze Zeit zu Hause. Das hat er mir *gesagt.*«

Frankie holt den Ausdruck von Taryns Textnachrichten hervor und schiebt ihn Maggie zu. »Wie erklären Sie sich dann *das* hier?«

Maggie starrt auf die Worte, die ihr Mann an seine Geliebte geschrieben hat. Da ist er, schwarz auf weiß – der Beweis, dass er seine Frau belogen hat.

Heute Abend bei dir. Warte auf mich.

»Das hat er am Freitagabend geschrieben, wenige Stunden vor Taryn Moores Tod. Während Sie im Krankenhaus waren und im Schweiße Ihres Angesichts Leben gerettet haben, ist Ihr wunderbarer Gatte aus dem Bett – aus *Ihrem* Bett – aufgestanden. Er ist zur Wohnung seiner Freundin gefahren, der Freundin, die ihm so viel Ärger gemacht hatte, und er hat sich das Problem vom Hals geschafft. Er hat das Blut aufgewischt, um es wie einen Selbstmord aussehen zu lassen, und ist dann nach Hause gefahren. Rechtzeitig, um wieder im Bett zu liegen, als Sie zurückkamen.«

»Nein. Das kann alles nicht sein.«

»Wo ist Ihr Mann jetzt?«

»Das ist einfach unmöglich...«

»Sagen Sie mir, wo er ist.«

»Er ist wahrscheinlich zu Hause.«

»Da ist er nicht. Wir observieren Ihr Haus.«

»Dann ist er an der Universität.«

»Da ist er auch nicht.«

»O Gott, das passiert jetzt nicht wirklich!« Maggie hält sich den Kopf und starrt auf den Tisch hinunter. »Ich kenne meinen Mann. Ich weiß, was für ein Mensch er ist, und er könnte nicht mal eine *Spinne* töten. Wie soll er da...« Sie hält inne, den Blick auf den Ausdruck der Textnachrichten geheftet. »Vielleicht hat er das ja nicht geschrieben.«

»Oh, ich bitte Sie. Sie sehen doch, dass es von *seinem* Telefon gesendet wurde. Am Freitag um achtzehn Uhr siebenunddreißig.«

»Am Freitag«, murmelt Maggie. Eine Weile sitzt sie vollkommen reglos da und starrt das Blatt Papier an. »Das war der Abend, als es so heftig geregnet hat. Der Abend, an dem wir zusammen gegessen haben und...« Ihr Kopf schnellt hoch, und sie springt auf. »Ich glaube, ich weiß, wo Jack ist.«

»Dr. Dorian! Wo wollen Sie hin?«

Maggie dreht sich nicht einmal um, als sie zur Tür läuft. »Ich werde meinen Mann retten.«

45

Jack

Es war fast elf Uhr, als er am Haus seines Schwiegervaters ankam. Das einzige Auto in der Einfahrt war Charlies eigenes. Kein silberfarbener Lexus. Und zu Jacks Erleichterung auch keine Streifenwagen.

Der bläuliche Schein aus dem Wohnzimmer verriet ihm, dass der Fernseher lief, was bedeutete, dass Charlie zu Hause war. Aber wo zum Teufel war Maggie?

Während er zur Haustür ging, zog er sein Handy aus der Tasche und wäre fast der Versuchung erlegen, es einzuschalten, um nachzusehen, ob Maggie geschrieben hatte. Nein, schlechte Idee. Wenn er es einschaltete, könnte die Polizei seinen Standort ermitteln. Er war im Begriff, es wieder einzustecken, doch dann kam ihm ein Gedanke, und er hielt inne. Er erinnerte sich an den Abend, als er Taryns Nachricht erhalten hatte: *Ich bin schwanger.* Er erinnerte sich, wie er in den Keller gegangen war, um Charlies Wäsche zusammenzufalten, während Maggie oben in der Küche gewesen war, wo sie die Spülmaschine eingeräumt, Kaffee gemahlen und Tassen und Untertassen auf das Tablett gestellt hatte. Wie lange hatte Charlie allein am Esstisch gesessen? Fünf Minuten, zehn?

Lange genug.

Er blieb noch einige Sekunden vor Charlies Haustür stehen, überwältigt von einem Gefühl, als wäre seine Welt jäh aus den Angeln gehoben worden. Er hätte gleich wieder fahren sollen, nur dass er nicht wusste, wohin. Die Polizei war hinter ihm her, und sein Leben war ein Trümmerhaufen, doch er musste die Wahrheit wissen.

Er schloss mit seinem Schlüssel auf und trat ins Wohnzimmer. »Charlie?«

»Hier bin ich!«, rief Charlie.

Jack ging weiter in die Küche, wo Charlie auf einem Barhocker an der Kochinsel saß, vor sich ein Glas Whisky. Er trug eine Pyjamahose und ein Sweatshirt. Es roch nach Desinfektionsmittel und den Ausdünstungen eines vom Krebs zerfressenen Körpers.

Charlie hob sein Glas. »Auch einen?«

»Nein, danke.« Jack blieb auf der anderen Seite der Kochinsel stehen und sah ihn an. Er konnte diesen sterbenden Mann nicht mit den Bildern in Einklang bringen, die jetzt vor seinem inneren Auge aufblitzten.

»Alles in Ordnung?«, fragte Charlie.

»Mhm.«

»Machst mir aber nicht den Eindruck. Na, setz dich erst mal hin.« Charlie deutete mit einem Nicken auf einen freien Barhocker.

Jack musterte stirnrunzelnd die Kratzer in Charlies Gesicht und den Bluterguss über seinem linken Auge. »Wie ist das denn passiert?«

Charlie zuckte wegwerfend mit den Schultern. »Bin in der Dusche ausgerutscht.«

»Obwohl wir dir da die Haltegriffe installiert haben?«

»Ich hab mich nicht rechtzeitig festhalten können.«

»Ich glaube, ich trinke doch einen mit.« Jack setzte sich auf den Barhocker.

Charlie erhob sich mühsam. Er humpelte zum Küchenschrank, in dem er den Whisky aufbewahrte, und ging dann zu einem anderen Schrank neben dem Herd, um ein Glas zu holen. Jack spannte sich an, als Charlie die Schranktür öffnete. Im obersten Fach dieses Schranks bewahrte Charlie seine Smith & Wesson 45er auf. Doch alles, was Charlie herausnahm, war ein Glas.

»Eis?«

Jack atmete insgeheim auf. »Pur, bitte.«

Charlie schenkte den Whisky ein und stellte ihm das Glas hin. »Also, was gibt's?«

»Hast du Maggie gesehen? Sie ist nicht nach Hause gekommen.«

»Hast du versucht, sie anzurufen?«

»Sie geht nicht ran.«

Charlie humpelte zur Kochinsel zurück und schenkte sich nach.

»Du hinkst ja«, bemerkte Jack.

»Hab dir doch gesagt, ich bin in der Dusche ausgerutscht.«

»Ach ja.«

Charlie wandte sich zu Jack um. »Was starrst du mich so an?«

»Hast du von dieser Studentin an der Commonwealth gehört, die letzte Woche gestorben ist? Taryn Moore?«

»Ja, die Nachrichten waren ja voll davon. Hat sich das Leben genommen, hieß es.«

»Die Ermittler sind inzwischen anderer Meinung. Sie glauben, es war vielleicht Mord.«

»Ach ja?« Charlie nahm noch einen Schluck Whisky. »Wie kommen sie darauf?«

»Wegen einer Textnachricht, die von meinem Handy gesendet wurde.«

»Wie bitte?«

»Die Polizei glaubt, dass ich Taryn Moore ermordet habe, wegen einer Textnachricht, die von meinem Handy gesendet wurde und in der stand, dass ich mich an dem Abend in ihrer Wohnung mit ihr treffen wollte. Das Komische ist, dass ich diese Nachricht nie geschrieben habe. Ich war auch nicht in ihrer Wohnung. Und ich habe sie ganz bestimmt nicht ermordet.«

Charlie sah Jack mit teilnahmsloser Miene an. »Okay.«

»Aber *du* hast es getan. Nicht wahr, Charlie?«

»Wie zur Hölle kommst du darauf?«

»An dem Freitagabend warst du bei uns zum Essen. Als ich in den Keller ging, um deine Wäsche zu holen, habe ich mein Handy auf der Fensterbank im Esszimmer liegen lassen. Taryn muss mir eine Nachricht geschrieben haben, während du da am Tisch gesessen hast, gleich neben meinem Handy. Du hast die Nachricht gesehen. Du weißt, dass meine PIN Maggies Geburtsdatum ist. *Du* bist es gewesen, der ihr geantwortet hat.«

Charlie nahm noch einen Schluck Whisky, stellte sein Glas hin und wischte sich den Mund. Dann warf er Jack einen so vernichtenden Blick zu, dass er erschrocken zurückwich. »Ich wusste schon seit Wochen, dass zwischen euch etwas lief. Als Maggie erzählte, dass eine Studentin bei ihr in der Sprechstunde war, habe ich gesehen, wie du reagiert hast, als sie den Namen erwähnte. Taryn Moore. Ich bin nicht blind. Ich habe mich in diesen Dingen immer auf meinen Instinkt verlassen können, Jack. Ich hoffte, dass ich mich in deinem Fall getäuscht hätte. Dann bin ich auf die Facebook-Seite von dieser Taryn gegangen und habe ihr Foto gesehen.« Er schüttelte angewidert den Kopf. »Du bist nicht der erste Mann, der sich von einem hübschen Gesicht sein Leben ruinieren lässt. Aber ich hatte dich für einen besseren Mann gehalten.«

»Aber ich bin nicht derjenige, der sie ermordet hat. Ich bin nicht derjenige, der ihr diese Textnachricht geschickt hat. *Du* bist zu ihrer Wohnung gefahren, um sie zu töten, Charlie. *Du* hast sie vom Balkon geworfen.«

»Zwei von drei.«

»Zwei von drei *was*?«

»Ja, ich habe die Nachricht geschickt und sie anschließend gelöscht, damit du nichts davon mitbekommst. Und ja, ich bin zu ihrer Wohnung gefahren. Musste nicht mal ihre Adresse ermitteln – die stand ja in deinen Kontakten. Aber ich bin nicht hingefahren, um sie zu töten.«

»Du hast diese Nachricht geschickt, um mir den Mord anzuhängen.«

»Nein! Ich habe es getan, um den gottverdammten Schlamassel, den du angerichtet hast, aus der Welt zu schaffen. Ich hab es für *dich* getan, Herrgott noch mal! Und für meine Tochter und mein Enkelkind. Ich habe es getan, um deine Familie zu retten. Aber ich bin ganz bestimmt nicht mit der Absicht hingefahren, sie zu töten.«

»Und wie kommt es dann, dass sie tot ist?«

»Ich bin hingefahren, um mich in *deinem* Namen zu entschuldigen. Ich sagte ihr, es tue mir leid, dass du sie in solche Schwierigkeiten gebracht hast, bla, bla, bla. Ich sagte, ich sei bereit, für eine Abtreibung zu bezahlen. Sie weigerte sich.« Er stand auf, ging zum Gefrierschrank und wühlte in den Packungen mit Tiefkühlgerichten herum. Er fischte einen Umschlag heraus und klatschte ihn vor Jack auf die Tischplatte.

»Was ist das?«

»Mach's auf.«

Jack öffnete den Umschlag, und ein Packen Banknoten mit Banderole fiel heraus. Er starrte das Bündel von Fünfzig-Dollar-Scheinen an.

»Fünftausend Dollar«, sagte Charlie. »Die bewahre ich für Notfälle im Gefrierschrank auf.«

»Das wolltest du ihr geben? Als Bestechung?«

»Sie hat gesagt, ich soll mich verpissen. Sie wollte mein Geld nicht. Ich sagte ihr, ich wüsste nicht, von wem das Kind ist, und es sei mir auch egal. Aber ich sei bereit, ihr zu glauben, dass es von dir ist. Ich sagte ihr, dass ich meine Tochter liebe, und dass ich nicht will, dass eure Affäre ihre Ehe zerstört. Ihr Glück.« Nichts in Charlies Gesicht deutete darauf hin, dass er log, kein unwillkürliches Zwinkern, kein verräterisches Zucken. Nur dieses müde alte Gesicht, aus dem unerschütterliche Gewissheit sprach.

»Und?«, fragte Jack.

»Das dumme Ding ist ausgerastet. Sie sagte, sie wolle mein beschissenes Schweigegeld nicht. Ich könne sie nicht kaufen, nicht mit einer Million Dollar. Also fragte ich sie, was sie denn wolle, und da wurde es dann hässlich. Sie sagte, sie wolle dich zu Fall bringen, dich vernichten. Und es sei ihr scheißegal, wer sonst noch darunter zu leiden hätte.«

»Und was ist dann passiert?«

»Ich habe ihr eine runtergehauen. Ich konnte nicht

anders. So, wie sie über Maggie geredet hat, als ob sie gar nicht zählte. Als ob mein Enkelkind bloß ein Störfaktor wäre. Ich gab ihr eine Ohrfeige, und da hat sie mich angefallen wie eine verdammte Furie. Ich hab versucht, mich zu wehren, aber da hat sie sich eine Statuette aus dem Bücherregal geschnappt und ist damit auf mich losgegangen.«

»Sie hat dich *geschlagen*?«

»Sie hätte mir den Schädel gebrochen, wenn ich nicht zurückgeschlagen hätte. Sie ist gefallen und mit dem Kopf auf den Couchtisch geknallt. Als sie sich nicht mehr rührte, dachte ich, sie sei tot, aber dann sah ich, dass sie noch atmete. Oh, ich habe schon überlegt, einen Notruf abzusetzen. Aber dann habe ich daran gedacht, was es für Folgen hätte, wenn sie aufwachte und allen erzählte, was ich getan hatte. Was du getan hattest. Aber vor allem dachte ich an Maggie, und daran, wie dieses – dieses billige Stück *Dreck* Maggies Glück zerstören könnte. Dieses Weib war einfach unerbittlich. Sie hätte niemals aufgegeben, also blieb mir keine Wahl. Ich musste es zu Ende bringen.

Ich habe sie auf den Balkon geschleift. Ich rechnete mir aus, dass der Sturz sie so zurichten würde, dass man nicht mehr erkennen könnte, dass sie mit dem Kopf auf den Couchtisch geknallt war. Ich habe dein Problem aus der Welt geschafft. Und dann habe ich das ganze Blut aufgewischt.«

»Und du hast *wirklich* geglaubt, die Wahrheit würde nicht ans Licht kommen?«

»Ich war selber Polizist, Jack. Ich weiß, dass die bis über beide Ohren in Arbeit stecken. Ich habe darauf gesetzt, dass sie den Fall einfach als Selbstmord zu den Akten legen und Ruhe geben würden.«

Aber Detective Loomis hatte das nicht getan. Sie würde niemals Ruhe geben.

Jack schüttelte den Kopf, erschüttert von Charlies Geständnis. »Sie hat noch gelebt. Und du hast sie *umgebracht*.«

Charlie tat einen langen, rasselnden Atemzug. Er sah plötzlich sehr gebrechlich aus, als ob er selbst schon mit einem Fuß im Grab stünde. »Mir bleibt nicht mehr viel Zeit, bevor ich den Löffel abgebe, und es ist mir scheißegal, was mit mir passiert. Aber ich sorge mich um Maggie. Ich sorge mich um das Baby und damit eben auch um dich. Ich musste *irgendetwas* tun.«

»Aber du hast *mir* die Tat angehängt.«

»Ich habe versucht, das zu vermeiden. Ich habe ihr Handy mitgenommen, um diese Textnachrichten verschwinden zu lassen. Ich hab es zertrümmert, damit es nicht geortet werden konnte. Ich dachte wirklich, dass die Polizei sich nicht die Mühe machen würde, danach zu suchen.«

»Sie sind trotzdem an die Nachrichten rangekommen. Und sie glauben, dass ich es getan habe.«

»Mach mir deswegen keinen Vorwurf. *Du* hast dich schließlich in diesen Schlamassel reingeritten.« Der Blick aus seinen eisblauen Augen nagelte Jack nachgerade auf seinem Hocker fest. »Hast du das Mädchen geliebt?«

»Nein.«

»Warum zum Henker hast du dann riskiert, alles zu verlieren, nur um sie zu vögeln?«

Die Frage ließ Jack zusammenzucken. »Es war ein Fehler«, sagte er leise. »Wenn ich die Uhr zurückdrehen könnte…«

»Weiß Maggie es?«

»Ja.«

Charlie holte mehrmals tief Luft, und Jack hörte das Gurgeln in seinem verkrebsten Brustkorb. »Na, du hast wirklich ganze Arbeit geleistet. Du hast deine Ehe ruiniert. Du hast das Leben von diesem Mädchen zerstört. Und du wirst nie mehr einen Fuß in einen Hörsaal setzen. Reife Leistung, Jackie-Boy.«

Plötzlich war nebenan ein Geräusch zu hören. Die Haustür ging auf und fiel wieder ins Schloss. Jack sprang auf. »Maggie?«, rief er, erleichtert, dass sie endlich gekommen war.

Doch als er ins Wohnzimmer trat, war es nicht Maggie, die er erblickte. Er blieb abrupt stehen und starrte den Eindringling an, der vor ihm stand, die Augen im Schatten der Baseballkappe wie glühende Kohlen.

»Cody«, sagte Jack. »Was …«

»Ich habe sie geliebt. Und Sie nicht.«

»Sie hätten mir nicht folgen sollen. Ich rufe die Polizei.« Jack griff nach seinem Handy, aber es war immer noch ausgeschaltet. In Panik drückte er auf den Einschaltknopf.

»Und jetzt bringe ich es zu Ende.«

Da erst fiel Jacks Blick auf das, was Cody in der Hand hielt: ein Brecheisen. Er begriff sofort, was Cody vorhatte, doch er blieb wie gelähmt stehen, als der junge Mann mit der Waffe ausholte, und brachte kein Wort hervor.

Das Brecheisen sauste auf seinen Schädel nieder.

Im allerletzten Moment tauchte Jack nach rechts ab und warf sich hinter einen Sessel. Er landete hart auf den Ellbogen und hörte Holz splittern, als das Eisen in den Couchtisch krachte.

Cody schwenkte zu ihm herum, er bewegte sich schneller, als Jack es ihm jemals zugetraut hätte. Bevor Jack sich aufrappeln konnte, schwang Cody das Eisen schon wieder wie einen Baseballschläger. Es traf Jack mit voller Wucht in die Rippen, und er sank benommen zusammen. Während er am Boden liegend um Luft rang und der rasende Schmerz in seinem Brustkorb explodierte, hörte er, wie Codys Schritte näher kamen.

Die Schritte stoppten, und Jack sah die Schuhe des Jungen direkt neben seinem Kopf stehen. In einem extrem verdichteten Augenblick sah er Cody das Brecheisen wie eine Keule über seinem Kopf schwingen. Und er dachte: *So werde ich also sterben.* Ein passender Abschluss der Kette von Ereignissen, die er in Gang gesetzt hatte, seit er Taryn Moore in sein Leben eingelassen hatte.

»Lass das Ding fallen, sonst blas ich dir die Rübe weg!« Charlie stand in der Tür und zielte mit seiner 45er auf Cody.

Cody erstarrte, die Finger um das Brecheisen gekrallt.

»Fallen lassen, hab ich gesagt!«

Cody blickte auf Jack hinunter, dann zu Charlie.

Jack rappelte sich hoch und wankte auf Charlie zu. »Tu ihm nichts«, sagte er. »Er ist doch noch ein halbes Kind.«

»Ein *Kind*?« Codys Stimme überschlug sich vor Empörung. »Das bin ich also für dich, du Dreckskerl, wie? Ein *Kind*?«

Jack stand mit dem Rücken zu ihm, doch er spürte die geballte Wucht von Codys Rage, die auf ihn einstürzte, unausweichlich wie der Tod. Er sah, wie Charlie die Pistole in seinen zitternden Händen hielt, wie der Lauf sich auf ihn richtete, zur Seite schwenkte und dann wieder auf ihn zielte.

Der Schuss krachte, und Jack spürte einen Schlag gegen die Brust. Er taumelte rückwärts an die Wand, sah nach unten, auf den roten Fleck, der sich erschreckend schnell auf seinem Hemd ausbreitete.

»O nein!«, heulte Charlie auf. »O Gott, nein!«

Wutentbrannt riss Charlie Cody das Brecheisen aus der Hand und versetzte ihm einen Schlag in die Kniekehlen. Der Junge schrie auf, brach zusammen und wand sich wimmernd am Boden.

Das Licht schien plötzlich zu flackern. Jacks Beine sackten unter ihm weg. Er hörte Charlies feuchten, rasselnden Atem, als der ältere Mann sich über ihn beugte.

»Du schaffst das, Jack«, murmelte er. »Du musst es schaffen.«

Jack wollte etwas sagen, doch es gelang ihm nicht, Luft zu holen. Wie war er auf dem Fußboden gelandet? Warum konnte er seine Arme und Beine nicht spüren? Ein Kältegefühl überkam ihn, als ob in seinen Adern Eiswasser flösse.

Wie aus weiter Ferne hörte er, wie die Tür aufgestoßen wurde. Im Gegenlicht erblickte er das eine Gesicht, das er sich zu sehen wünschte, ein Gesicht, das der Himmel schickte. *Maggie.*

»Er kommt schon wieder auf die Beine!«, sagte Charlie beschwörend.

Jack hörte das Reißen von Stoff, dann spürte er, wie Maggies warme Hände sich auf seine Brust legten und das Blut zurückzuhalten versuchten, das aus seiner Wunde strömte.

»Jack, Baby, halt durch bitte, tu's für mich!«, flehte sie. Sie wandte sich um und rief: »Detective Loomis! Sagen Sie ihnen, das Herz-Thorax-Team soll sich bereithalten!«

Er wollte ihr sagen, dass es ihm leidtat. Dass er sie liebte. Doch seine Stimme versagte den Dienst. Und es war so schwer, so furchtbar schwer, auch nur Atem zu schöpfen. Er sah auf Maggies blutverschmierte Hand, die auf seine Brust drückte, und auf den Brillantring an ihrem Finger. Den Ring, den er ihr vor zwölf Jahren angesteckt hatte. *Ich würde dich wieder heiraten. Immer wieder.*

Wenn er die Worte doch nur laut aussprechen könnte. Wenn er ihr doch noch so viele Dinge sagen könnte – aber schon wurde es schwarz um ihn herum. Die Dunkelheit senkte sich herab und verhüllte das Gesicht der Frau, die er liebte.

46

Frankie

Es passiert zu viel auf einmal: Cody, hochrot im Gesicht, der sich mit Händen und Füßen gegen die zwei Polizisten sträubt, die ihn zu Boden ringen und ihm Handschellen anlegen. Maggie, die neben ihrem bewusstlosen Mann am Boden kniet. Die Blutlache, die sich immer weiter ausbreitet. Das ferne Sirenengeheul des Rettungswagens, das allmählich lauter wird. Und Maggies Vater Charlie, der mit gesenktem Kopf dasteht, im Gesicht grau wie eine Leiche. Die Waffe, die er Frankie übergeben hat, ist noch warm und riecht scharf nach verbranntem Pulver.

»Ich wollte ihn nicht verletzen, Maggie«, jammert der alte Mann. »Ich schwöre, ich wollte niemanden verletzen.«

»Bleib bei mir, Jack«, fleht Maggie. »Bitte, bleib bei mir!« Sie reißt sich ihren Schal vom Hals, und als sie ihn auf die Wunde ihres Mannes presst, verfärbt das Blut die beigefarbene Kaschmirwolle augenblicklich rot. »Handtücher!«, schreit Maggie ihren Vater an. »Ich brauche Handtücher!«

Charlie ist zu benommen, um sich von der Stelle zu rühren. Es ist Mac, der ins Bad rennt und mit einem Stapel Gästehandtücher zurückkommt. Maggie presst sie auf Jacks Wunde, versucht verzweifelt, die Blutung zu stillen. Sie ist die Einzige hier, die in der Lage wäre, ihn zu retten, doch der Kampf scheint schon verloren. Jacks Atmung ist flach und schnell, begleitet von einem feuchten Rasseln. Maggie blickt zu Frankie auf. »Ich kann die Blutung nicht stoppen.«

»Ich wollte nicht auf ihn schießen«, wiederholt Charlie. Mit unsicheren Schritten wankt er zu einem Sessel und sinkt darauf nieder. »Ich wollte doch nur alles wieder in Ordnung bringen. Und dich glücklich machen, Maggie«, klagt er. Niemand hört auf ihn. In dem Chaos, das im Zimmer herrscht, ist er ein vergessener alter Mann, verloren in seinem eigenen Kummer.

Draußen kommt der Rettungswagen mit einem letzten Aufheulen der Sirene zum Stehen. Zwei Sanitäter rennen ins Haus, vermehren noch die drangvolle Enge und das Chaos im Zimmer. Sie reißen Packungen mit Verbandmull auf, legen Zugänge, setzen dem Verletzten eine Sauerstoffmaske auf. Das EKG piepst im hektischen Rhythmus eines Herzens, das ums Überleben kämpft. Frankie kann sich nur im Hintergrund halten und andere die Arbeit machen lassen. Sogar Maggie ist kaum mehr als eine traumatisierte Zuschauerin. Die Sanitäter haben jetzt das Sagen, und sie sieht in geschocktem Schweigen zu, während das Blut ihres Mannes auf ihren Händen trocknet.

»Okay, wir können ihn jetzt abtransportieren«, sagt einer der Sanitäter.

»Wohin bringen Sie ihn?«, fragt Maggie.

»Ins Mass General. Das Trauma-Team steht schon bereit.«

Maggie schnappt sich ihre Handtasche. »Ich fahre hinter Ihnen her.«

»Dr. Dorian, warten Sie«, sagt Frankie.

»Ich fahre ins Krankenhaus.«

»Wir brauchen Sie hier, um …«

»Vergessen Sie's. Ich muss bei meinem *Mann* sein«, faucht Maggie und folgt den Sanitätern nach draußen.

Frankie lässt sie gehen. Ihr Blick erfasst das Chaos, das die Sanitäter hinterlassen haben: zerrissene Packungen, blutgetränkter Mull und ein vergessenes Tourniquet, eingerollt wie eine Schlange, die in der Blutlache schwimmt. Im Blut eines unschuldigen Mannes.

Ein Polizist hat Cody Atwood bereits zum Streifenwagen gebracht, aber Maggies Vater sitzt immer noch in seinem Sessel, mit gesenktem Kopf und hängenden Schultern. Er wirkt gebrechlich wie ein Sack voller alter Knochen. Maggie hat ihnen erklärt, dass ihr Vater unheilbar krebskrank ist, und Frankie kann es an seinen eingefallenen Schläfen sehen, und sie kann es in diesem Haus riechen, wo die Luft von säuerlichem Krankheitsgeruch erfüllt ist.

Sie zieht einen Stuhl heran, sodass sie ihm ins Gesicht sehen kann. »Mr. Lucas«, sagt sie, »ich muss Sie über Ihre Rechte aufklären.«

»Ist nicht nötig. Ich kenne meine Rechte. Ich war selber Cop. Cambridge PD.«

Frankie blickt zu Mac auf, der schon die Handschellen griffbereit hat, und schüttelt den Kopf. Die Handschellen können warten. Dieser Mann wird keinen Widerstand leisten. Alles an ihm hat die Ausstrahlung eines geschlagenen Mannes, und sie findet, dass sie ihm ein Minimum an Respekt schulden, da er einmal einer von ihnen war.

»Sie haben Taryn Moore getötet. Nicht wahr?«

»Ich hatte keine Wahl. Sie hat es sich selbst zuzuschreiben.«

»Ich verstehe nicht.«

»Sie hat meine Familie angegriffen. Sie hat *mich* angegriffen.« Charlie hebt den Kopf, und er erwidert ihren Blick. So schwach er auch ist, aus seinen Augen blitzt kalter Trotz. »Sie und ich, wir sind beide Cops. Sie haben die gleichen Dinge gesehen wie ich, also werden Sie das verstehen. Sie wissen genauso gut wie ich, dass diese Welt ohne gewisse Leute ein besserer Ort wäre.«

»Sie meinen Leute wie Taryn Moore.«

Er nickt. »Mit Mädels wie ihr kann man einfach nicht vernünftig reden. Die *wollen* einfach keine Vernunft annehmen. Sie sind wie wilde Tiere, die man an die Kandare nehmen muss. Mit harter Hand.«

Frankie starrt Charlie in die Augen, und ihr wird klar, dass er tatsächlich glaubt, was er gerade gesagt hat: dass die Welt besser wäre ohne Frauen wie Taryn. Frauen, deren stürmische Gefühle und Verzweiflungstaten das Leben für Männer kompliziert machen. Sie denkt an ihre eigenen temperamentvollen Töchter, die sich mit Leidenschaft ins Leben stürzen und sich dadurch manchmal in Schwierigkeiten bringen. Sie denkt an die tragischen Heldinnen, über die Taryn geschrieben hat, die Medeas und die Didos – Frauen, die zu sehr geliebt haben und dafür leiden mussten.

Nein, denkt Frankie. *Nichts* wäre besser ohne sie.

»Irgendjemand musste diesem Mädel Einhalt gebieten«, sagt Charlie. »Ich musste meine Familie schützen. Ich habe nur getan, was ich tun musste.«

»Und jetzt werde ich tun, was ich tun muss.« Frankie nimmt Mac die Handschellen ab und legt sie um Charlies Handgelenke.

Sie rasten mit einem zutiefst befriedigenden Klacken ein.

47

Frankie

Maggie Dorian sitzt am Krankenbett ihres Mannes, den Kopf wie im Gebet gesenkt. Beim Piepsen der Monitore und dem Zischen des Beatmungsgeräts scheint sie nicht zu hören, wie Frankie die Kabine der Intensivstation betritt. Erst als Frankie ihr am Bett gegenübersteht, blickt Maggie endlich zu ihr auf.

»Ich kann nicht glauben, dass Sie immer noch hier sind«, sagt Frankie.

»Wo sollte ich sonst sein?«

»Sie sollten nach Hause gehen und ein wenig schlafen.«

»Nein, ich muss hier sein, wenn er aufwacht.« Maggie ergreift die Hand ihres Mannes und fügt im Flüsterton hinzu: »Falls er aufwacht.«

Frankie betrachtet die verschiedenen Schläuche, an die der reglose Körper angeschlossen ist, und ihr Blick richtet sich auf den EKG-Monitor, der einen schnellen, aber regelmäßigen Rhythmus anzeigt. Es ist ein Wunder, dass Jack Dorians Herz überhaupt noch schlägt. Nach dem massiven Blutverlust, nach den Verwüstungen, die Charlies Kugel angerichtet hat, müsste er eigentlich tot sein, und seine Frau müsste seine Beerdigung planen.

Wahrscheinlich ist es nur noch eine Frage der Zeit.

Frankie zieht einen Stuhl heran und setzt sich. Eine ganze Weile sagt keine der beiden Frauen etwas, und das einzige Geräusch ist das Keuchen des Beatmungsgeräts, das unermüdlich seine zwanzig Atemzüge pro Minute absolviert. Welche Worte des Trosts kann Frankie einer Frau bieten, deren Leben so ganz und gar in Trümmern liegt? Maggies Vater Charlie wird mit an Sicherheit grenzender Wahrscheinlichkeit im Gefängnis an Krebs sterben. Ihr Mann wird vielleicht nie mehr aufwachen, und sie wird ihr Kind allein großziehen müssen. In dieser ganzen Tragödie ist dies der einzige Lichtblick: Es ist ein neues Leben unterwegs.

»Wie geht es meinem Vater?« Die Frage ist so leise geflüstert, dass Frankie sie beinahe überhört hätte.

»Charlie kooperiert mit der Polizei. Uneingeschränkt. Ihm ist bewusst, was ihm bevorsteht, und er ist darauf vorbereitet.« Frankie schweigt einen Moment. »Ich verspreche Ihnen, dass ich alles in meiner Macht Stehende tun werde, um ihm die verbleibende Zeit so erträglich wie möglich zu machen.«

Maggie seufzt schwer, als ob der Kummer den Atem aus ihr herauspresst. »Ich kann nicht glauben, dass er das wirklich getan hat. Das ist nicht der Vater, mit dem ich aufgewachsen bin.«

»Er hat uns gesagt, er habe nie vorgehabt, die junge Frau zu töten. Er wollte nur, dass sie Jack und Sie in Ruhe lässt. Er ist zu ihrer Wohnung gefahren in der Hoffnung, ihr Schweigen zu erkaufen, aber sie wurde wütend. Sie schlug nach ihm, er wehrte sich, und es kam zu einem Kampf. Sein Zorn ging mit ihm durch, und er verlor die Kontrolle.

Als es vorbei war, versuchte er, die Situation zu retten, indem er es wie einen Selbstmord aussehen ließ. Das hat er uns jedenfalls erzählt. Ich weiß nicht, ob das alles stimmt, aber ich *bin* sicher, dass er versucht hat, Sie zu beschützen, Maggie. Ihre Ehe zu retten.«

»Ich weiß.« Ihre Finger schließen sich fester um die reglose Hand ihres Mannes. »Und jetzt verliere ich sie vielleicht beide.«

Frankie sagt Maggie nicht, was sie noch über Charlie Lucas erfahren hat, nach einem Anruf bei der Internen Dienstaufsicht des Cambridge PD. Sie erzählt ihr nicht von dem Gefangenen, dem er den Schädel gebrochen hat, oder von dem Kokain, das er bei einer Drogenrazzia heimlich in der Wohnung platziert haben soll. Sie erzählt Maggie nicht, dass Charlie im Schatten von Verdächtigungen aus dem Dienst ausgeschieden ist, nachdem er mit seiner ganz eigenen Vorstellung von Gerechtigkeit zu weit gegangen war. Nein, Maggie muss nichts davon erfahren – der Kummer, mit dem sie ohnehin schon zu kämpfen hat, ist mehr als genug.

»Bitte, Jack«, flüstert Maggie. »Komm zu mir zurück.«

Frankie starrt auf Maggies Finger, die sich um die Hand des Mannes krampfen, der ihr untreu war, des Mannes, dessen kurzes und unbesonnenes sexuelles Abenteuer so viel Schmerz und Blutvergießen nach sich gezogen hat.

»Und wenn er aufwacht?«, fragt Frankie. »Was passiert dann?«

»Würden Sie ihm vergeben? Wenn er Ihr Mann wäre?«

»Das ist nicht meine Entscheidung. Es ist Ihre.«

Maggie sieht Jack an und streicht ihm sanft die Haare aus der Stirn. »Nach zwölf Jahren Ehe fällt es einem manchmal schwer, sich daran zu erinnern, warum man sich damals in diesen Menschen verliebt hat. Warum man ausgerechnet mit *diesem* Menschen sein Leben verbringen wollte. Und vielleicht hatte ich es eine Zeit lang wirklich vergessen. Genau wie er. Aber als ich ihn da am Boden liegen sah, als ich das ganze Blut sah und dachte, dass ich ihn verliere...« Maggie blickt zu ihr auf. »Da habe ich mich daran erinnert, warum ich mich in ihn verliebt habe. Ich weiß nicht, ob das ausreicht, um ihm zu vergeben. Aber ich erinnere mich wieder.«

Eine Krankenschwester tritt in die Kabine. »Entschuldigen Sie bitte, Detective, aber könnten Sie kurz hinausgehen? Ich muss die Vitalfunktionen des Patienten überprüfen.«

»Ich wollte sowieso gerade gehen«, erwidert Frankie und steht auf. »Passen Sie auf sich auf, Dr. Dorian«, sagt sie zu Maggie. »Gehen Sie nach Hause und ruhen Sie sich ein wenig aus.«

»Das mache ich.«

Doch als Frankie die Kabine verlässt und noch einmal einen Blick durch das Sichtfenster wirft, sieht sie, dass Maggie sich nicht von der Stelle gerührt hat. Sie sitzt immer noch an der Seite ihres Mannes, streichelt sein Haar und wartet darauf, dass er aufwacht.

Ein Dunstschleier der Erschöpfung trübt Frankies Blick, als sie durch die menschenleeren Straßen nach Hause fährt. Obwohl es inzwischen April ist, wirkt diese frostige, sternenklare Nacht wie ein Rückfall in den Winter. Frankie ist die Kälte leid; sie ist es leid, ständig Wollschals und Daunenjacken tragen zu müssen und frierend an Tatorten herumzustehen.

Es ist nicht mehr lange bis zu ihrem Urlaub – zwei Wochen, in denen sie irgendwo am Strand liegen und Piña Colada trinken könnte, aber sie kennt sich selbst zu gut. Das wird nicht passieren. Stattdessen wird sie höchstwahrscheinlich ihre freien Tage zu Hause mit den Zwillingen verbringen.

Solange das noch geht.

Als sie ihre Wohnung betritt, stellt sie zu ihrer Erleichterung fest, dass die Jacken ihrer beiden Töchter an der Garderobe hängen. Dann sind sie also wohlbehalten nach Hause gekommen. Nur zur Sicherheit wirft sie einen Blick in ihr Zimmer – und ja, da liegen sie beide in ihren Betten und schlafen fest, nachdem sie wieder einmal den ganzen Abend um die Häuser gezogen sind. Obwohl ihre Betten an gegenüberliegenden Wänden des Zimmers stehen, liegen sie einander zugewandt, Gabby auf der linken Seite, Sibyl auf der rechten, als ob sie einander nahe sein wollten, so wie damals in Frankies Gebärmutter. Es macht Frankie glücklich zu wissen, dass ihre Töchter diese enge Bindung haben. Sollten ihre Ehen einmal scheitern oder ihre Männer sie enttäuschen, werden sie einander immer noch Halt geben können.

Sie schließt leise die Zimmertür und geht in die Küche. Sie ist erschöpft, ihre Batterien sind leer, aber sie weiß, dass sie keinen Schlaf finden wird. Jedenfalls noch nicht so bald. Nach den Ereignissen des heutigen Abends muss sie sich erst einmal hinsetzen und ein paarmal tief durchatmen. Sie nimmt den Scotch aus dem Schrank und vergewissert sich gewohnheitsmäßig, dass der Füllstand nicht unter den winzigen schwarzen Punkt gesunken ist, den sie das letzte Mal mit Filzstift auf die Flasche gemalt hat.

Der Pegel ist genau an der richtigen Stelle – die Mädchen haben also nicht von ihrem Whisky genascht. O ja, Mama versteht es, ein Auge auf ihre Schätzchen zu haben. Sie schenkt sich einen großzügigen Schuss ein, nimmt einen kräftigen Schluck und denkt über Taryn Moore und Charlie Lucas nach, über Jack und Maggie Dorian.

Vor allem über Maggie – die Frau, die alles hatte, bis ihr mit einem Schlag alles genommen wurde. Aber das ist das Wesen der Tragödie. Du gehst durchs Leben und weißt nie das Glück eines ganz normalen Tages zu schätzen, bis zu dem Moment, wo auf einmal nichts mehr normal ist. Bis zu dem Moment, wo ein Polizist an deine Tür klopft und dir sagt, dass dein Mann tot aufgefunden wurde, zusammengebrochen im Treppenhaus einer anderen Frau. Dann denkst du, dass du nie wieder einen normalen Tag erleben wirst.

Du begräbst deinen toten Mann, liest die Trümmer deines Lebens auf. Machst deine ersten schwankenden Schritte vorwärts, in die neue Normalität. Und das wird auch Maggie Dorian tun müssen, ob mit ihrem Mann oder ohne ihn.

Frankie geht mit ihrem leeren Whiskyglas zur Spüle, und während sie dort steht und mit dem Kopf kreist, um ihren verspannten Nacken zu lockern, hört sie ihr Handy klingeln. *O nein*, denkt sie. Als sie das Telefon aus der Handtasche fischt, macht sie sich schon auf die schlechte Nachricht gefasst. Sie liest die Nummer des Anrufers.

Es ist das Krankenhaus.

48

Frankie

Vierzehn Monate später

Zwei Grabplatten aus Granit liegen Seite an Seite, beide mit einem Topf Geranien geschmückt. Die flammend roten Blütenblätter sind eine allzu große Versuchung für jedes Baby, und so krabbelt der sieben Monate alte Nicholas Charles Dorian wie eine Turbo-Schildkröte über das Gras, schnurstracks auf den blühenden Grabschmuck zu. Gerade als sich seine kleine Hand um eine Blüte schließen will, hebt Maggie ihren Sohn hoch, und er protestiert mit frustriertem Geheul.

»Oh, Schätzchen, lass uns doch was anderes suchen, womit du spielen kannst. Was haben wir denn hier in der großen Tasche, hmmm? Schau mal, so ein tolles Pony!« Sie drückt Nicky ein Plüschtier in die Hand, doch er ist nicht interessiert und feuert das Pony prompt ins Gras.

»Er will unbedingt die Geranie«, bemerkt Frankie.

»Ist das nicht typisch?« Maggie lacht. »Sie wollen immer das, was sie nicht haben können.«

»Komm, ich nehme ihn. Ich gehe mit ihm rüber zum Teich.«

Frankie nimmt den Jungen und trägt ihn zum Ententeich. Sie war noch nie auf dem Mount Auburn Cemetery,
und sie staunt, wie schön es hier ist an diesem warmen
Junitag. Jenseits des Teichs erhebt sich die neoklassizis-
tische Rotunde, die die letzte Ruhestätte von Mary Baker
Eddy markiert. Die Bäume stehen jetzt voll im Laub, im
Geäst zwitschern die Spatzen, und der Himmel ist eine
strahlend blaue Kuppel, nur unterbrochen von der blas-
sen Mondsichel, die dicht über den Baumkronen hängt.
Frankie atmet Nickys Babyshampoo-Duft ein, und eine
Flut von Erinnerungen bricht über sie herein: ihre Zwillinge, wie sie in ihrer Plastikbadewanne plantschen; wie
sie mit ihren speckigen Beinchen strampeln, als sie ihnen
die Windeln wechselt; diese anstrengenden und zugleich
aufregenden Nächte ihrer Säuglingszeit. Sie vermisst diese
Zeit, zumal jetzt, nachdem beide Töchter ausgezogen sind
und aufs College gehen. Was für ein gutes Gefühl, wieder
ein Baby im Arm zu halten, ihre Wange an dem flaumigen
Köpfchen zu reiben.

Der Gang zum Ententeich hat den gewünschten Erfolg –
Nicky hat diese verlockenden Geranien völlig vergessen,
und jetzt gilt seine ganze Aufmerksamkeit dem, was da im
Wasser schwimmt.

»Das sind Enten«, sagt Frankie und zeigt auf die vor-
überschwimmenden Stockenten. »Die machen *Quak-quak*.
Kannst du auch *Quak-quak* machen?«

Nicky quietscht nur vergnügt.

Sie versucht, sich zu erinnern, wie alt ihre Zwillinge
waren, als sie ihre ersten Wörter sagten. Ein Jahr? Oder
älter? Es scheint alles so lange her zu sein. Sie ist jetzt
alt genug, um Großmutter zu sein, und während Maggies

Schwangerschaft ist Frankie bereitwillig in diese Rolle geschlüpft, denn sie weiß nicht, wie lange es dauern wird, bis sie ihr eigenes Enkelkind im Arm halten kann. In den sieben Monaten seit Nickys Geburt hat sie Maggie mit Babykleidung, Decken und guten Ratschlägen eingedeckt. Maggie Dorian ist inzwischen wie eine Tochter für sie, und Frankie bewundert die Stärke und den Optimismus dieser Frau. Maggie ist einfach nicht unterzukriegen – genau wie Frankie.

Während Frankie das Baby vom Teich zurückbringt, breitet Maggie eine Decke auf dem Gras aus und packt die Picknicksachen aus. Es ist nichts Besonderes: Thunfischsandwiches und Kartoffelchips, Obstsalat und Chocolate Chip Cookies. Die Kekse sind Frankies Beitrag – etwas, was sie nicht mehr gebacken hat, seit ihre Töchter Kinder waren und ihre Hüften mehrere Nummern schlanker. Maggie stellt alles auf die Decke, nur wenige Meter von den Grabsteinen entfernt. Ein trauriger Ort für ein Picknick, würde man meinen, aber Maggie sagt, das sei eine Tradition in ihrer Familie. Jedes Jahr im Juni ist Charlie mit ihr hierhergekommen, um am Grab ihrer Mutter ein Picknick zu machen. Es ist einfach eine Art, sich den Verstorbenen nahe zu fühlen, und so setzt sie nun diese Tradition fort.

Maggie gießt Lagavulin in ein Schnapsglas und kniet sich vor den Grabstein ihres Vaters. Vor sechs Monaten ist Charlie im Gefängniskrankenhaus schließlich seinem Krebs erlegen, aber immerhin hat er lange genug gelebt, um seinen Enkel noch sehen zu können.

»Hab dich lieb, Dad«, sagt Maggie und gießt den Whisky auf sein Grab, lässt den edlen Single Malt ins Gras sickern. »Cheers!«

Frankie hört einen Automotor, und als sie sich umblickt, sieht sie einen blauen Audi nicht weit entfernt halten. Die Tür geht auf, und Jack steigt aus, ganz langsam, vorsichtig einen Fuß nach dem anderen aufsetzend. Auch nach einem Jahr Physiotherapie sind seine Beine von der Wirbelsäulenverletzung noch schwach, und er stützt sich auf einen Stock, als er auf sie zuhumpelt.

»Tut mir leid, dass ich so spät dran bin«, sagt er und schüttelt den Kopf. »Ich bin rechtzeitig von meiner Wohnung losgefahren, aber ich habe den Wochenendverkehr nicht einkalkuliert. Wie geht es meinem Großen?«

»Er könnte jetzt wahrscheinlich sein Fläschchen vertragen, wenn du ihn füttern möchtest«, sagt Maggie. Sie schiebt Jack einen Klappstuhl zu, damit er sich setzen kann. Frankie übergibt ihm das Baby und reicht ihm ein Fläschchen mit Ersatzmilch.

»Essen ist fertig, Nicky-Boy!« Jack lächelt, als sein Sohn gierig an der Flasche nuckelt. »Wow, ich hab das Gefühl, du hast in der einen Woche ein ganzes Pfund zugelegt!«

Während Jack seinen Sohn füttert, betrachtet Frankie ihn und bemerkt die neuen grauen Strähnen in seinen Haaren, die tieferen Falten in seinem Gesicht. Er ist im letzten Jahr sichtlich gealtert, doch er wirkt ruhiger und scheint sich mit seiner veränderten Situation abgefunden zu haben. Seit die Commonwealth University ihn entlassen hat, hält er nur noch einmal die Woche einen Literaturkurs für die Insassen der Massachusetts Correctional Institution in Concord ab. Seine Tage als Universitätsprofessor gehören für immer der Vergangenheit an, und er wird sicherlich seinem früheren Status und dem damit verbundenen Gehalt nachtrauern, doch das lässt er sich nicht anmerken – schon gar nicht jetzt, da er seinen Sohn liebevoll im Arm wiegt.

Maggie tritt zu Jack und legt ihm eine Hand auf die Schulter, während sie beide das Baby anlächeln. Obwohl sie nicht mehr zusammenwohnen, werden diese beiden immer gemeinsam für ihren Sohn da sein. Und vielleicht werden sie irgendwann auch wieder ein gemeinsames Leben haben. Aber zuerst müssen die Wunden heilen, und an diesem herrlichen Sommertag sieht es so aus, als ob sie auf dem richtigen Weg seien.

In Frankies Job gibt es so gut wie nie ein Happy End, nur Trauer, Verlust und Tragik. Jack Dorian wird sicherlich bis an sein Lebensende von allen dreien verfolgt werden. Er hat seine Karriere und seine Ehe zerstört. Er wird immer mit den körperlichen Narben leben müssen, die die Kugel hinterlassen hat. Und was das Schlimmste ist: Er wird die Rolle, die er beim Tod einer lebensfrohen jungen Frau gespielt hat, niemals loswerden. Nein, denkt Frankie, von einem Happy End kann hier keine Rede sein.

Aber in diesem Moment kommt es dem doch recht nahe.

Danksagung

Wir bedanken uns bei Mark Jannoni von der Northeastern University für die Beratung zur Umsetzung der Title-IX-Gesetzgebung an den Universitäten.

Wir danken auch Linda Marrow für ihr fachkundiges Lektorat und ihre Unterstützung in den frühen Phasen des Manuskripts.

Dank auch an unsere Agentin Meg Ruley für ihren Scharfblick und ihre stets gute Laune – eine Agentin, wie jede Autorin und jeder Autor sie sich nur wünschen kann. Und ein besonderes Dankeschön an unsere Verlagsleiterin Grace Doyle, die mit ihrem klugen Rat und ihrer positiven Einstellung dieses Buch noch besser gemacht hat. Es war eine Freude, mit ihr und dem engagierten Marketing- und Öffentlichkeitsarbeitsteam von Thomas & Mercer zusammenzuarbeiten: Sarah Shaw, Lindsey Bragg und Brittany Russell.